Joseph O'Connor

IN MEINES VATERS HAUS

September 1943: Die deutschen Truppen haben Rom unter ihrer Kontrolle. Der Chef des NS-Sicherheitsdienstes Paul Hauptmann beherrscht den Vatikan mit brutaler Effizienz. Hunger ist weit verbreitet und der Ausgang des Krieges ungewiss. Diplomaten, Flüchtlinge, Juden und entkommene Kriegsgefangene fliehen zum Schutz in die Ewige Stadt, den neutralen, kleinen Staat mitten in Rom. Eine Gruppe ganz unterschiedlicher Freunde, angeführt von einem mutigen irischen Priester, gerät in allergrößte Gefahr, während sie versuchen, den Schutzsuchenden zu helfen. Joseph O'Connors Roman ist inspiriert von der außergewöhnlichen, wahren Geschichte von Monsignore Hugh O'Flaherty, der zusammen mit seinen Komplizen sein Leben riskierte, um Juden und andere Flüchtlinge vor den Augen der Nazis aus Italien zu schmuggeln. Spannend, szenisch und wunderschön geschrieben, erzählt *In meines Vaters Haus* eine unvergessliche Geschichte von Liebe, Glauben, strategischem Geschick, Aufopferung und Mut.

Joseph O'Connor war zunächst als Journalist, Kolumnist und Kritiker tätig, bevor 1991 bereits sein erster Roman *Cowboys and Indians* auf die Shortlist für den Whitbread Book Award kam. Er lebt mit seiner Familie in Dublin. Seit 2014 ist O'Connor Professor für Kreatives Schreiben an der Universität von Limerick. Sein Roman *Shadowplay* (2019) war ein großer Erfolg und wurde verfilmt. Auf Deutsch erschien zuletzt sein Roman *Die wilde Ballade vom lauten Leben* (2015).

Susann Urban ist nach dem Studium der Germanistik und Anglistik, vielen lehrreichen Jahren im Buchhandel und anderswo als Übersetzerin tätig. Für C.H.Beck Literatur übersetzte sie u. a. *Letzter Mann im Turm* von Aravind Adiga, *Der Garten der verlorenen Seelen* von Nadifa Mohamed sowie *Mein Leben* von M. K. Gandhi.

JOSEPH O'CONNOR

IN MEINES VATERS HAUS

Roman

Aus dem Englischen von
Susann Urban

C.H.BECK

Titel der Originalausgabe:
My Father's House
Copyright © 2023 by Joseph O'Connor
Harvill Secker, Penguin Random House, London 2023

1. Auflage im Taschenbuch 2025
Dieses Buch erschien zuerst 2023 in gebundener Form im Verlag C.H.Beck
© Verlag C.H.Beck oHG, München 2023
Wilhelmstraße 9, 80801 München, info@beck.de
www.chbeck.de
Umschlaggestaltung: geviert.com, Nastassja Abel
Umschlagabbildung: Composing aus Motiven von
© akg-images/Bernhard Wübbel: akg-images/UIG/Marka und
© Stephen Mulcahey/Trevillion Images
Satz: C.H.Beck.Media.Solutions, Nördlingen
Druck und Bindung: Druckerei C.H.Beck, Nördlingen
Printed in Germany
ISBN 978 3 406 82990 1

verantwortungsbewusst produziert
www.chbeck.de/nachhaltig
produktsicherheit.beck.de

Für Emma, Laurence und Cormac, *un abbraccio*.

Liebe Mutter, lieber Vater, liebe Familie. Das ist der letzte Brief, den ich Euch schreiben kann, denn heute werde ich erschossen. Liebe Familie, ich habe mein Leben hingegeben für mein Land, für alles, was mir lieb war. Ich hoffe, dieser Krieg endet bald, damit Ihr alle für immer Frieden habt. Lebt wohl. Euer Euch stets liebender Soldat, Sohn und Bruder Willie.

Brief eines schottischen Kriegsgefangenen aus Italien

I. AKT

DER CHOR

September 1943: Deutsche Truppen besetzen Rom.

Gestapo-Chef Obersturmbannführer Paul Hartmann hat ein Regime des Schreckens errichtet.

Der Hunger ist allgegenwärtig. Die Gerüchteküche brodelt heftig. Der Ausgang des Krieges ist alles andere als gewiss.

Diplomaten, Flüchtlinge und entkommene alliierte Gefangene riskieren ihr Leben auf der Flucht nach Vatikanstadt, mit knapp einem halben Quadratkilometer der kleinste Staat der Welt, ein neutrales, unabhängiges Land mitten in Rom.

Eine kleine Gruppe ungleicher Freunde, angeführt von einem mutigen Priester, gerät in Todesgefahr.

Als es weihnachtet, gibt es kein Zurück mehr.

Sopran: Delia Kiernan, Marianna de Vries
Alt: Contessa Giovanna Landini
Tenor: Sir D'Arcy Osborne, Enzo Angelucci, Major Sam Derry
Bass: John May
Chorleiter: Monsignore Hugh O'Flaherty

1

Sonntag, 19. Dezember 1943

22.49 Uhr

Noch 119 Stunden und 11 Minuten bis zum Einsatz

Unter dunklen Auspuffwolken schiebt sich der schwarze Daimler mit Diplomatenkennzeichen verdrießlich hustend in die Via Diciannove, Graupelperlen zischen auf der Motorhaube. Eine einsame, matt leuchtende Straßenlaterne spiegelt sich in den Resten einer Pfütze wider, wo ein Gully übergelaufen ist. Das kaputte Neonschild eines Cafés blinkt unregelmäßig, wirft sein Licht auf die Worte MORTE AL FASCISMO, die jemand auf einen Rollladen geschmiert hat.

Scharlachrot.

Smaragdgrün.

Weiß.

Delia Kiernan ist vierzig, Ehefrau eines Diplomaten. Die Ärzte haben ihr das Rauchen verboten. Sie raucht.

Eine Woche vor Weihnachten ist sie tausend Meilen von zu Hause entfernt. Schweißfeucht kleben ihr die Strümpfe am Rock, sie kämpft mit dem widerspenstigen Schaltknüppel und legt den ersten Gang ein.

Der Mann auf dem Rücksitz versucht, ein schmerzerfülltes Stöhnen zu unterdrücken, er zieht an den Hakenkreuzen auf seinen Schulterklappen.

Der schwere Motor murrt. In Delias Schläfen hämmert das Blut. Auf dem Armaturenbrett liegt eine hastig gezeichnete Karte der Schleichwege zum Krankenhaus. Sollte sie einer SS-Patrouille begegnen, wird sie das Papier sofort zusammenknüllen und wegwerfen. Bedauerlicherweise sind die Bleistiftmarkierungen, hingekritzelt mit zittriger Hand, in der Dunkelheit schlecht lesbar. Sie lässt ihr Feuerzeug aufschnappen, der leichte Benzingeruch entlockt dem Mann einen Klagelaut.

Beim Einbiegen in die Via Ventuno stößt der Daimler gegen eine Mülltonne, die umfällt. Ihr Inhalt wuselt zum Rinnstein, wird aber von einem Rudel ausgezehrter Hunde verschlungen, das wie ein einziges Tier aus dunklen Eingängen stürzt.

Mit quietschenden Bremsen holpert der Wagen über Bodenwellen, taucht in Schlaglöcher, gerät ins Schleudern, das Heck bricht aus, die Trittbretter streifen etwas, der Daimler schlingert über von Maschinengewehrschüssen vernarbtes Kopfsteinpflaster hinein in eine Straße, in der nasses Laub den Straßenbelag in eine Eislaufbahn verwandelt hat.

Der Mann wimmert. Fleht, sie solle sich beeilen.

Es geht durch eine Nebenstraße. Vorbei an der Universität, die von den Invasoren niedergebrannt und zerstört worden ist. Der dazugehörige Fußballplatz wird von Unkraut erstickt, den Toren fehlen die Netze, die als Schwimmbecken gedachte Grube gähnt dem Mond und fünfhundert zerbrochenen Fenstern entgegen. Delia erinnert sich an die Verbrennung der Wandtafeln, an das Foto, das sie am Morgen des achtzehnten Geburtstags ihrer Tochter in der Zeitung sah. Vorbei am vieläugigen, mörderischen Koloss des Kolosseums, das dem Skelett eines an Land gespülten Seeungeheuers ähnelt.

Auf der anderen Seite der Piazza grinsen Wasserspeier anzüglich von der düsteren Fassade einer Kirche herab. Sie lässt die Scheinwerfer zweimal aufblitzen.

Die Turmuhr schlägt elf. Sie spürt das Wummern der Glocken in ihren Zähnen. Der Wind zerrt an den angeketteten Tischen und Stühlen vor einem Café und pfeift durch die mit Pfeilspitzen gekrönten Geländer.

Ein schwarz gekleideter Mann eilt vom Portal der Kirche zu ihr herüber, der feuchte Regenmantel klebt ihm am Leib, er überlässt seinen umgeklappten Schirm der Bö, als er sich hastig mit tropfendem Trilby auf den Beifahrersitz des massiven Autos schwingt.

Sie fährt los, er holt Kladde und Bleistift heraus und schreibt.

«Was machst du denn da?»

«Nachdenken», erwidert er.

Aus seiner Manteltasche zieht er ein Fläschchen Brandy heraus und hält es dem Stöhnenden auf dem Rücksitz hin, der sich einen seiner Lederhandschuhe in den Mund gestopft hat.

Mit verängstigtem Blick schüttelt der Mann den Kopf.

«Lass ihn um Himmels willen in Ruhe», sagt sie. «Gib her.»

«Konzentrier dich aufs Fahren.»

«Gib sofort her. Oder du gehst zu Fuß.»

Eine Ewigkeit stehen sie an der Kreuzung zwischen Via Quattordici und Piazza Settanta, während ein kampfzerschrammter Panzer vorbeirasselt, sein Turm dreht sich langsam, als wäre er gelangweilt.

«Was bedeutet das für den Einsatz, wenn er so krank ist?», fragt sie.

«Dann müssen wir Ersatz finden. Vielleicht Angelucci?»

«In der kurzen Zeit können wir Enzo nicht einarbeiten.»

Als sie am Gefängnis Regina Coeli vorbeikommen, prasselt der Hagel heftig auf die Windschutzscheibe. Sie zündet sich erneut eine Zigarette an, Asche rieselt auf den Kragen ihres Regenmantels. Er hat die Augen geschlossen, aber sie ist sich sicher, dass er nicht betet.

«Herrgott noch mal, Delia, fährt diese Rostlaube nicht schneller?»

Dampfende, blaue Straßenlaternen, Gassen, die sich die Hügel hinaufschlängeln, auf den Dächern der Kirchen reihen sich die Silhouetten von Märtyrern aneinander. Sie erinnert sich an ihren ersten Morgen in Rom, als sie die Treppe zum Dach des Petersdoms hinaufstieg, an den Statuen vorbei, denen Zeit und Sturm jegliche Individualität abgeschliffen haben. Rußgeschwärzte, verwitterte Stalagmiten.

Ein Hofgatter versperrt die Zufahrt. Er steigt hinaus in den tobenden Regen und versucht, das Gatter zu öffnen, wobei er so energisch zu Werke geht, dass ihm der Trilby vom Kopf fällt. Im Licht der Scheinwerfer rüttelt er an den Stäben.

«Abgeschlossen!», ruft er. «Ist Werkzeug im Kofferraum?»

«Geh aus dem Weg.»

«Delia –»

Sie jagt den Motor hoch, tritt aufs Gaspedal und rammt den schweren Wagen durch das splitternde Tor, das krachend aufspringt. Er steigt wieder ein und schüttelt den nassen, massigen Schädel, als würde er sich wundern, was aus seinem Leben geworden ist.

Es geht durch weites, flaches Gelände, wo durchnässte Schafe blöken, dann geht es wieder bergauf, und das Krankenhaus taucht auf, drei brachiale Betongebäude, die vor kahlen Fahnenmasten und Monstern strotzen, bei denen es sich nur um Wassertanks handeln kann.

Ein fluoreszierendes gelbes Straßenschild befiehlt in schwarzen Lettern: *Rallentare!*

Nach einer kurzen, kurvenreichen Fahrt geht eine Auffahrt hinauf, deren Schotter fast abgetragen ist, vorbei an einem Trio kränkelnder Ahornbäume und dem Betonkorb eines Geschützturms zu einem in Flutlicht getauchten Säulenvorbau, vor dem ein khakifarbener Krankenwagen mit rotem Kreuz parkt, der Motor läuft, drei Sanitäter spielen hinten Karten. Beim Anblick des Daimlers ziehen sie merkwürdigerweise die Autotüren zu. Kurz darauf erlischt das Flutlicht.

Delia steigt aus, lässt aber den Motor weiter vor sich hin brummen.

Die Tür des Krankenhauses ist abgesperrt, der Eingangsbereich liegt im Dunkeln. Sie zieht dreimal am Klingelzug und hört das ferne, einsame Bimmeln, das aus den Tiefen der verdunkelten Stationen dringt.

Sie tritt ein paar Schritte zurück und starrt zu den Fenstern hoch, deren Läden geschlossen sind, als könnte ihr Blick, so die Hoffnung jedes gläubigen Menschen, jemanden hervorlocken, aber niemand kommt. Als sie Hilfe suchend auf den Krankenwagen mit den geschlossenen Türen zugeht, ertönt hinter ihr ein anzüglicher Pfiff.

Ein Krankenpfleger Anfang zwanzig, mit Haartolle und Zigarette im Mund, erscheint in einer Tür, die ihr nicht aufgefallen war. Er sieht mürrisch aus, als hätte er vor zwei Minuten noch geschlafen, und bringt einen Schwall abgestandener Luft mit. Die Taschenlampe in seiner linken Hand flackert zweimal schwach auf, worauf das Licht noch spärlicher leuchtet. In der Rechten hält er einen Gegenstand, den sie erst einen Augenblick später als Klappmesser erkennt. Er sieht aus, als wüsste er, wie man damit umgeht.

«Ich habe einen Patienten für Sie, der sofort versorgt werden muss», sagt sie. «Dort, auf dem Rücksitz.»

«Wie heißen Sie?», seufzt er und wirft einen Blick in den Fond des vor sich hin murrenden Daimlers.

«Ich kann Ihnen meinen Namen nicht nennen, aber ich gehöre einer neutralen Gesandtschaft dieser Stadt an. Der Mann ist schwer krank, vor einer knappen Stunde habe ich ihn von unserem Arzt untersuchen lassen. Er meint, es handele sich um eine Bauchfellentzündung oder einen Blinddarmdurchbruch.»

«Was kümmert mich das? Ich bin Römer. Und *Sie?*»

«Das spielt keine Rolle, lassen Sie eine Bahre holen, verdammt noch mal.»

«Sie kommen her, kommandieren mich herum und erwarten, dass ich einem scheiß Nazi helfe?»

«Es ist Ihre Pflicht, jedem Kranken zu helfen.»

Er spuckt aus.

«Da haben Sie meine Pflicht», sagt er.

Der Schwarzgekleidete steigt aus dem Wagen, legt seine massige Hand aufs Dach, starrt grimmig in den Himmel, als ärgerte er sich über die Wolken, und geht langsam auf den jungen Mann zu.

«Küsst du mit diesem Mund auch deine Mutter?»

«Wer will das wissen?»

«O'Flaherty mein Name.» Als er seinen Regenmantel öffnet, sind Soutane und Kollar zu sehen.

«Pater. Entschuldigung, Pater.» Er bekreuzigt sich. «Das wusste ich nicht.»

«Die deutsche Uniform, die der Mann im Auto trägt, ist Tarnung. Er hat jemanden beschattet und wurde plötzlich schwer krank.»

«Pater –»

«Eine Frage, du harter Kerl. Gibt es in eurem Krankenhaus einen Zahnarzt?»

«Warum?»

«Weil du in einer Minute einen brauchen wirst, wenn ich dir deine Zähne in den Schädel ramme. Du ungehobelter Nichtsnutz, so benimmt man sich nicht gegenüber einer Frau. Geh morgen zur Beichte und *bitte auf der Stelle um Entschuldigung.*»

«Verzeihen Sie mir, Signora.» Der Sanitäter senkt den knallroten Kopf. «Ich habe seit drei Nächten weder gegessen noch geschlafen.»

«Entschuldigung angenommen», sagt Delia. «Können wir jetzt zum Wesentlichen kommen?»

«Unser Mann ist ein entflohener britischer Gefangener, Major Sam Derry vom Royal Regiment of Artillery», erklärt O'Flaherty. «Das Leben vieler Tausend Menschen hängt von ihm ab. Wenn du Italien liebst, schaff ihn in den Operationssaal. Sofort.»

Der junge Mann betrachtet ihn.

O'Flaherty hastet zum Krankenwagen, reißt die Tür auf.

«*Andiamo, ragazzi*», sagt er und deutet auf den Daimler. «Hoch mit euren Hintern. So ist's recht, Männer. Packt mit an.»

Blut spuckend und seinen Unterleib umklammernd, taumelt Derry aus dem Wagen in die Nacht.

2

DIE STIMME VON DELIA KIERNAN

7. Januar 1963

Aus einem BBC-Recherche-Interview, Fragen nicht vernehmbar,

geführt in White City, London

Wahrscheinlich trinke ich zu viel. Das erst mal vorab. Hat man Ihnen aber bestimmt schon verraten. Sie brauchen nicht um den heißen Brei herum zu reden.

Wir bereiteten einen Einsatz vor – *Rendimento* nannten wir das, italienisch für Aufführung –, für Heiligabend, elf Uhr nachts. Doch am Sonntag, fünf Tage davor, erkrankte Derry, unser Einsatzleiter, während er gerade observierte, und Angelucci wurde zum Ersatzmann bestimmt.

Wie denn das?, fragen Sie sich wahrscheinlich. Gute Frage.

Das Alter hat meinem Gedächtnis leider ein wenig zugesetzt. Zwar vergesse ich nichts, aber manchmal gerät die Reihenfolge meiner Erinnerungen durcheinander. Daher bin ich mir nicht ganz sicher, wann ich den Monsignore zum ersten Mal traf. In Rom während des Kriegs, so viel ist klar. Verlangen Sie nicht von mir, dass ich ins Detail gehe, sonst muss ich mich erst mal für ein Nickerchen zurückziehen.

Nein, ich führte kein Tagebuch, Herzchen. Dazu hat mir die Geduld gefehlt.

Sie haben nicht zufällig eine Zigarette? Jetzt, wo wir so richtig einsteigen wollen.

Nein, nicht nötig. Ich habe Streichhölzer.

Als Frau eines hochgestellten irischen Diplomaten im Vatikan stand man dauernd auf offiziellen Empfängen herum, wurde von Erzbischöfen bequatscht und tat so, als hörte man ihnen zu. Man empfand eine

Art Verpflichtung, sein Scherflein beizutragen, um die jungen Iren in der Stadt zu unterstützen, von denen die meisten einem Orden angehörten.

Ach, schätzungsweise fünfhundert in etwa, Priester und Nonnen. Viele Seminaristen. Aufgrund der Rationierung war es in Rom während des Kriegs schlecht um den Speisezettel bestellt – manchmal bekam man einen Monat lang keinen Kohlkopf, kein Hühnerbein in die Hände. Stattdessen schorfige Steckrüben. Armeekekse, die nach Sägemehl und Asche schmeckten. Würstchen, die so wenig Fleisch enthielten, dass man sie unbesorgt am Karfreitag hätte essen können.

Und viele dieser jungen Leute waren kaum erwachsen. Heutzutage würden wir sie als Teenager bezeichnen. Das Wort gab es damals nicht. Daher wirkten sie – wie soll ich es ausdrücken? – etwas verloren. Und erschöpft. Religiöse Kinder neigen dazu, die ganze Nacht wach zu liegen, denn um gläubig zu sein, braucht es Phantasie.

Einige waren gerade den kurzen Hosen entwachsen, und schon drohte ihnen das Priesteramt. Bei manchen fragte man sich, ob es nicht eher Mutterns Idee gewesen war als ihre eigene. Auch wenn mich der eine oder andere das nicht gern sagen hört, waren Nonnen häufig die jüngsten Töchter bettelarmer Familien, für die dieser Weg die einzig mögliche Zukunft war. Oder sie steckten mitten in der Pubertät und waren beeinflussbar, wie die meisten von uns in dieser Zeit. So manch eine pfiffige Mutter Oberin geht in den kleinen Schulen in Hutchesontown, Glasgow, auf die Jagd nach Berufenen. Annie, gerade mal dreizehn, hebt die Hand. Sie liebt die Muttergottes und den Blumenschmuck auf dem Altar. Und im Handumdrehen wird Annie ins Kloster gesteckt. Für den Rest ihres Lebens. Natürlich war das nicht bei jeder Novizin der Fall, aber man machte sich eben seine Gedanken.

Jedenfalls fühlte man sich, angesichts der Umstände, diesen Jugendlichen verbunden. Damals war Rom voller Angst und Hunger. Und der Sommer höllisch heiß, eine sengende, auslaugende Hitze. Im

Park unserer prachtvollen Gesandtschaftsvilla gab es ein Schwimmbecken und bei sämtlichen Veranstaltungen und Feiern, an denen ich teilnahm, ließ ich verlauten, alle irischen Jugendlichen in der Stadt dürften ihn nutzen, und nannte ihnen auch die Straßenbahnlinien, mit denen sie von der Piazza del Risorgimento, gleich um die Ecke vom Vatikan, zu uns fahren konnten. Mein armer Tom verzweifelte schier an mir und bestand darauf, dass Männlein und Weiblein an getrennten Tagen schwimmen müssten. «Du bist eine Spaßbremse», sagte ich zu ihm. «Aber deswegen habe ich dich ja geheiratet.»

Im Ernst, natürlich stimmte ich seinem Kompromiss gern zu. Der Anblick dieser mageren Körper, die herumtollten und planschten, hätte ein Glasauge zum Weinen gebracht.

Daher führte ich ein, dass die Jugendlichen jeden Donnerstagabend in die Villa kommen durften, gewissermaßen als Abend der offenen Tür.

Ich ließ Terrinen mit köstlicher Minestrone auffahren und dieses herrliche lange italienische Brot, Sie wissen schon, und ein bisschen Obst, wenn ich welches auf dem Schwarzmarkt ergattern konnte – die Dienstmädchen der Gesandtschaft halfen mir dabei –, für ein paar Shilling war dort fast alles zu haben. Große Kessel mit Pasta, für ein Englisches Pfund bekam man so viel Spaghetti, dass man ein ganzes Bataillon hätte ernähren können. Dazu Oliven und ein oder zwei Käsesorten. Eine riesige, ofenheiße Lasagne. Außerdem ab und an Wurst und Speck aus Limerick, wenn es mir gelang, diese ins Diplomatengepäck zu schmuggeln. Eis oder pochierte Pfirsiche mit Zabaglione, manchmal sogar eine Zitronentarte. Ja, auch Wein. Warum denn nicht? Sie sollten sich in meinem Haus wohlfühlen. Wenn ihnen nach *un bicchiere di vino rosso* oder einer Flasche Stout war, was bei den wenigsten der Fall war, sollten sie das bisschen Alkohol genießen, ich wollte alles, was wir hatten, mit ihnen teilen. So bin ich erzogen worden.

Ich bin Katholikin, ich liebe meinen Glauben, so gut ich kann, aber die Kommunionbank küssen liegt mir nicht. Ganz und gar nicht. Zur Heiligen Maria eigne ich mich nicht. In allen Konfessionen gibt es gute Menschen und Schweine allererster Güte. Das Leben ist ein besserer Lehrmeister als jeder Katechismus.

Für Gästebewirtung in der Gesandtschaft war ein recht bescheidenes Budget vorgesehen. Ich trieb meinen unglücklichen Herrn und Meister in den Wahnsinn, weil ich es jede Woche überzog. Und wenn ich mich recht entsinne, konnte Dublin darüber ein wenig unwirsch werden. Es trafen dringliche Telegramme vom Außenministerium ein, die einen Beleg in dreifacher Ausfertigung für eine Flasche Prosecco forderten: RG, Betr., Datum, alles in Großbuchstaben. Mich kümmerte das nicht die Bohne, Herzchen. Wir werden noch lange genug im Grab liegen. Diese junge Frau ist nicht dafür bekannt, dass sie tut, was man ihr sagt. So ein kleiner wichtigtuerischer Bürohengst meint, er könnte bei meinereiner den großen Zampano spielen? Der kann mich kreuzweise im Mondenschein.

Am fraglichen Abend ging mir vieles durch den Kopf. Den Vormittag hatte ich im Tonstudio von Radio Roma verbracht, um eine Platte mit zwei Liedern aufzunehmen, die daheim in Irland herauskommen sollte. Ja, bevor ich heiratete, war ich Sängerin. Ich wollte meinen Beruf nicht ganz aufgeben.

An dem Tag? Ach, Herzchen, daran erinnere ich mich doch jetzt nicht mehr, wahrscheinlich *Danny Boy* und *Boolavogue*. Vielleicht *The Spinning Wheel*. Da müsste ich nachschauen.

Daheim hatte ich eine hübsche, kleine Karriere gehabt, die mich sehr erfüllte und anregte. Ehrlich gesagt fehlten mir die Konzerte und das ganze Herumreisen fürchterlich. Aber '41 musste ich eine Pause einlegen, da wurde der Krieg schlimmer und Tom nach Rom versetzt. Am Abend, als die Luftwaffe Brandbomben auf das Theater von Belfast warf, hatte ich einen Auftritt. Das nennt man wohl eine durchwachsene Kritik.

Landauf, landab gab es in ganz Irland keine Stadt, in der ich nicht sang. Im Sommer auf der Isle of Man, in Liverpool, Manchester, oft in Dundee oder Ayrshire, einige Nächte in den Tanzsälen von Cricklewood. Ich habe in Durham, Kilmarnock, Northampton und sonst wo gesungen. Wenn eine Frau den ganzen Tag über ans Haus gefesselt ist, kann sie leicht ihr Selbstbewusstsein verlieren. Ich war immer der Meinung, in wem ein Lied klingt, der sollte singen.

Jedenfalls kommt an besagtem Abend dieser höfliche Kerl zu meinem fröhlichen Beisammensein und stellt sich als Monsignore O'Flaherty vom Heiligen Offizium vor. Da wurde mir ganz frostig ums Gemüt.

Monsignore ist ein Titel, den die Kirche einem Diözesanpriester verleiht, der seit fünf Jahren Dienst in der Kurie leistet. Er hat also ein gewisses Gewicht. Was nun das Heilige Offizium betrifft, das ist die Behörde des Vatikans, die ein wachsames Auge auf die sogenannte *Einhaltung der Glaubenslehre* hat und darauf achtet, dass alle spuren. Früher hieß sie Inquisition. Sie hat also auch Gewicht. Die wenigsten von uns freuen sich, wenn ein Inquisitor auf unserer Party erscheint.

Für gewöhnlich war es mir nicht recht, wenn an meinen Abenden zu viele hochgestellte Persönlichkeiten herumschwirrten, weil die Jugendlichen verkrampften und keinen rechten Spaß hatten, wenn die seltsamen alten Vögel anwesend waren. Eines Abends schlug ein Kardinal auf, dessen Name im Dunkeln bleiben soll: ein langes, schielendes Elend mit hervorstehenden Zähnen, wie es die Welt noch nicht gesehen hat, das eine derartige Langeweile verbreitete, dass einem die Rotzpopel aus der Nase fielen. Es war, als hätte man einen Feuerwehrschlauch auf einen Kindergarten gerichtet. Er hatte eine Art zu lächeln, dass einem das Herz in der Brust gefror. Und was seine Selbstgefälligkeit betraf, wenn der eine Banane gewesen wäre, hätte er sich selbst geschält.

Aber dieser Monsignore war anders, bodenständig. Leutselig. Wie so viele aus Kerry hatte er etwas Verbindliches an sich. Damals verstanden sich zu viele Priester nicht als Verkünder der Barmherzigkeit, sondern als kleine, verkniffene Vorstadtrichter.

Hugh hatte es nicht so mit Autorität.

Noch etwas war anders, er war an jenem Abend auf einem Motorrad zu uns gekommen. Er schlendert also die Treppe zur Residenz rauf, staubgrau von den Stiefeln bis zum Helm, trägt Lederhandschuhe wie so ein Fliegerass und bekreuzigt sich im Eingangsbereich mit dem Wasser aus dem dortigen Weihwasserkessel, das aus Lourdes kommt. Als wäre ein Priester in diesem Aufzug das Alltäglichste der Welt. Und dazu der starke Geruch nach Motoröl. Ungewöhnlich.

Er sprach in schönstem Italienisch mit meinen Angestellten. Noch wusste ich es nicht, aber einen klügeren Kopf würde ich nie kennenlernen: Hugh hatte drei Doktortitel, beherrschte sieben Sprachen fließend, und sein Verstand war wie eine Rasenmäherklinge, er durchschnitt jeden Knoten und fand eine Lösung, wenn es denn eine gab.

Er schlendert also durchs Partyvolk, ein Glas *limonata* in der Hand, da ein Plauderwort, dort ein, zwei Witzchen. Zwei Studenten aus Liverpool spielten Schach, und er sah ihnen eine Weile zu, als sie die Partie beendet hatten, fragte er den Gewinner nach seiner Spielstrategie. Er rührte keinen Tropfen Alkohol an, aber es störte ihn keinen Deut, dass alle anderen ein Bierchen tranken. Nur zu. Ich nehme das Gleiche wie Sie.

Da war diese junge Frau aus Carrigafoyle, eine Karmeliternovizin, mit der unterhielt er sich blendend, und es stellte sich heraus, dass er daheim in Irland beim Golfspiel einen verstorbenen Onkel von ihr kennengelernt hatte, was für ein Zufall. Hugh war gewissermaßen auf einem Golfplatz aufgewachsen, wie Sie wahrscheinlich wissen. Sein Vater, ein ehemaliger Polizist, war in Killarney Golflehrer. Dann führten Hugh und die junge Karmeliterin – ich sehe die beiden immer noch ganz deutlich vor mir – der versammelten Gesellschaft mit einem Gehstock vor, wie man puttet. Man sprach über Angenehmes, kein Wort über den Krieg.

Ach, ich vergaß zu erwähnen, dass sein Name, als wir später Codenamen verwendeten, «Golf» lautete. Er war von der Vorstellung besessen, dass die Deutschen uns belauschten. Entflohene Gefangene hießen «Bücher», ihre Verstecke «Regale». Wir verwendeten nie die echten römischen Straßennamen, sondern dachten uns eigene aus, die auf Zahlen basierten wie in Manhattan. Oder wir benannten sie nach den großen italienischen Komponisten. Damit wir der Gestapo voraus waren, mussten wir die Codes ständig ändern. Dazu gleich mehr.

Tom war an diesem Abend nicht da, er besuchte drei Männer aus Dublin, die unvorsichtigerweise gegenüber den Fascisti eine kesse Lippe riskiert hatten und ins Regina Coeli, das römische Gefängnis, geworfen worden waren, nachdem man sie in ihrem Versteck aufgespürt hatte. Er war ohnehin selten bei meinen Treffen anwesend. Tat gern so, als missbilligte er sie, obwohl das gar nicht der Fall war. Irgendwann an dem Abend kam der Moment, als die Jugendlichen mich aufforderten zu singen. Einige von ihnen, oder wohl eher ihre Eltern, besaßen daheim in Irland meine Schellackplatten. In dem Sommer lief eine davon – *Die Stimme von Delia Kiernan* – ständig auf Raidió Éireann, auch im Third Service und auf American Forces Network. Der große Richard Tauber persönlich hatte in einem Interview gesagt, die Platte gefalle ihm, das war ein Grund, stolz zu sein. Der Monsignore redete mir zu, den Wunsch der jungen Leute zu erfüllen. «Los, Mrs Kiernan, sonst zertrümmern die Ihnen noch die Möbel.» Ich sagte, es gebe niemanden, der mich begleiten könne, und ohne dieses Sicherheitsnetz sei ich nervös. In Wahrheit hatte ich zwei Whiskey intus.

Er sei kein Paderewski, antwortete er, aber er werde so gut wie möglich improvisieren, wenn ich ihm die Tonart angab. Ich hatte an ein Lied in As gedacht, was für eine Stegreifbegleitung knifflig ist, doch ich könne es in A-Dur umbiegen, erklärte ich. Wir zwei also rüber zum Flügel, einem herrlichen alten Bösendorfer, und los ging's. Es war ein altes Liebeslied, eine Arietta von Bellini, die mir seit Langem am Herzen lag – eine liebliche, leichte Melodie wie ein beschwingtes Volkslied. Sie erinnert mich immer an meinen Vater, Gott sei seiner Seele gnädig, denn sie gehörte zu seinen Lieblingsstücken. Anhand der Version von John McCormack, die er besaß, lernte ich als kleines Kind dieses Lied. Einige der Jugendlichen stimmten mit ein.

Vaga luna, che inargenti
Queste rive e questi fiori
Ed inspiri agli elementi
Il linguaggio dell'amor

War keine falsche Bescheidenheit von Hugh, wie er sein musikalisches Können eingeschätzt hat, muss ich schon sagen. Allmächtiger, ich habe viele schlechte Pianisten erlebt, aber der Gute schoss wirklich den Vogel ab. Er hatte Pranken wie Schaufeln, mit denen er unbeholfen herumklimperte. Trotzdem war es ein schönes Erlebnis, das im Gedächtnis blieb. In meiner Erinnerung verbinde ich Rom stets mit der Musik des Alltags: das Zuklappen eines Fensterladens an einem schwülen Nachmittag, die Verzückung, wenn man im Pantheon steht und die ersten Regentropfen fallen. Das erregte Gurren der Tauben, das Glucksen der Trinkbrunnen. Aber keine Musik war je süßer als der Gesang der Anwesenden an diesem Abend.

Es macht etwas mit einem Raum, wenn Menschen singen. Die Luft verändert sich wie bei Regen oder in der Dämmerung. Manche bezeichnen es als Eskapismus, aber mir erscheint das Leben dann wahrhaftiger.

Verzeihung. Bei dem Gedanken werde ich ganz rührselig.

So lernten wir uns also kennen und waren bald darauf gute Freunde. Gelegentlich kam er zu meinen Soireen und brachte ein, zwei Kameraden mit. Ja, Priester – einmal kam ein japanischer Franziskaner – oder Pilger aus der Heimat oder seinen geliebten Vereinigten Staaten, und immer eine Flasche ausgezeichneten Chianti dabei, nur der Allmächtige weiß, wie er an die rangekommen ist, obwohl er selbst nicht trank, wie schon gesagt. Manchmal brachte er ein kleines Fläschchen Brandy mit.

Ein gut situierter päpstlicher Conte hatte der irischen Gesandtschaft ein sündhaft teures Abo für eine Opernloge geschenkt, in die wir oft andere Diplomaten mit ihrer Familie einluden. Das unabhängige Irland war ein noch sehr junges Land, das darf man nicht vergessen, hatte erst 1921 seine Freiheit erlangt. Wir brauchten und schätzten die Solidarität anderer Länder. Von der Frau eines Diplomaten wurde erwartet, dass sie als Gastgeberin auftrat. Verdi erwies sich da manchmal gewissermaßen als Verbündeter.

An dem fraglichen Abend wären wir eigentlich zu siebt gewesen, aber dem portugiesischen Botschafter setzte die grauenvolle Hitze zu, die abscheuliche Kopfschmerzen verursachen konnte, man war dann wie gelähmt und bekam schwer Luft, daher lud ich den Monsignore ein, denn ich wusste, dass er Puccini liebte, außerdem spielt *Tosca* bekanntlich in Rom. Anwesend waren der schwedische Botschafter mit Ehefrau, der Schweizer Kulturattaché – eine Teilzeitstelle, wie sie im Buche steht – sowie eine Freundin, der Monsignore und meinereine samt Gatten. «Ein Aufstand der neutralen Staaten», scherzte Hugh beim Händeschütteln. «Unser Grüppchen könnte sich nicht mal den Weg aus einer Mausefalle freischießen.»

Der schwedische Botschafter lachte, der Schweizer Kulturattaché nicht, wenn ich mich recht entsinne, der sich auch verständlicherweise daran störte, dass Hugh die gesamte Aufführung über in ein Notizbüchlein kritzelte. Eine von Hughs Eigenarten: Wenn etwas nicht schwarz auf weiß dasteht, hat es nicht stattgefunden. Selbst die Marginalen seiner Bibel waren vollgekritzelt. Wie dem auch sei. Das ist eine andere Geschichte. Wo waren wir stehen geblieben?

Ach ja.

Es muss Ende '42 gewesen sein, da versank er in eine Schwermut, wie ich sie noch nie erlebt habe. Eine Zeit lang hatte er als offizieller

Beobachter des Vatikans die italienischen Kriegsgefangenenlager der Achsenmächte besucht. In jenem Herbst muss etwas mit ihm geschehen sein. Er war nicht mehr derselbe. Kam nicht mehr zu meinen Abenden, tauchte eine Weile unter. Jemand erzählte mir, er sei krank gewesen, habe Krebs gehabt und im Krankenhaus überlegt, ob er nicht in Massachusetts Gemeindearbeit tun sollte. Mein Tom hörte über den Flurfunk im Vatikan, dass er eventuell seinen Kragen ablegen wolle. Doch als er sich endlich zu einem Treffen mit mir bereit erklärte, sagte er, das stimme alles nicht, er sei beschäftigt gewesen, mit einer persönlichen Angelegenheit, wie er es nannte.

Als wir damals miteinander sprachen, hatte es schon seit Tagen geregnet und der Fluss war angestiegen, es war einer jener Abende, an denen der Tiber an den Baumwurzeln leckte. Ob er in Schwierigkeiten stecke, erinnere ich mich, ihn gefragt zu haben. Ob er jemanden zum Reden brauche?

Denn, um ehrlich zu sein, hörte man gelegentlich von Priestern, bei denen eine Frau im Spiel war. Die menschliche Natur lässt sich nicht unterdrücken. Wir werden uns kurz vor knapp nicht mehr ändern. Manch guter Mann fand heraus, dass der Zölibat nichts für ihn war, aber wenn er austrat, wurde er von der Kirche geächtet. In aller Regel schickte man solche Kandidaten in ein heruntergekommenes Hinterhofhotel, wo in einem Zimmer auf dem Bett ein Anzug aus dem Pfandhaus sowie drei Pfundnoten lagen. Der Mann zog seine Kutte aus, legte sie ordentlich zusammengefaltet aufs Bett, schlüpfte in den Anzug eines Toten und verließ das Hotel durch den Hinterausgang. Sie wussten, dass niemand aus ihrem alten Leben je wieder Kontakt mit ihnen aufnehmen würde. So machte die Kirche diesen Männern das Aussteigen schwer. Deshalb sind viele geblieben. Zu viele.

Nach all den Jahren kann ich gestehen, dass ich da eine bestimmte Dame im Sinn hatte, eine junge, seit Kurzem verwitwete Contessa, die man in ganz Rom in Hughs Begleitung in Kunstgalerien und ähnlichen Kultureinrichtungen sah, beide aus unterschiedlichen Gründen ganz in Schwarz. Eine Schönheit war sie, sah ein wenig wie ein *gamine* aus, wie die Franzosen die leicht knabenhafte Erscheinung eines Filmstars wie Leslie Caron nennen. Wir wurden enge Freundinnen, vor nicht einmal zwei Stunden habe ich mit ihr telefoniert. Wie jede Festung ist auch der Vatikan ein Hort des Neids und des Gemunkels. Ich weiß ganz sicher, dass die Gerüchte um ihre Freundschaft mit Hugh jeglicher Grundlage entbehrten. Kein Rauch ohne Feuer, heißt es bei den Klatschbasen. Ich sage immer, vielleicht ist da gar kein Rauch, sondern du solltest mal wieder deine Brille putzen.

Jedenfalls lachte er, als ich ihren Namen erwähnte. Die persönliche Angelegenheit, die er erwähnt habe, sei ganz anderer Natur, versicherte er mir. «Aber danke fürs Kompliment, Delia.»

Als ich nachbohrte, zeigte er mir einen Papierfetzen, einen Brief, der aus einem Kriegsgefangenenlager hinausgeschmuggelt worden war und von einem armen schottischen Jungen stammte, der kurz vor der Exekution stand. Der Arme hatte gebeten, dass er an seine Mutter weitergeleitet werden sollte. Die Worte des Briefes, die bevorstehende Hinrichtung – geben Sie mir bitte einen Augenblick – hatten sich zwischen Hugh und seinen Schlaf gedrängt.

Ich weinte, als ich den Brief las. Gab ihn Hugh zurück und weinte wieder. Es vergeht kein Tag, an dem ich nicht für diese Mutter bete.

Im Sommer darauf durchlitten wir die amerikanischen Bombardierungen, die ich nie vergessen werde. Vermutlich kann nur, wer selbst einen Luftangriff erlebt hat, diesen Horror nachempfinden. Kein Film kann das je einfangen. Die Schreie. Den Geruch. Die wochenlang blank liegenden Nerven.

Ein B-25-Mitchell-Bomber hat die Größe eines Londoner Busses. Man schaut nach oben, und da fliegen vierzig von ihnen, die Fünfhundert-Pfund-Bomben regnen lassen. Eine Straße wird davon nicht beschädigt, sie wird ausgelöscht. Platt gemacht. Ein Trümmerfeld aus stinkendem Rauch und zerbröselten Backsteinen. In der Nacht davor warfen die Flugzeuge achtzigtausend Flugblätter ab, auf denen stand, was am nächsten Tag passieren würde. Das Grauen hatte also genügend Zeit, einem in jedes noch so kleine Knöchelchen zu kriechen. Einer dieser Luftangriffe ereignete sich während einer meiner Donnerstagssoireen. Ich werde nie vergessen, wie sehr sich die jungen Leute fürchteten, sie weinten in Todesangst.

Mittlerweile hatte Hugh mitbekommen, dass gewisse Personen in Rom – eine hier, jemand anders dort – entflohenen alliierten Gefangenen und Juden halfen, in die Schweiz zu gelangen, und unterstützte sie heimlich, nicht in großem Maßstab, aber indem er unter falschem Namen Zugfahrkarten kaufte, Kleidung besorgte. Es geschah alles spontan und war nicht organisiert. Hugh hatte zwischenzeitlich viele Freunde in der Stadt, er gehörte nicht zu jenen Priestern, die im Gotteshaus essen, schlafen und sterben. Er spielte mit dem Gedanken, eine Gruppe zu gründen, um Geld für die Flüchtlinge zu sammeln und ihnen ein wenig unter die Arme zu greifen, aus der Entfernung, unter der Hand.

Diskret. Informell. Alles heimlich, still und leise.

Tom sollte ich lieber nicht einweihen, auch sonst niemanden aus der Botschaft. Es sei völlig gefahrlos, die Gruppe werde ausschließlich im Hintergrund wirken, wie eine Wohltätigkeitsorganisation.

Wenn ich gewusst hätte, wohin das führen würde, hätte ich umgehend das Weite gesucht.

Er überlegte, wie wir uns tarnen könnten.

Als Chor.

3

Montag, 20. Dezember 1943

6.47 Uhr

Noch 112 Stunden und 13 Minuten bis zum Rendimento

Ein paar Stunden nach der Fahrt zum Krankenhaus stürzt sich ein Schnupfen auf ihn. Durchdringendes Niesen, trockener Husten, Schüttelfrost, tränende Augen. Die Angst packt ihn, dies könnte der Anfang der gefürchteten Römischen Grippe sein, die im letzten Winter ein Dutzend seiner afrikanischen Erstsemester und neun seiner Chicagoer Studenten dahingerafft hat.

Erschöpft erzwingt er kurz vor Morgengrauen den Schlaf. Der Daimler röhrt durch seine Albträume.

Und verwandelt sich in den Mercedes des Gestapo-Chefs, Hauptmann. Sie schrauben sich durch unglaublich enge, gewundene Straßen einer Stadt, die gleichzeitig Rom und doch nicht Rom ist. Eichen. Blitze. Blutstropfen im Sand. Regen, der Muster auf ein Fenster zeichnet. Riesige Türme. Ein Brunnen, so tief, wie der Mond hoch steht. Gesichter, die zu Stein werden, während eine Nocturne von Chopin erklingt, ausdruckslos, gebrochen, ohne Hoffnung. Jetzt sitzt Hauptmann an seinem Bett, ein Mann wie ein Virus. Er hat Angst, ihn beim Luftholen einzuatmen. *Sagen Sie mir, wen Sie getroffen haben. Sagen Sie mir, warum Sie diese Menschen getroffen haben.* Die grauen Augen des Nazis. Graue Infanterietressen auf den Ärmelaufschlägen. Der graue Rauch seiner grauen Zigaretten. Die Wölfin, die auf einem Fresko Romulus und Remus säugt, wird lebendig und schlabbert ihre hungernden Kinder ab, ehe sie diese verschlingt.

Um zehn Uhr verlässt er sein Zimmer, geht unsicher hinüber ins theologische Seminar und beginnt seine dreistündige Vorlesung über

Thomas von Aquin, die er auf Latein vor neunzig Seminaristen halten muss. Der Eisregen der vorigen Nacht graupelt immer noch in seinem Kopf, als er Halt suchend das Rednerpult umklammert, die gelben Fenster des Hörsaals wackeln. Die Studenten im dritten Jahr sind sehr aufgeweckt. Ihre Fragen schwirren wespengleich. Das heiße Wasser mit Zitrone, das er aufs Podium mitgenommen hat, schmeckt nach Schlamm und Bleistiftspänen.

Anschließend widmet er sich, in eine Decke gehüllt, den Benotungen ihrer Semesterabschlussprüfungen, schafft aber nur dreißig Arbeiten, ehe er sich aufs Krankenlager zurückziehen muss. Die restlichen sechzig zensiert er zwischen lidzuckendem Halbschlaf und hässlichen Hustenanfällen. Sein pfeifender Atem rast wie ein wild gewordener Köter im Zimmer umher. Sein Brustkorb steht in Flammen.

Kein Wort von Sammy Derry.

Über ihm Bomber.

Vielleicht kommt morgen eine Nachricht.

…

Abschrift eines Berichts, aufgenommen mit Magnetophon der Allgemeinen Electricitäts-Gesellschaft AG

Hier spricht Obersturmbannführer Paul Hauptmann. Zu Händen Dollman, vertraulich. 20. Dezember '43, Gestapo-Hauptquartier, Rom.

Erneuter Anruf von Himmler. Tobte, drohte. Außer sich, dass feindliche Gefangene in großer Zahl aus den italienischen Lagern fliehen. Sagt, die meisten flüchten Richtung Rom, wollen Asyl im Vatikan. Mir ist bewusst, dass Sie beschäftigt sind, aber ich habe meine Meinung geändert. Nehmen Sie einige der Verdächtigen unter die Lupe, über die wir uns unterhalten haben, darunter den bereits erwähnten, lästigen Priester. Ich weiß, Sie sind der Meinung, da steckt nichts dahinter. Wir müssen dem nachgehen.

Hören Sie sich um, haken Sie nach. Werden Sie rabiat. Die üblichen Spitzel einsetzen. Finden Sie heraus, ob er einen falschen Namen benutzt.

Ich schicke Ihnen mein Dossier über diesen Mann. Füllen Sie die Lücken und senden Sie die Mappe vor Weihnachten zurück.

Verhalten Sie sich diskret. Bleiben Sie im Hintergrund.

Dieses Unkraut muss mitsamt der Wurzel herausgerissen werden.

Unsere Pläne dürfen unter keinen Umständen torpediert werden.

Heil Hitler.

...

Dienstag, 21. Dezember
3.04 Uhr
Noch 91 Stunden und 56 Minuten bis zum Rendimento

Beim Aufwachen frühmorgens fällt ihm ein, dass sich heute seine Priesterweihe zum achtzehnten Mal jährt. Fiebrige Gedanken durchfluten ihn. Er sieht sich selbst an jenem Morgen vor dem Altar der Kathedrale liegen, dann mit gebundenen Händen, wie zu diesem Anlass üblich, den Gang zurückschreiten, die kerzenbeschienenen Habichtsgesichter der Bischöfe.

Bei Sonnenaufgang driftet er in eine zuckende, knackende Röte, die kein Schlaf ist, in ein Land, in dem sogar Kerzenständer Stimmen haben. Als er daraus auftaucht, rührt er in dem Glas mit Medizin, das ihm jemand auf den Nachttisch gestellt hat, und bekommt zwei Schlucke hinunter, ehe er trocken würgt.

Selten hat er so etwas Eigenartiges gesehen wie das Stück Zitrone auf dem Kupferlöffel neben dem Wecker, so gelb, dass es grün ist, so grün, dass es blau ist, der Geruch kriecht ihm die Nebenhöhlen hoch wie ein mitternächtlicher Einbrecher, bis tausend Insektenbeine daraus sprießen, die auf den Kissen herumwuseln und ein niederträchtiges, lästiges Summen verströmen, das sich in das Brummen einer Oboe verwandelt.

Ein Traum voller Wörter, die ihm wie Würmer aus den Ohren gleiten.

Im Zimmer stinkt es. Er stößt das Fenster auf.

Unten auf der verregneten Straße steht Hauptmanns schwarzer Mercedes.

Während er noch schaut, gehen die Scheinwerfer aus.

...

Abschrift eines Berichts, aufgenommen mit Magnetophon der Allgemeinen Electricitäts-Gesellschaft AG

21. Dezember '43, Gestapo-Hauptquartier, Rom, Hauptmann, zu Händen von Dollman. Vertraulich.

Heute Abend war ich mit dem Auto in der Nähe des Vatikans unterwegs. Aus einer Eingebung heraus beschloss ich, das Kolleg auszukundschaften, in dem HO'F wohnt. Das Gebäude sieht unwirtlich aus, hat einen eigenen Friedhof. Ziemlich schauerlich. Die Art Ort, bei dem man an Vampirpriester denkt. Um Mitternacht kam der Pförtner heraus, schloss aber die Tür nicht ab. Ich riskierte es und trat ein. Der Korridor war dunkel. Religiöse Bilder, ein effekthascherisches Kruzifix, der übliche Ramsch. Ein Stapel Post für die Bewohner; beim Durchsehen nichts für HO'F. Ich wollte die Treppe hinauf, hörte aber männliche Stimmen, die sich unterhielten (vermutlich Studenten). Überprüfen Sie, ob wir jemanden, der dort arbeitet, unter Druck setzen können. Einen Bediensteten oder eine Aushilfe. Vielleicht einen der anderen Priester. Die Kosten übernehmen wir.

...

Mittwoch, 22. Dezember

11.49 Uhr

Noch 59 Stunden und 11 Minuten bis zum Rendimento

Als er aufwacht, ist das Fieber gesunken. Seine Haut fühlt sich an wie neu. Im Zimmer riecht es nach Holzrauch und Bienenwachs.

Traurig läuten die Glocken des Petersdoms den Mittag ein. Frauen singen das Angelus.

Seiten seines Notizbuchs sind über die Daunendecke verstreut. Entsetzt erkennt er darauf in seiner Handschrift die Namen der Chormitglieder, Adressen der Verstecke. Er rafft die Blätter zusammen, zerreißt sie und wäscht sich die Tinte von den Fingern. Auch die Laken und der Kopfkissenbezug sind schwarz beschmiert. Der verräterische Füller auf seinem Nachttisch.

Manche Wintertage in Rom haben eisblaue Augen, einen frostigen Blick, der einen erstarren lässt.

Er holt seine Dartpfeile aus der Nachttischschublade, steht schwankend vor der Dartscheibe, die an der Innenseite der Tür hängt. Die kalten Pfeile liegen schwer in seiner Hand, sie ziehen ihre Flugbahn von seinen Fingerspitzen in die Segmente der Scheibe. Flugbahnen wie Fluchtrouten.

Wtsch.

Ftsch.

Doppel 20.

Einhundert.

Dann das zornrote Bull's eye.

Als schriebe man etwas auf. Luft in Zahlen nageln. Seine Angst schwindet. Zieht man an den Pfeilen, lassen sie sich herausziehen.

Wirft man sie präzise, bohren sie sich in die Scheibe. Ein Schlachtfeld aus Kork und Metall, wo ein zugekniffenes Auge ein Dolch ist.

Die Minuten vergehen im Spiel. Eine Stunde verrinnt. Er wägt die Würfe ab, plant, überlegt. Versucht, wie Hauptmann zu denken, zu kalkulieren, er zu *sein*. Trottet tausend Meter übers Linoleum zwischen Wurflinie und Scheibe, Scheibe und Wurflinie, geflügelte Fluchten in der Hand, geheime Routen im Kopf, und jeder Wurf rettet einen Entflohenen, jedes *Wtsch* macht Hauptmann fuchsteufelswild.

Er nimmt die Mappe mit den Zeitungsausschnitten, die er in der deutschen Abteilung der Vatikanbibliothek zusammengetragen hat, Artikel aus Zeitungen, in denen Hauptmann erwähnt wird: regionale und überregionale Blätter, Parteipublikationen, da eine Erwähnung in einem Nebensatz, dort ein kurzer Absatz, sogar ein Profil in der Festzeitung der Oberprima anlässlich der Reifeprüfung, damals in Stuttgart. Kenne deinen Feind, heißt es. Sieh durch seine Augen. Eine Fotografie, auf der er einen Wanderausflug der Hitlerjugend anführt. Seine Verlobungsanzeige. Name der Frau: Elise. Zwei Kinder, eines davon adoptiert. Trat '34 der SS bei. Schloss '38 die Führerschule der Sicherheitspolizei ab. Ehemaliger Kriminalkommissar. Der Absolvent mit den größten Karrierechancen.

Hin und wieder wirft er sich einen verschlissenen Morgenmantel über und schleicht barfuß in den Eingangsbereich hinunter, unter dem Vorwand, er erwarte einen Weihnachtsbrief von daheim, aber es ist keine Nachricht über Sam Derry eingetroffen – auch sonst nichts.

Er versucht, im Krankenhaus anzurufen, bei Delia Kiernan und der Contessa, aber die Leitungen des Vatikans sind tot; niemand weiß, wann sie repariert werden. Im heutigen Leitartikel des «Messaggero» wurde angedeutet, dass die Nazis die Leitungen gekappt hätten, da der Einmarsch in Vatikanstadt in wenigen Tagen bevorstehe.

Vor drei Wochen, Anfang Dezember, beantragte er für einen Friseurbesuch einen Passierschein, wie dies alle Bewohner des Vatikans tun müssen, wenn sie Rom betreten wollen, ein kompliziertes Verfahren, das unter anderem einen Brief in dreifacher Ausfertigung an die Kurie erfordert. Normalerweise schneidet er sich mithilfe seines Rasierspiegels selbst die Haare, aber mittlerweile lassen die Studenten gewisse Bemerkungen fallen. Wenn ihm der Schein gewährt wird, darf er den Vatikan verlassen und sich eine Stunde und zehn Minuten in Rom aufhalten. Bewaffnete Wachen werden ihn zum Friseur und zurück eskortieren.

Um zwei Uhr nachmittags betritt er die Loggia, um sich zu erkundigen, ob der Passierschein da ist. Zu seinem Erstaunen überreicht der *portiere* ihm das Dokument.

«Sie sehen schlecht aus, Monsignore.»

«Ich bin auf dem Weg der Besserung, Giancarlo, *grazie.*»

«*Con rispetto,* wenn Sie wollen, kann ich Ihnen die Haare schneiden, Monsignore. Um Ihnen die Mühe zu ersparen.

«Es tut mir wahrscheinlich gut, wenn ich mal rauskomme.»

«Sehr gut, ich gebe Bescheid, dass Sie bereit sind. Drei Uhr?»

«Einverstanden, drei Uhr. *Grazie,* Giancarlo.»

«*Prego.*»

Die beiden Soldaten, die zu seiner Begleitung abkommandiert wurden, sind jung und unbeholfen. Die Kinnriemen ihrer Helme baumeln, die schmuddeligen Uniformjacken sitzen schlecht.

Sie stolpern über Roms Pflastersteine, wissen offenbar nicht, welche Richtung sie einschlagen sollen, bleiben in ihrer Verwirrung gelegentlich stehen und beugen sich leise zankend über die Militärkarte mit dem verschwommenen Druck, die man ihnen ausgehändigt hat und die seit zwanzig Jahren nicht mehr aktuell ist. Er könnte ihnen mit Gesten, einem Fingerzeig den richtigen Weg weisen, hat aber das Gefühl, sie könnten es ihm übel nehmen. Die beiden machen Anstalten, in diese Straße einzubiegen, dann in jene, kehren wieder um, und er wünscht sich inständig, zufällig jemanden zu treffen, der eine Nachricht ins Krankenhaus überbringen könnte, da geraten er und die Soldaten durch einen Torbogen auf eine kühle, von hohen Häusern umgebene Piazza in eine Gruppe schwarz gekleideter SS-Offiziere, die eifrig eine beeindruckende Kirchenfassade fotografieren. Die Totenkopfabzeichen an ihren Mützen blitzen. Unter ihnen entdeckt er Hauptmann, der fahrig wirkt und mürrisch in ein Notizbuch mit Drahtbindung schreibt. Er unterhält sich mit niemandem.

Orlandi, der Friseur, feist wie ein Ringer, verschwitzt und atemlos, muss der einzige seines Berufsstandes in Rom sein, der so gut wie nichts zu sagen hat. Am Spiegel klebt ein Zeitungsfoto der Fußballmannschaft des Lazio Rom und starrt hinab ins Waschbecken, daneben eine Ikone der Schwarzen Madonna sowie eine Postkarte mit Betty Grable im Badeanzug.

«Sind Sie Lazio-Fan, Orlandi?»

«Leider Gottes, Pater.»

«Einen besseren Stürmer als Piola habe ich noch nie erlebt.»

Einer der Soldaten zischelt, hebt den Finger an die Lippen. Keine Unterhaltung.

«Diese Wurstfresser glauben, sie können uns rumkommandieren», singt der Friseur leise auf Italienisch, als erinnerte er sich bruchstückhaft an eine vor langer Zeit gehörte Arie. «Das Bürschchen ist halb so alt wie ich, unverschämtes Arschloch, und will mir sagen, wann ich reden darf? Und das in meinem eigenen Laden? Soll ich Sie rasieren, wenn Sie schon hier sind, Pater?»

Er rührt die Seife in einem Zinnbecher an, zieht das Rasiermesser sieben Mal ab und tiriliert weiter. «Drehen Sie das Gesicht in diese Richtung, Pater. Das war's.» Er rasiert ihm den Nacken. «Gleich sind wir fertig. Diesem Wurstfresser sollte man in den Arsch treten. *Alleluia.*»

Orlandi öffnet eine Schachtel Old Gold, zündet sich eine an, inhaliert und legt sie in einer Jakobsmuschel ab, die als Aschenbecher dient, und bietet den Soldaten nachträglich ebenfalls eine an.

«Greift ruhig zu», sagt er freundlich auf Italienisch. «Ihr hässlichen Schweinehunde.»

«*Danke schön*», erwidern sie, denn sie verstehen seine Gesten, nicht aber seine Worte. Allerdings kann man sich nicht immer auf ihre Unwissenheit verlassen. Manche tun, als verstünden sie nichts, das gehört zu ihrer Ausbildung, eine andere Art, den Besiegten zuzuhören.

«Und deine Mutter», murmelt Orlandi. «Hoffentlich wirst du erschossen.»

Durch Rauchwolken hindurch Grinsen, Nicken, gehustete Dankbarkeit.

«*Allora*», sagt er. «Waren Sie in letzter Zeit im Kino, Pater?»

«Seit Längerem nicht.»

«Also heute Abend würde ich nicht gehen. Wenn Sie wissen, was ich meine. Ein Vögelchen hat mir gezwitschert, dass man heute Abend das Filmtheater in Prati besser meiden sollte.»

«Warum das?»

«Da tummeln sich gewisse Auswärtige. Wie man hört, ist ein Empfang geplant. Die Art Weihnachtsgeschenk, bei dem jemand eine Lunte zündet und abzischt.»

Auf dem Rückweg in den Vatikan sieht er abermals Hauptmann, der jetzt mit einem Mann in Zivil vor einem Café sitzt. Die Soldaten salutieren im Vorbeigehen, aber Hauptmann und der andere bemerken es nicht, Hauptmann nimmt winzige Schlucke aus einem Wasserglas, der Untergebene trinkt Rotwein und bedient etwas, das wie eine Rechenmaschine aussieht, hört zu, nickt, biegt eine Büroklammer auf, macht eine Rauchpause. Eine Bettlerin nähert sich. Hauptmann gibt ihr eine Münze.

Eine halbe Stunde, nachdem der Priester und die Soldaten gegangen sind, geht der Friseur pfeifend und fluchend zu seiner Kasse, weil er Kleingeld braucht. Auf einen Geldschein sind sechs alphanumerische Zeichen gekritzelt, die ihm nicht aufgefallen sind, als er ihn vom Monsignore bekam.

«Bach 21.»

Im Code, der den Unterstützern der Chormitglieder wohlbekannt ist, bedeutet «21»: dringend.

Orlandi schließt seinen Laden und geht los.

...

Dienstag, 23. Dezember

7 Uhr

Genau 40 Stunden bis zum Rendimento

Wtsch.

Ftsch.

Er zieht die Pfeile aus der Scheibe.

Wirft erneut.

Immer noch keine Nachricht.

In den Zeitungen wird der Granatenangriff auf das Kino gestern Abend nicht erwähnt, obwohl er stattgefunden hat, einer der jüngeren Priester wurde zum Tatort gerufen. Drei deutsche Soldaten, eine Römerin und der Filmvorführer wurden getötet. Er fragt sich, warum die Nachricht zurückgehalten und wie Hauptmanns Rache aussehen wird.

Vielleicht ruft man ihn heute zu einem Sterbebett, ein rechtmäßiger Grund, um den Vatikan zu verlassen, diesen knappen halben Quadratkilometer, an den er seit so langer Zeit gefesselt ist. Es scheint ihm unangebracht, darum zu beten, jemand möge dem Tode nahe sein, auch wenn ihm viele in Rom näher sind, als sie ahnen. Und bald werden es noch mehr sein.

Er schleudert Salven unsichtbarer Dartpfeile quer durch die Stadt zu Angelucci. *Komm zur Piazza. Du wirst dringend gebraucht. Derry ist krank, möglicherweise tot. Wir brauchen dich, du musst den Einsatz an Heiligabend leiten. Komm morgen um Mittag zur Piazza. Warte bei den Kolonnaden. Geh ja nicht weg.*

42

Aufs Geratewohl schlägt er seine Bibel auf, lässt die Spitze seines Zeigefingers einen Vers finden. Matthäus 27,52: «Und die Gräber öffneten sich, und viele Leiber der entschlafenen Heiligen standen auf.»

Er nimmt eine Schüssel und rasiert sich, zieht sich an, hastet im Regen die hundert Meter vom Collegio über den Hof zum Heiligen Offizium, wo er das Licht einschaltet, die Marmortreppen hinaufgeht und in der Privatkapelle im siebten Stock die Messe liest, allein in Gesellschaft seines Schattens.

Seine linke Hand zittert. Seine Lider zucken. Erneut pirschen sich die gefürchteten Kopfschmerzen heran.

Der Fuchs seiner Furcht streift auf einem Teppich aus Glasscherben herum.

Manche behaupten, sie hätten gesehen, wie sich das Renaissancekreuz auf dem Altar bewegte. Vielleicht könnte es an diesem Morgen tatsächlich passieren. Das Wunderkreuz, da sind sich andere sicher, ist vor vielen Jahren gegen eine Fälschung ausgetauscht und das echte so gut versteckt worden, dass niemand mehr weiß, wo es sich befindet.

Beim Blick durchs Kapellenfenster sieht er, wie sich drei deutsche Panzer auf der Via Rusticucci in Position bringen. Mit Brecheisen stemmen Soldaten Pflastersteine heraus, schichten Sandsäcke um Maschinengewehrstellungen. Die Kanone eines Panzerjägers wird auf die dreihundert Meter entfernte Pforte des Petersdoms gerichtet. Letzte Nacht meldete Radio Algeria unter Berufung auf *sichere Quellen*, dass ein Übergriff auf den Vatikan *drohend bevorsteht*. Die Bediensteten erscheinen nicht mehr zur Arbeit.

«Schau genau hin», kichert sein Schatten. *«Das Kreuz bewegt sich nicht.»*

Nach der Messe verlässt er das Collegio und durchquert den Gang zum verlassenen Annex, einer *casa del pellegrino* aus der Frührenaissance, deren seit Langem geplanter Abriss sich durch den Krieg verzögert. Der Rektor, ein Deutscher, pflegt zu scherzen, er wünsche, eine Bombe falle auf das Gebäude. «Die eingesparten Kosten wären beträchtlich und durchaus willkommen.»

Er geht die Treppe hinauf und durch einen langen Gang, wo halb zerfallene Statuen gelagert werden, zum Dachboden, den er zu seinem persönlichen Schlupfwinkel gemacht hat. Seit Monaten schiebt er die Aufgabe vor sich her, aber jetzt müssen diverse Schriftstücke verfasst werden.

Er wird sich auf vierzig Minuten Schreibzeit beschränken. Wenn die Invasion erfolgt, soll seine Familie seine letzten Wünsche kennen.

Er holt seinen Wecker aus der Tasche, zieht ihn auf, das rostige Gesperr knirscht. Der junge Hahn unten im Hof gibt ein tieftrauriges Kreischen von sich.

Hastig schreibt er auf Latein, legt die Schriftstücke eins nach dem anderen in ein Metallkästchen, ähnlich einer Geldkassette, und sperrt es mit einem dicken, kurzen Schlüssel zu. In einer Stunde wird er diesen an seine Schwester in Irland schicken, zusammen mit einer Nachricht auf Spiegelgälisch, der Spielsprache ihrer Kindheit, wo das Kästchen zu finden ist.

Er weiß nicht, dass der Schlüssel auf seiner Reise verloren gehen und das Kästchen, das er in vierzig Minuten hinter dem losen Wandbrett versteckt, jahrzehntelang dort hocken wird, bis die Renovierungsarbeiten am Annex durch eine Pandemie zum Erliegen kommen und sich ein Erdloch auftut, wodurch ein Strebepfeiler des östlichen Giebels einstürzt, sich Schindeln und uralte Ziegelsteine und Rahmen von Buntglasfenstern und alte Kodizes und Bibeln und ein angebliches Wunderkreuz und ein rostgeschwärztes Metallkästchen und Heiligenscheine von Gipsstatuen in den mit Mosaiken verzierten Hof ergießen.

4

TESTAMENT UND VERMÄCHTNIS
23. Dezember 1943

Da ich fast nichts besitze, habe ich wenig zu vererben. Meine Bücher sollen meiner Schwester Bride, meinen Brüdern Jim und Neil sowie meinen Eltern James und Margaret, 11 Henn Street, Killarney, County Kerry, Irland, übereignet werden. Ich erbitte, dass drei Jahre lang am Tag meiner Priesterweihe eine Messe zur Vergebung meiner Sünden in der Kirche gelesen wird, in der ich getauft wurde. Dies ist mein vollständiges Testament.

Was mein Vermächtnis betrifft, möchte ich gern von einem Mann erzählen, den ich nie kennenlernte, einem Orchesterdirigenten, einem gebürtigen Römer, dessen Anwesenheit in meinem Leben – oder vielmehr Abwesenheit – mein Verständnis der Welt, und wie der Mensch handeln sollte, verändert hat, falls das von einem anderen singulären Ereignis als der Auferstehung gesagt werden kann.

Mitte zwanzig kam ich, ein ehemaliger Lehrer, jetzt Priesteramtsanwärter, für meine Doktorarbeit nach Rom, das erste Mal, dass ich fern der Heimat war. Kohlköpfig, in den Schuhen Steinchen aus dem ländlichen Kerry staunte ich Bauklötze, als der Zug in Tiburtina einfuhr.

Die Vielzahl an Kirchtürmen, die Stadtsilhouette wie ein Nadelkissen. Nie werde ich den Rausch dieser ersten Wochen vergessen. Das Quartett der großen und majestätischen Basiliken in der Dämmerung, die vielen dunklen und schönen Kirchen, das Essen, die Kunst, die Lebenslust, die vielen Sprachen, die Herrlichkeiten, die es in der Vatikanbibliothek zu entdecken gab: Es war wie das Erwachen in einem Wunderland.

Rom ist die Palette eines Malers, ein Chiaroscuro aus goldenen Rosatönen, aus Schattierungen von altem Kupfer, Walnuss, Honig, Elfenbein, Mokka. Es hat seine eigene Musik, eine Klaviersonate. Wenn ich Clementi höre, sehe ich unweigerlich meine geliebte Wahlheimat vor mir und spüre den Stachel der Sehnsucht.

Nach Stationen als Priester in Palästina, New York, Haiti und anderswo wurde ich Anfang dreißig hierher zurückberufen. An dem Abend, an dem ich ankam, war zufällig ein kleiner elektrischer Brand in dem Dormitorium ausgebrochen, in dem ich untergebracht werden sollte, es befand sich in einem schlecht modernisierten mittelalterlichen Kloster. Daher wurden sieben andere Priester und ich in einer alten *pensione* in der Via Pompeo Magno in Prati untergebracht, nicht weit vom Vatikan entfernt. Aber weit genug.

Wie in jeder Ehe hat auch das Priesterdasein gute und schlechte Seiten, eine Schwermut, vor der niemand einen warnt. Ja, es gibt die Sommerabende, an denen man die Sterne am Himmel mit der ausgestreckten Hand verschieben könnte, aber es gibt auch den Februar. Die Einsamkeit des Priesterlebens lässt einem manchmal das Herz gefrieren. Rom taute es auf, half mir, wieder zu atmen.

Ich wohnte in einer Pilgerpension, die von kongolesischen Nonnen geführt wurde, die das heiligste aller Gelübde, das Schweigegelübde, abgelegt hatten. Sie wiesen einem mit dem Finger den Weg zum Esstisch oder in die Wohnstube, wo ein Radio stand, oder zeigten mit einem Bleistift auf dem Stadtplan, wo sich die historische Kirche befand, die man suchte. Sanfte, beunruhigende Damen, die mit ihren Augen herrschten. Ich bete zu Gott für ihre Sicherheit in den kommenden Tagen.

Es war eine Freude, in diesem Haus mit meinen gut gelaunten Mitbrüdern aus Mauretanien und Rumänien und den Reisenden zu leben, die kamen und gingen. Wie schon Chaucer wusste, sind Pilger nur selten die faden, unbescholtenen Heiligen, die wir uns vorstellen, für gewöhnlich sind es Menschen, die mit ganzem Herzen gelebt haben. Ich mochte meine Lehrtätigkeit am Kolleg für Glaubensverbreitung sehr, die Intelligenz meiner Studenten, ihren Mut und ihre arglose Liebenswürdigkeit, aber noch mehr mochte, ja, liebte ich das Rom, das mir geschenkt worden war, das Glockenläuten zur Vesper, die Gesichter der Reisenden aus allen Ländern, ihre Sprachen, die für mich so eigenartig klangen, dass ich mich fragte, ob es überhaupt welche waren und wie je ein Mensch sie auch nur ansatzweise hatte lernen können, und das bunte Treiben, dem ich beim Schlendern durch die Straßen begegnete.

Das römische Leben hatte Leichtigkeit, die man mit allen Sinnen aufnahm, der Name der Stadt selbst war eine Allegorie der Geduld. Sie wurde nicht an einem Tag erbaut.

Mein Spaziergang führte mich zur Spanischen Treppe, wo ich ein stilles Gebet für jenen ruhelosen Mann sprach, John Keats, der in einem nahe gelegenen Haus gestorben war. Ein Sünder, wer ist das nicht, aber ein größerer Dichter als Wordsworth, dem ich die Narzissen nie habe verzeihen können.

Die Ortsbezeichnungen und Hinweisschilder leuchteten wie Juwelen in einem Mosaik: die Quirinale, die Orti Farnesiani, die Fontana di Trevi, der Arco di Constantino, Santa Maria Maggiore. Schon, wenn man die Namen laut aussprach, sprudelte das Leben.

Gern schlenderte ich durch die Via Cola di Rienzo oder die Gänge des Mercato Rionale, mit seiner prachtvollen Schönheit und Fülle an Waren, den süßen *proscuitti* und köstlichen Käsesorten, genoss die intensive Sinnlichkeit jedes Ortes in Italien, an dem Lebensmittel gehandelt wurden, beobachtete die hübschen Frauen beim Einkauf, wie sie spöttisch mit den Standbesitzern feilschten, mal eine Avocado, mal eine Rispe saftiger Tomaten in die Hand nahmen, kühlte mich beim plätschernden Wasser auf der Piazza Navona ab, saß ein Weilchen am Tiber, keine halbe Stunde Fußweg von meinem Zimmer entfernt. Betrachtete die leidenschaftlich Verliebten, die mit strahlenden Augen Händchen hielten, umhüllt vom Glanz lebspraller Zweisamkeit, oder die Jugendlichen, die friedlich schwiegen, wie es die Italiener wider Erwarten können, und zufrieden auf einen Brunnen starrten. Römer sind wie einem Caravaggio-Gemälde entstiegene Figuren, lange Nasen, attraktiv, höflich. Straßensänger, Vagabunden, lautstark streitende Männer. Die tückische Schwierigkeit des Glücks ist, dass wir seine Ankunft so selten bemerken. Bald würden wir auch in Rom feststellen, dass es verschwunden war.

Damals konnte man für ein paar Münzen unter der Woche nachmittags in der Oper eine Probe besuchen, was mir enorme Freude bereitete. Ich beobachtete gern die jungen Musikstudenten, die so aufmerksam und ernsthaft waren – jeder von uns findet jene Fähigkeiten anziehend, die uns selbst fehlen –, und dem Orchester zuzuhören, aber auch *zuzusehen*, faszinierte mich. Wenn man nicht störte und nicht allzu aufdringlich war, durfte man direkt beim Orchestergraben stehen. Die Sorgfalt der Musiker war berührend, ihre Akribie bei Kleinigkeiten. Ich fand es interessant, dass sie eine besondere Art hatten, die Seiten der Partituren umzublättern, zweimal mit dem Finger oder Geigenbogen darauftippten, damit der Luftzug die Seite nicht zurückblätterte.

Oftmals wurden die Proben dazu genutzt, junge Dirigenten vom Conservatorio zu testen. Diese Rolle faszinierte mich besonders.

Was genau macht ein Orchesterleiter? Davon hatte ich wenig Ahnung. Im Gegensatz zu dem, was wir als Kinder fälschlicherweise annehmen, gibt er nicht nur den Rhythmus vor oder schlägt den Takt, sondern bearbeitet, betont, setzt Akzente, gibt den Stil vor. Seine Version des Stückes unterscheidet sich von allen anderen auf diesem Erdenrund, obwohl jedem Orchester die gleichen Notenblätter vorliegen. Aus diesem Grund muss er die Partitur in- und auswendig kennen, besser als selbst der Komponist. Gibt es eine schwierigere Berufung?

Der wichtigste Dozent dieser jungen Dirigenten – die ihn, ungeachtet seiner Strenge, alle verehrten – war ein Professor namens Vittorio Proietti.

Proietti war ein beeindruckender Mann Anfang vierzig, eine Persönlichkeit, deren Anwesenheit im Raum spürbar war. Er war, was man damals als *eingefleischten Junggesellen* bezeichnete, und besaß die Sensibilität und Liebenswürdigkeit, die man oft bei Homosexuellen antrifft. Ein Künstler der Höflichkeit und distinguierten, Achtung gebietenden Inbrunst, gehörte er zu den Personen, für die das lateinische Wort *gravitas* erfunden worden ist, ein Wort, das mit Recht in viele Sprachen Eingang gefunden hat.

Einmal ging ich am Bühneneingang des Teatro vorbei, da stieg Maestro Proietti in seinem langen, schwarzen Mantel aus seinem langen, schwarzen Maserati, in der Hand einen langen, schwarzen Gehstock. Ein Anblick, der Wellen zum Tanzen hätte bringen können.

An diesem Abend hatte ich in einer Trattoria in der Nähe der Piazza Mazzini eine Kleinigkeit zu mir genommen, gemeinsam mit einem befreundeten Landsmann aus Kerry, Dr. Maurice «Moss» Trant, der mich besuchte und bei dem ich in glücklicheren Zeiten Seminarist gewesen war, sowie einem Mann aus Chicago, an dessen Namen ich mich nicht mit Sicherheit erinnere, es könnte Pater Valentini gewesen sein. Wenn ich mit Menschen zu tun bekam, die neu in Rom waren, fühlte ich mich im positiven Sinne verpflichtet, ihnen ein, zwei der kleinen Museen zu zeigen, die nicht im Reiseführer stehen, die versteckten Kirchen, Kapellen und Galerien und mit ihnen in abgelegenen Vierteln das Brot zu brechen.

Kurz vor diesem Abend war in der Oper das faschistische Symbol auf das Wappen der Königsloge genagelt worden, eine Entweihung, die bei vielen der regelmäßigen Besucher Anstoß erregte, bei anderen vermutlich Freude weckte. Was mich betraf, für mich war damals ein politisches System mehr oder weniger wie das andere, eine Form der Dummheit, Geplapper von Menschenaffen, um die kleineren Artgenossen in Schach zu halten. Eine beschämende Dummheit meinerseits. Mittlerweile ist mir klar geworden, dass Neutralität die extremste aller Haltungen ist, ohne sie kann Tyrannei nicht gedeihen.

Als wir drei an diesem Abend das Theater betraten, befanden sich viele Mitglieder der Kapelle bereits im Graben, aus dem dieser spezielle Klang eines sich einstimmenden Orchesters aufstieg, der eine freudige Erregung hervorruft und das Kind im Menschen anspricht. Töne, die sagen, man solle die Vernunft außen vor lassen, gleich werde man Wunder erleben. Eine würdevolle, helle Trompete. Das Zischeln ungeduldiger Geigen. Ein Crescendo von Harfenarpeggios, die wie Wellen emporsteigen, und das Fagott, das wie ein Nebelhorn antwortet. Gott, wie herrlich das Leben in solchen Augenblicken ist.

Eine gruselige Gruppe faschistischer Raufbolde erschien in der Königsloge, rauchte demonstrativ, öffnete eine Jeroboam-Flasche Prosecco und tat sich geräuschvoll wichtig, aber die Leute ignorierten sie geflissentlich. Die Lichter gingen aus. Proietti schritt herein. Er stolzierte zum Pult wie ein altrömischer Kaiser, schenkte dem Publikum ein halbherziges Nicken, eine merkwürdige Mischung aus Anerkennung und Verachtung, wie sie die größten Künstler ausstrahlen.

Die Ouvertüre erklang, dann begann der erste Akt von Bellinis *I Capuleti i Montecchi*. Alles lief prächtig, bis nach fünfzehn Minuten aus der Königsloge lautes Grölen ertönte; die Faschisten waren betrunken. Sie hatten einige Gunstgewerblerinnen eingeladen, und die unglücklichen Frauen, denen die Buhrufe peinlich waren, flehten die berauschten Männer an, aufzuhören, eine Bitte, die die Rüpel offenbar nur noch mehr anstachelte.

Irgendwann rief einer der Radaubrüder, *«Me ne frego»*, die faschistische Parole «Mir egal», und die Idioten um ihn herum brachen in rohes Gelächter und beschwipsten Jubel aus.

Nachdem die Bemerkung offenbar getroffen hatte, wurde ein zweites Mal gebrüllt. Erneutes entzücktes Johlen. Die flüchtige Anerkennung seiner bedeutungslosen Kameraden ist für einen Gewaltmenschen immer ein mächtiger Treibstoff, der mit seiner größten Furcht leben muss, der Angst, selbst unter Niemanden ein Nichts zu sein.

Als das faschistische Motto zum dritten Mal geschrien wurde, schlug Proietti mit seinem Taktstock zehn-, zwölfmal gegen das Pult. Stotternd kam das Orchester zum Schweigen, die Sopranistin verstummte; Proietti verschränkte die Arme. Er wirkte wie jemand, der entspannt auf die Straßenbahn wartet, ein Grandseigneur, der nicht einmal auf die Armbanduhr sieht. Einige im Publikum begannen zu zischen, andere murmelten vor sich hin oder wurden getadelt, sie sollten still sein. Ohne sich zu den Zuschauern umzudrehen, rügte er temperamentvoll: *«Signore e signori, silenzio! Abbiate rispetto per i musicisti!»*

Applaus und Beifallsrufe brandeten auf. Das Orchester spielte weiter.

Vittorio Proietti wurde gesehen, wie er an diesem Abend nach dem Verlassen des Theaters mit vorgehaltener Waffe in ein Auto gezwungen wurde.

Sein Leichnam wurde nie gefunden.

...

In meinen Träumen sehe ich oft Banna Strand oder die Felsenküste von Kerry, die winzigen Inseln, die wie Tintenkleckse eines nachlässigen Kartografen wirken. Der Winkel der Welt, wo ich aufgewachsen bin, ist für seine schroffen, kahlen Berge und spiegelnde Seen bekannt, für die zerklüfteten Konturen auf Landkarten, sein angriffslustiges Geigenspiel, für die herrschsüchtige Art seiner Bewohner, die manchmal mit sturem Stolz verwechselt wird, obwohl es sich um etwas handelt, das viel tiefer geht, eine heidnische Identifikation mit diesem Flecken Erde. Es gibt die Vorstellung, dass Land und Mensch einander widerspiegeln.

Menschen aus Kerry sind in erster Linie Menschen aus Kerry.

In meiner Kindheit wurden die umliegenden Grafschaften verspottet und niedergemacht, die Einheimischen, oftmals unsere Verwandten, waren die Zielscheibe von nicht nur harmlosen Witzen. Die aus

Cork? Arrogant. Leute aus Limerick? Scheinheilig. Was den Hohn betraf, der sich über die Hauptstadt ergoss, der gehörte einfach dazu. Dublin war «Westbritannien». Seine Bürger hatten sich verkauft. Tänzelten wie Zirkuspferde für ihre Herren auf der anderen Uferseite, während die für ihre Bemühungen nur ein hämisches Kichern übrig hatten. Mein Vater pflegte zu witzeln, er könne sich nur in einer einzigen Situation durchringen, England anzufeuern: Wenn durch einen kuriosen Zufall eine englische Mannschaft im Finale des All-Ireland Gaelic Football gegen Dublin antrete. «Da würde ich mich in den Union Jack wickeln.»

Ansonsten wurde England verabscheut, das niederträchtige England, seine Tyrannei. Wie meine arme Großmutter, Gott sei ihr gnädig, leidenschaftlich in ihre Teetasse schwor: «Ich verbrenne alles Englische, aber ihre Kohle kann mir gestohlen bleiben.»

Es spielte keine Rolle, dass unsere Onkel in Coventry die Straßen bauten und die Abflüsse gruben, unsere Tanten in Poplar und Camden Town Kranke pflegten. Ihre Kinder, unsere Cousinen und Cousins, sprachen und verhielten sich wie Engländer, wie auch sonst. Mit dem Geld, das aus dem Königreich des Eroberers nach Hause geschickt wurde, wurden Schuhe für Kinder gekauft, die ansonsten patriotisch barfuß gingen, etliche Witwen vor Armut, Hungertod oder der gewissenhaft rationierten Güte der Steuerzahler gerettet. Aber in meinem Heimatland besitzen wir eine grenzenlose Fähigkeit zur Selbsttäuschung, wie alle einst eroberten Völker.

Englands Junta wurde gehasst, das war beabsichtigt. Dieser Hass einte uns, gab uns eine Flagge, unter der wir uns versammeln konnten, als wir befürchteten, ja, allmählich erkannten, was manche schon lange gewusst hatten, dass uns kaum mehr als Klischees und Oberflächlichkeiten verbanden. Sich vom Feind zu unterscheiden, erzeugt die mächtige Illusion der Einigkeit, ist der Schwarzgebrannte, der am Lagerfeuer herumgeht, wenn die kalte Morgendämmerung anbricht.

In meinem Townland hatte man Zehntausende verhungern lassen, ganze Familien, die meine Großmutter als Kind gekannt hatte, auf der gesamten Insel insgesamt eine Million Menschen. Zu ihrer Überraschung hatte man ihnen mitgeteilt, dass sie überhaupt nicht zu Kerry gehörten, sondern *Briten* waren, was immer das bedeuten mochte, und somit Untertanen einer Familie, die fünfhundert Meilen entfernt in einem ihrer Paläste lebte und ihre Loyalität einforderte, ohne sich diese je verdient zu haben. Du hattest keinen von ihnen jemals gesehen. Sie hatten dich nie gesehen.

Aber dein Vertrag mit dieser in London ansässigen Familie von Erwerbsunfähigen war bindend, du schuftetest rund um die Uhr, sie machten buchstäblich nichts. Die Früchte deiner Arbeit bekamen ihre Gefolgsleute in Form von Pacht, damit sie nicht allzu viele Unannehmlichkeiten hatten. Wenn du Land besaßt, wurde es enteignet und ihren Henkern geschenkt. Deine Religion wurde unterdrückt, ihre gefördert, deine Sprache verboten, ihre durchgesetzt, aber wenn der Hunger auf deiner Schwelle stand, wurde klar, du warst kein Brite wie die braven Leute aus Hampshire. Du warst überflüssig, Abschaum, je schneller ausgerottet, desto besser. In sämtlichen ihrer Dutzenden Kolonien auf der gesamten Welt arbeiteten England und seine Eigentümer hart daran, gehasst zu werden. In Irland bekamen sie, was ihnen zustand.

Für diesen Hass, der so beständig und berauschend ist wie Torfrauch im Oktober, können wir Nähe, der Geschichte oder menschlichen Gefühlen die Schuld geben, doch die Situation spitzte sich in meiner Jugend zu, als eine bunte Gangstertruppe, genannt Black and Tan, der Bodensatz englischer Gefängnisse, entsandt wurde, um Irlands Ordnungshüter bei der Befriedung der Kolonie zu unterstützen, notfalls mit Knute und Henkerstrick. Nicht zum ersten Mal stand die Geschichte dieses Archipels unter einem schlechten Stern, doch diesmal entwickelte sich die Sache anders als erwartet.

Die Bösartigkeit der Truppe gegenüber der Landbevölkerung war berüchtigt. Wurde nur ein Stein auf einen Tan geworfen, fackelten sie das gesamte Dorf ab. Gefangene wurden ohne Prozess erschossen, Katholiken ohne Grund verhaftet, Frauen angegriffen, Männer zusammengeschlagen. Einmal, ich war Anfang zwanzig, waren ein Freund und ich nach einer Beerdigung in Limerick auf dem Rückweg zum Priesterseminar, als wir auf der Straße einer Tan-Patrouille begegneten. Sie schleifte uns zu einer Gefängniszelle und traktierte uns mit Gewehrhieben und geifernden Cockneysalven. Erst am nächsten Morgen sorgte ein Eiltelegramm des Abtes für unsere Freilassung. Eine Nacht, die man nicht so schnell vergaß.

Der Hass auf England war tief wie das Grab, der Hass auf seine Armee noch tiefer.

Daher spürte ich Widerstand in mir, als ich vor zwei Jahren vom päpstlichen Staatssekretariat zum offiziellen Besucher des Vatikans ernannt wurde, der sich seelsorgerisch um die britischen Gefangenen in den italienischen Konzentrationslagern kümmern sollte. Ich befürwortete die Neutralität des Vatikans und die Neutralität Irlands, nicht, dass außerhalb der herrschenden Klassen jemand zu diesen Themen gefragt wurde. Mein Dienst in London und im New Forest hatten in mir Zuneigung, ja Liebe zu diesen Orten und ihren Bewohnern geweckt. Die allerdings mit erblich bedingter Schwermut rang. Und Eitelkeit, die Sirene des Egos, schnappte nach mir wie ein angeleinter Hund: Diese vatikanischen Ernennungen gehen nur selten an Priester, die nicht aus Italien stammen. Aber wie konnte ich meine Heimat so verraten? Ich war kurz davor, Seine Heiligkeit schriftlich zu bitten, mich von dieser Verpflichtung zu entbinden, als mir der Rektor meines Kollegs einen ernsten, zutreffenden Ratschlag erteilte. Ein Priester legt das Gehorsamsgelübde ab.

Am vereinbarten Tag machte ich mich nach einer recht schlaflosen Nacht mit einem Fahrer des Vatikans, einem offiziellen Fotografen und einem anderen Priester, der aus Mailand stammte, auf den Weg zum Lager Passo Corese, das gut dreißig Kilometer entfernt von Rom auf dem Land lag.

Das Gebiet unmittelbar außerhalb der von mir geliebten Stadt gehört zum Schönsten, was ein müdes Paar Augen erblicken kann: Oliven- und Zitronenhaine, Auberginenfelder, Weinberge, zerfallene Aquädukte, eine Landschaft wie der Hintergrund der Mona Lisa, am Straßenrand Stände mit Bergen aus Artischocken und Kürbissen. Das intensive Aroma von Zitrus- und Piniennektar zur Sommerszeit, wenn man auf den gewundenen, von hohen Hecken gesäumten Wegen das Autofenster öffnet. Man bekommt das Gefühl, dass selbst aus dem Gehstock eines alten Mannes, den man in die Erde steckt, ein prächtiger Weidenbaum sprießen könnte.

Ich wuchs auf dem Land auf, für mich gibt es nichts Herrlicheres als Bauernhöfe. Die im römischen Hinterland sind hübsch, mit der roten Lehmerde und den gepflegten Feldern, den kleinen, ockerfarben gestrichenen Scheunen und den fetten, friedlichen Kühen; die Landbevölkerung gut aussehend und kräftig. An jedem anderen Tag wäre mir himmelhoch jauchzend zumute gewesen. Aber was auf mich zukam, würde mich prägen wie ein Brandmal.

Schon früher hatte ich Gefangenenseelsorge geleistet. Allerdings unter anderen Umständen. Einmal saß ich eine schreckliche Nacht lang bei einem Mann, der im Morgengrauen gehängt werden würde. In Haiti sah ich unaussprechliche Dinge. Aber der Nachmittag, den ich in Passo Corese verbrachte, kostete mich in fünf Stunden ebenso viele Jahre meines Lebens.

Viertausend verängstigte, halb verhungerte Gefangene auf zwei mit Stacheldraht umzäunten Steinfeldern zusammengepfercht wie misshandelte Tiere. Der einzige Arzt ein versoffener Perverser. Keine Briefe. Zwei Latrinen. Schwere Zwangsarbeit. Häufige Schläge.

Am grausamsten war wohl, dass es nichts zu tun gab, das gehörte zur Strategie. Keine Zeitungen, kein Schreibmaterial, keine einzige Spielkarte und kein Gebetbuch. Der Besitz eines Schachbretts hatte zehn Tage Einzelhaft zur Folge, die Strafzelle war kaum größer als ein Sarg. Keine Vorhänge vor den Fenstern der Baracken, sodass die unglücklichen Männer nicht einmal ihre Langeweile verschlafen konnten. Pro Tag erhielt jeder Häftling einen Liter Wasser, mehr nicht, sodass er sich nicht einmal waschen konnte, auch dies eine bewusste Einschränkung. Chef der Wachmannschaft war ein bösartiger Rohling mit trübem Blick, ein gewisser Müller, später Kommandeur der dortigen Gestapo, ehe er an die Ostfront geschickt wurde. Man konnte sich gut vorstellen, wie er als verhaltensgestörter Schuljunge Katzen die Beine abgesägt hatte.

Schweigend gingen der Fotograf und ich im Lager umher, während er Aufnahmen machte. Mir fehlten die Worte.

Was sollte man zu den ausgemergelten Männern sagen, von denen manche noch nicht einmal erwachsen waren? Ich betrat die Baracken, die Freiflächen, sah die Pritschen, die hervorstehenden Knochen, die Kameradschaft, die Angst. Laut Vorschrift durfte ich mit ihnen nicht reden, mir aber Notizen machen und das Abendmahl reichen, wenn gewünscht. Meine Notizen würden zu einem Bericht zusammengefasst.

Den Priester, der mich begleitete, verurteile ich nicht. Er hatte Familie in Mailand, denen er Scherereien mit den Nazis ersparen wollte, daher richtete er seinen Blick auf die Olivenhaine und die Ruinen der Aquädukte, seine Brillengläser beschlugen vor Scham. Ich bin weiß Gott nicht besser als er, vielleicht sogar schlimmer. Wie gern hätte auch ich weggesehen, konnte es aber nicht.

Den Gefangenen war unter Drohungen eingeimpft worden, dass sie uns anzulügen hatten, das konnte ein Blinder sehen. Alle behaupteten, sie seien guter Dinge, würden anständig behandelt und bekämen genügend zu essen. Ich nickte und gab Plattitüden von mir. Es gibt Zeiten, in denen man einander belügen darf. Keiner sollte Schläge bekommen, weil er mir erzählte, was ich ohnehin mit eigenen Augen sehen konnte.

Den Gestank in diesen Baracken werde ich ebenso wenig vergessen wie die Angst in den Augen der Gefangenen. Systematisch waren sie ihrer Würde beraubt worden, sie waren wie Waisen, die man windelweich geprügelt hatte. Einige der Wachleute besaßen den Anstand, sich zu schämen, und konnten mir nicht in die Augen sehen. Irgendwann kam ein siebzehnjähriger Bursche aus Liverpool zu mir. Um den Hals trug er eine Münze mit dem Abbild des Heiligen Michael, des Schutzpatrons der Fallschirmjäger, und bat mich, sie zu segnen. Ich erfüllte ihm den Wunsch. Bei unserer Unterhaltung stellte sich heraus, dass der Junge den gleichen Namen trug wie mein Vater. Er bat um das Abendmahl.

Ich kniete dort im Dreck, und wir beteten, James O'Flaherty und ich. Den deutschen Wachleuten missfiel das, sie warfen mir böse Blicke und geflüsterte Derbheiten zu. Manche brüllten mich an, als wollten sie ein Stück Luft abbeißen. Aber der Mut des Jungen gab mir Mut, und ich fuhr fort.

Gemeinsam beteten wir ein Gesätz des Rosenkranzes, er zählte die Ave-Marias an den Knoten einer Schnur ab, dann stimmte er leise das alte Kirchenlied *Abide With Me* an, und obwohl ich krächze wie eine Dohle, sang ich mit. Es ist ein bewegender Brauch, dass die Zuschauer beim englischen Pokalfinale vor Beginn des Spiels dieses Lied anstimmen. Doch so ergreifend wie an diesem Tag vom Gefreiten James O'Flaherty aus der Bridgewater Street in Liverpool wurde es im Wembley-Stadion nie gesungen.

Gott segne diesen Jungen, wo immer er sich jetzt auch befinden mag. In einem einzigen Augenblick zeigte er mehr christusgleichen Mut als ich in meinem ganzen Leben.

Bald wurden auch seine Kameraden von dieser Tapferkeit ergriffen. Einige humpelten aus ihren Baracken, erst nervös zu zweit oder dritt, blinzelten ins schmerzhaft grelle Sonnenlicht und stützten einander. Ein Gefangener, ein Mann aus Dundee, der nicht gehen konnte, wurde im Schubkarren zu mir gebracht. Vor dem Krieg war er Lehrer gewesen. Andere benutzten Krücken, die aus Ästen und Latten improvisiert waren. Die Männer kamen aus Birmingham, Manchester,

Coventry, London, Tyneside, man hörte Dialekte aus allen Ecken Englands sowie die Sprachmelodien aus Schottland und Wales. Sie waren in Nordafrika gefangen genommen worden, eine größere Anzahl von ihnen in El-Alamein oder in der Wüste südlich von Tobruk. Viele Männer sprachen mich als Zeichen des Respekts mit «Padre» an, ein Titel, der in ihrer Kirche, wenn auch nicht in meiner üblich ist. Einige sprachen mit zögerlicher Zuneigung von Irland oder den sportlichen Wettkämpfen zwischen unseren beiden Ländern, beim Fußball, Hindernislauf, Rugby oder Boxen, andere schwiegen aus lauter Angst, sahen mich aber mit flehenden Blicken an.

Ich ertappte mich dabei, wie ich ihnen erzählte, der Krieg verlaufe gut, bald würden die Alliierten Italien dem Faschismus entreißen und sie demnächst wieder daheim bei ihren Familien sein. In meinen Taschen hatte ich Schokoladenriegel sowie zwei Schachteln amerikanische Zigaretten – ich selbst rauche nicht, achte aber darauf, da in Rom und in allen Gefängnissen Zigaretten als Währung gelten, das Haus nie ohne zu verlassen – und verteilte sie an die Männer, die sich darauf stürzten. Auch eine Flasche Sulfaguanidin hatte ich mitgebracht, ein Mittel gegen Durchfall, das mit erschütternder Dankbarkeit aufgenommen wurde. Wieder kamen wir auf Fußball und Kricket. Manche der Gefangenen hatten geboxt. Ein erblindeter Mann mittleren Alters, dessen Kopf mit blutigen Bandagen umwickelt war, ergriff meine Hand, während wir vom FC Everton, von Stoke City und dem FC Liverpool, den glorreichen Tagen von Freddie Steele und Tommy Lawton schwärmten. Ein Geplänkel über das Pech, das Manchester United verfolgte, entspann sich, und es war ein herrlicher Anblick, wie die Gefangenen lachten und einander aufzogen, gestikulierten und grimassierten, zum Verdruss der irritierten Wachleute.

Viel zu früh kam das Besuchsende, ein Nazi-Unteroffizier tippte auf seine Armbanduhr und zeigte schroff mit dem Daumen zum hohen Eisentor. Ich schlug den Gefangenen vor, wir könnten uns im

Kreis aufstellen und gemeinsam das Vaterunser sprechen, jedermann sei eingeladen, egal welches oder gar keines Glaubens.

Einer der Gefangenen, ein Londoner aus dem East End, der als Kampfpilot in Tunesien abgeschossen worden war, flüsterte mir zu, er sei jüdischen Glaubens, werde aber von seinen Kameraden beschützt, die den Wachen erzählt hätten, er sei Methodist, doch ich solle die Wahrheit wissen, und er könne nicht mitbeten, weil er die Worte nicht kenne. Ich sagte, das höchste Wesen, das je auf Erden wandelte, sei als Jude geboren worden, und es komme nicht darauf an, die Worte zu kennen, jeder solle auf seine Weise beten, oder wir könnten auch einfach gemeinsam schweigen, zur Gewissenserforschung und im Willen, einander, wenn möglich, Gutes zu tun.

Da befahl mir einer der Wachleute in aggressivem Deutsch, sofort mit dem aufzuhören, was immer ich da täte, schnellte vor und richtete das Gewehr auf mein Gesicht. Ich fragte, ob er mitbeten wolle. Einen Moment lang schien es, als schlösse er sich uns an.

«Ich reiche Ihnen die Hand», sagte ich. «Ergreifen Sie diese. Wir wollen beten.»

«Ich brauche Ihre Gebete nicht.»

«Das wird sich bald ändern.»

«Was soll das bedeuten?»

«Genau das, was ich gesagt habe, mehr nicht.»

«Wollen Sie mir drohen?»

«Mit einem Gebet? Sie lassen sich leicht einschüchtern.»

Mittlerweile hatte man Lagerleiter Müller aus seinem Büro geholt, das sich, soweit ich mich entsinne, unten in einem der Wachtürme befand, von denen aus man das Haupttor im Blick hatte. Er kam mit jener geheuchelten Leutseligkeit auf mich zu, die stets das Merkmal der Rückgratlosen ist, und hob den Arm zum Gruß.

«*Heil Hitler*», sagte er und versuchte nicht ganz erfolgreich, die Hacken zusammenzuschlagen.

Ich gab keine Antwort.

«*Herzlich willkommen*», sagte er.

Ich schwieg.

«Ihre Papiere, Pfarrer.»

«Die habe ich beim Betreten des Lagers vorgezeigt.»

«Beim Verlassen werden Sie diese gleichfalls vorzeigen. Mir nämlich.»

«Warum das?»

«Um sicherzugehen, dass Sie diese keinem Gefangenen gegeben haben.»

«Sie beschuldigen einen Vertreter Seiner Heiligkeit, gegen die Vorschriften zu verstoßen?»

«Hoffentlich muss ich das nie tun.»

«Ihre Unhöflichkeit gegenüber einem Abgesandten Seiner Heiligkeit wird selbstverständlich Eingang in meinen Bericht finden.»

«Die Unhöflichkeit war nicht beabsichtigt. Ich entschuldige mich bei Hochwürden.»

Aus meiner Aktentasche zog ich meine Brieftasche mit dem Berechtigungsschreiben des Vatikans. Er tat nicht nur so, als studierte er dieses, sondern würde sich überdies auch Notizen machen. Zu meiner Freude war er sichtlich beunruhigt.

«Hochwürden ist Ire», sagte er.

«Meine Nationalität ist weder für Sie noch für andere von Belang. Ich bin hier als offizieller Abgesandter des Vatikans.»

«Der Führer und die Partei haben in Irland viele Bewunderer. Ihr Volk bekämpft seit vielen Jahren die britischen Hunde. Irland ist wohlbekannt und wird von allen rechtschaffenen Menschen bewundert.»

Ich ging nicht darauf ein.

«Ich gehe davon aus, dass sich keiner der Gefangenen beschwert hat», meinte er und gab mir meine Papiere zurück, wobei er meinen Blick mied.

«Keiner hat sich bei mir beklagt, dass er schlecht behandelt wird», sagte ich wahrheitsgemäß.

«Gut. Ausgezeichnet. Das ist erfreulich. Wir sind natürlich kein Luxushotel», er grinste salbungsvoll-schmierig, «das versteht sich von selbst.»

«Ja», stimmte ich zu, «das versteht sich von selbst.»

«Nichtsdestotrotz tun wir angesichts der beschränkten Mittel unser Bestes. Oftmals finden meine Bitten hinsichtlich Lebensmittel und medizinischer Versorgung in Berlin kein Gehör. Und wie Sie selbst sehen können, habe ich nicht genügend Männer. Ich schicke wöchentlich ein Telegramm, das ich genauso gut in den Fluss werfen könnte. In Berlin sitzen viele Karrieristen und Bürokraten, die kein Verständnis für den Krieg haben. Genauso gut könnte man mit Frauen zusammenarbeiten.»

«Sie wagen es, Kritik am Reich zu äußern», meinte ich. «Auch das kommt in meinen Bericht.»

Man konnte geradezu hören, wie die Rädchen in der Hölle seines Denkens knirschten. Die Krähen auf dem Stacheldraht krächzten düster.

«Natürlich nicht», erwiderte er. «Ich bin ein getreuer Diener des Reichs. Ich wollte Hochwürden lediglich über die Hintergründe unserer Arbeit hier aufklären. Es ist nämlich nicht einfach. Kriegszeiten und so weiter.»

«Ich soll also Seine Heiligkeit den Papst darüber informieren, dass diesen Männern in Kriegszeiten kein Wasser gegeben werden darf?»

«Es muss Disziplin herrschen», sagte er.

«Muss?»

«Ja, natürlich.»

«Wo verläuft für Sie die Grenze zwischen Disziplin und Folter?»

«Kein einziger Mann hier wurde gefoltert. Das zu behaupten, wäre eine Beleidigung.»

«Vor fünf Minuten wurde mir befohlen, das Lager zu verlassen. Gehen Sie mir aus dem Weg.»

«Zu Ehren des Besuchs von Hochwürden und als Zeichen des Respekts gegenüber dem Vatikan werde ich die Wasserration heute auf zwei Liter erhöhen. Schließlich gibt es keinen Grund für übermäßige Härte.»

«Sie sind eine Schande», sagte ich. «Sie elender, bemitleidenswerter Feigling. Es wäre unklug von Ihnen, wenn Sie jetzt Ihre Pistole aus dem Holster ziehen und mich erschießen. Ich werde dafür sorgen, dass Sie Ihres Postens enthoben werden, darauf gebe ich Ihnen mein Wort, Sie Abschaum.»

«Hochwürden –»

«In einer Woche komme ich wieder. Bringen Sie bis dahin diesen Schlachthof in einen anständigen Zustand. Und sehen Sie zu, dass Sie nicht da sind. *Auf Wiedersehen.*»

...

Ich besuchte viele weitere Gefangenenlager, etwa achtzig Einrichtungen in ganz Latium und darüber hinaus. Leider gab es nur selten Fälle, in denen die Gefangenen in Einklang mit dem Völkerrecht behandelt wurden. Noch seltener erlebte ich so etwas wie schlichten menschlichen Anstand, wozu es eigentlich keine Gesetzesvorschriften benötigen sollte.

Größtenteils handelte es sich um alltägliche Erniedrigungen, Wachleute, die Gefangene herablassend behandelten, sich ihnen in den Weg stellten, Schuljungenkommentare über ihre Frauen und Mütter zu Hause absonderten und Ähnliches, weniger um direkte körperliche Gewalt. Doch gelegentlich traf man auf einen kleinen Göring, der zurechtgestutzt werden musste. Jedenfalls sah ich das so.

Zwischenzeitlich hatte sich die Situation in der Stadt verschlimmert.

Damals hatte ich, meiner Gesundheit zuliebe, die Angewohnheit, täglich zügig vom Collegio zum Denkmal Vittorio Emmanuele und zurück zu marschieren, eine Strecke von ungefähr sechs Kilometern.

Wenn es heiß war, erholte ich mich von der Strapaze bei einem Orangensaft in einer kleinen Bar, die in der Portico d'Ottavia im jüdischen Viertel lag, einem dieser Lokale, in denen man am Tresen steht und mit dem Nachbarn über das Tagesgeschehen plaudert oder auf angenehme Art in Ruhe gelassen wird.

Eines Mittags las ich an dieser Theke die «Chicago Tribune», die jemand hatte liegen lassen, als ich auf der Straße einen Tumult hörte. Eine Gruppe faschistischer Polizisten hatte eine Straßenbahn angehalten, die Fahrgäste nach draußen befördert und zwang nun eine jüdische Frau und ihren Mann, einen Rabbiner, auf die Knie, verhöhnte die alten Menschen und beschimpfte sie wüst. Eines der Schweine gab dem Paar eine Zahnbürste und wies es an, damit den Bürgersteig zu reinigen, seine Kameraden schüttelten sich vor Lachen über seinen Geistesblitz aus. Ich ging nach draußen und verlangte ihre Namen sowie den ihres Vorgesetzten – ich trug Priesterkleidung, was ihnen möglicherweise etwas den Wind aus den Segeln nahm –, und während der darauffolgenden lautstarken Auseinandersetzung gelang es dem Ehepaar, sich in ein Nebensträßchen davonzuschleichen. Trotzdem ein entsetzliches Beispiel alltäglicher Grausamkeit. Dass diese beiden unschuldigen Römer mitten am Tag auf einer belebten Straße attackiert worden waren, während Hunderte vorbeigingen, war Gift für die Seele.

Vor einem guten Jahr, an einem Nachmittag Ende '42, ich war gerade von einem Besuch in einem Gefangenenlager in mein vatikanisches Quartier zurückgekehrt, bekam ich vom Rektor des Kollegs, einem guten, mittlerweile verstorbenen Mann (vor zwei Monaten raffte ihn die Grippe dahin, Gott sei seiner Seele gnädig), die Nachricht, ich möge ihn aufsuchen. Ich war hungrig, staubig und zerzaust, war neunzehn Tage lang unterwegs gewesen, hundemüde und schlechter Laune, da mich die Lager stets deprimierten. Die Bitten, mit denen die Gefangenen an mich herantraten, hatten mich nächtelang nicht schlafen lassen. So gut es ging, säuberte ich mich am Waschbecken und zog die sauberste Soutane an, die ich finden konnte. Ein Besuch beim Rektor, einem theologischen Gelehrten und Exegeten, der aus Berlin stammte und nicht für seinen Humor bekannt war, bot selten Anlass für ein oberflächliches Gespräch.

Als ich sein Arbeitszimmer betrat, wirkte er beunruhigt; so bekümmert hatte ich ihn noch nie gesehen. Ich fand es besorgniserregend, dass er rauchte. Er winkte mich zu seinem Schreibtisch, ich solle mich setzen. Wir hatten uns immer recht gut verstanden, trotz meiner mangelhaften Deutschkenntnisse oder vielleicht gerade deswegen. Wenn man die Sprache des anderen nicht fließend beherrscht, beschränkt sich die Unterhaltung manchmal auf bloße Höflichkeiten.

Auf seinem Schreibtisch lagen, unordentlich gestapelt, die Berichte, die ich über die Zustände in den Lagern zusammengestellt hatte. Merkwürdig, dass der Rektor meine Darlegungen gelesen hatte, denn sie waren auf Englisch verfasst. Jemand musste sie übersetzt haben. Wer sie wohl an ihn weitergeleitet hatte, fragte ich mich.

Er sprach mich mit Vornamen an und meinte, er sei in *Schwierigkeiten*, ein deutsches Wort, dessen Bedeutung ich kannte.

Ich könne ihm die Belastung ansehen, deutete ich voller Bedauern an, und würde es als Segen betrachten, dieses Kreuz mit ihm zu tragen, wenn er gestatte.

Leise begann er, auf Lateinisch zu sprechen.

Ob ich vor einiger Zeit tatsächlich bei der versuchten Verhaftung eines Paares im jüdischen Viertel eingegriffen habe? Die Behörden hätten offiziell Beschwerde gegen mich eingereicht.

Ich antwortete, dass der alte Rabbiner und seine Frau auf der Straße schikaniert worden seien und ich wieder eingriffe, wenn ein solch schändlicher Vorfall dies erfordere.

«Das würden Sie tun?»

«Ja, Rektor.»

«Ich verstehe.»

Er machte sich eine Notiz.

«Bestimmt wissen Sie», sagte ich auf Lateinisch, «was man mit den Juden vorhat und ihnen antut.»

Dass er sich eine Antwort verkniff, schien ihm fast körperliche Schmerzen zu bereiten. Mit geschlossenen Augen wiegte er sich kurz vor und zurück, atmete scharf durch die Nase ein.

Ob ich auch, wie in der Beschwerde dargelegt, Dutzende Male an die alliierten Kriegsgefangenen in den Lagern Bücher und Essen verteilt habe, obwohl dies gegen die vereinbarten Vorschriften verstoße?

«Wahrscheinlich schon.»

Er machte sich einen weiteren Vermerk.

Dann hielt er inne, riss die betreffende Seite des Notizbuchs heraus, zerfetzte sie sorgfältig und sah mich an.

«Das sind die falschen Antworten, Hugh.»

«Mit allem Respekt, Rektor, was wären die richtigen?»

Er griff nach einer Handglocke, die auf seinem Tisch stand, und läutete. Eine sehr junge Nonne, die ich noch nie gesehen hatte, betrat das Arbeitszimmer und stellte sich ans Fenster. Sie fungiere bei diesem Treffen als Dolmetscherin, erklärte sie. Der jungen Schwester fehlte die rechte Hand, was die Situation für mich noch surrealer machte.

Der Rektor legte die Fingerspitzen aneinander und erklärte, er sei kein Nazi.

Ich wusste nicht, was ich darauf antworten sollte.

Er verabscheue die Nationalsozialisten und alles, was sie taten. «Was sie meinem Deutschland antun, Europa, dem Volk des Buches.» Alles an ihnen sei *schrecklich*.

«Gräuel», sagte die Schwester.

«*Abscheulich, entsetzlich, fürchterlich*», fuhr er fort. «*Grässlich. Schauderhaft. Widerwärtig.*»

Während sie diese Wörter übersetzte, alles Variationen eines Wortes, verzerrte Schmerz das Gesicht des Rektors. Er weinte.

Das Papsttum sei neutral, fuhr er fort. Das müsse respektiert werden. Es handele sich um einen internationalen Vertrag, der nicht zur

Debatte stehe. Der Vatikan, «unsere Mutter», müsse vor einer Invasion, vor einer Bombardierung durch die Nazis geschützt werden. Über die seelsorgerischen Aufgaben wie Krankenbesuche hinaus, falle, was in Rom oder Italien geschehe, nicht in unsere Zuständigkeit. Wir dürften keinesfalls eingreifen.

Aber den Vatikan müssten wir verteidigen, das sei gottgegebenes Recht und unsere heiligste Pflicht als geweihte Soldaten Christi. Selbst die nichtigste Provokation habe zu unterbleiben. Die Nazis würden «wie ein lüsterner Drachen» darauf brennen, einen Vorwand zu haben. Allein der Gedanke daran, was passieren könnte, sollten sie den Vertrag missachten, die Grenze überschreiten und ihre Panzer auf den Petersplatz rollen. Die Musei Vaticani könnten niedergebrannt werden. Oder Schlimmeres passieren.

«Stellen Sie sich vor, Hugh», sagte er, «das Hakenkreuz könnte auf der Kuppel des Petersdoms wehen.»

Das wäre besonders obszön, stimmte ich zu.

«Sie versprechen also, dass Sie alles unterlassen, was Schwierigkeiten verursachen könnte. Nicht wahr, Hugh?»

«Es war nie meine Absicht, Schwierigkeiten zu verursachen», sagte ich.

«Ist das ein Ja?»

«Mir wäre es lieber, Sie würden nicht fragen.»

«Warum, Hugh?»

«Weil ich lieber nichts sagen möchte, was Ihnen Kummer bereitet.»

Er nickte.

«Bitte stehen Sie auf, Hugh», sagte er und ging zur Tür, die zum Vorzimmer führte.

Herein trat der Heilige Vater.

Die junge Nonne knickste. Ich war unfähig, mich zu rühren.

Auf Fotos ist sein Gesicht stets streng, doch liegt auch Güte darin. Sieht man es in natura, was ich ein einziges Mal auf fünfzig Meter Entfernung getan hatte, als ich mit hundert anderen Priestern beim

Hochamt zu Ostern assistierte, trägt es auch Züge von Zärtlichkeit. Doch von dieser Freundlichkeit war an jenem Abend im Arbeitszimmer des Rektors nichts zu sehen. Das Gesicht des Papstes wirkte wie aus Granit gemeißelt.

Wie eine langsam vorbeiziehende Kaltfront bewegte er sich auf das bleiverglaste Fenster zu und sah hinab auf den Petersplatz.

Ich schluckte Tränen hinunter. Mir pochte das Blut in den Ohren. Unvermittelt überkam mich ein furchtbarer Durst, sodass ich von dem geschwärzten Ozean getrunken hätte, den ich plötzlich vor Augen hatte.

Der Heilige Vater drehte sich um.

Er sah mich lange, ohne zu blinzeln, mit dem Ausdruck steinerner Missbilligung an, seine langen Arme hingen herab wie beim Soldaten einer Ehrengarde. Das goldene Kreuz, das ihm auf der Brust lag, schimmerte im Zwielicht. Hoch über uns hörte ich einen Bomber, dann das dumpfe Heulen der Fliegeralarmsirenen von Parione. Selbst das ließ ihn ungerührt. Die junge Schwester brachte einen Stuhl. Dankend nickte er ihr zu, ignorierte ihn aber. Als er sich schließlich bewegte, wischte er sich lediglich etwas Unsichtbares vom Rock seiner unglaublich weißen Soutane.

«Der berühmte Monsignore O'Flaherty», sagte er. «Es ist uns eine Ehre, Ihre Bekanntschaft zu machen.»

Ich trat näher und küsste ihm die Hand, spürte, wie er sie mir entzog.

«Kennen Sie Shakespeare, mein Sohn?», fragte er leise auf Lateinisch, und ich antwortete, ein wenig, ich hätte als junger Mann, der sich auf das Lehreramt vorbereite, einige Stücke gelesen.

«Welche?»

«*Macbeth*, Heiliger Vater. Den *Kaufmann von Venedig*.»

«Der gefällt Ihnen sicherlich», sagte er, «da es von einem Juden handelt.»

Die Luft im Raum schien die Farbe zu wechseln.

«Wir haben früher Theater gespielt», sagte er mit einem eisigen Lächeln, das mich nervös machte. «In der Oberschule. Wir waren nicht sehr talentiert.»

Er schwieg, als sollte ich die Gesprächspause füllen, doch wahrscheinlich würde er mich sofort unterbrechen, wie ich es ihn oftmals während seiner wöchentlichen Audienzen, denen ich am Radio lauschte, bei den Gläubigen hatte tun hören. Männer tun dies, um ihre Macht zu unterstreichen.

«Und dann», fuhr er fort, «ein wenig im Seminar. Uns wurde eine Theatergruppe erlaubt. Natürlich unter Aufsicht der Obrigkeit. Harmlose Klassiker und dergleichen.»

Ich wusste nicht, was ich darauf antworten sollte.

«Haben Sie je Theater gespielt, mein Sohn?»

«Nein, Heiliger Vater.»

«Soso. Nie? Das ist seltsam.»

«Nur als Kind beim Krippenspiel.»

«Nur als Kind beim Krippenspiel», wiederholte er, eine andere Taktik, die mir aufgefallen war.

«Ja, Heiliger Vater.»

«Ich habe das Gefühl, dass Sie in diesem Moment Theater spielen», sagte er.

«Heiliger Vater, verzeihen Sie, aber ich kann Ihnen nicht folgen.»

«OFFENSICHTLICH!»

Nie zuvor hatte ich ihn schreien gehört. Ich war schockiert. Keine erhobene Stimme, sondern ein wütendes Blaffen, fast ein Brüllen, das etwas Gläsernes im Zimmer vibrieren ließ. Der Rektor senkte den Kopf, die junge Schwester wirkte verängstigt. Der Heilige Vater wischte sich mit einem Taschentuch über den Mund.

«Wollen Sie alles ruinieren?», fragte er. «Antworten Sie, *wenn wir mit Ihnen reden.*»

«Heiliger Vater –»

«Wollen Sie sehen, wie unser Vatikan, in dem die Gebeine unseres größten Pontifex ruhen, eines Heiligen, der Jesum Christum persönlich gekannt hat, eines Mannes, der Zeuge der Verklärung wurde, in Rauch und Giftgaswolken aufgeht? Wie die Stiefel der SA-Männer über die Gräber der Märtyrer trampeln? Wie zweitausend Jahre Herrschaft Christi in einer einzigen Nacht des Feuersturms zerstört werden?»

«Nein, Heiliger Vater.»

«Nein, *Heiliger* Vater. Nein, Heiliger *Vater*. Ihre griesgrämige schwarze Ironie angeblichen Respekts. Doch wieso benutzen Sie immer noch diese Anrede, wenn Sie der einzige Priester auf Erden sind, der offensichtlich nie das Gelübde des Gehorsams abgelegt hat? Wenn Sie eine Sondererlaubnis haben, Ihre eigenen Regeln und Vorgehensweisen zu entwickeln? Die Entscheidungen und Anordnungen Ihrer Vorgesetzen zu ignorieren? Wir, der Bischof von Rom, sollten vielleicht vor *Ihnen* niederknien. *È bene.*»

Er legte die Hand auf den Schreibtisch und wollte niederknien, da eilten die Nonne und der Rektor hinzu und baten ihn, so etwas Himmelschreiendes zu unterlassen. Die Lippen der jungen Schwester bebten, ihr Gesicht war gramverzerrt.

«Sicherlich sollten der Heiland Höchstselbst und alle Heiligen zu O'Flaherty beten», fuhr er fort. «Wir bitten dich, O'Flaherty. *Ora pro nobis*, O'Flaherty. Lege Fürsprache für die ein, die dir nicht das Wasser reichen können, egal von welcher Kanzel der Selbstgefälligkeit du predigst. *Haben Sie eine Erklärung für Ihre obszöne Arroganz und Unverschämtheit?*»

Ich begann zu sprechen. Er unterbrach mich.

«Hiermit entziehen wir Ihnen die Befugnisse eines Vertreters des Vatikans. Bis auf Weiteres bleiben Sie in diesem Kolleg. Sie gehen allenfalls morgens die einhundert Meter zu Ihrer Arbeit im Heiligen Offizium und abends zurück, sonst nirgendwohin, ich betone, *nirgendwohin,* ohne vorherige schriftliche Erlaubnis. Sie werden keinen Fuß vor die Grenze des Vatikans setzen, bis wir es genehmigen. Sie werden über die Schwere Ihrer Fehler nachdenken und dafür büßen. *Haben Sie mich verstanden?*»

«Ja, Heiliger Vater.»

«Denn Ihretwegen ist diesen Gefangenen jeglicher weiterer Besuch verboten.»

Ich fürchtete, gleich würde er mir ins Gesicht schlagen.

«Wie es schärfer nagt als Schlangenzahn, ein undankbares Kind zu haben», sagte er verbittert. «*König Lear.* Erster Aufzug, vierte Szene.»

Damit rauschte er hinaus. Der Rektor sagte nichts. Sein Schweigen, sein Anstand versengten mich fast, während er auf seine Hände und zu Boden blickte. Als er murmelte, unser Treffen sei beendet, erwähnte er gnädigerweise nicht, dass ich Schande über das Collegio gebracht hatte.

Ich ging sofort in mein Zimmer und bemühte mich, den Schock über das Geschehene sowie die schwere Sünde meines Ungehorsams zu verarbeiten. Die Worte des Heiligen Vaters hatten meinen Egoismus abgeflammt, und ich betete, seine Unbeugsamkeit möge belohnt werden. Was wir bequemerweise Nächstenliebe nennen, ist häufig getarnte Eitelkeit, ging mir auf. Rauchzeichen, die wir aufsteigen lassen, um anderen oder uns selbst die eigene Überlegenheit zu demonstrieren und um die eigene Abscheulichkeit zu verdecken. Weinend sah ich die Männer in den Lagern vor mir, ihre erschöpften Gesichter und verwundeten Hände, die sie mir bittend oder freundschaftlich entgegenstreckten. Ich betete glühend für alle Gefangenen, so lange es mir möglich war, betete für jene auf der Welt, die in ihrer Handlungsfreiheit eingeschränkt waren, und auch für mich elenden Sünder.

...

Sechs Monate lang verließ ich den Vatikan nicht. Irgendwann erbarmte sich der Rektor und milderte meine Strafe. Nach dem Beginn der Luftangriffe im Juli des Jahres durfte ich erst alle vierzehn

Tage, dann wöchentlich die irische Gesandtschaft besuchen, um den jungen irischen Ordensmitgliedern und ihren Gastgebern seelsorgerischen Beistand zu leisten, wenn ich mich feierlich verpflichtete, mit sonst niemandem zu reden und bei den Obrigkeiten nicht aufzufallen.

Ich kann aufrichtig sagen, dass ich mich hinsichtlich letztgenannter Verpflichtung nach Kräften bemühte. Was den ersten Punkt betrifft, nahm ich mir manchmal die Freiheit, auf dem Weg zur oder von der Gesandtschaft mit Menschen zu sprechen, die entflohenen Gefangenen und anderen Flüchtigen mit bescheidenen Mitteln halfen, die Küste zu erreichen. Damals handelte es sich um ein paar Lire, hier und da, manchmal um Kleidung. Ich verstieß damit gegen Gesetze, das war mir bewusst, trotzdem machte ich weiter. Ich bete, dass mir mein Ungehorsam vergeben wird.

Am 13. September, einige Tage nach dem Einmarsch der Nazis in Rom, erreichte eine Eilbotschaft dieses Haus. Viele der Dominikaner von San Clemente seien schwer an der Grippe erkrankt, die seit Kurzem in Italien grassierte. Da zu dieser Zeit eine Pilgergruppe in der Stadt festsaß, wurde ein englischsprachiger Helfer benötigt, um ihnen die Beichte abzunehmen. Ein Passierschein für einen zweistündigen Aufenthalt in Rom würde demjenigen ausgestellt, der diese Aufgabe übernahm.

Jener Montag war für mich im Dienstplan als Ruhetag eingetragen. Ich hatte studieren und beten wollen, denn ich war in großer Sorge, wie sich der deutsche Einmarsch auswirken könnte, beschloss aber stattdessen, mich als Beichtvater für San Clemente zu melden.

Dahinter steckte auch die Hoffnung, jemandem aus der Heimat zu begegnen. Zudem wollte ich herausfinden, ob mir mittlerweile vergeben war, ob die Strafe des vom Heiligen Vater verhängten Hausarrests offiziell aufgehoben worden war. Ich rief bei der päpstlichen Kurie an und erläuterte das dringende Anliegen der Dominikaner. Es dauerte eine Stunde, bis ich telefonisch Antwort erhielt. Ich durfte dem Ruf nachkommen, aber mit niemandem außerhalb von San Clemente sprechen. Würde ich das vor Gott schwören? Ich schwor.

Unterwegs auf meinem Motorrad, sah ich viele deutsche Soldaten in den Straßen rund um den Vatikan, zerzaust und unrasiert, Pöbel. Manche bedrängten Frauen oder forderten brüllend von Cafébesitzern Alkohol. Andere waren älter als ich, hagere Männer Anfang, Ende fünfzig oder junge Burschen in schlecht sitzenden, grauen Uniformen. Ich begegnete einem Bekannten, John May aus London, unsere Blicke trafen sich, aber keiner von uns machte Anstalten, ein Gespräch anzufangen. Er sah furchtsam und erschöpft aus, ein Anblick, der mir wehtat, denn für gewöhnlich war er ein fröhlicher Mensch.

Als ich an einer Gasse vorbeifuhr, ertönte unerwartet Maschinengewehrfeuer. Sehr bedrückend.

An der Kirche angekommen, ging ich schnurstracks in die Sakristei. Wahrscheinlich ist mir in Rom San Clemente das liebste Gotteshaus. Es ist bei Weitem nicht das schönste, größte oder prunkvollste, wirkt immer kühler und luftiger, als es eigentlich ist; eine Atmosphäre, die den müden Geist belebt, wie ein Schöpflöffel kaltes Wasser nach einem Festmahl. Viele Menschen gingen ein und aus, sprachen ein stilles Gebet, bewunderten die Fresken oder standen Schlange vor den Beichtstühlen, doch von den Mönchen war keiner zu sehen, daher setzte ich mich in den ersten freien Beichtstuhl und begann meine seelsorgerische Pflicht.

Ungefähr eine Stunde lang war alles recht normal. Es fühlte sich wie ein Segen an, die Gnade der Beichte anbieten zu dürfen. Da ertönte, als Chor und Organist ihre Probe begannen, ein überirdisch schönes Stück, das ich seit Kindertagen liebe, Perosis *Missa Eucharistica*, die herrlichen Baritonstimmen verdickten den Klang. Und dann geschah etwas so Beängstigendes, dass ich es zu Papier bringen muss. Sollte mir in nächster Zeit etwas zustoßen, könnte dieser Vorfall der Grund sein.

Ich öffnete die kleine Luke, die den Priester vom Beichtkind trennt. Wie es sich gehört, sah ich nicht durch das Gitter, sondern mit geschlossenen Augen geradeaus. Kurz herrschte Stille, was nicht ungewöhnlich ist. Vor der Beichte ist manch einer aufgewühlt.

«Freund», sagte ich schließlich. «Lass deine Ängste hinter dir. Wisse, du sprichst mit der unendlichen Barmherzigkeit, nicht mit mir.»

Die Stimme begann, das einleitende Gebet herunterzuleiern, als läse der Mann von einer Karte ab.

Wie üblich fragte ich, wie lange die letzte Beichte zurückliege.

«Ich bin nicht hier, um Fragen zu beantworten», kam die Antwort.

«Mein Bruder», erwiderte ich. «Du bist weit weg von zu Hause.»

«Sie auch.»

«Sei offen. Unsere Sünden sind eine Gruft. Roll den Stein weg.»

Es war so still, dass ich das Ticken seiner Armbanduhr auf der anderen Seite der Luke hören konnte. Zu meinem Erstaunen sah ich, als ich einen raschen Blick durch das Gitter warf, die Uniform eines Gestapo-Kommandanten.

«Ich heiße Paul Hauptmann», sagte er auf Englisch.

Ich gab keine Antwort.

«Wir sind uns noch nicht begegnet», fuhr er fort.

«Das ist ein Ort der Andacht.»

«Die Tür stand offen, also betrat ich den Beichtstuhl.»

«Was für eine Unverschämtheit!»

Ich wollte die Luke zuschieben, aber seine behandschuhte Hand verhinderte das.

«Ich bin noch nicht fertig, Monsignore.»

«Mit Ihnen möchte ich nichts zu tun haben.»

«Ich möchte, dass Sie etwas wissen. Etwas Wichtiges. Als Sie vor zwei Jahren zum Abgesandten des Vatikans für unsere Kriegsgefangenenlager bestimmt wurden, war ich der für Latium zustän-

dige Gestapo-Offizier, der Sie aus einer Liste mit Kandidaten aus-
wählte.»

«Sie?»

«Ich wollte einen Iren an der Spitze der Abordnung. Aus Gründen,
die auf der Hand liegen.»

«Die wären?»

«Dass eine unangemessene Sympathie mit dem Feind unwahrscheinlich ist.»

«Verlasse diesen heiligen Ort.»

«Ich habe Sie falsch eingeschätzt. Sie waren schwach. Ich hatte vergessen, dass ein intelligenter Mann naiv sein kann, es höchst wahrscheinlich auch ist.»

«Ich habe Ihnen nichts mehr zu sagen.»

«Ich Ihnen auch nicht, Monsignore. Doch einen Rat gebe ich Ihnen
noch. *Ich* bin jetzt Chef dieser Stadt. Es wäre klug, wenn Sie sich das
merken. Machen Sie künftig keine Schwierigkeiten mehr, weder sich
noch anderen.»

«Das soll heißen?»

«Soll heißen, wir müssen Verantwortung übernehmen, einen kühlen Kopf bewahren. Die Fakten respektieren. Ihr Drang, die Wehr-
machtskommandeure der Lager vor ihren Soldaten herabzusetzen,
wie Sie das oft genug machten, mag *Ihnen* gutgetan haben. Wissen
Sie, dass Müller aufgrund Ihres Berichts abgesetzt wurde? Der ihm
nachfolgende Kommandeur ist der brutalste Schläger, der je eine Uniform getragen hat. Mit Ihren Aktionen haben Sie einzig erreicht, dass
sich die Bedingungen für Gefangene verschlechterten. Eine messbare
Verschlechterung, von der Tausende Menschen betroffen sind. Völlig
grundlos. Sehr bedauerlich.»

«Sind Sie fertig?»

«Denken Sie gelegentlich darüber nach, wer Ihr Ausscheiden aus
der Delegation veranlasst hat?»

«Das Papat.»

«Meinen Sie?»

Seine Frage, die keine war, schwebte einen Augenblick zwischen uns.

«Ich weiß, dass es eine Fluchtorganisation gibt», sagte er. «Ich werde sie zerschlagen, glauben Sie mir.»

Ich gab keine Antwort. Seine Stimme wurde leiser.

«Berlin hat strikt angeordnet, dass Fluchtorganisationen unter keinen Umständen zu dulden sind. Oder ich muss die bitteren Konsequenzen tragen. Das würde bedeuten, dass auch meine Familie darunter leiden würde, und das lasse ich nicht zu. Ich trage keine Konsequenzen, ich ziehe sie.»

«Das habe ich bemerkt.»

«Ruhe und Ordnung in Rom, so lautet meine Aufgabe», fuhr er fort. «Keine weiteren Schwierigkeiten, Monsignore. Jede noch so unbedeutende Zusammenarbeit mit einer Fluchtorganisation hätte die Todesstrafe zur Folge. Sollten Ihre Freunde in Versuchung geraten – oder Sie selbst –, erinnern Sie sich an diese Unterhaltung.»

«Draußen warten Menschen, die ihre Beichte ablegen wollen. Ich fordere Sie erneut auf, zu gehen.»

«Ihr Starrsinn, Monsignore, steht Ihnen im Weg. Trübt Ihre Urteilskraft. Sie sind von falscher Tugend berauscht. Unsere Bewegung ist nicht aufzuhalten. Tatsächlich gibt es viele Priester, viele Katholiken, die uns unterstützen. Sie wären erstaunt, wenn ich Ihnen die Zahl nennen würde.»

«Ich wäre angewidert und beschämt, aber nicht erstaunt.»

«Meine eigene Frau ist römisch-katholisch.»

«In diesem Fall sollte auch sie sich schämen.»

«Für ihren Mann? Ihr Land?»

«Und für sich.»

«Rom ist gefallen. Das Britische Empire wird fallen. Genauso wie die Sowjetunion und die Vereinigten Staaten. Alle Reiche werden untergehen. Bis auf eines.»

«Ihr Reich wird ebenfalls untergehen. Früher, als Sie denken.»

«Ganz sicher sind Sie sich da aber nicht, Monsignore. Ich höre den Zweifel in Ihrer Stimme. Es gehört zu meiner Ausbildung, so etwas herauszuhören. Doch das gehört wohl auch zu Ihrer Ausbildung, oder nicht? Den armen Gefangenen zuzuhören. Wie sie in diesem Holzkasten ihre kleinen Verfehlungen herausstottern.»

«Außer Ihnen gibt es hier keine Gefangenen.»

«Werden Sie Teil der Bewegung, Monsignore. Stellen Sie sich ihr nicht in den Weg, ich warne Sie.»

«Ihr seid einzig Teil eures Selbsthasses und eurer Bedeutungslosigkeit. Paraden und Prozessionen und Verkleidungsspiele.»

Ein grimmiges Lachen. «Sagt ein Priester?»

«Von euch sitzt jeder allein in der Grube seiner Unzulänglichkeit.»

«Reine Rhetorik, Monsignore. Steigen Sie von Ihrer Kanzel. Ich bin keines Ihrer Schäfchen, das sich von Altweibergeschwätz beeindrucken lässt. Zudem sind Sie kein besonders guter Schäferhund.»

«Raus», wiederholte ich. «Bevor ich Sie rauswerfe.»

«Den Satz hören Sie sich gern sagen, Monsignore. Auch wenn Sie ihn wohl nicht in die Tat umsetzen. Alle Poseure sind Feiglinge. Und alle Priester haben Angst vor dem Leben.»

«Wir werden sehen, wer der Feigling ist, wenn man Sie zum Galgen zerrt.»

«Sie sollten wissen, dass Sie jederzeit liquidiert werden können, Monsignore. Als würde man eine der Kerzen auslöschen, für deren Anzünden die Verblendeten da draußen ein paar Lire bezahlen, während sie vor ihren vergoldeten Idolen niederknien, die Sie und Ihresgleichen aufgestellt haben, damit sich das Volk voller Angst eurem Willen beugt. Sie sind am Leben, weil ich es dulde. Sie sind die Kerze, die ich abbrenne. Und ich kann den Zeitpunkt auswählen, an dem Ihr Verlöschen sinnvoll ist. Bis dahin, einen schönen Tag, Monsignore. Mehr Ratschläge gibt es von meiner Seite nicht.»

«Ich habe keine Angst vor Ihnen», sagte ich.

«Kommt noch», erwiderte er.

Nachdem er gegangen war, blieb ich noch einige Minuten sitzen und versuchte, mich zu beruhigen. Als ich ins Freie trat, stand mein Motorrad in Flammen.

In der Ferne stotterten Maschinengewehre.

Paul Hauptmann entfernt sich von dem brennenden Motorrad vor der Kirche San Clemente, wischt sich die Finger an einem Papierfetzen ab, den er von einem lose flatternden Plakat abgerissen hat, auf dem «TOD DEN FASCHISTISCHEN INVASOREN» steht. Er ist froh, dass er nicht das Auto genommen hat. Ein schöner Tag, um ein paar Kilometer zu gehen.

Die Septembersonne ist warm und golden, römisch-herbstlich; Lorbeerduft liegt süß in der Luft, als er den kleinen Park bei der Marmortreppe durchquert, auf der, wie es heißt, Christus einst wandelte. Das ist natürlich blanker Unsinn, aber man soll den Menschen ihre Geschichten lassen. Ihm fällt eine Zeile von Shakespeare ein. «O die tollen Sterblichen!»

Gelegentlich starren sie ihn an, die eroberten Römer und ihre Kinder. Sollen sie doch. Sie werden sich an ihn gewöhnen. Sie haben keine Wahl. Er ist neu, unbekannt, erst seit wenigen Tagen Herrscher über ihre Stadt; man kann ihnen einen gewissen Missmut nachsehen, sie haben es nicht leicht. Er könnte sich von einer Leibwache begleiten lassen, aber das würde ihm als Schwäche ausgelegt. Die Luger an seiner Hüfte ist die einzige Leibwache, die er braucht. Das und die Reputation, die er mittels an die faschistische Presse durchgestochener Informationen sorgfältig schürt. Sollte ein Römer die Gestapo angreifen, werden als Vergeltung sieben Häuserblocks gesprengt und die Eltern des Angreifers gehängt.

Im Hauptquartier, das er im Deutschen Kulturinstitut in der Via Tasso eingerichtet hat, erlässt er eine Anweisung an seine Männer: keine Plünderungen, Roms Geschäfte dürfen nicht bestohlen werden. Frauen müssen geachtet werden. Nachgewiesene Vergewaltigungen haben die Todesstrafe zur Folge. Dem Feind ist es gestattet, seine Gefallenen in Würde zu begraben. Fronturlaub wird gewährt, aber nur wenn man sich wie ein deutscher Soldat benimmt. Ich bin stolz auf Sie. Kommandant Paul Hauptmann.

Die Bezichtigung des Pfarrers, er wäre allein, ärgert ihn. Er sollte sich damit nicht beschäftigen, aber wenn man müde ist und unter Druck steht, geht einem solch hanebüchener Unsinn eben nahe.

Mittlerweile sind Schreibkräfte eingetroffen, Funktechniker, Beamte. In jedem Stockwerk mörteln Maurer der Wehrmacht Gitter vor die Fenster der kleineren Räume, montieren Handschellen und Fußfesseln, bringen an den Wänden Pferdedecken zur Schallisolierung an. Ein beschlagnahmter Zahnarztstuhl wird im Keller an den Boden geschraubt, Fesselgurte und eine Würgschraube kommen demnächst hinzu. Dollman, sein Stellvertreter, möchte auf der Bühne des ehemaligen Konzertsaals einen Galgen errichten lassen, hauptsächlich, um den Gefangenen mit diesem Anblick Angst einzujagen, weniger für den täglichen Gebrauch, das wäre dann doch zu viel, schließlich liegt der Raum neben dem Schreibbüro. Die elektrische Versorgung des Gebäudes funktioniert nicht, sie wird repariert. Es gefällt ihm, dass gearbeitet, die Herrschaft etabliert wird. Ein neuer Anstrich wäre gut; er nimmt eine entsprechende Mitteilung auf. Vielleicht einige neue Möbel. Die Vorhänge sind fadenscheinig. Die Sonnenuhr im Garten ist kaputt.

Was diese schrecklichen Billigreproduktionen betreffe, die an jeder Wand hingen, die müssten weg, weist er eine Sekretärin an, sie befänden sich schließlich in der Stadt Michelangelos. Zudem in jedem öffentlich zugänglichen Raum im Hauptquartier frische Blumen und eine geliehene Madonna. «Meine Frau meint, ich bin ein Unmensch», sagt er trocken, «bevor ich morgens Kaffee getrunken habe. Sorgen Sie also dafür, dass ich nie zu lange darauf warten muss.»

Um drei Uhr nachmittags wird ihm ein gefangener Deserteur vorgeführt, ein junger Soldat aus Bremen. Er hört sich den Fall des schluchzenden Jungen an, wünscht sich, es gäbe die Möglichkeit, Milde walten zu lassen. «Ich werde Ihren Eltern schreiben, dass Sie im Kampf gefallen sind», sagt er, «damit bleibt ihnen die Schande erspart. Traurig, dass es so weit gekommen ist, seien Sie wenigstens zum Schluss tapfer.» Er schüttelt ihm die Hand, ehe er ihn hinunter in den Hof zu seiner Erschießung schickt. Die Erbärmlichkeit des Krieges. Diese elende Verschwendung. Wir haben alle Momente, in denen wir am liebsten aus unserem Leben desertieren würden, wenn es dazu nicht zu spät wäre. Aber es ist zu spät. Der Knall des Pistolenhagels hat offenbar eine der Schreibkräfte aus der Fassung gebracht, aber das lässt sich nicht ändern. Herrgott, wie erbärmlich das alles mittlerweile ist. Doch Krieg ist Krieg.

Die Idee, seine Familie nach Rom zu holen, treibt ihn um. Ist das machbar? Wo würden sie wohnen? Wären sie großer Gefahr ausgesetzt? Es muss abgewogen werden, aber darum allein geht es nicht. Die Wärme, das Sonnenlicht, die Skulpturen, die alten Gotteshäuser. Vielleicht täte es den Kindern gut, einige Monate im Ausland zu verbringen.

Seine Frau am Telefon in Berlin wirkt abgelenkt. Ihre Tochter hat eine Erkältung, der Sohn hat wieder Probleme in der Schule, lernt nur mühsam Lesen und Schreiben, ist ungehorsam, in sich gekehrt. Aus ihrer Stimme hört er Besorgnis, eine vorgetäuschte Fröhlichkeit, wenn er anruft. Ob sie wohl wieder trinkt? Sie hört sich müde an.

«Isst du auch ordentlich, Paul?»

Er bejaht.

«Ist deine Kaserne akzeptabel?»

«Absolut.»

«Du fehlst mir», sagt sie. «Ich wünschte, du wärst zu Hause.»

«*Wenn ich mir was wünschen dürfte*», flüstert er, den Titel eines alten Liebeslieds, das sie mit den Anfängen ihrer Beziehung verbinden. Dieser Satz ist zum geheimen Ausdruck ihrer Liebe geworden.

«Du bist lieb», sagt sie.

«Weil ich dich liebe.»

«Paul, hat Himmler wieder angerufen?»

«Das kann ich dir am Telefon nicht sagen.»

«Sind wir in Schwierigkeiten, Paul?»

«Nein.»

«Warum ruft er dich dann ständig an?»

«Kein Grund zur Sorge. Es handelt sich lediglich um ein Problem.»

«Deshalb zahlen sie dir einen Haufen Geld, mein Schatz», scherzt sie, «damit du Probleme löst.»

«Deshalb zahlen sie mir einen Haufen Geld, du hast recht.»

Ein Zitat aus einem amerikanischen Gangsterfilm, den sie sich während ihrer Flitterwochen in Guernsey ansahen. Irgendwann wurde auch dieses Bestandteil ihres Paarvokabulars.

«Sind weitere Gefangene geflohen?»

«Herzblatt, darüber darf ich nicht reden.»

«So niederträchtig von denen, verfluchte Plagen, meinem Paul Probleme zu machen. Du würdest mir doch die Wahrheit sagen, oder? Wenn wir Ärger mit Himmler haben?»

«Natürlich, und nein, wir haben keinen Ärger mit ihm.»

«Wenn weitere Gefangene fliehen –»

«Elise, lass uns von etwas anderem reden.»

«Sind die Römerinnen schön?»

«Nicht so schön wie du.»

«Lügner.» Sie lacht. «Ich wünschte, ich könnte dich küssen.»

«Ich mir auch, Liebling. Ich wünschte, ich könnte deinen Körper mit Küssen bedecken.»

«Sag nicht solche Sachen, Paul, wenn ich einsam und allein bin.»

«Herzblatt, ruh dich aus. Ich bete dich an.»

«Und ich dich.»

«Gute Nacht, mein Täubchen. Wir hören uns morgen wieder. Ich habe eine Idee, die ich dir erzählen will, könnte schön für die ganze Familie sein.»

«Kannst du mir ein letztes Mal versichern, dass wir keinen Ärger mit Himmler haben? Denn ich bin krank vor Sorge, Paul. Diese verfluchten, flüchtenden Unruhestifter. Warum können die nicht in ihren Gefangenenlagern bleiben, sondern müssen ständig Schwierigkeiten machen? *Wollen* die nicht, dass ihre Frauen und Freundinnen sie in Sicherheit wissen, weit weg vom Krieg? Wenn *du* in einem Kriegsgefangenenlager wärst, würde ich mich freuen, dass du in Sicherheit bist.»

«Elise –»

Die Leitung ist tot.

Auf seinem Schreibtisch liegt Himmlers Telegramm:

«Führer über die jüngsten Ausbrüche erzürnt. MACHEN SIE DIESER BLAMAGE EIN ENDE. Ich warne Sie.»

Aus einer Schublade nimmt er eine Mappe mit Fotografien, die er in den letzten Monaten zusammengetragen hat. Leute, die man sich nochmals ansehen sollte, mögliche Kollaborateure, Verdächtige. Sorgfältig sortiert er sie alphabetisch nach Nachnamen, hält gelegentlich inne, nimmt eines der Fotos und heftet es an die Pinnwand aus Kork, die über seinem Schreibtisch hängt. Personen, die man besonders ins Visier nehmen sollte. Seine Porträtgalerie.

Beim O hält er inne.

Heftet das Foto an die Pinnwand.

«O'Flaherty, Hugh» steht auf dem Papierschildchen darunter. Mit Bleistift fügt er hinzu: «Unruhestifter. Sturkopf.»

Er bläst die Kerze aus.

Ab ins Bett.

Schlafen fällt ihm heute schwer. Das Warum ist kompliziert.

Es ist nicht unbedingt Angst. Auch nicht die innere Unruhe allein. Nicht die einsame Kirchenglocke, die die nächtlichen Stunden schlägt, oder die darauffolgende Stille, das Warten. Es ist ein Unbehagen, für das er keinen Namen hat, das wie ein Splitter in ihn eingedrungen ist.

Dunkelheit.

Ein Fuchs schreit.

Rom um drei Uhr morgens.

Ein Mann in einem Kasten sagt: «Ich habe keine Angst vor Ihnen, Hauptmann.»

Die Stille nach den Glockenschlägen.

6

DIE STIMME VON ENZO ANGELUCCI
7. November 1962

Aus einem BBC-Recherche-Interview, Tonband 1,

geführt in Bensonhurst, New York City

Hier reinsprechen? So? Hören Sie mich gut?

Also, ich heiße Enzo Gianluca Alessandro Angelucci. Alter vierundfünfzig. Das stimmt.

Ich leb seit siebzehn Jahre in Brooklyn, bin aber drüben in Rom geboren. Leute in den Staaten nennen mich Johnny.

Italoamerikaner?

Klar. Unterstreichen Sie Italo.

Als ich herkam, hab ich auf Bau gearbeitet, Gipsplatten verlegt, gutes Geld. Meine drei Brüder und ich haben über 'nem Deli gewohnt, Ecke Mulberry und Broome, über Fleischwurst und Thunfischdosen.

Später ging's bergauf. Hab was draus gemacht. Heute haben meine Frau und ich ein Geschäft für gebrauchten Gaststättenbedarf auf der Bowery und einen Eisenwarenladen in der Mott Street. Angelucci Farben & Fliesen. Wir haben keine Schulden.

Vorm Krieg hab ich einen Kiosk Ecke Largo del Colonnato und Via di Porta Angelica gehabt, direkt am Rand vom Petersplatz, guter Standort. Viel Laufkundschaft dort. War harte, ehrliche Arbeit. Gefiel mir. Meine Eltern haben Geschäft aufgebaut. Sie hießen Sandro und Antonella, *che Dio li benedica.*

Und eine härtere Geschäftsfrau als meine Mutter kann man sich nicht vorstellen. Ihr Motto: Arbeite schwer, Gott hat dir zwei Ohren gegeben, also höre doppelt so viel zu, wie du redest. Steh früh auf, liebe deine Familie, mach keinen Scheiß.

Mein alter Herr hat den Kiosk aus Eichenfässern gebaut, die er von einer Weinkellerei vom Landgut Principe Pallavicini gerettet hat, Castelli Romani, daher waren die Wände leicht gekrümmt, netter Gesprächsstoff. Den Leuten gefiel das. Man kam darüber ins Plaudern, war gut für Geschäft.

Ich und meine Geschwister haben dort am Wochenende und im Sommer oder nach der Schule gearbeitet, und als meine Eltern zu alt waren, übernahm ich den Kiosk. Da war ich wahrscheinlich zwanzig. Ein junger Wilder. Stand voll im Saft. Ich hab ihn über acht, neun Jahre aufgebaut. An meinem zwanzigsten Geburtstag hab ich geheiratet. Meine Frau starb bei einem Bombenangriff in Rom, März '44. Wir waren noch Kinder, als wir uns kennenlernten. Ja, ich denk immer noch an sie, klar.

Was wir verkauft haben? Alles, einfach alles. Führten alle Zeitungen. Italiener sind verrückt nach Zeitungen. Sogar gebrauchte hab ich verkauft, wenn einer die wollte. Selbst, wenn die eine Woche oder zehn Tage alt waren, kriegte man manchmal fünf Lire dafür. Absolut.

Modezeitschriften. Reiseführer. Kreuzworträtsel. Schweinkrambücher für alte Männer. Eintrittskarten für Vatikan. Biografien über Caesar und Heilige. Heiligenbildchen. Alte Stadtpläne. Alles.

Ja, so hab ich den Monsignore kennengelernt.

Irgendwann kommt er alle zwei Tage, kauft morgens die «Gazzetta dello Sport». Riesenkerl, gut gebaut. Bisschen rot im Gesicht. Wir echten Römer sind eher feingliedrig. Aber der Typ ist groß wie 'n Schrank. Fällt auf. Dieser blau-weiße Golfschirm, Mordsding, wenn's regnet.

«Ich habe noch eine Lebensmittelkarte für heute übrig», sagt er zu mir. «Wollen Sie die haben? Nur zu.»

Ich sag, ich brauch nix.

«Nehmen Sie sie für Ihre Kinder. Besorgen Sie sich dafür eine Sonderration Milch. Oder Brot. Sonst verfällt die Karte.»

Haare bisschen schütter, aber schwarz wie sizilianische Trauben, wie wir sagen. Altmodische Hornbrille mit Lesefenster. Hatte Sinn für Humor. Brachte einen zum Schmunzeln.

«Sagen Sie, mein Freund», redet er weiter, «was kosten Ihre Postkarten?»

«Zwei für fünf Lire.»

«Was kostet eine?»

«Vier Lire.»

«Ich nehme die andere.»

Manchmal pfeift er vor sich hin, während er meine Waren betrachtet. Oder singt. Ich mag Männer, die singen. Ich bin Italiener.

Woran ich mich noch erinnere, er hat diesen markanten Gang gehabt, männlich, mit erhobenem Kopf und schwingenden Armen. Selbstbewusst. Als wir uns einander vorstellen, nachdem er ungefähr eine Woche lang zu meinem Kiosk gekommen ist, ist sein Händedruck fest, wie bei 'nem Bauer, der einem 'ne Kuh verkauft. Sein Blick weicht nicht aus, wenn er mit einem redet, der Kerl blinzelt kaum hinter seinen Brillengläsern. Auf der Piazza können fünfzig-, sechzigtausend Menschen sein, man ist der Einzige für ihn. Man sieht, dass er einen genau wahrnimmt, Augen wie ein Kassierer. Im Italienischen gibt's ein Wort dafür, *sprezzatura*, Wort gefällt mir. Bedeutet, man weiß, wie man lässig rüberkommt.

Klar, dass man auf dem Petersplatz den ganzen Tag lang Priester sieht, oder? Damals bin ich Kommunist gewesen, aber die haben mich nicht behelligt. Du willst eine Zeitung kaufen, Bruder, ich verkaufe dir eine. Will ich beichten gehen? Ich geb dir Bescheid.

Und der da, dieser Monsignore, den muss man mögen. So ein großer, lachender Mann vom Land, kein Getue, er spricht von gleich zu gleich, auf Italienisch. *Come sta, Signor Angelucci, amico mio? Come stanno sua moglie e i suoi figli?* Oh, bestens. Nein, wir haben nicht über Politik oder Religion gesprochen, einfach nur ganz normale Unterhaltung über Alltägliches.

Kurz darauf hab ich von den anderen Händlern auf dem Platz mit-

gekriegt, dass er jeden zweiten Morgen seine Lebensmittelkarte ver-
schenkt. Was ist da los – wir haben's herausgefunden: Der Kerl isst
nur jeden zweiten Tag. Den anderen Tag hungert er. Ich schwöre bei
Gott.

Was mir auch gefallen hat, er war verrückt nach Sport. Besonders
Boxen. War geradezu 'n wandelndes Lexikon, was die Kämpfe betrifft. Hat die kubanischen Boxer geliebt. Auch Fußball. Tennis, Rad-
fahren, Tour de France, alle Wettkämpfe. Pferde weniger. Keine Ahnung, warum. Viele Priester, das kann ich Ihnen verraten, sind absolut
verrückt nach Pferden. Aber Boxen, o Mann, daran hat er Narren
gefressen gehabt.

Hat einem das Ohr abgekaut mit seinen berühmten Schwergewicht-
lern. Typen wie Joe Louis. Mochte auch Weltergewichtler, er hat
Rocky Graziano als Amateur boxen sehen. Graziano wurde hier in
Brooklyn geboren, ist aber als Kind Ecke East 10th Street und First
gezogen, über die Brücke, großes italienisches Viertel, wo auch meine
Schwester und ihr Mann gelebt haben. Sie hat für Familie namens
Barbella geputzt, das war Grazianos ursprünglicher Nachname. Mon-
signore liebte diese Geschichten.

Für einen Ausländer hat er ein unglaubliches Wissen über Rom gehabt, wirklich unglaublich. Diese Straße, jener Häuserblock, die kleinen *vicoli,* wie sie bei uns heißen, *vicoli e incroci,* die Durchgänge
und Kreuzungen zwischen alten Häusern und Rückseiten der Kirchen, manche so schmal, da kommt nicht mal ein Roller durch. Rom
ist wie Käse, voller Löcher. Man könnte tausend Jahre in Rom leben
und trotzdem nicht alle Gassen kennen. Aber der Kerl war nah dran,
das kann ich Ihnen sagen. Sein Hobby waren alte Stadtpläne, wenn
mir einer im Kiosk in die Finger kam, kriegte er den. Immer hat er
zahlen wollen, aber das waren nur rausgeschnittene Seiten aus Bü-
chern, keine Originale. Die hab ich gerahmt und an Amerikaner ver-
scherbelt. Ständig hat er mich aufgezogen, dass die Reiseführer, die
ich verkaufte, Mist seien. Eines Tages wollte er selbst einen schreiben,

und ich würde dann vielleicht tausend Stück zu zwanzig Lire pro Stück verkaufen, und wir beide wären reich und würden bei den Boxkämpfen am Ringplatz sitzen. So war er. Bodenständig.

Wir vertrieben uns die Zeit mit Gesprächen oder verglichen die Berichte in den verschiedenen Zeitungen über die Boxkämpfe. Wenn es morgens kalt war und ich mir Kaffee machte, hat er eine schnelle Tasse mitgetrunken, logisch. Als der Krieg kam, war der Kaffee grässlich, verdiente nicht mal den Namen. Bestand aus Eicheln. Aber wir haben ihn runtergewürgt, zumindest war er heiß. Gelegentlich schlossen wir eine Wette ab. Gehörte zu seinem Spieldrang. Eines Morgens sagt er zu mir: «Angelucci, Sie machen sich was vor, Armstrong hält keine drei Runden gegen Montañez durch, wollen wir wetten?» Da zieh ich ihn auf, spiel den Ball zurück. «Bruder, Sie sind doch Priester, ist Wetten nicht Sünde?» Er sagte: «Nicht, wenn es um unsichtbare Dollars geht.»

Also wettet er um fünfzig unsichtbare Dollar, wie ein Yankee, und ich geb ihm vierzehn zu eins, wie ein Buchmacher. Am nächsten Tag sagt er zu mir: «Angelucci, Sie haben einen Rockefeller aus mir gemacht, her mit meinem unsichtbaren Gewinn», oder, «Enzo, Sie haben mich viel Geld gekostet». Wir haben tatsächlich Buch geführt, in einer Kladde. Er ging nirgendwohin ohne sein winziges Notizbüchlein und einen Bleistiftstummel hinterm Ohr. Und wir schlossen Wetten ab, wie zwei Aristokraten. Wir alberten einfach bloß rum. Vertrieben uns so die Zeit. Ich hab ihm Schuldschein über eine Million Dollar und ein paar Zerquetschte ausgestellt. Worauf er sagt: «Wenn ich eine Tasse von Ihrem Muckefuck bekomme, sind wir quitt.»

Und dann zertrümmerten die Faschisten meinen Kiosk und fackelten die Überreste ab. Weil ich weiterhin ausländische Zeitungen verkauft hab. Aber einem Angelucci macht man keine Vorschriften! *O mangi questa minestra o salti dalla finestra*, wie wir sagen, was so viel heißt wie: Krieg die Kurve oder spring aus Fenster. Meine Frau hatte einen Vetter, der in einer Kerzenmacherei arbeitete, einer alten Fabrik in Trastevere, wo sie Kirchenkerzen herstellten, und der mir zwei Schachteln zum Selbstkostenpreis abgetreten hat. Ich hab sie segnen lassen und bin damit über den Petersplatz gezogen wie so 'n Straßenhändler, verkaufte sie für ein paar Lire an die Pilger, die anstanden. Zwei kleine Kinder daheim und das dritte unterwegs. Man tut, was man kann. Ernährt Familie. Ich sag: «*Buongiorno*, Signora, in der Basilika drinnen kosten die pro Stück zehn Lire. Wie wär's, wenn Sie zwei für fünf kriegen? Die hat der Kardinal Ventucci gesegnet.»

Denn die Leute mögen Schnäppchen. Das lernt man als Geschäftsmann. Vor allem die alten Damen, die haben wenig Knete, also gibt man einen Preisnachlass, und jeder ist glücklich.

«*Nonna*, ich geb Ihnen vier für acht, *che Dio protegga tutti.*»

Ich will nicht lügen, manchmal hat Enzo Angelucci die Kerzen gesegnet. Aber wenn ich einen Priester auftreiben konnte, hat der es gemacht. Komisch, ich kann mich nicht erinnern, dass ich den Monsignore je gefragt hätte. Wahrscheinlich wollte ich ihn nicht kompromittieren. Aber wenn ich ihn gefragt hätte, hätte er's bestimmt gemacht.

Allora, an 'nem heißen Nachmittag bin ich auf dem Petersplatz, und ich schwöre bei Gott, die Sonne knallt auf mich runter, als würd ich ihr Geld schulden. Einer dieser Tage in Rom, wenn sogar der Schweiß brennt. Ich arbeite die Warteschlange ab, da seh ich bei der Kolonnade, auf der Suche nach Abkühlung im Schatten, diesen jungen Mann, seine Kleider ärmlich und dreckig, und er sieht extrem krank aus, Gesicht weiß wie der Mond, den Arm in der Schlinge, aus einem Kartoffelsack improvisiert. In Rom gibt es Landstreicher, wie überall. Aber etwas an ihm ist anders. Seine Augen.

Ehrlich gesagt, ich bin beschäftigt, die Leute kaufen wie wild die Kerzen, aber sein Gesicht ist so traurig, er sieht so gebrochen aus. Erst neunzehn oder zwanzig. Hübscher Bursche. Das Haar fällt ihm in die Stirn. Erinnert mich an meinen Bruder Marco, der ständig in Schwierigkeiten gerät. Was macht man da?

Ich geh auf ihn zu, und er weicht ängstlich zurück. Schwitzt wie Wasserfall. Er hat Fieber.

«Was ist los, Junge? Hast du Hunger?»

Ich halt ihm eine Birne hin.

Der Junge schaut mich lange an, ehe er zugreift, die Birne mit fünf Bissen verschlingt. Auf seinem Handgelenk das Tattoo *Viva l'Italia*. In der Tasche hab ich ein mit Porchetta belegtes Brot, das mir meine Frau zum Mittagessen gemacht hat, das gebe ich ihm auch und einen Flachmann mit kaltem Wasser und mein Taschentuch für Gesicht und Stirn.

«Setz dich kurz hin, *paesano*. Beruhig dich. Kühl dir die Stirn. Hast du 'nen Sonnenstich? Willst du eine Zigarette?»

Es ist, als ob er mich nicht hört. Die Augen kullern ihm in den Höhlen wie bei 'ner Puppe. Herrgott, bestimmt fällt er gleich in Ohnmacht.

Der hat echt Todesangst. Zittert. Und mir zerreißt es gleich das Herz. Und wenn ich zweihundert Jahre alt werd, was er sagt, das vergesse ich nie.

Entschuldigung, es ist immer noch … Wenn ich dran denke.

[Interviewter wird vom Gefühl übermannt.]

«Um Gottes willen, Bruder, ich flehe dich an, verrate mich nicht.»

Das waren seine Worte. Wie Flammen.

Er ist ein entflohener Kriegsgefangener, ein Jude, Halbitaliener. Wenn sie ihn schnappen, ist er tot. Das wissen wir beide. Dann ist es aus.

Was soll ich jetzt machen? Ich bin einer, der auf der Straße Kerzen verkauft. Ich hab keine mächtigen Freunde oder Geld oder Verbindungen. Meine Wohnung ist fünf Kilometer entfernt, beim Termini, außerdem haben wir keinen Platz, und meine Frau bringt mich um, wenn ich den Jungen anschleppe. Das geht nicht. Unmöglich.

Ich bin jetzt kurz davor, wegzugehen. Ich hab Familie, ein Leben. Außerdem muss man in Italien vorsichtig sein. Wenn man keinen Ärger sucht, kriegt man auch keinen. Alle möglichen Gedanken schießen mir durch den Kopf. Plötzlich ist man mitten in einem Sandsturm. Bis man selbst zum Sandkorn wird. Ein entscheidender Moment im Leben, der Folgen haben kann. Hauptmanns Kerle schießen einem vorm Frühstück 'ne Kugel in den Kopf und setzen sich dann zum Essen hin. Man ist Dreck unter ihren Füßen. Aber ich kann nicht anders.

Ich sehe über den Petersplatz – ich bin verzweifelt, verwirrt –, und genau da entdeck ich beim Brunnen, dreihundert Meter entfernt, den Monsignore, der auf und ab geht und in seinem heiligen Buch liest – Brevier sagen sie dazu –, das heilige Buch, in dem 'n Priester täglich lesen soll. Ich sag zu dem Jungen, er soll mir folgen, aber die Klappe halten und so tun, als kennt er mich nicht. Wir gehen mitten durch die Menge, und es dauert, weil er so arg humpelt. Überall Nazis. Faschistische Polizei. Das volle Programm.

Schweineheiß knallt die Sonne auf den Granit. Hitze, die man durch die Schuhsohlen spürte. Man würd viel drum geben, weit weg zu sein, in 'nem kühlen Zimmer, mit geschlossenen Fensterläden und neben sich seine Frau. Als ich ungefähr zwanzig Schritte vom Monsignore entfernt bin, sieht er von seinem Buch hoch, als hätt er mich die ganze Zeit erwartet.

«Sagen Sie mal, Angelucci», fängt er mit fröhlichem Pokergesicht an, «Sie wollen mich doch bestimmt wegen des Sugar-Ray-Kampfs übers Ohr hauen, Sie Faulenzer. Und dabei schulden Sie mir bereits vier Millionen. Sie Gauner.»

Ich stell mich neben ihn und erkläre die Situation.

Er schaut an mir vorbei auf den Jungen. Dann schaut er mich wütend an. Diesen Gesichtsausdruck hab ich bei ihm noch nie gesehen.

«Haben Sie komplett den Verstand verloren?», zischt er. «Den Mann zu mir zu bringen?»

«Die machen ihn kalt», sage ich. «Das können wir nicht zulassen. Es muss doch was geben, was wir tun können. Sie sind Priester.»

Ich schwör Ihnen, seine Augen schießen Blitze. Ich weiß nicht, ob er zustimmen wird oder mir eine reinhaut. Zwei, drei Minuten stehen wir da. Im glühenden Sonnenschein 'ne Ewigkeit. Probieren Sie's mal aus.

Dann sagt sein Gesichtsausdruck, komm mit. Der Junge nickt und folgt ihm. Und sie gehen los Richtung Basilika, der mächtige, schrankgroße Mann vom Land und neben ihm der hinkende, gebrochene Junge. Links vom Petersdom ist kleine Brücke, die zum Campo Santo führte. Kleine Brücke, mir fällt der Name nicht mehr ein. Dorthin gehen sie.

Als ich meiner Frau am Abend erzähl, was passiert ist, dreht sie durch. Ich bin dies, ich bin das. Für eine Frau konnte sie ordentlich fluchen. Wenn man eine *italiana* gegen sich aufbringt, dann kriegt man was zu hören. Aber sie hätte genau das Gleiche getan, ganz bestimmt, das weiß ich. Sie war ein lieber Mensch, voller Güte. Elisabetta Monti. *Possa riposare in pace.*

Als ich den Monsignore zwei Tage später seh, sagt er zu mir: «Angelucci, der Junge ist auf der Krankenstation des Vatikans in Sicherheit. Ich habe ihm falsche Papiere besorgt. Jetzt ist seine einzige Sorge, dass sich eine der Karmeliterinnen in ihn verliebt. Und ich habe beschlossen, einen Chor zu gründen.»

«Einen Chor?»

«Und Sie gehören zu den Mitgliedern.»

«Aber, Monsignore, ich kann nicht singen.»

«Ich kann nicht tanzen und tanze trotzdem. Sie werden es lernen.»

«Ich denk darüber nach», sage ich.

«Aber nicht zu lange», gibt er zurück. «Da draußen tobt ein Sturm. Ich brauche Hilfe.»

Dort, wo wir uns unterhalten, weht kein Lüftchen. Sonne scheint. Ruhiger Tag. Aber natürlich weiß ich, was er meint.

Ob ich Angst hatte? Darauf können Sie Ihren Allerwertesten verwetten. Wer nicht? Es waren schlimme Zeiten. Wenn Hauptmann rauskriegt, dass man ihn zum Narren hält, dann fällt der Vorhang, *ciao a tutti*. Kein Prozess, kein Urteil, du bist tot. Andererseits, die Augen des Jungen. Was zur Hölle machst du aus deinem Leben? Hat man an was geglaubt, hat es eine Situation gegeben, in der man sich aufgelehnt hat? Denn, Bruder, der Tag wird kommen, an dem deine Kinder dich fragen, und dann hast du besser eine Antwort parat, und wie sieht die aus? Ich überlegte hin und her, am Ende stimmte ich zu. Damit stand es fest: Ich tret dem Chor bei. Erst mal drin, war man drin. Wie beim Elfmeter: Man sucht sich eine Ecke aus und schießt knallhart, der Torwart kann ruhig Faxen machen, wie er will, man selbst bleibt bei seiner Entscheidung. Also ja. Ich bin dabei. *O la va o la spacca.* Im Guten wie im Bösen. *Il Coro.*

Von da an kommt er jeden Tag, wenn die Glocken zu Mittag läuten, aus dem Collegio und geht auf den Stufen der Basilika hin und her. Oder er steht da, groß und stark, in seiner schwarzen Soutane mit der roten Schärpe, sodass ihn keiner, der den Platz betritt, übersehen kann, selbst, wenn er wollte. Er versteckt sich vor aller Augen. Wie Leuchtturm.

Wenn es regnet, hat er diesen riesigen Golfschirm dabei, sieht aus wie ein gigantischer blau-weißer Fliegenpilz. Genauso gut könnte er im Scheinwerferlicht auf dem Papstbalkon stehen. Wie so 'n Sopran auf der Bühne.

Die tauchen zu zweit oder dritt auf. Manche auch allein. Männer, die aus Kriegsgefangenenlagern entkommen sind. Aus den Seitenstraßen, den Gassen rund um den Petersdom. Verkleidet als römische Arbeiter, Müllmänner, Kohlenträger, Straßenbahnfahrer, Anstreicher, *muratori* – unser Wort für Maurer –, Bauern, die zum Markt in die Stadt kommen, Straßenhändler, Priester, ich hab keine Ahnung, wo sie die Kleider herhaben. Sie gehen zum Monsignore, und der führt sie unter der Brücke durch.

Bald sprach es sich, wie auch immer, unter den Entflohenen rum, dass ich einer seiner Helfer war, und sie kamen auf dem Petersplatz auf mich zu, sagten, sie wollen meine Kerzen kaufen, aber sie müssten «sie segnen lassen».

Ich dachte, dich segne ich gleich, und zwar mit dem Stiefel in den Arsch. Aber dann deutete ich auf den Boss.

So fing's an. Mit dem Chor.

Jeden Tag kamen andere, einer nach dem anderen. Bald hab ich aufgehört, zu zählen.

Dieses Rendimento am Heiligabend. Heiligabend '43.

Wir haben es so sorgfältig geplant. Und das Schicksal hat sich die ganze Zeit ins Fäustchen gelacht.

Es zerreißt mich, wenn ich dran denke. Kann immer noch nicht glauben, was passiert ist.

So war er, der Monsignore. Ire. Ein Wahnsinniger. Einer von denen, die sich nix sagen lassen.

7

Heiligabend 1943

9.11 Uhr

Noch 13 Stunden und 49 Minuten bis zum Rendimento

Bis auf drei japanische Priester, die sich besorgt in ihrer Sprache über die Zeitung vor ihnen unterhalten, ist das Refektorium leer. Er macht einen Bogen um die Gruppe und holt sich einen Ersatzkaffee aus der riesigen bauchigen Kupferkanne, die auf der Theke warm gehalten wird. Dampfig schlägt ihm der Geruch von Zichorie und Kartoffelschalen entgegen, der ihm bis zu einem der langen Tische am Ende des Raums folgt, über dem eine Kopie von van Craesbeecks *Versuchung des Heiligen Antonius* hängt. Der unangenehme Geruch nach alten Scheuerlappen hängt in der Luft. Drei Leuchtstoffröhren verbreiten eine gallegrüne Widerwärtigkeit, die niemand als Licht bezeichnen würde.

Eine ihm unbekannte Schwester kommt auf ihn zu und spricht ihn auf Deutsch an, merkt aber sofort, dass er sie nicht versteht, und übersetzt ihre Worte ins Italienische. Ob er einen Keks wolle.

«No, grazie.»

«Etwas anderes gibt es heute nicht zu essen, Pater.»

«Ich habe keinen Hunger. Hätten Sie ein Blatt Papier?»

Sie bringt das Gewünschte.

Er muss jetzt allein an diesem langen Tisch mit seinen Gedanken sein, Platz haben, um einen Notfallplan auszuarbeiten. Zeit, um nachzudenken.

Oben auf das Blatt schreibt er ein Wort.

RENDIMENTO

Das Codewort der Chormitglieder für einen Einsatz.

Da es keine Nachricht von Derry gibt, muss der Plan adaptiert und falls Angelucci nicht auftaucht, erneut verändert werden. Eine nach der anderen prüft er die Möglichkeiten, wer aus seinem Kreis einspringen könnte. Für die Frauen ist das Rendimento zu gefährlich, aber alle sind so mutig, dass sie auf seine Frage hin nicht ablehnen würden, das weiß er. Vielleicht Delia? Die Contessa? Was ist mit Marianna? Sie ist zäher als jeder Mann, denkt blitzschnell, hat eine rasche Auffassungsgabe, sie ist klug. May kann nicht übernehmen, er kennt noch nicht alle Schleichwege. Osborne kommt nicht infrage, oder doch?

O nein, scheint Marianna de Vries zu sagen und drängt sich in den Vordergrund seiner Gedanken. *Er ist zu alt und quasselt zu viel.* Ihre niederländische Direktheit bringt ihn immer zum Lachen, heute allerdings nicht.

Er kritzelt, skizziert, bewertet, schraffiert, bedeckt jeden Millimeter Papier mit schwarzen Spiralen, geänderten Listen. Das Rendimento *muss* heute Abend stattfinden, ansonsten ist es zu spät. Nie im Leben rechnet Hauptmann am Heiligabend mit einer Aktion. Egal, wie er hin und her überlegt, es gibt nur eine Antwort.

Es läuft auf Enzo Angelucci hinaus.

Er holt sich noch einen Kaffee, denkt intensiv über Angelucci nach. Loyal, mutig, erfüllt von berechtigtem Hass – aber ihm fehlt Derrys Gerissenheit, die Disziplin unter Beschuss, wie sie die Briten ihren Offizieren eintrichtern. Derry kann Fassaden hochklettern, Stacheldrahtzäune überwinden, sich einem Verfolger entziehen, im Schatten verschwinden und hat bereits siebzehn Rendimenti auf dem Buckel. Angelucci hat weder eine Kampfausbildung noch Erfahrung in Gegenspionage. Prahlt er möglicherweise im Vorfeld mit dem Einsatz oder rutscht ihm hinterher ein Wort heraus? Wird seine Hitzköpfigkeit zur Schwachstelle?

Auf der Habenseite: Er ist Römer, kennt jede Gasse und jeden Winkel. Seine Besessenheit, einen Einsatz zu leiten, sollte unverzüglich genutzt werden, ihre Unternehmungen sind seit Monaten gefährlich. Angelucci hat es satt, Beobachter zu sein, ein Spion, der die Routen der Nazilastwagen notiert, die Personenstärke der Patrouillen zählt, Straßenlaternen mit einem Katapult kaputt schießt, damit die Polizei nicht sieht, wer gewisse Wohnhäuser betritt. Alle Italiener reden gestenreich, aber wenn Angelucci frustriert ist, rotieren seine Hände wie Windmühlenflügel, er wird von seinen Wallungen überwältigt. «Wie ein *Schuljunge*», beschwert er sich oft. «Ich werde wie *Kind* behandelt. Gib mir, um *Himmels* willen, ein *Rendimento*, Pater. Ein *Solo*.»

Wenn Hauptmann ihn erwischt, wird er Angeluccis Widerstandsgeist brechen?

Wessen nicht?

Vielleicht sogar Derrys. Sagt er selbst immer. *Erzähl mir nicht alles, Padre, denn die holen Zange und Lötlampe raus. Ich werde zwar so lange wie möglich durchhalten, aber du weißt, wie der Jerry ist. Wenn er dich erst mal in der Via Tasso hat, wird die deutsche Effizienz ziemlich effizient.*

Das ehemalige Deutsche Kulturinstitut, Via Tasso. Als junger, von der Stadt überwältigter Seminarist hat er dort oft Konzerte besucht, Brahms, Schubert, zerbrechliche musikalische Gespinste. Jetzt finden dort keine Aufführungen mehr statt.

Stacheldraht, maskierte Wachposten, die Fenster sind zugemauert. Menschen, die drei Häuserblocks entfernt wohnen, wachen durch die Schreie auf. Jeden Morgen taucht in der Dämmerung ein Bäckereilieferwagen auf und sammelt Leichname ein, die einst Studenten, Partisanen, Widerständler waren. Angeblich wurde der Lastwagen innen mit Gummi abgedichtet, doch selbst diese Maßnahme verhindert nicht, dass gelegentlich eine Spur scharlachroter Spritzer von der Via Tasso zu den Plätzen und Parks der Stadt führt, wo Hauptmann die entstellten Leichen weithin sichtbar deponiert.

Auf Bänken, in Bushaltestellenhäuschen. An Laternenmasten baumelnd.

Würde Enzo eine davon werden?

Kann man ihn, der verheiratet ist, überhaupt fragen?

Was geschieht mit seiner Frau und den Kindern, wenn das Schlimmste eintrifft?

Derry weiß genau, wie viele Bücher versteckt sind und wo, er hat eine Erinnerungstechnik, die er während seiner Ausbildung in Sandhurst gelernt hat, aber jedes Mal, wenn er sie zu erklären versucht, bitten ihn die anderen Chormitglieder auf Knien, damit aufzuhören. Die Geschwindigkeit, mit der die Anzahl der Bücher wächst, ist beängstigend.

Im Refektorium deuten die japanischen Priester am Tisch drüben kichernd auf die Ecke beim Lektionar, an dem der Rektor in Vorkriegszeiten während des Abendessens für gewöhnlich laut aus der Heiligen Schrift vorlas. Offenbar wurde dort eine Maus gesichtet. Die ihm unbekannte Schwester eilt aus der Küche herbei, mit einem Abtropfsieb als Falle, einem Schneebesen als Knüppel, eine geradezu parodistische Mäusejagd beginnt, aber die Maus, falls es sie überhaupt gegeben hat, will sich nicht zeigen, trotz Geschrei und Geschmeichel in mehreren Sprachen.

Die Menschen können einen erfreuen, wenn man sie nur lässt. Ihre unschuldigen, albernen Handlungen. Diese Erkenntnis und seine Müdigkeit treiben ihm fast die Tränen in die Augen, er wendet sein Gesicht dem vereisten Fenster zu.

Die Via Tasso fühlt sich so nah an.

Das Geräusch eines Bäckereilieferwagens, der den Motor aufheulen lässt.

Er geht zur Nische unter der Treppe, wo sich das öffentliche Telefon befindet, rechnet damit, dass die Leitung tot ist, aber nein, sie funktioniert, ein Summton wie ein dösendes Tier. Warum die Nazis die Leitung wohl wieder freigeschaltet haben? Vermutlich ein Köder. Hauptmann ist auf Angeltour. In diesem Stadium muss er wohl oder übel anbeißen.

Er ruft die Privatnummer der Contessa an, er hört, wie sie abnimmt, also ist sie zu Hause, er legt auf und wählt erneut, lässt es viermal klingeln. Ihr Anrufcode für allerhöchste Alarmstufe.

Das erste Freizeichen. Das zweite Freizeichen. Das dritte Freizeichen. Das vierte.

Es ist dringend. Der übliche Ort.

Er legt den Hörer auf und verharrt kurz, vor der Telefonnische unter der Treppe, zwischen Regenmänteln und vergilbten Telefonbüchern. Er betet für sich, versucht es zumindest, wie an jedem Tag, doch sobald er die Worte denkt, werden sie zu Rauch. Die Contessa fühlt sich seltsam präsent an, er kann ihre beruhigende Zusicherung fast spüren: *Ich habe dich gehört, ich bin auf dem Weg, mach dir keine Sorgen.* Er sieht vor sich, wie sie in dem dunklen, alten Haus ihren Gabardinemantel anzieht, die Marmortreppe hinunterrennt, die zu steil zum Hinunterrennen ist, auf die Straße tritt, die schmerzhafte Helligkeit, der Lärm, die alte Tür, die hinter ihr zuschlägt. Er scheut sich, diese Art von Zärtlichkeit zu benennen, die er für sie empfindet, und fragt sich oft, ob dieses Gefühl wahrhaftig ist. In vielen Herzen wohnt der Schmerz über eine nie geborene Tochter. Bevor er Giovanna Landini kennenlernte, war ihm dieses Gefühl fremd.

Er kehrt in sein Zimmer zurück, nimmt Brevier und Rosenkranz, geht wieder über den Treppenabsatz die knarzenden Stufen hinunter, durch das geschwätzige Getümmel des Wohntrakts, vorbei an Studenten, die auf den aschgrauen, kalten Fluren drängeln, scherzen oder zu den letzten Vorlesungen des Semesters hasten.

«Guten Morgen, Monsignore.» – «Guten Tag. Salve.»

In den Gärten hinter dem Petersdom sind die abgestellten Springbrunnen gefroren, das Wasser hat dieselbe rußgraue Farbe wie der Marmor. Kies knirscht unter seinen Füßen, seine Gedanken narren ihn, machen sich über ihn lustig; die kalte Steinbank verhöhnt ihn. Aus dem alten Laub steigt ein Traum empor, den er gehabt hatte, und der in London spielte: Nebel hängt über dem Hyde Park, wo Soldaten mit ihren Pferden exerzieren, auf der anderen Seite des Sees wie in weiter Ferne: eine junge, verschleierte Frau. Vergebens hofft er, sie möge den Schleier heben.

Farm Street, die Oratorianerkirche in Brompton. Antiquariate. Kricketergebnisse. Die Charing Cross Road im Herbst, Lichter, die zur Dämmerstunde in den Theatern angehen. Die schier tröstliche Tristesse des schiefergrauen Himmels. Eine Nacht in der U-Bahn Leicester Square, als eine Frau zusammenbrach, er kniete neben ihr auf dem Bahnsteig und wartete auf die Rettungssanitäter, doch sie bat mit ungeheurer Sanftmut und englischer Höflichkeit, sie wolle nicht beten, es sei ihr lieber, wenn er sich mit ihr unterhalte oder schweige. Denn sie sei nicht gläubig, und selbst wenn, Gott habe Besseres zu tun. Sie sprachen von Georg Friedrich Händel und von Wiesenblumen, während sie starb.

Aus der Tasche seiner Soutane holt er einen ungeöffneten Packen Blankopostkarten und den Füller, den ihm seine Mutter letztes Jahr zu Ostern geschickt hat, gekauft auf einer Reise nach Dublin, wo sie operiert worden war. Nacheinander listet er verschiedene Möglichkeiten auf.

Gelegentlich vergewissert er sich, dass niemand kommt. Über den Zypressen kreisen kreischend Vögel.

Osborne und Giovanna haben gemeinsam die letzte Geldlieferung organisiert – wie, weiß er nicht, er will mit dem Wissen nicht belastet werden –, die heute Morgen in gebrauchten Scheinen aus einer unbekannten Stadt eintrifft. Delia Kiernan hat im Büro von American Express eine Kontaktperson, die wegsehen wird, wenn ein gewisses Päckchen eintrifft. John May ist dafür verantwortlich, dass es ins Hauptquartier gelangt.

Wenn sie ihn finden können, wird Angelucci das Rendimento durchführen. Wenn nicht, werden sie ihre Karte auf einen ehemaligen Soldaten setzen, einen Bekannten von Marianna de Vries, einen knallharten, ambitionierten Scharfschützen, der die Straßen kennt und schon seit

Langem in den Chor drängt. Im Notfall ist seine Feuertaufe die einzige Möglichkeit, die uns bleibt. Viel besser wäre allerdings, wenn Angelucci übernähme.

Drei Übergaben, eine in Prati, die zweite in Parioli, dann ein «Tankstopp» für Geldnachschub, anschließend die größte Übergabe in Campo Marzio, allerdings wird niemand bis zum allerletzten Moment wissen, wo genau. Dann ein Treffen mit einem Fluchthelfer, dem «Piloten», für die letzten Kilometer nach Hause.

Wenn bis dahin noch alle am Leben sind.

In weiter Ferne, so weit entfernt wie die verschleierte, junge Frau in seinem Traum, sieht er die schlanke, weiß gekleidete Gestalt des Papstes. Sinnierend geht er allein zwischen kahlen Olivenbäumen spazieren, bleibt gelegentlich stehen und wirft einen Blick zum Himmel, wie ein Bauernknecht, der sich Auskunft über das Wetter erhofft.

Normalerweise wird er von einer Leibwache begleitet. Warum ist keine Leibwache da?

Er bewegt sich steif, mühsam, als wäre er viel älter als seine Jahre, auf eine Laube mit hochgebundenen Rosen zu, wo jemand eine Schubkarre hat stehen lassen, daneben ist ein Spaten in die Erde gerammt. Er setzt sich auf den Rand eines Springbrunnens, die langen Arme baumeln an den Seiten, ehe er erneut aufsteht, zur Schubkarre geht und gehäufte Spatenladungen Mist herausschaufelt. Er gräbt und schaufelt, dreht seinen müden Oberkörper langsam und gleichmäßig im Halbkreis. Atemwölkchen dampfen.

Aus dem Palasteingang hasten zwei Schweizergardisten sowie eine Nonne mit einem Mantel auf ihn zu. Der alte Mann ignoriert sie, gräbt und gräbt, sein Scheitelkäppchen hat die Farbe schmutzigen Schnees.

Über ihnen Bombenflugzeuge, zu weit entfernt für Flakfeuer.

Ein alter Mann, der auf Dornen einhackt.

CONTESSA GIOVANNA LANDINI

Aus ihren unveröffentlichten Lebenserinnerungen,

niedergeschrieben nach dem Krieg, undatiert

Wir waren nicht einmal ein Jahr verheiratet, als mein Mann starb. Einen Tag nach der Beerdigung hatte ich eine Fehlgeburt und verlor das ersehnte Kind. Ich war dreißig Jahre alt und gebeutelt von Kummer.

Ich hatte Bedienstete, Kleider von Chanel und Schiaparelli, Geschmeide, einen Palast, eine Villa in San Casciano dei Bagni, eine Jacht, die vor Ostia lag, ein gut gehendes Weingut. Ohne Paolo zählte das alles nichts.

Als der Krieg begann, meldete ich mich als Fahrerin beim Sanitätskorps. Die unregelmäßigen Arbeitszeiten dienten mir als willkommene Ausrede dafür, dass mir der Schlaf fremd geworden war. Es gab kein Feuer, zu dem ich nicht gefahren wäre. Am Ende mussten sie mich entlassen.

Danach unterstützte ich das Rote Kreuz als Motorradkurier, brachte Medikamente in jene zerbombten Stadtteile, zu denen kein Auto durchkam. Paolo hatte mir das Fahren auf der Triumph Tiger beigebracht, die ich ihm zur Hochzeit geschenkt hatte, einer kleinen, schnellen Maschine, die gut zu beherrschen war. Aber während des Kriegs war es unmöglich, Ersatzteile aus Großbritannien aufzutreiben, und nachdem der Motor aufgrund eines Defekts an der Benzinleitung ausbrannte, musste das Metallross in der alten Remise am Ende meines Gartens verdrießlich dahinfristen, wo Spinnen seine Radspeichen ideal für ihre Netze fanden und Mäuse sein Sattelleder zu schwarzer Spitze zernagten.

Wer Rom im Hochsommer kennt, die Wochen vor Ferragosto, dem muss ich die kräftezehrende, vampirische Hitze nicht schildern. Mein Haus in der Via del Corso, das einen Innenhof aus dem fünfzehnten Jahrhundert besaß, hatte einen Springbrunnen und einen Wandelgang, in dem schläfrige Pfauen schmollten, aber jung und eifersüchtig wie ich war, ertrug ich den Innenhof nicht, den eine frühere Geliebte Paolos umgestaltet hatte, eine junge Frau, die ihn verlassen hatte, um Nonne zu werden. Ein übertriebener Schritt, wie ich fand, sie starb bei der Missionierung in China.

Statt mich an diesen glutheißen Nachmittagen wie fast ganz Rom in ein Café zu setzen oder mich bei geschlossenen Fensterläden im Bett auszuruhen, radelte ich zum Park der Villa Umberto und legte mich zwischen hochherrschaftlichen Pinien ins Gras. Die Hitze entlockte der Erde einen lehmigen Moschusgeruch. Hier fühlte ich mich Paolo nahe. Es war, als könnte ich sein Flüstern hören. Die Qual des Lebens ließ ein wenig nach.

Alles, was ich wollte, war, ihm zu folgen, wo immer er war. Ich hatte einzig noch nicht entschieden, welche Methode ich wählen sollte. Ich besaß eine Pistole, die er mir geschenkt hatte, eine kleine Beretta mit Jadegriff. Vielleicht würde sie mich an seine Seite zurückbringen. Im Park flüsterte er mir zu, ich solle bleiben, die Hoffnung werde kommen, wenn ich offen für sie sei. Die Hitze, die Düfte, die Erde unter meinem Körper ließen mich an seinen Geist glauben.

Es war nicht nötig, ein Bündel seiner Liebesbriefe mitzubringen, denn ich kannte jeden einzelnen praktisch auswendig. Sie färbten meine Erinnerung rosarot wie der Granatapfelsaft den Prosecco im Cocktail, den wir auf der Terrazza dell'Infinito in Ravello tranken, bevor wir uns zur Hochzeitsnacht zurückzogen.

In diesem Park hatten Paolo und ich uns an einem Herbsttag 1936 kennengelernt. Ich ging mit meiner Schwester spazieren, als sich ein blendend aussehender Soldat näherte, der einen Rollstuhl schob, in dem ein alter, in eine Decke gehüllter Herr saß, sein Vater. Elisabetta fragte ihn nach dem Weg zur Casina delle Rose – wo wir uns ein Konzert anhören wollten –, denn wir hatten uns verlaufen und drehten uns etwas zänkisch im Kreis, wie das bei Schwestern manchmal der Fall ist. In seinen Augen lag eine grimmige Sanftheit, wenn ein solcher Widerspruch möglich ist, und sein Benehmen war so galant und so verständnisvoll – doch genug von glücklicheren Tagen.

An jenen Nachmittagen zu Anfang meiner Verwitwung, als ich innerlich ganz wund war, setzte ich mich oft auf eine Bank im Park der Villa Umberto und weinte mit dem Scirocco um Paolos Abwesenheit, ging anschließend nach ein, zwei Stunden in die Galleria, wo ich mir das Gesicht wusch oder die schönen Exponate ansah. An heißen Nachmittagen waren die großen Säle oft leer, was den Statuen in diesem besonderen Duft von altem, erhitztem Staub, den ich immer mit Rom verbinden werde, eine hübsche Traurigkeit verlieh. Gelegentlich fertigten einige Studenten Skizzen an, ein Bursche mit zerzaustem Haar, ein Mädchen mit Zigarette; mein Neid auf ihre Jugend lenkte mich ein wenig ab.

An einem Donnerstag (ich erinnere mich gut), als ich die Sala Bernini betrat, war der einzige andere Besucher ein Priester. Ein großer Mann mit blühendem Teint und Nickelbrille, der in seiner schwarzen Soutane schmoren musste; sein Gesicht war so rot wie die Monsignore-Schärpe, die er trug, und sein dichtes, schwarzes Haar sah feucht aus. Er stand vor diesem beunruhigenden Meisterwerk der Bildhauerkunst, *Apollo e Dafne*, das Paolo geliebt hatte, weshalb er oft die Aufseher bestach, um es fotografieren zu dürfen.

Natürlich sind in Rom Priester ein alltäglicher Anblick. Doch etwas an ihm erregte meine Aufmerksamkeit. Er war kein besonders auffälliger Mann. Vielleicht lag es schlicht daran, dass er erhitzt und angegriffen wirkte oder Priester in Kunstmuseen eher selten anzutreffen sind. Jedenfalls warf er mir einen Blick zu und lächelte.

«Haben Sie jemals im Leben etwas so Schönes gesehen?», fragte er in gutem, sehr förmlichem Italienisch, dem die Spritzigkeit fehlte, mit der wir reden. «Wenn man eine Million Jahre lebte und täglich Unterricht von einem Meister bekäme, man wäre nie fähig, auch nur einen einzigen Quadratmillimeter davon zu erschaffen. Und die Vorstellung, dass dies einmal lediglich ein unbehauener Brocken in einem Steinbruch war.»

«*Vero*», stimmte ich zu, «*É bellissima*».

«*Meravigliosa*. Die Details sind atemberaubend, man könnte schwören, die beiden sind lebendig.»

«Hin und wieder habe ich gesehen, wie sie sich bewegen und atmen», sagte ich. «Wenn man die beiden eine Stunde lang beobachtet, ist das gelegentlich möglich. Oder wenn man den Raum unvermittelt betritt.»

Mit dem Ausdruck freudiger Verblüffung deutete er auf das wundersamste Detail des Kunstwerks, auf die Stelle, an der die Fingerspitzen der linken Hand des Gottes Dafnes Körper berühren.

«Wundersam», sagte er. «Man traut seinen eigenen Augen nicht. So etwas Weiches kann kein Marmor sein.»

Ungläubig den Kopf schüttelnd, wandte er sich wieder mir zu.

«Madame ist Französin?», fragte er freundlich.

«*Sono italiana*», sagte ich.

«Verzeihung, Signora, ich habe Ihren Akzent falsch eingeordnet.»

«Mütterlicherseits stammt meine Familie aus Paris», erklärte ich. «Meine Schwester und ich gingen in Nantes zur Schule.»

«Wahrscheinlich bei Franziskaner Oblatenschwestern? Außerordentliche Frauen. Mit denen ist nicht zu spaßen.»

«Etwas streng», stimmte ich bei.

«Absolut.»

Mittlerweile hatten wir uns offenbar in die Art Gesprächssackgasse manövriert, die unter neuen Bekannten oft einer Verabschiedung vorausgeht. Doch seltsamerweise wollte ich nicht, dass er mich verließ. Ebenfalls seltsam, dass ich das Gefühl hatte, er wisse das.

«Leben Sie schon lange in Rom?», fragte ich. «Gefällt es Ihnen hier?»

«Kurz nach der Sintflut war ich hier Seminarist und bin vor einigen Jahren zurückgekommen, um nach meiner Promotion weiterzuforschen. Ich bin an das Germanicum angeschlossen, kennen Sie das? Im Schatten vom Petersdom? Ich mag Rom sehr. Aber wer nicht?»

«Kann ich offen mit Ihnen reden, Pater?», platzte es aus mir heraus.

Plötzlich weinte ich. Er sah nicht schockiert aus. Mich überkam ein Anfall, anders kann ich es nicht beschreiben. Mir war, als würde ich ertrinken, und mich erfasste Angst. Ich erinnere mich, dass eine Aufseherin hereinhastete, den Saal aber genauso schnell wieder verließ, vielleicht, um Hilfe zu holen. Der alte, heiße Staub brannte mir in den Augen.

«Signora», sagte er leise, voller Respekt und mit großer Würde. «Natürlich. Sollen wir draußen ein wenig spazieren gehen?»

Im Park brachte ich eine Zeit lang kein Wort heraus. Er kühlte sein Taschentuch im Springbrunnen, reichte es mir wortlos und führte mich zu einer Granitbank vor einem Gebüsch aus Lorbeerkirschen. Es dauerte ein, zwei Minuten, bis mein Weinen ein wenig nachließ, ein, zwei Minuten, die für ihn weiß Gott nicht einfach gewesen sein können; mehr als einer der Vorübergehenden warf uns Dolchblicke zu, wie die Engländer sagen, als wäre der Tröster Ursache meiner Tränen.

«Sie sind zu jung für so einen großen Schmerz», sagte er. «Es tut mir leid, dass Sie Kummer haben. Er betrat neben ihnen den Saal. Wie Musik.»

Meine Stimme versagte, ich konnte lediglich bitterlich schluchzen. Mir wurde bewusst, dass ich sein Taschentuch zerriss.

«Versuchen Sie, mir zu glauben, Signora, Ihr Kummer wird leichter werden.»

«Ich fürchte nicht.»

«Mit der Zeit schon.»

«Sie wissen nicht einmal, worum es geht, und sprechen mir von Zeit.»

«Das stimmt. *È vero.* Verzeihen Sie meine Anmaßung. Mir scheint, es gibt nur eines, was solchen Schmerz verursacht. Einen geliebten Menschen zu verlieren. Zu früh zu verlieren.»

«*Warum?*», weinte ich.

«Ich weiß es nicht», erwiderte er.

«Warum nicht?»

«Auch das weiß ich nicht.»

Kurz darauf fügte er hinzu: «Es ist uns nicht gegeben, das zu wissen. Es gibt jene, die sagen, es ist ein großer Segen, der Kreuzigung teilhaftig zu sein, denn so wird man auch der Auferstehung teilhaftig.»

«Es reicht», gab ich zurück. «Erzählen Sie mir *keine* Lügen.»

Er nickte und blickte sich um. «Wir brauchen auch gar nicht zu reden, wenn Sie wollen. Ich kann einfach neben Ihnen sitzen und die Bäume betrachten.»

Was wir eine Weile schweigend taten. Ich rauchte. Er nicht. Ich weinte. Er senkte den Kopf. Dann ging er zur Brüstung, wo ein ramponiertes Motorrad aus dem Ersten Weltkrieg stand, das von Drahtkleiderbügeln und Klebeband zusammengehalten wurde, der Tank war schwer verbeult, die Lenkstangen waren unterschiedlich und beide Reifen geflickt. Aus der Motorradtasche holte er ein Notizbuch und schrieb auf eine Seite Adresse und Telefonnummer seines Collegio, riss sie heraus und reichte sie mir.

«Würden Sie das bitte nehmen, Signora», er nahm wieder neben mir Platz, «falls ich Ihnen einmal helfen kann. Oder ein Mitbruder. Ich bitte aufrichtig um Entschuldigung, wenn ich anmaßend oder aufdringlich gewesen sein sollte. Manchmal plappere ich unreflektiert los. Sie haben bestimmt von der Römischen Grippe gehört?»

Ich nickte.

«Ich hingegen leide an der Irischen Grippe.»

«Was ist das?»

«Das Hirn macht Urlaub, der Mund währenddessen Überstunden.»

Diese alberne Vorstellung brachte mich zum Lachen. Mein verstorbener Mann sei Motorradfahrer gewesen, erzählte ich ihm, und ich auch irgendwie. Ehrlich gesagt, wirkte er ein wenig schockiert, dass eine Frau eine derartige Behauptung aufstellte, gab sich aber redlich Mühe, dies zu verbergen.

«Müssen Sie los?», fragte ich.

«Demnächst», antwortete er.

«Würden Sie mir vielleicht die Beichte abnehmen?»

Angesichts dieser Bitte wirkte er überrascht, stimmte aber sofort zu, wandte sich von mir ab und betete mit geschlossenen Augen das Vaterunser auf Latein. Ich sah in seiner Hand einen hölzernen Rosenkranz, den er aus seiner Tasche geholt haben musste, während er mir zuhörte.

Ein Priester darf niemals preisgeben, was gebeichtet wurde, der reuige Sünder schon. Ich habe nie jemanden umgebracht, noch hoffentlich jemals gegen das wichtigste aller zehn Gebote verstoßen – für mich das einzige Gebot, das nicht gebrochen werden darf –, *Du sollst kein falsches Zeugnis gegen deinen Nächsten reden.*

Meine Übertretungen der anderen Gebote, die offenbar alles von der Einsamkeit bis zur menschlichen Natur verbieten, listete ich so wahrheitsgetreu wie möglich auf. Ich betrachtete diese Übertretungen nicht als Sünden, sondern als Geister, die uns in ihren Bann ziehen. Und in dieser Zeit hatte mich ein mächtiger Geist im Griff. Die hohe Fürstin der Geister. Die Verzweiflung. Die Verzweiflung mit Diamanten aus Eis und Gram, mit Gewändern aus schimmerndem Dunst. In ihren Augen jenes seltsame Licht, das Schiffe zu den Felsen lockt, in ihrer Trauer zehntausend Chöre. Man kann sich auf ein Spiel mit ihr einlassen, aber alle Karten sind gezinkt. Sie weiß, dass sie am Ende gewinnt. Was sie anbietet, ist wie Opium, nur um ein

Vielfaches stärker. Kein Rauschmittel ist so betäubend wie die vollkommene Verzweiflung.

Man erkennt nicht, dass Hoffnung, wenn überhaupt, in den alltäglichen Kleinigkeiten liegt, nicht etwa in einer Verkündigung von oben. Sie steckt in den Aromen beim Kochen, in einer Phrase von Vivaldi. Einem Händedruck. Einem Gespräch.

Das geschah an diesem Tag im Park der Villa Umberto. Hoffnung wartete in der Sala Bernini.

Als ich die Gärten betreten hatte, kannte ich ihn nicht. Als ich sie verließ, hatte ich dem besten Freund meines Lebens die Hand geschüttelt, der mir in diesen grauenhaften Monaten eine Perspektive, einen Grund zum Weiterleben geben würde. Wir wissen nie, welches Wunder sich im Alltäglichen verbirgt. Manchmal muss man einfach nur hinsehen.

Ich gab Hugh die Pistole, die ich in meinem Rucksack gepackt hatte und in der sich nur eine Kugel befand, alles, was ich gebraucht hätte, um meinem Leben ein Ende zu machen. Ich hatte in den Pinienwald gehen und warten wollen, bis niemand mehr da war.

Er entnahm die Kugel und warf sie in die Lorbeerkirschen.

Ich denke immer wieder daran, wie sie seit Jahren dort vor sich hin rostet, in Regensturm und Sonnenhitze, in den Nächten meines Roms. Vielleicht findet sie eines Tages ein Lumpensammler und fragt sich, wie sie dahingekommen ist, welche Geschichte dahintersteckt.

Niemand wird es je wissen,

Aber du, lieber Leser, weißt es.

Diese Worte wären ohne Hugh O'Flaherty nie geschrieben worden. Ihre Verfasserin wäre Staub in der römischen Luft.

9

Heiligabend 1943

11 Uhr

Genau 12 Stunden bis zum Rendimento

Von der anderen Seite des Petersplatzes aus sieht er sie an einem Tisch des Cafés sitzen. Sie trägt Schwarz, liest eine Zeitschrift und raucht. Sie schiebt sich eine Haarsträhne hinters Ohr. Als spürte sie seine Anwesenheit, blickt sie auf, winkt aber nicht. Durch eine Wolke auffliegender Tauben, die sich des Platzes bemächtigt hat, eilt er auf sie zu, wird aber an der Absperrung am Rand der Piazza von einem deutschen Soldaten angehalten, der eine behandschuhte Hand hebt.

«Bleiben Sie innerhalb des Vatikans, *bitte*. Sie dürfen diese Linie nicht überschreiten.»

«Ich bin in geistlichem Auftrag unterwegs.»

«Bei allem Respekt, aber der Befehl von Obersturmbannführer Hauptmann lautet, dass heute niemand die Grenze überschreiten darf. Vielleicht ergibt sich morgen oder gegen Ende der Woche die Möglichkeit.»

«‹Grenze›, Herrgott. Das ist doch nur eine Linie auf dem Boden.»

«Tut mir leid, Pater. Heute keinerlei Ausnahmen. Kommen Sie morgen zur Mittagszeit wieder.»

«Kann ich Ihren Vorgesetzten sprechen?»

«Ich versichere Ihnen, das bringt nichts.»

Er bemerkt, dass sie die Rechnung verlangt haben muss; der Kellner gafft ihr mit schwermütiger Lüsternheit hinterher, nachdem sie einen Geldschein auf die Untertasse geworfen hat und sich entfernt. Ein Eckensteher pfeift ihr nach, sie gönnt ihm nicht einmal einen

Blick. Sie trägt einen schwarzen Pillboxhut, um das Gesicht eine schwarze, perlenbestickte Mantilla, ihr grauer Mantel ist nicht zugeknöpft. In eleganten, schwarzen Oxfords schreitet sie vorsichtig über die rutschigen Pflastersteine, den Regenschirm wie ein Offiziersstöckchen unter den Arm geklemmt.

Komm bloß nicht her, denkt er, die beobachten uns.

Sie kommt her.

Stehen bleiben? Umdrehen? So tun, als wäre sie eine Fremde? Da ist es zu spät, sie ist nur noch wenige Meter entfernt und nickt.

«Signora», sagt der Soldat. «Ich warne Sie, bleiben Sie in Rom. Überschreiten Sie nicht die Grenzlinie zur Vatikanstadt. Wenn Sie es trotzdem tun, benötigen Sie eine offizielle Genehmigung für die Wiedereinreise.»

«*Contessa*», sagt sie, «nicht Signora.»

«Dann eben Contessa. Entschuldigung. Die Vorschrift gilt trotzdem.»

Kopfschüttelnd und ohne dem Soldaten einen Blick zu schenken, zündet sie sich die nächste Zigarette an und bläst einen Rauchring in der Farbe ihrer Augen in die Luft. Ein Windstoß heftet ein Efeublatt an den Kragen ihres Kamelhaarmantels.

«*Buongiorno*, Monsignore», spricht sie mich förmlich an. «Sie werden sich nicht mehr an mich erinnern, aber wir haben uns einmal auf einer Veranstaltung getroffen. Mein verstorbener Mann, der Graf, war dabei. Es ist einige Jahre her, wahrscheinlich war es im Krankenhaus San Giovanni.»

«Guten Tag, Contessa Landini.»

«Was für eine schöne Überraschung, Sie so unerwartet zu treffen. Wie ist es Ihnen in letzter Zeit ergangen?»

Sie steht auf der römischen Seite, er im Vatikan, wie Menschen, die sich über ein Tennisnetz hinweg unterhalten.

«Haben Sie nichts Besseres zu tun, Sie Rüpel?», fährt sie den Soldaten an. «Ansonsten gehen Sie Ihr schmutziges Gesicht waschen.»

Ein Jahrhundert vergeht. Der Soldat nickt, dreht sich und stapft davon.

«Was ist los?», fragt sie.

«Hast du von Derry gehört?»

«Vielleicht erholt er sich.»

«Wie finden wir das heraus?»

«Überlass das mir. Gib mir einen Tag Zeit.»

«Wir müssen Enzo erreichen.»

«Hast du denn meine Nachricht nicht bekommen?»

«Nein.»

«Ich habe im Collegio angerufen und dir gestern Morgen eine Nachricht hinterlassen. Ich habe ihn in der Nähe seines Hauses aufgestöbert. Er ist einverstanden.»

«Womit?»

«Dem Rendimento natürlich.»

«Was hat er sonst noch gesagt?»

«Macht euch keine Sorgen.»

«Wie zur Hölle soll das gehen, wenn ich kein Wort von ihm höre?»

«Er meldet sich heute.»

«Um wie viel Uhr?»

«Ich weiß es nicht.»

«Wo zum Teufel steckt er? Die ganze Woche über hat er sich nicht auf dem Petersplatz blicken lassen.»

«In einer Stunde gehe ich nochmals bei ihm zu Hause vorbei.»

«Pass auf, dass man dich nicht beschattet. Sie beobachten uns.»

«Mich zu beschatten ist unmöglich.»

«Wie willst du das wissen?»

«In der Damentoilette einer Osteria habe ich hinter dem Spülkasten Wechselkleidung versteckt. Ich schleiche mich kurz rein. Du siehst krank aus.»

«Ich hatte Fieber.»

«Werde schnell gesund. In meiner Handtasche habe ich tausend Dollar. Kannst du die irgendwie an dich nehmen?»

«Dieser Soldat hat uns im Visier. Geh lieber.»

Über die Basilika zucken Blitze, tosendes Donnergrollen. Die Kellner vor den Cafés ziehen sich unter die Markisen zurück. Aus dem Dunkel einer Nebenstraße taucht ein berittener faschistischer Polizist auf, sein schwerfällig trabendes, schwarzes Pferd dampft. Hinter dem Zentauren erscheint eine Parade zerlumpter, barfüßiger Kinder, die im Stechschritt gehen, Rad schlagen, unsichtbare Gewehre über der Schulter tragen. Sie reicht ihm ihren Regenschirm, zieht sich die weite Kapuze des Mantels, die ihm bisher nicht aufgefallen ist, über den Hut und geht ohne ein weiteres Wort vorbei an Straßenbahnen, Müllwagen und den im Marschschritt paradierenden Kindern in Richtung Via dei Penitenzieri.

Wenige Minuten später öffnet er in seinem Zimmer den Regenschirm. Darin befindet sich ein Kuvert mit zehn Hundert-Dollar-Scheinen, das er unter den Bodenbrettern unter seinem Schrank versteckt. Dann hastet er zur Herberge des Vatikans, wo der britische Botschafter und sein Diener Zuflucht gefunden haben, doch John May, der Diener, beharrt darauf, dass der Botschafter keine Zeit habe. Sir D'Arcy schreibt seinen Bericht für Dezember und ist damit spät dran. Er darf nicht gestört werden.

Unverrichteter Dinge geht er von dort in den Hörsaal, wo er mit Studenten des vierten Jahrgangs über die Heilige Katharina von Siena spricht, ihre Fragen zu beantworten, ist, wie mit Schlamm zu jonglieren. Immer wieder kehren seine Gedanken zurück zum Petersplatz. Etwas stimmt nicht, aber er kommt nicht darauf, was. Hat der Wachposten etwas bemerkt? War der Kellner ein Spitzel? Der Faschist zu Pferd, warum war er da, und dieser Gegenstand, den er aus der Tasche seines Uniformmantels zog, als der Regen stärker wurde, könnte dies das Mikrofon eines Funksprechgeräts oder ein Fotoapparat gewesen sein?

Am Ende des Seminars wünscht er ein friedliches Weihnachtsfest und kehrt zum Petersplatz zurück.

Grau verhängt der Regen die Sicht.

Der Soldat von vorhin hat immer noch Dienst.

Und immer noch keine Spur von Angelucci.

«Sie sind zurückgekommen», sagt der Soldat. «Darauf hatte ich gehofft.»

«Warum das?»

Der Soldat greift in seine Tasche und zieht einen Füller heraus.

«Den haben Sie fallen lassen. Vorhin. Ich habe Ihnen nachgerufen, aber Sie waren schon weg.»

Möwen schießen herab.

«Mächtiger als das Schwert», sagt der Soldat mit kaltem Blick. «Lassen Sie sich nicht noch einmal von mir hier erwischen.»

10

SIR D'ARCY OSBORNE
Heiligabend 1943
12.32 Uhr
Verschlüsseltes Kommuniqué, überbracht durch diplomatischen Kurier

Von: Sir Francis D'Arcy Godolphin Osborne, Botschafter Seiner Majestät beim Heiligen Stuhl, jetzt im vatikanischen Asyl
An: Kriegsministerium, Abteilung Italien, Whitehall, London
Am: 24. Dezember 1943, 10.32 Uhr GMT; 12.32 Uhr römischer Zeit

Zunächst möchte ich mich für die verspätete Einreichung dieses Berichts entschuldigen. Dieses Jahr ist der Winter in Rom ungewöhnlich streng, und mich hat eine heftige Bronchitis erwischt. Hin und wieder wird das Leben erschwert, weil es nicht genügend Lebensmittel gibt, von frischen ganz zu schweigen, ebenso, weil meine Mitarbeiter und ich nach dem deutschen Einmarsch in die Stadt am 10. September keine andere Wahl hatten, als Zuflucht im Vatikan zu suchen, wo wir nun auf engstem Raum hausen.

Wir teilen uns eine vierstöckige ehemalige Herberge (was hier in Rom unter Pilgerpension läuft) mit zahlreichen Mäusen und fliegenden Flöhen sowie Diplomaten aus Portugal, Bolivien, Uruguay und Kuba und haben deshalb, wie man sich leicht vorstellen kann, mit einer gewissen Lärmbelästigung zu kämpfen.

Zudem stimmt mit dem Wasser etwas nicht. Wir leiden alle an Ausschlag.

Ich möchte auf diesen unglücklichen Umständen nicht herumreiten, doch aber erwähnen, dass wir keine Möglichkeit haben, das Gebäude zu heizen oder Wasser zu erwärmen. In der Nähe befindet sich eine

Bäckerei, wo täglich im Morgengrauen Brotteig gedämpft wird. Jeden Morgen macht sich eine der guten Schwestern auf und holt das heiße Wasser, das bei diesem Vorgang anfällt. Nur dank dessen können wir uns waschen oder rasieren. Ein Liter dieses Wassers kostet ungefähr so viel wie eine Flasche Veuve Clicquot 1929.

Vor vierzehn Tagen sah ich von meinem Fenster aus, dass die Nazis einem Arbeitskommando, das aus Gefangenen bestand, befohlen hatte, eine zwei Fuß breite Linie um den Petersplatz herum zu malen, welche die Grenze zwischen Vatikanstadt und Rom markiert, wie sie durch die Patti Lateranensi vulgo Lateranverträge vom 7. Juni 1929 festgelegt wurde. Seitdem hängen an Holzpfosten Hinweise, dass die Bewohner der einen Stadt die andere nur betreten dürfen, wenn eine schriftliche Genehmigung beantragt wurde, die von der Militärbehörde dreifach abgestempelt werden muss und zudem eine ordentliche Stange Geld kostet. Der Schweizer Botschafter ging mit mehreren Personen, die als Zeugen fungierten, zum befehlshabenden SS-Offizier und fragte, was dieses skandalöse Vorgehen zu bedeuten habe, ob wir alle eingesperrt würden.

«Ausgesperrt», berichtigte der Hauptsturmführer.

Aber was mit den Pilgern sei?

Es würden Vereinbarungen getroffen.

«Welche Art Vereinbarungen?»

«Wenn es so weit ist, werden Sie es wissen.»

«Ich bin offiziell bestalltes Mitglied des Corpo Diplomatico.»

«Mir ist egal, ob Sie Jesus Christus höchstpersönlich sind, wenn Sie diese Linie übertreten, landen Sie im Konzentrationslager.»

Ein Nachrichtenteam der Associated Press hatte seine Kamera nicht weit von der Stelle aufgebaut, wo dieser Wortwechsel stattfand. Man befahl ihnen unverblümt, sie sollten verschwinden. Als sie Widerstand leisteten, schlug der Hauptsturmführer mit dem Griff seiner Pistole die Kameralinse ein, während seine Untergebenen lachend zusahen. «Ihr verbreitet *Lügen*», schrie er. «Zurück nach Hollywood mit euch.»

Seitdem stehen deutsche Patrouillen an der Grenzlinie und bewachen sie, benehmen sich rüpelhaft und lassen sich davor von oder mit Priestern und anderen Passanten fotografieren. Viele Vertreter der Herrenrasse, die hier in Rom landen, gehören zur Kategorie dümmlicher Quadratschädel und sind kaum mehr als eine Ansammlung wehrpflichtiger Trottel, die sich nach Bier und Lederhosen sehnen. Leider trifft das nicht auf alle zu.

Heute vor einer Woche gingen mein Faktotum John May und ich zum Obelisken auf dem Petersplatz, um uns, wie morgens per verschlüsselter Nachricht vereinbart, mit Golf zu treffen. Golf widerstrebte ein Gespräch in den zwei Zimmern, die uns als offizielle Gesandtschaftsräume dienen, weil er dachte, sie seien heimlich von der Gestapo verwanzt worden. Ich halte das für aus der Luft gegriffen, er geht zu häufig ins Kino. Aber schließlich kann man nicht vorsichtig genug sein.

Golf verspätete sich, wie er es allzu oft tut. Während May und ich uns unterhielten, rauchten wir mehrere der Zigaretten aus dem PX-Laden, von denen er trotz strenger Rationierung einen offenbar unerschöpflichen Vorrat besitzt. Mir schmecken sie nicht, aber wie viele von uns noch aus Schulzeiten wissen, tut es gut, mit einem anderen Burschen eine zu rauchen, es überbrückt Zeit und schafft Sympathien.

Ich möchte offiziell kundtun, dass May, dieser unergründliche Ureinwohner Whitechapels, sich als wahres Genie des listenreichen, klandestinen Schnorrens erwiesen hat, ein Langfinger, wie man ihn seit Artful Dodger nicht mehr gesehen hat. Er ist quasi ein halber Altphilologe und pflegt das alte Sprichwort zu zitieren oder zumindest zu paraphrasieren, das einem in Haileybury College eingeprügelt wurde: *Dii facientes adiuvant*. Die Götter helfen jenen, die sich selbst helfen.

Unter den Gegenständen, die der großartige May bis dato beschafft hat, finden sich: ein Fass Benzin, ein Fass Schmierfett, Bohrer, Werkzeug zur Metallbearbeitung, Benzedrintabletten, Stiefel, Hemden, magnetische Rasierklingen, die als Kompass eingesetzt werden können, Unterwäsche, Penizillin, Lebensmittelkarten, insgesamt zweiunddreißigtausend Zigaretten, andorranische und Schweizer Ausweise, auf Seide gedruckte, amtliche Vermessungskarten (wie sie an Bomberkommandos verteilt werden, falls die Männer über offenem Wasser mit dem Fallschirm abspringen müssen), ein Damenfahrrad, eine Polizeiuniform der Faschisten, drei deutsche Soldatenuniformen, eine Uniform der Schweizergarde, die Kutte eines Dominikanermönchs und eine Kiste N82-Gammon-Granaten. Ich möchte ergänzen, dass die Gesandtschaft Seiner Majestät in der Vatikanstadt, seit May hier ist, einen ungewöhnlich gut bestückten Barschrank besitzt, darunter einen exzellenten Whiskey, einen Strathisla 1937, in vierunddreißig Jahre alten Sherryfässern gereift, fünfzig Guineen die Flasche, einen Trunk, wie man ihn dieser Tage außerhalb der elegantesten Clubs in Whitehall nicht oft findet. Einem genialen Mann wie May stellt man keine Fragen.

Überdies besitzt er die sympathischste aller Dienereigenschaften, die nämlich, immer noch einen draufzusetzen. Säße man nach einem Flugzeugabsturz rat- und orientierungslos im Dschungel und schickte ihn auf die Suche nach einem kundigen Führer, käme er mit Rita Hayworth zurück.

Als Golf schließlich und endlich auftauchte, war er in eigenartig schweigsamer Stimmung. Ich fragte, ob es ihm gutgehe und was er getrieben habe. Er sah erschöpft aus, leicht zerzaust und war unrasiert, das erste Mal, dass ich bei einem Geistlichen eine derartige Nachlässigkeit erlebt habe. Während unserer Unterhaltung war er unruhig, stand eindeutig unter Stress.

Die Anzahl der Bücher in der Bibliothek wachse täglich, erklärte er, und offenbar näherten wir uns der Kapazitätsgrenze. Just an diesem Morgen waren zwei Bücher eingetroffen (beide aus Großbritannien), daher Golfs Unpünktlichkeit, und hatten darum gebeten, ins vatikanische Regal gestellt zu werden.

In letzter Zeit sind aus den Vereinigten Staaten Bücher geradezu hereingeflutet. Die Bibliothek verzeichnet nun mittlerweile mehr als siebzig, vielleicht achtzig Bücher. Eine korrekte Frachtliste zu führen, ist keineswegs unproblematisch und wird unmöglich, sollte Golfs Vorhersage stimmt, dass demnächst Tausende Bücher in Rom eintreffen. An diesem Punkt können wir lediglich die Schlingen des gordischen Knotens zählen. Im Vatikan selbst, der als neutraler Ort eigentlich keine Bücher beherbergen sollte, ist kein Platz mehr. Die Lösung besteht ergo darin, alle Bücher, die momentan im Großraum Rom gelagert werden, aufs Land zu schaffen. Anschließend sollen die momentan im Vatikan aufbewahrten Bände auf die frei gewordenen römischen Regalplätze gestellt werden.

Dazu sei eine größere Geldsumme nötig, erklärte Golf.

«Ah», scherzte ich. «Die Wurzel allen Übels.»

«Achtzigtausend Dollar.»

Worauf ich schmunzelnd fragte, ob er noch weitere Wünsche hätte, vielleicht einen Kobold oder ein paar Greife?

Mein dürftiges Witzchen erntete einen finsteren Blick.

Ich wies darauf hin, eine derartige Summe finde sich nicht hinter den Sofakissen der Gesandtschaft und die Angelegenheit müsse zur Entscheidung in die oberen Etagen weitergereicht werden. Zudem sollte es unbedingt ein Gremium geben, insistierte ich, eine Kontrollinstanz, Schriftstücke, Durchschläge, ein System, eine Vorgehensweise oder Whitehall habe Riechsalz in größerem Umfang nötig. Dieser Tage könne man nicht einmal mehr eine Mausefalle ohne Kassenbeleg kaufen. Ich erinnerte ihn daran, dass ich Staatsdiener sei, kein einsamer Westernheld, der die Dinge im Alleingang regle. Und May sei auch nicht mein Tonto.

May lachte kurz und bellend auf, wie ein Hund, der von Katzen träumt.

Da wurde Golf ein wenig schulmeisterlich, was mir nicht gefiel, mal einschüchternd, mal giftig nachäffend, mal mit erhobenem Zeigefinger scheltend. «Darf ich dich darauf aufmerksam machen» und «lass dir gesagt sein» sagte er häufig, wie eine Hausfrau, die in einem Laden mangelhafte Ware zurückgeben und die Aufmerksamkeit der Warteschlange erheischen will. Für gewöhnlich ist Golf ein ruhiger, vernünftiger Mensch, die beste Gesellschaft, die man sich für eine Runde auf dem Golfplatz vorstellen kann (so haben wir uns kennengelernt), aber wie für einen Dozenten nicht untypisch, neigt auch er dazu, ausdauernd zu schwafeln, statt auf Überzeugungskraft zu setzen. Er gehört zu jenen Menschen, die in halb schmeichelndem, halb ironischem Tonfall das Wort «Sir» wie eine Beleidigung klingen lassen können, begleitet wird dies von einem starren, leicht manischen Blick. Eine Eigenart, die mir bei seinen Landsleuten durchaus häufiger untergekommen ist.

Da erregte verängstigtes Geschrei in der Nähe der Piazza meine Aufmerksamkeit. Beim Anblick der Ursache verstummte Golf sofort.

Durch die Kolonnade, Ecke Largo del Colonnato und Via di Porta Angelica, sah ich ungefähr ein Dutzend Hunnen-Motorräder heranbrausen, dazu zwei Sturmgeschütze, StuG genannt, und ungefähr dreißig behelmte Soldaten mit Maschinengewehren, einige mit Dobermännern (was für ein garstig grollendes Gebell diese Biester von sich geben) sowie eine große Ladung Questura, faschistische Polizisten. Außerdem mehrere Wagenfuhren der Guardia Nazionale Repubblicana und ein Dutzend nach Rom spedierte deutsche Polizisten. Hauptmann, der Gestapo-Chef von Rom, entstieg seinem gepanzerten schwarzen Mercedes, aus irgendeinem Grund mit dunkler Brille und in Zivil gekleidet. Aber ich bin mir sicher, dass er es war.

Er ist kein einfacher Polizeiwachtmeister, der die Karriereleiter hinaufgeklettert war, sondern ein Berufsnazi, der etwas später als die meisten Gestapo-Leute in die Partei eingetreten ist und umso beflissener den Eifer eines Bekehrten an den Tag legt, je höher er aufsteigt; früher war er technischer Zeichner bei den Berliner Elektrizitätswerken. Er ist von schlanker, athletischer Statur, etwas kleiner, als er auf den ersten Blick wirkt, mit hohen Wangenknochen und wachen Augen; in der Schule war er Speerwerfer. In Rom ist er als Schwarzmarktkönig bekannt, er kontrolliert große Lagerhäuser voller Lebensmittel, Tabak, Spirituosen und Medikamente und hat in beträchtlichem Umfang Zugang zu gefälschten Devisen, hauptsächlich Britische Pfund. Seine Sprechstimme ist leise. Sein bevorzugtes Verhörwerkzeug ist die Lötlampe. Gelegentlich schickt er Hitler ein Altargemälde aus der Renaissance oder eine etruskische Statuette. Eines der beiden Kinder Hauptmanns, die Adoptivtochter, in die er angeblich ganz vernarrt ist, ist das Erzeugnis des Lebensborns, des Zuchtprogramms der Nazis. Von seiner Frau, einem ehemaligen Berliner Mannequin, weiß man, dass sie trinkt. (Obwohl das Reich «nichtarische» Mode ablehnt, ist bei Kosmetik Elizabeth Arden ihre erste Wahl, ihre Lieblingscouturiers sind Kuhnen, Goetz und Grünfeld – alles Juden.) An der linken Hand trägt Hauptmann den Totenkopfring, den er in Anerkennung seiner Rolle bei der Befreiung Mussolinis erhalten hat. Angeblich trägt er die Inschrift *Für Hauptmann, von Himmler* und ist mit Wikingerrunen verziert.

Hauptmann besucht regelmäßig das Gefängnis Regina Coeli, wo einer der vier Flügel von der SS in Beschlag genommen worden ist. Hier nimmt er sich Zeit, späht systematisch durch jeden einzelnen Türspion, ein Flur pro Nacht, und macht sich in einer von ihm erdachten Kurzschrift Notizen über Aussehen und Verhalten der Gefangenen. Angeblich hat er ein fotografisches Gedächtnis und ist dafür bekannt, allein, in den frühen Morgenstunden auf der Suche nach Personen durch Rom zu fahren, die gegen die Ausgangssperre verstoßen, um deren Gesichter mit denen in seinen Unterlagen zu vergleichen. Kleinkriminelle und sexuell Auffällige werden aufgegriffen, verprügelt und von seinen Handlangern in das Höhlensystem in der Nähe der Domitilla-Katakomben verfrachtet, wo sie die Wahl haben, sich erschießen zu lassen oder seine Spitzel zu werden, weswegen man munkelt, Hauptmann habe in jedem Häuserblock in Rom einen

Zuträger. Mutmaßliche Partisanen und Kollaborateure werden im Gestapo-Hauptquartier in der Via Tasso verhört, wobei Hauptmann die grausamsten Foltermethoden manchmal an einen Deutschitaliener delegiert, einen gewissen Dollman, den abscheulichen und lasterhaften Polizeichef.

Rasch wurden Anfang und Ende der Via Porta Angelica verbarrikadiert und damit das Betreten und Verlassen unmöglich gemacht. Auf Balkonen und Dächern tauchten deutsche Gewehrschützen auf. «*Alzate le mani*», schallte es. Es war klar, dass wir Zeuge dessen wurden, was die Italiener *rastrellamento* nennen, eine der gefürchteten Razzien, eine Fahndungsaktion nach verdächtigen Personen.

Mit vorgehaltenen Waffen begann eine systematische Personenkontrolle; Männer ohne Ausweis wurden weggeschafft. Ein ungefähr fünfzehnjähriger Junge, der an einem kärglich bestückten Obststand arbeitete, schrie, sein Vater dürfe nicht mitgenommen werden; er wurde mit einer Pistole zusammengeschlagen.

Eine heftig protestierende Frau ging auf Hauptmann zu, um Einspruch zu erheben. Er schlug ihr mit seinen Handschuhen ins Gesicht. Angesichts dieser brutalen Beleidigung senkte Golf den Kopf und verfluchte den Nazi.

Unangenehm berührt, stellte ich fest, dass Hauptmann uns zu beobachten schien.

«Ruhig Blut, alter Freund», flüsterte ich Golf zu.

Aus dem Augenwinkel sah ich, wie ein Gefreiter Hauptmann sein Fernglas reichte, der es sich an die Augen hielt und uns musterte. Ich bedeutete meinen beiden Mitstreitern, dass wir uns abwenden sollten.

May begann, in gespielt lässigem Tonfall über seine Fußballmannschaft zu reden, die Tottenham Hotspurs. Ich beteiligte mich an dem Theater, doch es fiel mir nicht leicht. Langsam brachten wir Golf so wieder auf Normaltemperatur.

Für Mays Geistesgegenwart war ich auch aus einem persönlichen

Grund dankbar, denn hätte ich einen Revolver dabeigehabt, wäre ich höchstpersönlich die fünfzig Meter zur Grenzlinie gegangen und hätte Hauptmann eine Ladung Blei ins Gesicht verpasst.

Wie viele Bücher sich derzeit in unserer Bibliothek befänden, fragte ich Golf. Das wisse er nicht genau, antwortete er, denn einige seien ausgelagert worden und ständig kämen neue hinzu, aber er werde sich erkundigen. Ich schlug vor, dieses zügig in Angriff zu nehmen.

«Es braut sich etwas zusammen, das spüre ich.» Dies sei ein höchst geeigneter Zeitpunkt, die Bücher anderweitig unterzubringen, fügte ich hinzu, denn falls die Gestapo ihren derzeitigen Stellplatz entdecke, sei ihr Schicksal besiegelt und das vieler anderer ebenso.

Außerdem rückt der Tag immer näher, an dem Nazis in den Vatikan einmarschieren könnten. Sämtliche unserer Unterlagen müssen unverzüglich verbrannt werden. Schwierig könnte hierbei sein, dass es in unserer Pilgerherberge nur einen Kamin gibt und dessen Schornstein ist verstopft. Er werde in Erfahrung bringen, ob man sie möglicherweise in den Vatikanischen Gärten vergraben könne, meinte Golf.

In diesem Moment näherte sich voller Schicklichkeit eine Schwester in dunkelblauem Habit und fragte diskret, ob ich ich und Golf Golf sei. Wir bejahten. In unkonventioneller Sprache verkündete die fromme Dame, sie freue sich, unsere Bekanntschaft zu machen, und reichte uns die Hand. «Sie» war in Wirklichkeit Thomas Coleman aus Shrewsbury, ein Soldat der Queen's First Infantry, der in Tobruk gefangen genommen worden, dann aus dem Lager in Bussolengo bei Verona geflohen war und jetzt um Zuflucht im Vatikan bat.

Golfs Worte, als er unseren neuen Freund wegführte, waren für einen Geistlichen höchst ungewöhnlich.

Das Leben, bemerkte May, wird immer seltsamer.

Quod scripsi, scripsi, wie Pontius Pilatus angeblich gesagt hat: Was ich geschrieben habe, bleibt geschrieben.

11

Heiligabend 1943
14.06 Uhr

Noch 8 Stunden und 54 Minuten bis zum Rendimento

Die Nadel ist verrostet und verbogen. Sein Augenlicht ist schlecht. Seit der Rationierung ist es schwierig, eine gute Brille zu finden. Als er sich vorbeugt, um die ausgefranste Weste zu stopfen, sticht er sich in die Fingerkuppe und flucht.

Blut perlt. Es hört nicht auf.

Unten im Refektorium ist niemand. Nach dem Mittagessen, das er vergessen hat, wie ihm einfällt, sind die vierzehn Tische wieder gedeckt worden. Bis zu dem Augenblick, in dem er das Licht anschaltete, hatten dort Geisterpriester gesessen. Hungrige, heilige Geister. Mittlerweile sind die Mahlzeiten kurz. Es gibt fast nichts mehr zu essen. Seit Wochen schon.

Er betritt die kalte Küche, findet im Schrank den Erste-Hilfe-Kasten, wickelt ein Stück Heftpflaster ab und sieht im Kessel sein gewölbtes Spiegelbild. Er füllt Wasser ein und stellt den Kessel auf den Herd; der Gasgeruch treibt ihm Tränen in die Augen. Aus seiner Tasche holt er das Tütchen mit Tee, das er seit einem Monat hütet, ein Geschenk seiner Eltern aus Irland.

Durch den Geruch wird ihm plötzlich etwas klar.

Er geht zur Pendeltür, um sicherzugehen, dass niemand kommt, kehrt zurück zu der schmierigen Spüle und den unaufgeräumten Schränken, und beginnt, die Schubladen zu durchsuchen. Das klebrige Besteck klappert.

Dabei fällt ihm ein kurzes, breites Messer mit Schellackgriff und Wellenschliff auf.

Elena, eine halb gelähmte Waise, war hier eine Zeit lang Küchenmädchen gewesen. Seit drei Monaten war sie nicht mehr zur Arbeit erschienen. Gern hatte er zugesehen, wie sie mit dem Granitwetzstein, der groß und schwer wie ein Ziegelstein war, ihre Werkzeuge schärfte; ihr Geschick, die fließende, fast musikalische Bewegung; sie konnte dabei mit den anderen Bediensteten plaudern, musste nicht einmal einen Blick auf ihre Arbeit werfen. Er geht zum Wetzstein und versucht, das Fleischermesser zu schleifen, doch er bekommt weder den Winkel noch die Bewegung richtig hin, der Vorgang kommt ihm seltsam unmenschlich vor, obwohl er uralt sein muss. Das Geräusch lockt die betagte Katze, den Rattenfänger des Kollegs, aus der Weinkiste, die ihr als Körbchen dient. Sie betrachtet ihn abschätzend aus grün-goldenen Augen, deretwegen ihr vor Jahren ein junger Priester aus Ruanda-Urundi einen neuen Namen gab: Kleopatra.

Sie kommt näher, wickelt schnurrend ihren Schwanz um seine Hand, die er ihr hinhält, ehe das Pfeifen des Kessels sie erschreckt. Sie schleicht zu ihrem Nil, der sich offenbar in der Speisekammer befindet.

Er schiebt das Messer in seine Brusttasche und geht zum Brotschrank, in dem er ein zwei Tage altes Stück Focaccia findet.

Tee und Brot. Könnte schlimmer sein. Wird es wahrscheinlich auch.

Er isst allein in dem langen, schmalen Raum, das Gewicht des Fleischermessers an seinem Herzen. Der aufgebrühte Tee löst die Eisscholle über einer Kindheitserinnerung. Ein Zigeuner kehrte alljährlich im Dezember ins Dorf zurück, ein schwarzhaariger, älterer Mann mit malvenfarbenen Augen, der nicht lesen konnte, aber magische Fähigkeiten bei der Geburtshilfe sowie die Gabe besaß, Pferde zu heilen. Er arbeitete am Kanal in Manchester. Später warfen sie ihn in Exeter ins Gefängnis. Seine Hände waren vom siebten Sohn eines siebten Sohns gesegnet worden. Er behauptete, wenn er ein Apfelfass ansehe, entstehe Apfelwein, wenn er Birnen ansehe, entstehe Perry, das kornische Getränk. Für einen Shilling legte er sich jedes Messer unters Kopfkissen, schlief darauf, und es wurde nie wieder stumpf, mit der Klinge hätte man Diamanten schneiden können. Aber das größte seiner Wunder war die Geschichte, die er in zwölf Teilen erzählte, eine für jeden Abend der Weihnachtszeit: wie die Heiligen Drei Könige auf ihrem Weg durch einen Wald einem Zaunkönig begegneten, der sie zu einer Lichtung führte, von welcher man den Stern von Bethlehem sehen konnte.

Unterwegs benannten die Weisen aus dem Morgenland die namenlosen, unbedeutenderen Sterne und Wildblumen, die auf dem Waldweg vor ihnen wuchsen: Bergminze, Schöllkraut, Blaukissen, Labkraut, die Worte dufteten wie die Blumen selbst. Ihre Namen klangen im von Manchester und Munster gefärbten Dialekt des Zigeuners wie Musik. Wacholder, Sumpfdreizack, Portulak.

Jedes Mal, wenn er heimkehrte, drängten sich die Leute in das Cottage, das seine verwitwete Schwester geerbt hatte, die mit einem Sesshaften verheiratet gewesen war, einem Bergmann aus Cornwall. Andere scharten sich wie ein Schwarm Motten vor den erleuchteten Fenstern, egal wie das Wetter oder wie spät es war, viele hatten eine Flasche für ihn dabei, Tabakspfeifen oder eine Handvoll Efeublätter, die angeblich Glück brachten. Er begann mit der Geschichte, wenn er damit begann, und war damit fertig, wenn er fertig war.

In manchen Jahren kam das ganze Townland herbei, in den Gassen drängten sich die Massen; es war ihm gleich, ob jemand kam, er erzählte die Geschichte trotzdem. «Notfalls würd ich sie dem Herd erzählen. Hab's oft genug getan. Einmal war ich in der Königlichen Marine, war in der Arktis, wo es das halbe Jahr nachtschwarz ist, in Chicago, Guatemala, Australien, Amerika. Ich war in ganz England, bestimmt neunzig Mal, rauf, runter, Coventry, Birmingham, Hull, sucht es euch aus, ich habe in Jakarta Dinge gesehen, da würden einer Leiche die Zehennägel wachsen, aber daheim ist's am schönsten, das kann ich euch sagen, denn ich war überall und hab meine Geschichte unterwegs in jedem Dreckloch und vor jedem Bienenstock erzählt.» Es war immer die gleiche Geschichte. Jeder hatte sie schon gehört. Aber die Art, wie er sie erzählte, machte sie zu etwas Heiligem.

In einem Jahr kam ein Professor den weiten Weg von Schweden, um die Geschichte aufzuschreiben, aber der Fahrende wollte nichts davon wissen, der Stift des Gelehrten musste zerbrochen und ins Feuer, sein Notizbuch in den Fluss geworfen werden. Die Geschichte der Sterne und Wildblumen durfte niemals aufgeschrieben werden. Wenn das geschehe, werde er vergessen, wie man sie erzähle.

Nachdem er seinen Tee getrunken hat, spült er die Tasse und schaut durch die beschädigten Fensterläden hinaus in das schmerzende Wintertageslicht. In der Ferne liegt die graue Weite der Vatikanischen Gärten, silberblaue Rasenflächen, gekieste Wege. Elf entflohene Gefangene verstecken sich in diesen Gärten, in Nebengebäuden, Töpferschuppen, dem Gewächshaus, dem leeren Eiskeller. Er fragt sich, wie lange das noch gut geht.

Ein barsches Schnurren hinter ihm. Er dreht sich um und sieht sich einer Opfergabe gegenüber.

In Kleopatras Maul die übel zugerichtete Masse dessen, was einmal eine Ratte war.

Auf seinem Weg durch die Flure hört er über sich Gelächter und Husten, eine Tür knallt zu. Da er niemandem begegnen möchte, nimmt er den Umweg über die Hintertreppe, doch der neue Rektor, ein älterer, straußenäugiger Jesuit aus Süddeutschland, kommt ihm im Morgenrock entgegen.

«Ah, Hugh», sagt er. «Sie waren in den letzten Tagen sehr beschäftigt.»

«Ja, Rektor.»

«Sehr gut. Sie sind ein Vorbild. Womit sind Sie gerade zugange?»

«Ich hinke mit der Ablage hinterher, die will vor den Festtagen erledigt sein. Außerdem müssen heute Abend noch Briefe in die Post.»

«Ich wiederhole: Sehr gut. Wollten Sie noch etwas sagen?»

«Rektor?»

«Sie wirken, wie sagt man gleich, erwartungsvoll?»

«Nein.»

«Haben Sie letzte Nacht gut geschlafen? Ich selbst schlafe in letzter Zeit schlecht. Seit den Bombardierungen habe ich äußerst lebhafte Träume.»

«Das habe ich von vielen gehört.»

«Äußerst lebhaft. Verstörend. Sie haben diese Erfahrung nicht gemacht?»

«Nein.»

«Sehr gut. Gehen Sie ruhig weiter.»

Er ist schon einige Stufen hochgestiegen, da ruft ihn der Rektor zurück.

«Verzeihung, Hugh. Ein Gedanke. Darf ich fragen?»

«Natürlich.»

«Ich sollte heute Nachmittag eine Hochzeit abhalten, aber da gibt es ein Problem. Ich fühle mich unwohl, wie Sie zweifellos aus meiner Kleidung geschlossen haben. Diese bereits erwähnte Schlaflosigkeit. Kopfschmerzen. Zudem Durchfall. Könnten Sie einspringen? Um halb vier in der Reliquienkapelle. Es tut mir leid, dass es so kurzfristig ist. Hoffentlich nicht zu kurzfristig?»

«Nein, Rektor.»

«*Vielen Dank.*»

Als die Glocken drei Uhr läuten, überquert er den Friedhof des Kollegs, bekreuzigt sich hastig, und geht durch das Seitentor, das auf den großen, weißen Platz führt, wo sich vor der riesigen Tür der Basilika bereits die Pilger versammeln. Die Warteschlange zieht sich um die Kolonnade herum, und es bildet sich allmählich eine zweite Reihe.

Straßenhändler bedrängen die Anstehenden mit Medaillons und Gebetsbüchern.

Hundertfünfzig Meter entfernt, direkt hinter der Grenzlinie, stehen drei Lastwagen mit offener Ladefläche, die geisterhafte Abgaswolken ausstoßen, an den Seiten prangt ein Hakenkreuz.

Eine Dreiergruppe deutscher Soldaten dreht ihm den Rücken zu, die Arme umeinander gelegt, eine Hüfte nach vorn geschoben, lassen sie sich mit Zigarette im Mund von einem vierten fotografieren. Der Petersdom als Kulisse für fröhliche Kameradschaft. Aus dem Lautsprecher eines der Lastwagen ertönt *Lili Marleen*.

Schnell umrundet er hocherhobenen Haupts die Piazza, wird von einer Frau angesprochen, die in Madonnenflaschen Weihwasser verkauft.

«*Grazie, no.*»

«Soll ich Ihnen das Weihwasser etwa umsonst geben, Pater?»

«Nein», erwidert er, «aber ich habe kein Geld dabei.»

«Zehn Lire», sagt sie.

«Ich habe wirklich nichts dabei.»

«Fünf.»

«Ich habe nichts.»

«*Madonna mia.*»

Sie verdreht die Augen und geht davon, verscheucht dabei nichtvorhandene Fliegen, an ihrem schweren Samtrock bimmeln winzige Glöckchen, ein Beutel mit Briefbeschwerern, Gipsnachbildungen des Kolosseums, schlägt gegen ihren Oberschenkel. Um sie herum flattern Tauben auf.

Um Viertel nach drei wird die riesige, schwere Tür geöffnet. Das Maul der Basilika gähnt. Er hat seinen Passierschein dabei, wartet aber in der Schlange mit den Pilgern. Das Orchester aus verschiedensten Sprachen ist tröstlich, klingt hoffnungsfroh und aufgeregt, wie Menschen, die vorfreudig ein Theater betreten. Manche sind von der Unermesslichkeit zu stillen Tränen gerührt.

Die Frauen vor ihm fassen sich an den Händen und unterdrücken ein Schluchzen. Ein alter Mann murmelt das Vaterunser. Pfadfinderinnen beten auf Französisch, in allen italienischen Dialekten, Kinder mit vor Ehrfurcht dunklen Augen klammern sich an die Manschetten ihrer Väter. Am Eingang steht ein Priester im edelsteinbesetzten Gewand Wache und achtet darauf, dass die Bekleidungsvorschriften in schicklicher Gänze eingehalten werden – keine kurzen Ärmel für die Frauen, keine Hüte für die Männer –, und er nickt wie ein Metronom, wenn die Besucher den höhlenartigen Raum betreten, dessen Lungen Weihrauch und Alter atmen.

Ein unsichtbarer Chor singt gregorianische Choräle, die in der Apsis widerhallen. Die Pilger blicken zur Kuppeldecke empor, die Fresken hoch oben flirren, die Luft ist sehr kalt, sehr ernst. In weniger als einer Minute werden fünfzig, bald hundert, dann tausend Kerzen entzündet, gestreutes Licht in diesem See aus Schatten und vergoldeter Düsternis. Weinend kniet eine junge Frau nieder und küsst die Füße einer Statue. Siebentausendfaches Flüstern.

Er reiht sich ein in die Schlange vor einem Beichtstuhl, der sich bei der Seitenkapelle der Pietà befindet, denn jeder Priester, der ein Sakrament spenden will, muss zuvor gebeichtet haben. Sein Beichtvater hört ihm schweigend zu, gibt ihm als Buße fünf Gesätze – «sprich sie für die Konvertierung Russlands, mein Sohn» – und erteilt ihm hastig den abschließenden Segen, die Absolution, als wollte er die Sache rasch noch vor Ladenschluss hinter sich bringen.

Beim Verlassen des Beichtstuhls entdeckt er in einer Kirchenbank in der Nähe des Kerzentischs die sitzende Gestalt D'Arcy Osbornes, der mit einem halben Nicken seine Brille abnimmt. Aus der Brusttasche seines Savile-Row-Anzugs nimmt der Botschafter ein dunkelblaues Taschentuch, poliert seine Brille, hält sie gegen die Buntglasfenster. Diese Bewegung ist ein Signal. Alles ist bereit.

Das Rendimento kann heute Abend stattfinden.

Pilgertrauben gurren vor der lebensgroßen Gruppe, den bestoßenen Weisen aus dem Morgenland, den Kamelen. Die junge Frau, die er die Statue küssen sah – eventuell eine Kunststudentin –, entfernt sich vom Altargitter und lässt bei der Marmortreppe eine Schulmappe zurück. Sie geht zur Muttergottes und bekreuzigt sich.

Die gregorianischen Gesänge steigen empor. Er beugt sich vor und nimmt die Schultasche an sich.

Als er sich umdreht, ist der Botschafter verschwunden.

12

DIE STIMME VON JOHN MAY
20. September 1963

Aus einem BBC-Recherche-Interview, Coldharbour,
Poplar, East London

Die Leute nehmen es mit der Wahrheit nich' so genau. Stellen Vermutungen an. Im Lauf der Jahre hieß es, dass ich dem Chor bloß beigetreten bin, weil es nich' anders ging. Weil ich damals für Sir D'Arcy gearbeitet hab.

Das stimmt nich'.

Bei keiner Arbeit wird einem vorgeschrieben, was man in seiner Freizeit machen darf. Er hat mich gefragt, so war's. Sir D'Arcy. Eine Lüge ist selten die ganze Wahrheit.

Vorm Krieg hab ich in Nachtclubs gearbeitet, in Soho. Hab versucht, mich als Musiker durchzuschlagen – Saxophon –, aber da war keine Knete zu machen. Also hab ich als Aufpasser gearbeitet, um über die Runden zu kommen. Im Shim-Sham, im Windmill. Valentino's Nude Review. Ich war Oberkellner und Türsteher, was 'ne nette Umschreibung ist. Eher oberster Schlagringschwinger.

In einem der Lokale, Billie's in der Denmark Street, konnte es schon mal hoch hergehen. Besondere Art von Kundschaft, wenn Sie wissen, was ich meine. Schauspieler, Jazzmusiker, Schwule, verrückte Dichter, Schurken, korrupte Bullen, nervöse Wracks. Nichts richtig Verruchtes, das eine oder andere berauschende Zigarettchen. Man hat mit der Taschenlampe nicht besonders gründlich in die Ecken geleuchtet.

Hauptsächlich Kerle, aber gelegentlich kam 'ne Stripperin oder 'n leichtes Mädchen rein. Hab nie 'nen netteren Haufen kennengelernt.

Aber manchmal gab's mit Betrunkenen Ärger an der Tür. Irgendein Dummkopf hat einen sitzen und will einen an seiner Weltsicht teilhaben lassen. Wumms. Aus die Maus. Ein paar solide Ohrfeigen und gute Nacht. Die meisten Freier sind astrein, aber einer ist immer dabei, bei dem heißt's Licht, Kamera, Arschloch. Das ist dann der Moment, in dem die Filmklappe fällt. Und Schnitt.

Mit Schwulen hab ich nie Probleme gehabt, ich sag: leben und leben lassen. Lass diese Leute in Ruhe und kümmer dich um deinen eigenen Kram. Im East End gab's, als ich 'n Stöpsel war, 'nen beliebten Varietéschlager. *A Little of What You Fancy Does You Good.*

Sir D'Arcy Osborne war Stammgast. Großzügig mit dem Trinkgeld. Netter Mann. Respektvoll, gut gelaunt. Sehr höflich zum Personal. Ist mir gleich aufgefallen. Wenn du wissen willst, ob 'n Kerl 'n brummeliges Ekelpaket ist, dann achte drauf, wie er die Leute behandelt, die ihm nich' frech kommen können, Kellner oder Zigarettenmädels. Sir D'Arcy hat sie höflich behandelt, immer Zeit für 'n Lächeln oder 'n nettes Wort. So was kommt gut an. Gute Manieren kosten nix. 'N paar von den Freiern waren verheiratet, manche nich'. Klar. Sir D'Arcy hat immer gesagt, dass er die Richtige nich' getroffen hat. Oder dass er *mit seinem Beruf* verheiratet ist. Da hakt man nich' nach.

Wenn in 'nem Nachtclub Kerle mit Kerlen tanzen, stört mich das nich' die Bohne. Wenn's dir was ausmacht, bleib weg, Burschi. Schieb von mir aus 'n Tänzchen mit deinem Kleiderschrank und nimm ihn anschließend mit ins Bett, wenn er nix dagegen hat. Wünsch euch beiden alles Gute. Ist 'n freies Land.

Also, Sir D'Arcy ist mal tief in der Nacht mit zwei alten Schulkumpanen da, und sie albern mit den Fummeltrinen rum. Es wird alles 'n bisschen tuntig; «Hör dir die an, Gladys», sie nennen Sir D'Arcy «Francesca», alles völlig harmlos, aber als sie gehen, gibt's draußen Ärger. 'N Trupp Schwarzhemden will sie sich zur Brust nehmen. Mit 'nem Ziegelstein. Ich hab das Problem *effizient* gelöst, wie

Sir D'Arcy es später ausdrückt. Ich war jetzt nich' der eleganteste Faustkämpfer, aber wollen wir so sagen, die haben 'ne Zeit lang keinen Foxtrott mehr getanzt.

Die Überraschung aber war Sir D'Arcy, der ist abgegangen wie 'ne Rakete vom hiesigen Ufer. Während der Keilerei guck ich mal hoch, da hat er eins von den Ekelpaketen dumm und dämlich geprügelt, sein Gesicht durch den Briefschlitz in 'ner Tür gezwängt. Ihm 'n paar Rundumschläge verpasst. Dem anderen hat er 'n paar gnadenlose Tritte in die Eier verpasst. Queensberry-Regeln? Nich' an dem Abend. Nachdem sie Leine gezogen haben, zupft er sich die Manschetten zurecht, richtet sich die Fliege vorm Schaufenster von 'nem Friseur und wischt sich mit dem Schal das Blut und den Rotz von seinen Budapestern. Ich war beeindruckt, ich sag's Ihnen. «Ich habe in der Schule geboxt», erklärt er. «Hatte nie was für Leute übrig, die andere tyrannisieren.»

Tja, 'n paar Stiche hatten wir schon nötig, nix Großes, bloß Schrammen, also im Taxi zum Krankenhaus. Lange Wartezeit. Der Pförtner fragt ihn: «Ist das Ihr Sohn, Sir?» Drauf Sir D'Arcy: «Nein, aber ich wäre stolz, wenn er es wäre. Darf ich Ihnen meinen Gefährten vorstellen, John May Esquire aus Whitechapel, ein treuer und stattlicher Ritter.» An der Wand hängt 'n Schild, «Ruhe, bitte», aber Sir D'Arcy hört nicht auf, zu reden; entweder plappert er auf Latein oder bringt mich zum Lachen. «Diese Rohlinge wollen doch alle mal so richtig rangenommen werden. Warum *fragen* die nicht einfach? Vielleicht hätte man ja *Lust* auf eine etwas härtere Nummer? Ah, wie schön, Sie zu sehen, Oberschwester, guten Abend, *enchanté.*»

'N paar Abende drauf hat er mich gefragt, ob ich nich' für ihn arbeiten will, er ist nach Italien versetzt worden, ob mir das gefallen würde?

Wie's der Zufall will, hab ich gerade in der Tinte gesteckt, ging um Zaster, das bei 'ner gewissen Unternehmung verschütt gegangen war, 'n Kumpel von mir ist zufällig mit 'nem Brecheisen in Deptford in ein

Lagerhaus voll mit Sprit und Kippen rein- und mit 'ner Wagenladung Whiskey wieder rausgeschlendert. Vierzehn Tage später macht uns die Sore Probleme, die Polente schnüffelt rum, und es kommt zu 'ner Verkettung von Missverständnissen. Außerdem hatt ich's in letzter Zeit mit den Sportzigaretten 'n bisschen übertrieben. Und obendrein erklärte mir 'ne Frau, mit der ich was hatte, sie würd ihren Mann nich' mehr lieben. Da hab ich auf der Stelle aufgehört, sie zu lieben, falls ich's je getan hab. Wär ideal, aus Soho rauszukommen.

«Noch eine Winzigkeit – mein Name ist ein wenig langatmig, John. Ich heiße Sir Francis D'Arcy Godolphin Osborne. Für gewöhnlich werde ich, wie Sie wissen, mit Sir D'Arcy angesprochen, aber ich ziehe es vor, wenn mich meine Freunde Frank nennen.»

Ich sag, dass ich das nicht recht finde, einen Sir anzusprechen, als wär er ein Freund.

«Mir wäre es sehr recht, John.»

«Danke nein, Sir.»

«Wie wär's dann mit Sir Frank? Wäre das ein praktikabler Kompromiss?»

Ich hab drüber nachgedacht. Schien mir akzeptabel. Hatte was.

«Tadellos», sag ich.

«Ausgezeichnet.»

Wir haben uns auf «Sir Frank» die Hand gegeben, und 'ne Woche später ging's nach Italien. Aber die Dinge liefen nich' ganz glatt. Tun sie nie.

Also Folgendes: Als wir in Rom sind, kommt der Fritz angerollt und wir müssen zack, zack in den Vatikan verduften. War ziemlich beengt, wenn ich ehrlich bin. Aber was sein muss, muss sein. So isses eben. Außerdem hab ich an übleren Orten gepennt als im Vatikan. Ich hab sogar in Chislehurst gepennt. Hab dort 'ne Nacht verbracht, die sich wie vierzig Jahre anfühlte. Ist 'ne lange Geschichte.

Man könnt meinen, der Vatikan ist langweilig. Das ist er verflixt noch eins auch. Gibt abends nix zu tun, außer man ist Fledermaus oder Glöckner. Ist mir ordentlich auf den Senkel gegangen, die Monotonie. Man muss seinem Kopf was zu tun geben. Noch was, ich bin Jude, nich', dass ich religiös bin oder je war. Daher hat mich nich' mal der Katholizismus in Wallung gebracht.

Freilaufender Jungspund in Rom, da sind die Abende ziemlich ausgefüllt, wenn Sie wissen, was ich meine. Vorzeigbarer Bursche mit 'n paar Pfund in der Tasche? Keine Sorge, der wird sich tüchtig amüsieren und hinterher die ein oder andere Geschichte verzapfen können. Plötzlich ist damit Schicht im Schacht.

Nur noch ich und Sir Frank und sein garstiger kleiner Köter Sirius, 'ne Kreuzung aus Jack Russell und Gartenzwerg. Das abscheulichste Lebewesen, das mir je über'n Weg gelaufen ist, am liebsten hätt ich ihm ständig 'nen Tritt verpasst. Was da an Scheiße aus dem Hund rauskam. Das muss man gesehen haben, sonst glaubt man's nich'. Machte man 'nen Spaziergang, ist man ständig über Priester und Nonnen gestolpert. Ich hab nix gegen die, wie schon gesagt, aber 'ne Buddelparty wird hier nich' geschmissen. 'Ne Sause mit 'ner Nonne? Lustig geht anders.

Sir Frank, der hatte Glück, der konnte in seiner Phantasiewelt leben. Erzählt einem von der Riviera, dem Nachtleben in Cannes, vom Skifahren mit dem vermaledeiten Kaiser in der Schweiz, all so was. Eines Morgens komm ich rein, und er sagt zu mir: «John, heute Abend fahre ich nach Locarno zu den Mineralquellen, mache mir einen faulen Lenz und komme schlank und rank und bildschön zurück.» Ich sag: «Sie fahren nach Locarno, nicht nach Lourdes.»

Immerhin hab ich das Saxophon, übe, spiel meine Tonleitern. Chromatisch, oktatonisch, pentatonisch, die ganze Bandbreite. Zwei, drei Stunden am Stück. Ich blas, bis mir die Lippen wehtun. Das verflixte Saxophon spricht. Oder quietscht. Aber man kann nich' die ganze Nacht allein üben. Da kommt man sich vor wie 'n Trottel, es fehlt der Schlagzeuger, der Pianist, der Kontrabass. Im Vatikan Blues zu schmettern, ist irgendwie merkwürdig. Wirkt 'n bisschen jämmerlich.

Wenn man 'n Fis bläst, sieht man die Greek Street vor sich, die Freier in den Clubs, 'ne braunhaarige Wuchtbrumme, die einem in der Dean Street durchs Fenster vom Imbiss zulächelt. So was kann 'n Saxophon mit einem machen.

Sir F. und ich hocken also da und starren die Wand an. Es gibt 'ne Schallplatte von 'ner schottischen Puppe, die von den Glens trällert, wie die das halt so machen, aber wir haben keinen Plattenspieler. Nur 'n einziges Buch, das man als normaler Mensch lesen würd, die Geschichte des Vatikans durch die Jahrhunderte. Soll ich Ihnen was verraten? Hoch die Soutanen. *Buongiorno*, Schätzchen, ich bin Kardinal. Da gab's Päpste, die wurden mehr geknallt als 'n Amboss. Liegt wahrscheinlich dran, dass sie mächtig sind. Und sie sind flott gekleidet, die Päpste. Als Kerl im Kleid kann man's weit bringen.

Ansonsten jede Menge Bücher über Theologie und Eschatologie und Epistemologie und Schwachsinnologie, Quatsch, den man nur liest, wenn man mit vorgehaltener Pistole dazu gezwungen wird. Pneumatologie, Ekklesiologie. Echt fesselnd. Wir haben 'n Radio reingeschmuggelt, aber die Dioden funktionieren nich'. Eines Abends kommt Sir Frank rein, grinst übers ganze Gesicht, der alberne Spinner.

«Sie werden nie erraten, was ich hinten in der Anrichte gefunden habe, John. Ein besonderes Bonbon, wenn Sie mit dem Fegen der Schornsteine fertig sind.»

Das war sein Lieblingswitzchen. Wir hatten uns mal drüber in die Haare gekriegt, dass er mir zu viel Arbeit aufbürdet.

«Unsere Durststrecke hinsichtlich Unterhaltung ist überwunden, John, mein Guter.»

'N Fünftausend-Teile-Puzzle.

Vom Vatikan.

Was tun?

Ich sag, vielen Dank, lassen Sie's draußen liegen.

Kurz drauf fällt mir auf, dass da einer der Patres rumhängt wie billiges Rasierwasser in der Luft. Dieser enorme Paddy schaut gelegentlich bei Sir Frank auf 'ne Tasse Tee vorbei. Komischer Kauz.

Oder Sir Frank hat 'n Pläuschchen mit ihm spätnachts unten im Hof, wenn keiner mehr auf ist, nur er und der Padre, schwafeln auf Latein und spielen Darts, während die Katzen im Kreis hocken und zu ihnen hochstarren. Oder auf Altgriechisch. Geht 'n paar Abende so, danach kommt er 'ne Weile nich'. Dann kommt er wieder. Und bleibt weg. Schon merkwürdig. Soweit ich weiß, kennen die sich von früher, vom Golfplatz. Schien ganz in Ordnung zu sein, der Kerl. Ziemlich unscheinbar, wenn ich ehrlich sein soll. Bisschen ernst für'n Paddy. Das machte mir Sorgen.

Wenn 'n Paddy Witze reißt, ist alles in Ordnung. Wenn er ernst ist, ist das Grund zur Sorge. Wenn 'n Paddy die Klappe hält, muss man aufpassen, denn dafür gibt's zwei Erklärungen. Entweder er hat 'n Groll gegen dich oder er heckt was aus. Oder bastelt 'ne Bombe. Ist kein Witz. Behalt die Paddys in deiner Nähe im Auge.

Im Film wird der Paddy-Priester von Bing Crosby gespielt. Der hier war eher Typ George Raft. Hartnäckig. Ruhig. Mit dem will man sich nicht anlegen. Mit 'nem Hauch Robert Mitchum. Kein Schwätzer vor dem Herrn.

Kurz drauf bemerk ich, dass Sir Frank sich komisch benimmt. Seine Wünsche zum Beispiel. Eher ungewöhnlich. Eines Morgens fragt er plötzlich, ob ich 'n paar Hemden besorgen kann. 'Türlich, Sir, wie viele brauchen Sie denn?

Er guckt mich komisch an und sagt fünfzehn.

Fünf kleine, fünf große, fünf normale Größe.

So was bringt einen ins Grübeln. Man hat schließlich mehr als genug Zeit. Fünfzehn Hemden, was hat er vor? Will er 'ne Rugbymannschaft aufstellen?

Aber wenn der Chef fünfzehn Hemden will, kriegt er fünfzehn Hemden. Das gehört dazu, wenn man Diener ist. Man stellt keine Fragen. Ich kenn diesen Händler auf'm Markt, dem Mercato Rionale, der gebrauchte Kleidung verkauft, und der hat mich entsprechend versorgt. Fünfzehn Hemden. In 'ner Tüte. *Grazie, Luigi.* Da haste 'nen Zehner, kauf dir was Ordentliches zu trinken. In Italien ist alles möglich, wenn man die richtigen Leute kennt.

«Für die Armen in Rom», sagt Sir Frank später, «selbst in der Not müssen wir an jene denken, denen es schlechter geht als uns, John.»

Als Diener rechnet man mit so manchem. Ist Teil der Arbeit. Diskretion. Man hat nix gesehen. Man hält die Klappe.

Chefs fragen beispielsweise, ob man 'ne Kiste Wodka besorgen kann. 'Ne Packung Pariser, 'ne bestimmte Zigarre. Seidenstrümpfe für sein Flittchen, Schlaftabletten, 'nen Nackedeifilm und 'n Vorführgerät. Oder wenn er anders orientiert ist, das, was früher Gewichtheberzeitschriften hieß. Es geht nich' mehr zu wie bei Jeeves und Wooster, falls das überhaupt je der Fall war.

In der Armee war ich mal Offiziersbursche für 'nen Adligen, dessen Namen Sie bestimmt kennen. Einmal schickt er mich ins Dorf zum Apotheker.

Wegen was, Sir?

Nichts.

Wie bitte, Sir?

Nichts. Fragen Sie einfach den Apotheker persönlich, erklären Sie, dass Sie vom Gut kommen und das übliche Nichts wollen und warten, bis er Ihnen die Packung gibt.

Die Packung, Sir?

Ja.

Packung mit was, Sir?

Mit nichts.

Nichts, Sir?

Hör auf, die Dinge zu verkomplizieren, bist du taub?

Aber mittlerweile steht es so zwischen Sir Frank und mir, dass ich mir 'ne Bemerkung nicht verkneifen kann.

Dreißig Hosen. Vierzig Garnituren Unterwäsche. Zugfahrkarten von Zürich für alle auf dieser Liste, lern die Liste auswendig, verbrenne sie dann. Vierzig Mäntel, alle unterschiedlich. Vierzig Strickjacken. Vierzig Hüte.

Ich soll das Zeug einpacken und zum Padre rüber ins Collegio karren. Vor seiner Zimmertür abstellen. Zweimal klopfen. Verschwinden. Ziemlich geheimniskrämerisch und mysteriös, dieser Paddy. Ich hab ihm den Spitznamen Hughdini verpasst.

Anzüge. Jacken. Arbeitsklamotten für Lokführer. Mittlerweile ist klar, dass sie entweder 'ne Laientheatergruppe betreiben oder 'ne Fluchtorganisation.

Ich hab versucht, anzudeuten, dass ich weiß, was los ist, aber Sir Frank rückt nich' mit Infos raus. Kein Wort.

Ich bin nich' blöd. Natürlich hab ich's gewusst. War ja gar nich' anders möglich. Also sag ich eines Morgens, während ich ihm zum Frühstück seinen Brennnesseltee einschenk, denn in Rom war kein Kaffee zu kriegen, nich' für Geld und gute Worte. «Ich hab 'ne Überraschung für Sie, Sir. Bitte schön.»

Und hab auf den Tisch 'ne Einkaufstüte von Barbiconi gestellt, so 'nem Nobelladen für Priester in der Nähe vom Trevi-Brunnen. 'Ne Priesterboutique gewissermaßen. Die Klamotten vom Barbiconi, das ist nicht der übliche Kram. Seidensoutanen, handgenähte Schuhe. Schwarze Kaschmirhandschuhe. Samtpantoffeln. Angeblich kriegt der Papst seine Socken und Unterhosen von Barbiconi. Noble klerikale Fetzen, da gibt's nix. Klamotten wie Mae West? Hier sind Sie richtig. Auf dem Markt hab ich allerdings von Luigi erfahren, dass es eingerichtet werden kann, dass hin und wieder was vom Lastwagen fällt. In der Tüte hab ich also zwei Dutzend Priesterhemden, schöner Stoff, dunkelgrau, verschiedene Größen.

Ich hab gesagt: «Ich würd mich gern mehr in die Bestrebungen von Ihnen und dem Pater einbringen, Sir.»

So hab ich's ausgedrückt. Hübsch diskret. Man wollte ihn nicht erschrecken, gute Güte, nein. Sir Frank war niemand, den man früh-morgens erschrecken wollte. Da nahm er's schwer.

Seine Zeitung hat gezuckt – 'ne «Times» aus der Vorwoche, die hat er langsam sinken lassen, dramatisch, angespannt, und die Augen hinter der Brille gucken einschüchternd.

«Auf welche Bestrebungen genau rekurrieren Sie, John, wenn man fragen darf?»

Vornehme Internatsschulen sind was Fabelhaftes.

«Die Arbeit, die Sie und der Pater für die Armen von Rom leisten. Wenn Sie verstehen, was ich meine.»

«Ah.»

«Ja, Sir.»

«Ich war im Glauben, unsere klandestine Arbeit sei ein Geheimnis, John, alter Knabe.»

«Jedes Geheimnis ist bei mir bestens aufgehoben, Sir. Das wissen Sie.»

«John, Teuerster, man hat so lange gewartet, diese Worte über Ihre Lippen kommen zu hören. Wie feinsinnig Sie flirten.»

«Ich mein's ernst.»

Da schaut er mich lange an. Ich kann sein Hirn rattern hören.

Denn wenn man's genau betrachtet, ist das 'n Scheideweg, so 'n Moment. Da erinnert man sich für den Rest seines Lebens dran, je nachdem, wie man sich entscheidet. Zwischen dir und dem, was richtig ist, liegt 'n Sumpf, wie weit watet man raus? Was man tat, zählte. Ist immer so.

«Holen Sie bitte noch eine Tasse, John.»

«Erwarten wir einen Gast, Sir?»

«Ich möchte, dass Sie mit mir eine Tasse dieses garstigen Gebräus trinken, John. Setzen Sie sich.»

«Worüber wollen wir reden?»

«Über nichts.»

13

Heiligabend 1943

15.29 Uhr

Noch 7 Stunden und 31 Minuten bis zum Rendimento

In der Sakristei legt er das schwere Priestergewand an und beginnt mit den Vorbereitungen für die Hochzeit. Die Eintragung ins Kirchenbuch muss in Latein getätigt werden, und seit der Faschismus Einzug gehalten hat, auch auf Italienisch. Als er in dem alten Buch blättert, stößt er auf ein handschriftliches Notenblatt, das jemand gefaltet zwischen die Seiten gesteckt hat, das Wasserzeichen halb verdeckt von einer Phantasieunterschrift.

Er erkennt die Handschrift, sie gehört John May. Es dauert kurz, bis er die Nachricht entschlüsselt hat.

Sam Derry ist wieder da, allerdings sehr mitgenommen, und er hat

Schmerzen. Diese Adressen müssen gemieden werden. Angelucci hat sich auf den Weg gemacht.

Aus seiner Tasche holt er eine leere Shampooflasche, füllt sie zu einem Viertel mit Messwein, schraubt sie fest zu und steckt sie in die Soutane.

Es klopft, und der Trauzeuge des Bräutigams kommt zurück, nun in Begleitung der Brautmutter, die ihren Hut in der Hand trägt, ihr Haar ist ein festgesprayter, grauer Helm.

«Offenbar haben wir ein Problem», sagt sie.

«Kein großes. Ich habe diesem Mann die Lage bereits erklärt.»

«Was meinten Sie mit ‹krank›, Pater?»

«Mein Titel ist Monsignore.»

«Monsignore, das ist die Trauungsmesse meiner Tochter. Vor einem Monat wurde Seine Eminenz, der Rektor, gebeten, die Zeremonie abzuhalten.»

«Ich weiß, Signora, aber Krankheiten passieren nun mal.»

«Meinen Gästen wurde mitgeteilt, dass der Priester der Rektor sein wird.»

«Das wird leider nicht der Fall sein.»

«Was soll ich ihnen denn sagen?»

«Das liegt bei Ihnen.»

«Holen Sie schnell den Rektor, Monsignore, er wird ja nur eine Stunde gebraucht.»

«Das geht nicht.»

«Mein Mann gehört zur Führungsriege der Partei, ich warne Sie. Wir sind mit Obersturmbannführer Hauptmann befreundet.»

«Die Partei hat hier keine Befugnis.»

«Ich – wie bitte?»

«Sie sind im Haus des Allmächtigen, Signora, nicht in einem Versammlungssaal.»

«Die Partei hat sich unermüdlich für das Wohl Italiens eingesetzt.»

«Gott hat kein Heimatland.»

Ein Schock durchzuckt sie.

«Wo sind die Ministranten? Ich hatte sechs bestellt.»

«Man ‹bestellt› keine Messdiener, Signora, sie sind keine mit Frittata belegten Brote.»

«Dann muss ich die Trauung absagen. Die Partei wird über diesen Affront informiert.»

«Wie Sie wünschen.»

Sie wendet sich an den Trauzeugen. «Guido, schau nicht drein wie ein Dummkopf, warte draußen auf die beiden. Komm mir nicht mit ‹aber›, mach, was ich sage. Mein Gott, diese Schande. Geh schon, steh nicht da wie angegossen.»

«Monsignore, was soll ich tun?»

«Ich warne dich, mein Sohn. *Tra moglie e marito non mettere il dito.* Wehe dem, der sich zwischen Mann und Frau stellt. Signora, wenn Sie die Zeremonie absagen möchten, bestehe ich darauf, dass Sie das mit dem Paar besprechen. Vergeuden Sie nicht länger meine Zeit. Raus mit Ihnen.»

«Sie wagen es, mit mir zu sprechen wie mit einem alten Straßenköter?»

«Ich will in dieser Sache keinen Mittelsmann hören, der nach Ihrer Pfeife tanzt. Wenn die Braut oder der Bräutigam mir persönlich sagen, dass die Zeremonie nicht stattfinden soll, dann wird ihnen die Bitte gewährt, und das Thema ist vom Tisch. Aber wenn sie im Gebet danach streben, Mann und Frau zu sein, dann sind sie in den Augen Gottes, des Allmächtigen und der Kirche bereits verheiratet. Der Zelebrant bezeugt dies lediglich. Ob er Kurat ist, Rektor, Kardinal oder Papst.»

Beim letzten Wort schnappt sie nach Luft, als wäre sie angespuckt worden.

«Vielleicht», äußert sich der Trauzeuge vorsichtig, «sollten die Signora und ich kurz nach draußen gehen.»

«Da ist die Tür. Lassen Sie sich nicht aufhalten.»

Nachdem sie verschwunden sind, nimmt er sich wieder das Kirchenbuch vor, trägt das Datum ein, den Ort, die Namen des Paars, dann seinen. Es ist einer jener Augenblicke, in denen es sich merkwürdig anfühlt, den eigenen Namen zu schreiben, man fragt sich, wie er zu einem gehört, wenn überhaupt. John Mays strahlendes Stirnrunzeln scheint ihm aus einem Kerzenlicht entgegenzuflackern. «Kopf hoch, Monsignore Mitchum. So ist's recht.» Sein Londoner Mut. Sein musikalisches Englisch. Sogar die Art, wie er eine Zigarette anzündet, wirkt weltmännisch und präzise, hat Anmut, Leichtigkeit. «Monsignore Mitchum, Sie sind 'n Jazzmusiker, Sie wissen's bloß noch nicht. Wenn das alles vorbei ist, ziehen wir durch Soho. Machen Sie sich keine Sorgen.»

Guido kommt mit einer Nachricht. Die Hochzeit soll stattfinden.

Ein Universitätsdozent im Gehrock, der nur der Brautvater sein kann, führt mit ausdruckslosem Gesicht die Gäste zu ihren Plätzen in die Seitenkapelle und nimmt ihre Handküsse entgegen. Der Mann, dessen Tochter im Petersdom heiratete. Durch das Eisengitter der Altarschranke sind weiße Bänder geflochten. Auf Tellern liegen glücksbringende Zuckermandeln. Der Bräutigam, ein schnauzbärtiger Gefreiter, dem ein Bein fehlt, stützt sich auf eine Krücke. Eine Brautjungfer bietet an, einen Stuhl zu holen, doch er beharrt darauf, zu stehen. Die Schirmmütze unterm Ellbogen, das Haar schwarz und glänzend wie seine Schulterklappen. An seiner Hüfte glänzt ein Galadegen. Hinter ihm stehen sechs Kameraden, blank wie frische Pflaumen, stehen rotgesichtig, mit hochgeschlossener Uniform in Habachtstellung.

Braut und Brautjungfern haben sich vor der Kommunionbank aufgereiht, an ihren behandschuhten, schmalen Handgelenken baumeln Rosenkränze. Alte, wie Bankdirektoren gekleidete enttäuschte Onkel sitzen neben ihren enttäuschten Frauen auf den Bänken, schauen mürrisch drein oder blicken angestrengt in ihr Gebetbuch, als würde ihnen darin eine Erscheinung zuteil. So kann man den unangekündigten Gast auch ignorieren. Trotz aller Bemühungen des Modeschöpfers ist es offensichtlich, dass die Braut schwanger ist.

Das Gesicht des Soldaten, das in schmerzhafter Schönheit erstrahlt, gleicht dem eines Erzengels von Raffael, aber er spricht einen südlichen Dialekt, Siciliano. Als er das Gelübde spricht, bebt seine Stimme gerührt und die Braut drückt beruhigend die Hand des Geliebten.

Angezogen vom Liebreiz der Braut und dem Zauber einer Hochzeit, bleiben die Pilger stehen und sehen zu, zum sichtlichen Verdruss ihrer Eltern. Der erste Kuss der Verheirateten löst Jubel im Mittelgang der Seitenkapelle aus. *Viva gli sposi!* Das Brautpaar lebe hoch!

Das Ehepaar trägt sich ins Buch ein und bittet ihn um ein gemeinsames Foto. Der Arm des Soldaten liegt auf seiner Schulter, das Parfum der Braut duftet warm und süß nach Erdbeeren.

Wie es die demonstrative italienische Höflichkeit erfordert, lehnt er zuerst die Spende des Brautvaters ab, der Universitätsdozent seinerseits beharrt darauf und reicht ihm den Umschlag.

«Ein Wort unter vier Augen, Signore? Könnten wir kurz einen Schritt beiseitetreten?»

«Monsignore?»

«Es gibt eine kleine Schwierigkeit.»

«Was denn?»

«Der Betrag reicht nicht.»

«*Mi scusi?*»

«Die Gabe an einen Priester, der im Petersdom eine Trauung vollzieht, beträgt üblicherweise das Dreifache dieses Betrags. Natürlich möchte ich Sie keinesfalls vor Ihren Gästen in Verlegenheit bringen.»

«Mehr Geld habe ich nicht dabei.»

«Dann müssen Sie Ihre Freunde fragen.»

«Ist das Ihr Ernst?»

«Ein Arbeiter ist seines Lohnes wert.»

«Sie kommen sich wohl sehr schlau vor mit Ihrem Bibelzitat. Das können sogar die Juden.»

«Das ist wenig überraschend, schließlich haben sie den Großteil davon geschrieben.»

Murrend dreht sich der Universitätsdozent um, kramt in seinem Portemonnaie und gibt ihm ein Bündel Geldscheine, dick wie ein Dachziegel.

Nicht das schlechteste Gefühl, wenn man weiß, dass Faschistengeld an einen jüdischen Flüchtling weitergereicht wird.

Pyrrhussiege sind keine richtigen Niederlagen.

...

Er schlüpft aus dem steifen Gewand, hängt es in den Schrank der Sakristei, schließt ihn ab und verlässt den Raum. Mit der Schultasche in der Hand betritt er das Querschiff.

Die Basilika bebt, in jedem Winkel wimmelt es von Pilgern, sie umstehen den riesigen Altar, fotografieren die Statuen und die Monstranz. Schweizergardisten zischen ihnen zu, gefälligst damit aufzuhören. Er fühlt sich an einen Souk in Palästina erinnert, in dem er sich einmal verlaufen hat. Hoch oben schlagen die Glocken vier Uhr.

Ein deutscher Marineoffizier in schwarzer Uniform führt eine Frau von Kapelle zu Kapelle, zeigt auf die perspektivisch und mit feinem Strich gezeichneten Fresken, die zarte Spitze eines Altartuchs, seine schwarz behandschuhten Hände deuten auf zahlreiche Details, die kein Reiseführer aufführt. Hin und wieder legt sie den Kopf zurück, eine fast überzeugende Imitation, als lauschte sie jedem seiner Worte.

Eine afrikanische Schwester im weißen Habit kniet allein auf dem Stein des Kirchenschiffs, während die Chorknaben eine Harmonie zur Kuppel emporsteigen lassen. Gedehnte, alte Vokale, *In Excélsis Deo*, das «o» hallt wie eine Erinnerung. Eine Gruppe gelangweilt dreinblickender Schulkinder lässt die Rügen ihrer Lehrerin über sich ergehen, die jemanden bestechen musste, damit sie sich an die Spitze der Heiligabend-Schlange mogeln durften, nun jedoch das Gefühl hat, dass es hinausgeworfenes Geld war.

Laudámus te,
benedícimus te,
adorámus te,
glorificámus te,
Dómine Deus, Rex caeléstis,
Deus Pater omnípotens.

Draußen bleibt er kurz im dunstigen Mollakkord des römischen Winters auf der Treppe stehen. Lerchen steigen von der Kolonnade auf, kreisen um die Piazza oder stürzen auf die Zigeuner hinab, die geröstete Maroni verkaufen. Eine Pilgergruppe schwenkt eine ihm unbekannte Trikolore und bemüht sich, gemeinsam ein Kirchenlied anzustimmen, brüllt es der riesigen, wogenden Menge entgegen, doch nur wenige stimmen mit ein, und nach einer Minute bricht der Gesang ab, wird durch das allgemeine Gebetsmurmeln ersetzt.

Als er Angelucci, ungefähr hundert Meter entfernt, entdeckt, zuckt er zusammen.

Gegen den Rand des Brunnens gelehnt, verkauft er an dem zusammenklappbaren Kartentisch, den er immer zum Platz schleppt, Kerzen und Heiligenbildchen. Die rote Jagdmütze signalisiert, dass er die Botschaft bekommen hat und weiß, was zu tun ist. Die Pilger versuchen sich wieder am Kirchenlied.

Der deutsche Offizier und seine Frau sehen einen Monsignore die Treppe hinunterhasten, sich durch die Menschenmenge und den Rauch der Kastanien zum Brunnen drängen, wo er einem Kerzenverkäufer den Rücken zudreht und sich in Richtung Basilika bekreuzigt, ehe er Kurs auf das Heilige Offizium nimmt.

Die enorme, beschlagene Tür der düsteren Festung lässt sich nur schwer aufstoßen, schließt dumpf knarrend hinter ihm und hinterlässt eine Grabesstille. Die Stadt verschwindet. Als befände man sich in einer Pyramide. Nach vier Uhr nachmittags ist an einem Heiligabend niemand mehr hier.

Die Glühbirnen in ihren Drahtschirmen summen, als er den Schalter anknipst. In einem Schirmständer, einem Elefantenfuß, stecken ein einsamer Regenschirm sowie etliche Gehstöcke. Der Schreibtisch des Concierge ist abgedeckt, die Pförtnerloge verwaist. Er tritt ein und schaut in sein Fach.

Eine Weihnachtskarte von seinen Studenten im vierten Jahr, ein Roman von Waugh vom Buchclub, ein Rundschreiben von «Newsweek», eine verspätete Hausarbeit über Teresa von Ávila, sein Gedichtband von Housman, den ein Seminarist nach fast einem Jahr zurückgibt. Gekritzel vom Rektor auf der Rückseite eines gebrauchten Kuverts: «Hugh, ich muss Sie um einen Gefallen bitten. Kommen Sie bitte bei mir vorbei.»

Vor einem halben Jahr ist ein Aufzug im Foyer – eine Bezeichnung, die den älteren Priestern widerstrebt – eingebaut worden, aber er traut ihm nicht, findet den Apparat mit seinem sich gnadenlos effizient drehenden Rad mitsamt den geschmierten Kabeln bedrohlich, wie einem Breughel'schen Fegefeuer entsprungen. Zudem ist er oft außer Betrieb.

Er geht die steilen Granittreppen durch die vielräumige Leere hinauf, die Wände sind massiv, sie bergen vierhundert Jahre Schweigen. Früher wohnten Kardinäle mit guten Beziehungen im Heiligen Offizium. Seit dem Einmarsch sind alle weggezogen.

Im vierten Stockwerk schließt er atemlos das Skriptorium auf und tritt ein. Die riesigen Fensterläden seines Arbeitsplatzes sind halb geschlossen. Schiefe Bücherregale mit durchgebogenen Brettern. Tintenfässer aus Onyx. Stapel modernder Akten. Von Mäusen zernagte Doktorarbeiten über Christologie.

Schreibfedern und Federmesser. Brieföffner. Kirchenbücher. Porträts keuscher Märtyrerinnen voller Spinnennetze. Ineinander verheddderte Skapuliere, die an einem Türgriff baumeln, daneben eine Trinität krummer Kerzenständer. Reliquien und Rattenfallen. Ein Schädel, der seine Pflicht als Memento mori erfüllt. Wälzer. Gebeine. Durchforstete Enzykliken. Bleiglasfenster, die seit Menschengedenken nicht geputzt worden sind. Nur die schweren Bakelittelefone und der rote Metallfeuereimer künden vom zwanzigsten Jahrhundert.

Ein junger Priester aus Melbourne bezeichnete den Raum immer als *Dormitorium der alten Mädchen*. Seines Bleibens im Vatikan war nicht lange.

Auf einem Fensterbrett ein leerer Aschenbecher.

Ein Exemplar des Katechismus.

Eine Teetasse, in deren Tiefe etwas wächst.

Das alte Gemälde der Heiligen Cäcilie erinnert ihn stets an Marianna de Vries, seine niederländische Kameradin aus dem Chor. Als er ihr das sagte, lachte sie. «Ich bin keine Heilige, lieber Freund.» Und doch, die Frau auf dem Gemälde besitzt den gleichen Stoizismus, die gleiche Stärke, das Kinn eines Menschen, der sich nicht unterkriegen, sich nichts vormachen lässt. Nicht unbedingt sachlich, aber Realitätssinn in hohem Maße, keinerlei Hass, statt Vorurteilen eine gewisse Vernunft. Wenn Frauen wie Marianna die Welt regierten, denkt er oft, würde es schon lange keine Hungersnöte mehr geben. «Blanker Unsinn», widerspricht sie. «Aber deine Unwahrheiten sind sehr charmant. Nachdem ich mich ständig über mich selbst ärgere, versuche ich, sie zu glauben.»

Auf seinem Schreibtisch, der einem Buchhalter in einem Dickens-Roman gehören könnte, türmen sich kopfhoch Urkunden, alles Bitten um die Annullierung einer Ehe. Seine Aufgabe und die zwanzig anderer, die im Skriptorium arbeiten, besteht darin, zu lesen und zu reflektieren, zu bewerten und zu kategorisieren, die meisten Petitionen werden abgewiesen, andere von Kirchenrechtlern geprüft, über einige wenige entscheiden päpstliche Berater.

Er verabscheut diese Arbeit. Während er über den Anträgen brütet, spürt er die Bürde dieser Aufgabe.

Eine Frau aus Toulouse möchte ihre Ehe beenden, weil ihr Mann ein gewalttätiger Trinker ist. Ein Mann aus Guatemala lebt von seiner Frau getrennt. Bei einem Paar aus Ottawa gibt es «seit Langem» keinen Geschlechtsverkehr mehr, bei einem Paar aus Chicago wurde er nie vollzogen.

Er schaut auf seine Armbanduhr. Beinahe vierzig Minuten nach vier.

Um fünf wird das Telefon klingeln.

Es ist wichtig, die Zeit zu füllen, sich zu beruhigen.

Vor seinem geistigen Auge sieht er Angelucci auf dem Petersplatz. Hoffentlich ist er bereit für die Gefahren. Dieser bernsteinäugige, nicht zu beeindruckende Römer mit seiner Denkerstirn, ein Profil wie gemacht für kaiserliche Münzen, mit einem Nasenbein von der Länge Italiens.

Gib mir auch mal eine Chance, Monsignore. Ich verabscheue diese Schweinehunde.

Deshalb bist du ein Risiko.

Nur ein einziges Mal.

Es gibt noch eine letzte Aufgabe, bevor das Rendimento beginnen kann, aber er wird sie nach dem Anruf angehen und wendet sich einem Stapel Zeugenaussagen zu, die den Antrag einer Frau aus Paterson, New Jersey, betreffen. Er kann sich aber nicht konzentrieren, seine Gedanken flitzen wie Wespen hin und her. Die verängstigten Kinder des Ehepaars, ein siebenjähriger Junge und ein neunjähriges Mädchen, sind gewillt, vieles auf sich zu nehmen, sind nicht bereit, dem Wunsch der Mutter zu entsprechen, die Ehe, die ihnen das Leben geschenkt hat, soll nicht beendet werden, mag sie noch so unzulänglich sein. Er lässt sich den Brief des Bischofs gründlich durch den Kopf gehen, wägt ab. Es gibt keinen Grund, der Antrag auf Annullierung ist abgelehnt. Doch da ihn das Gewissen plagt, ändert er kurz darauf seine Meinung. Die Frau soll frei sein.

Dröhnend läuten die Glocken der Basilika fünf Uhr ein. Er geht zum Telefon, die Hand erhoben und bereit, auf das Codewort mit einem Codewort zu antworten.

Eine Minute nach.

Nichts.

Fünf nach.

Stille.

Furcht zieht ihm den Magen zusammen.

Nach sieben Minuten nimmt er den Hörer ab, tippt auf die Gabel und hört das Tuten. Rasch ruft er bei der Vermittlungsstelle an, fragt, ob die Leitung funktioniert. Man bejaht.

Viertel nach. Zwanzig nach. Zwanzig vor sechs.

Die Aufgabe muss jetzt erledigt werden, solange das Gebäude noch leer ist.

Er geht zu den uralten Bücherregalen, die hinter dem Eichenparavant in der dunkelsten Ecke des Skriptoriums stehen, zieht die Schiebeleiter heran und steigt hinauf. Pudriger Schimmelgestank lässt seine Kopfschmerzen schier explodieren, er niest so heftig, dass die Leiter schwankt und knarrt und er sich daran festhalten muss wie bei Sturm an einem Mast. Auf der letzten Sprosse hält er inne, greift nach dem dicken Buch, das ganz hinten festklemmt, einem mittelalterlichen Kodex im Folioformat.

Der Einband aus verblasstem Kalbsleder ist fleckig und zerrissen, das gewichtige, atlasgroße Lektionar lässt sich nur schlecht die Leiter hinuntertransportieren.

Immer noch kein Anruf.

Er wuchtet das Buch auf einen Tisch, schlägt es auf und wendet vorsichtig die Seiten. Illuminationen grinsender Evangelisten, scharlachroter Drachen, silberner Greife, das Rabenschwarz des Textes, schwarz wie verbrannte Kohle. Ein Volksfest ornamentierter Initialen, die von Adlern und Schlangen umwunden sind, Heiligenscheine von Erzengeln formen elfenbeinfarbene Os, bis er zu der Aushöhlung kommt, wo die Papiermitte voller Geduld herausgeschnitten wurde, und in der elf zusammengefaltete Stücke Architektenpapier versteckt sind.

Jedes hat die Größe eines Tischtuchs und ist mit seiner winzigen Handschrift vollgeschrieben. Namen, Kontakte, Verstecke, Daten. Regimenter, Dienstgrade, jedes Lager, aus dem ein Mann entflohen ist.

Beträge, die für Schweige- und Bestechungsgelder, Miete, für gefälschte Pässe geflossen sind. Geldeingänge, Geldausgänge und an wen. Wann, welche Währung, wofür. Der Code, den er benutzt, ist kompliziert, Spiegel- und Notenschrift, doch Hauptmann hat in der Via Tasso eine Abteilung eingerichtet, die sich ausschließlich dem Dechiffrieren widmet. Die Blätter müssen vor dem Rendimento, noch heute Nacht vernichtet werden. Es ist zu spät, sie ebenfalls in den Vatikanischen Gärten zu vergraben.

Die Blätter sind zu groß, um am Stück verbrannt zu werden. Aus seiner Tasche holt er das aus der Küche entwendete Tranchiermesser, halbiert, viertelt, achtelt das Papier, eine zähe, mühselige Arbeit, aber die Schnipsel können einzeln in eine Kerzenflamme gehalten werden, die Asche landet im Papiereimer, dessen Inhalt er alle paar Minuten aus dem Fenster kippt.

Schwer liegt der Geruch verbrannten Papiers im Raum, hält sich hartnäckiger als gedacht, und er wünscht, er könnte ihn irgendwie verdecken. Am Heiligabend wird jedoch niemand hereinkommen, keine Putzfrauen, keine Wachleute; er wird das Fenster offen lassen. In knapp sieben Minuten arbeitet er sich durch die Fetzen des ersten Bogens, der Schweiß steht ihm auf der Stirn, auf der Oberlippe. Beim zweiten Bogen hat er seinen Rhythmus gefunden. Doch mittlerweile ist das Papier schweißfeucht und will nicht brennen. Er verflucht seine unbeholfenen Finger, während er möglichst kleine Fetzen produziert, Konfetti, das er aus einem gekuppelten Erkerfenster wirft.

Das Telefon schrillt.

Er durchquert den Raum und packt den Hörer.

«Guten Abend, Monsignore, nur zur Bestätigung, das Stück ist in Gis», sagt die Stimme.

Blon Kiernan, Delias Tochter.

«Verstanden», antwortet er.

«Frohe Weihnachten, Monsignore.»

Sie legt auf.

Jetzt muss er sich beeilen.

Er zerschneidet die verbleibenden Bogen grob in Achtel, knüllt sie fest zusammen und stopft sie in den roten Metallfeuereimer.

Unklug, gewiss, aber die Zeit läuft ihm davon.

Angelucci ist mittlerweile an Ort und Stelle und wird von Derry instruiert.

Als sein Streichholz das Papier vergilbt, steigt vom Foyer ein unverwechselbares Scheppern nach oben, verstärkt noch durch den Resonanzkörper des Aufzugsschachts.

Er hält inne.

Hat er sich verhört?

Die Kabel knirschen und surren.

Eiserne Zahnräder, die vor Anstrengung wimmern.

Regen prasselt gegen die Fenster.

Er hastet zur Tür des Skriptoriums und schließt ab.

Mit einem dumpfen, metallenen Geräusch kommt der Aufzug am Ende des Korridors zum Stehen. Das Klirren, als die Gittertür aufgerissen wird. Zugeknallt wird.

Dann Schritte.

Ein Mittelgewicht.

Gestiefelt.

Langsam geht der Mann den Flur entlang, wie ein Gefängniswärter beim Rundgang. Öffnet Türen und betritt Räume der Reihe nach, der enorme Schlüsselbund klirrt und rasselt. Jetzt bleibt er vor der Tür des Skriptoriums stehen.

Kein Wort fällt.

Eine Kuckucksuhr zwitschert.

Die Seiten im Feuereimer glimmern, brennen aber nicht.

Rauch wirbelt.

Der Türknauf dreht sich.

Rasch setzt er sich an seinen Schreibtisch, streicht ein Pergament glatt, die schwarzen Wörter und die Anklagen scheinen sich zu drehen, der üble Geruch der Schuldzuweisung steigt auf. Mit zitternden Fingern schneidet er eine Feder zu, stellt einen Krug um, schenkt sich einen Becher ein, das Wasser schwappt ihm über die Handgelenke, es schmeckt alt und abgestanden, nach Glas und Fett, die Kinder des unglücklichen Ehepaars in New Jersey schwingen mit, wie das Nachbild von etwas, das man im Gegenlicht gesehen hat.

Wieder dreht sich der Türknauf.

Ein drittes Mal.

Ein viertes Mal.

Es klirrt im Schloss. Es wird gegen die Tür gedrückt, die jedoch nicht nachgibt.

Der Eindringling stößt einen Seufzer aus und stapft langsam, mit gespenstischer Würde durch den Korridor, die Schuhnägel klicken über das Mosaik.

Schnaufend wird Luft eingesogen, schnelle Stiefelschritte, immer schneller, und mit Wucht wirft sich der Körper wie ein abgestochener Ochse gegen die Tür, und die ein Meter große Statue des Heiligen Antonius von Padua stürzt von einem Alkoven, zerschellt auf dem Schreibtisch, und abermals nimmt der Körper Anlauf, wirft sich abermals stiergleich gegen die Tür, grunzt und stöhnt, tobt und schreit, aber die genagelte Eiche, die Tür einer imperialen Festung, weigert sich nachzugeben, der Architrav ist aus Granit, der Rahmen aus schwerem Marmor und die Abfolge heftiger Tritte lassen das Schloss in seiner gusseisernen Verankerung erzittern, mehr nicht, und der Ochsenmann zieht sich zurück.

Das Aufzugsgitter knallt auf und gleich darauf zu. Die Kabine quietscht nach unten ins Foyer.

Er schleicht sich bis zum Treppenabsatz. In einem Türrahmen sitzen zwei Katzen. Er hört den Eindringling durchs Foyer gehen, wo er herumwühlt und -kramt, die Schubladen im Schreibtisch des Concierge aufreißt und zuknallt, mehrmals die Pförtnerloge betritt, den Aktenschrank aufbricht, dann den Kanonenschlag, als die Eingangstür zuknallt.

Er späht aus dem Fenster des Skriptoriums, aber es regnet stark, seine Brillengläser beschlagen. Die Gestalt überquert unter dem Schirm, der im Elefantenfuß steckte, merkwürdig anmutig die Piazza, weicht Pfützen und Hunden aus, wie ein Mörder, der sich als Dame ausgibt, und geht Richtung Largo degli Alicorni.

Schneeregen prasselt auf das efeuüberwucherte Oberlicht.

Er leert den Feuereimer mit den schwelenden, stinkenden Seiten, tritt sie auf dem Boden aus, bündelt sie, so gut es geht, klemmt sie sich beim Verlassen des Skriptoriums unter den Arm und hastet stolpernd die Treppe hinunter.

Am besten entsorgt er sie später und verlässt das Heilige Offizium, solange es noch möglich ist. Der Eindringling könnte mit einer Luger oder einer Brechstange zurückkehren. Jegliche Zwischenfälle müssen vermieden werden.

In dieser Nacht wird er sich mehrmals fragen, was ihn erneut in die Portiersloge gezogen hat, um ein letztes Mal einen Blick auf sein Fach zu werfen, das er doch erst eine Stunde zuvor geleert hat.

Darin steckt eine braune, gewölbte Papiertüte. Name und Adresse sind handgeschrieben und nicht ganz korrekt.

Hugo Flaherty
Persönlich
Heiliges Kolleg
Roma

Darin befindet sich ein kleines Kuvert, das er nicht gleich öffnet, wahrscheinlich enthält es, so, wie es unter seinen Fingerspitzen knirscht, einen Rosenkranz.

Das dünne, weiße Luftpostpapier ist sorgfältig zum Quadrat gefaltet und fühlt sich wie eine Seite an, die aus einer Bibel gerissen wurde. Drei Worte in derselben Handschrift, mit roter Tinte unterstrichen.

DEIN
LETZTES
WEIHNACHTSFEST

Das kleinere Kuvert enthält zweiunddreißig blutverschmierte menschliche Zähne.

Hagel knallt gegen das Buntglasfenster.

II. AKT

DAS SOLO

14

MARIANNA DE VRIES
November 1962
Schriftliche Äußerung anstelle eines Interviews

Während des Kriegs hielt ich mich als freiberufliche Journalistin in Rom auf. Hugh O'Flaherty lernte ich in der Oper kennen. Es wurde *Tosca* gegeben. An die Namen der Sänger und Sängerinnen erinnere ich mich nicht.

Ich war Gast eines Schweizer Diplomaten, den wiederum Delia Kiernan, die Frau des irischen Gesandten, eingeladen hatte. Es waren einige weitere Botschafter und Gesandte anwesend. Ich kann mich nicht mehr genau entsinnen.

Etwas später bekam ich den Auftrag, für ein amerikanisches Nachrichtenmagazin Artikel über die Kunstschätze zu schreiben, die sich in den weniger bekannten Kirchen befinden. *Unbekanntes Rom* sollte die Serie heißen. Monsignore O'Flaherty hatte natürlich keine Visitenkarte bei sich. Auf meine Bitte hin notierte er die Wegbeschreibung zur Ostia Antica auf ein Stück Briefpapier des Heiligen Offiziums, das ihm bisher als Lesezeichen für seine derzeitige Lektüre gedient hatte, *Autumn Journal* von Louis MacNeice. Auf dem Schnipsel stand die Telefonnummer, also rief ich an.

An diesem Morgen war er auf dem Weg zum Rigorosum eines Doktoranden im Angelicum, hatte daher keine Zeit für ein Gespräch, schrieb mir aber an einem der darauffolgenden Tage einige Zeilen, ich solle den Rundgang der sieben Kirchen machen, eine Pilgerreise, die im sechzehnten Jahrhundert vom Heiligen Philipp Neri begründet wurde. Doch auch wenn man auf der Runde an Schönheiten wie San Sebastiano fuori le mura und San Giovanni in Laterano vorbeikam, wollte ich nicht darüber schreiben. Es gab dort zu viele Besucher. Kein *Unbekanntes Rom*, leider. Ich rief den Monsignore erneut an.

Wir trafen uns in einem Café in der Nähe der Piazza Venezia. Man war leicht eingeschüchtert, wenn er einen durch seine Hornbrille betrachtete, als würde bei einer mitternächtlichen Straßensperre eine Taschenlampe auf einen gerichtet. Wir sprachen von Auden und MacNeice. In seiner Freizeit, die wahrscheinlich kärglich bemessen war, arbeitete er aus Spaß an der Freud an einer Übersetzung – *Diario d'autunno*. Er war der Auffassung, «dass man eine Sprache erst dann wirklich kennt, wenn man ein Gedicht übersetzen kann». Wie alle mir bekannten Priester hatte er seine Marotten, doch ich fühlte mich in seiner warmherzigen Gesellschaft wohl, er war im doppelten Wortsinn ein gedankenvoller Mensch. Ich könne ihn ruhig beim Vornamen nennen, «wenn Sie mögen». Ich fühlte mich nicht recht wohl damit. Wir einigten uns auf «Ugo» als Kompromiss.

Damals hatte ich eine unselige Affäre mit einer verheirateten Quelle, genauer gesagt, mit dem Diplomaten, den ich an jenem Abend, an dem Ugo und ich uns kennenlernten, in die Oper begleitet hatte. Das Verhältnis endete, als der Mann nach Zürich zurückberufen wurde. Plötzlich war ich ungebunden und hatte mehr Zeit.

Ich bin gebürtige Schweizerin, mein Pass musste also in Rom von allen Seiten gezwungenermaßen anerkannt werden; ich konnte mich in der Stadt bewegen, nicht völlig frei, hatte aber mehr Spielraum als andere. Im Laufe von vierzehn Tagen und zwei, drei Treffen erstellte Ugo eine Liste mit den in seinen Augen interessantesten, weniger besuchten Kirchen – es konnte sich um eine Madonna mit Kind von Caravaggio, ein Fresko von Raffael oder eine vernachlässigte, aber imposante Skulptur aus der Vorrenaissance handeln –, die ich komplett abarbeitete. Beispielsweise gehörte die englische Kirche in der Via del Babuino zu seinen absoluten Lieblingen. Ich hatte noch nie davon gehört und fand sie in ihrer Schlichtheit wunderschön. Er kannte jeden Abt und jede Mutter Oberin, verfasste Empfehlungsschreiben oder rief im Vorfeld fast geheimnistuerisch an, man möge mich unterstützen.

«Fragen Sie nach Bruder Soundso. Gehen Sie Schwester Sowieso aus dem Weg.»

Diese Konspiration bereitete ihm sichtlich Freude.

Den beauftragten Fotografen und mir wurden Türme und Geheimgemächer gezeigt, verborgene Krypten, versteckte Gewölbe, Kuppeln, wo sich im Mittelalter, so wurde geflüstert, Liebespaare ein Stelldichein gegeben hatten, Bücherregale, die sich, wenn man einen verborgenen Hebel betätigte, knarrend öffneten und den Weg auf einen gepflasterten Gang freigaben, der in die römische Kanalisation und bis zum Ufer des Tibers führte. Manche Enthüllung wurde unter der Bedingung gemacht, dass die genaue Lage nicht erwähnt wurde, anderes wiederum war nur für unsere Augen bestimmt, dass wir *Freunde des Monsignore* seien, dürfe allerdings in keinem Artikel auftauchen, nicht einmal angedeutet werden, betonten die Hüter. In einer Kapelle wurde uns erlaubt, ein Gitter zu sehen, das in eine Wand hinter einem Kerzentisch eingelassen und nicht größer als ein Kopftuch war. Wer sich hindurchzwängte, fand sich in einem marmornen Schlafgemach wieder, das erfreulicherweise mit einem Oberlicht und einem eigenen kleinen Brunnen ausgestattet war. Für mein Gefühl drehte Rom sozusagen sein Innerstes nach außen. Die Bibelstelle Johannes 14,2 bekam eine ganz neue Bedeutung. «In meines Vaters Haus sind viele Wohnungen.»

Da ich keinerlei Ahnung hatte, wie ein Priester für seine Bemühungen vergütet werden sollte, schlug ich ihm fünf Prozent des Honorars vor, das ich für die Artikelserie bekam, ein Angebot, das er mit einem schockierten Lachausbruch ablehnte, bevor er mir nahelegte, ich solle das Geld stattdessen für einen wohltätigen Zweck spenden.

«Welchen wohltätigen Zweck?», fragte ich.

«Kaufen Sie sich einen Hut. Gewissermaßen als Geschenk von mir.»

Ich spendete die fünf Prozent an die himmelblauen Annuntiatinnen für die Hungernden Roms und kaufte mir tatsächlich einen Hut, einen echten Borsalino. Ugo lehnte weiterhin jegliche Bezahlung ab, erlaubte aber ein-, zweimal, dass ich ihm Lose für die Tombola der Krankenhäuser kaufte, bei der unter anderem Pferdelotto eine Rolle spielte. Er gewann nie, worüber er gern scherzte. «Wenn ich auf Flut setzte, wäre immer Ebbe.»

Meine Serie *Unbekanntes Rom* kam bei der Leserschaft gut an und wurde daher auch von meinem Verleger geschätzt. Schnell drohte daraus ein gleichnamiges Buch zu werden. Der Vorschuss war großzügig, die Arbeit daran würde Spaß machen. Schändlicherweise freute es mich, dass mein früherer Liebhaber, der wieder mit seiner Frau in der Schweiz saß, von diesem Erfolg hören und die ordentliche Rasenfläche seines Lebens durcheinandergebracht würde, denn je unabhängiger eine Frau ist, desto mehr grollt ihr ein bestimmter Typ Mann; und Groll ist für solche Männer Teil der weiblichen Anziehungskraft. Doch wie jeder Autor aus Erfahrung weiß, gibt es Nachmittage, an denen geschrieben werden müsste, man aber mit schlechtem Gewissen lediglich zu einer Tasse Tee und einem Spaziergang fähig ist. Das Buch muss einen erst an der Gurgel packen und schütteln, bis einem die Plomben rausfallen. Manche Schriftsteller sind geschickt im Umgang mit Worten, aber alle von uns sind geschickt in der Kunst des Aufschiebens.

Ich blieb mit Ugo in Kontakt, bis wir uns schließlich alle zwei Wochen in der Bar Rompoldi auf der Piazza di Spagna oder in der Trattoria Il Fantino im jüdischen Viertel trafen, einem von ihm bevorzugten Lokal mit Hausmannskost. Die streitlustigen Kellner schlugen mit Geschirrtüchern nach den Fliegen oder seufzten mit rachsüchtiger Resignation in einen nikotinvergilbten Coca-Cola-Spiegel.

Ugo, der an vielen Orten gelebt hatte, war ein mit enormem Wissen ausgestatteter Kopf, das aber nicht immer so wohlsortiert war, wie die Formulierung suggeriert. Ich war nie westlicher als Kap Finisterre gekommen, aber meine beste Schulfreundin, eine Diplomaten-

tochter, hatte ihre Kindheit im trinidadischen San Fernando verbracht, daher fesselten mich Ugos Erinnerungen an die Karibik. Er
erzählte sehr anschaulich von den lila- und ockerfarbenen Sonnen-
untergängen in Port-au-Prince und mit ernstem Ton von den Voo-
doopriestern. Ich war von seinen vielen Fotos, alle in schwarz-weiß,
fasziniert. Er hatte sie mit einer alten Brownie-Boxkamera geschos-
sen, die ihm in einem Trödelladen in der Londoner Portobello Road
in die Hände gefallen war. Man hielt sie in Taillenhöhe und sah auf
das Objektiv hinunter. Das Klicken, das der Auslöser von sich gab,
hätte Tote aufwecken können. Er prahlte auf liebenswerte Art ein wenig damit, dass er ein recht guter Hobbyfotograf war.

Die Armen von Port-au-Prince hatten ihm erlaubt, sich unter ihnen
zu bewegen: Es gab Studien von Frauen, die Wasserkrüge trugen, von
Schiffern am verregneten Hafen, von zerlumpten Fischern, die ihre
Netze einholten und flickten. Seine Fotos von der Tschechoslowakei
waren auf andere Art ausdrucksstark, die Bäuerinnen eisern stoisch,
ihre murmeläugigen Kinder freudlos. Er hatte viele Bilder von New
York gemacht – Eisenskelette der noch nicht fertiggestellten Wolken-
kratzer grabschten nach dem Himmel, Feuerleitern zickzackten über
die Mietskasernen auf der Lower East Side, ein ganzes Album zeigte
ein Finalspiel der nordamerikanischen Baseballprofiligen, bestritten
von den Brooklyn Dodgers. Ich wusste so gut wie nichts über die
World Series, geschweige denn über die Brooklyn Dodgers, und wie
alle Männer genoss es der liebe Ugo übermäßig, andere aufzuklären,
wobei ihm völlig entging, dass ich deshalb so gut wie nichts darüber
wusste, weil mich diese Sportart nicht interessierte, und ich merkte
damals nicht, dass auch ihm wenig am Baseball lag; es war eher so,
dass er gern ein Gesprächsthema hatte.

Ugo mochte Schweigen nicht, es verursachte ihm Unbehagen. Bald
war Schweigen in Rom jedoch notwendig.

Am meisten mochte ich seine Fotos von London, einer Stadt, die in
meinen Augen gerade in schwarz-weiß am mondänsten wirkt: Türein-

gänge in Soho. Die Tower Bridge. Die Schlange vor einem Kino auf dem Leicester Square. Schauspieler in einem Café. Ganoven bei einem Boxkampf in Limehouse. Er war imstande, einem, während man in diesem römischen Arbeitercafé schwitzte und der Vormarsch der Nazis auf die Stadt begann, Chelsea, Tottenham Court Road oder Primrose Hill zu schenken.

Schon bald waren die Nazis nur mehr zwei Kilometer von der Stadtgrenze entfernt. Ugo und ich trafen uns dennoch weiterhin. Er brachte eine seiner Fotomappen mit, die wir uns bei einem Kaffee ansahen, während wir so taten, als hörten wir die Artillerie, das Kreischen und Detonieren der Granaten in der Ferne nicht.

Ich erinnere mich, wie er am Nachmittag vor dem Einmarsch der Deutschen den Mann hinter dem Tresen in Verlegenheit brachte. Der Bursche hatte mit ihm gescherzt, wie es bezeichnend für einen bestimmten Typ Römer ist, der sich für den Erfinder des Flirtens hält und Sex-Appeal ausstrahlen will: «Ist diese schöne Dame Ihre Freundin, Monsignore?»

Ugo antwortete: «Ihre Zwillingsschwester.»

Unsere Freundschaft war unkompliziert, aber nicht direkt eng. Ich war mir immer bewusst, dass Ugo ein ordinierter römisch-katholischer Geistlicher war, mit allen Standpunkten und Grenzen, die seine Berufung mit sich brachte. Er verstieß nicht dagegen, aber wie bei allen unsichtbaren Fundamenten hielt man sie für unverrückbar, egal wie anmutig das auf ihnen ruhende Gebäude war. In vielerlei Hinsicht war er ein recht konservativer Mensch.

Ein weiteres wichtiges Element war meine Areligiosität, ich war als zufriedene Atheistin aufgewachsen. Damals wie heute bin ich der Auffassung, dass es im Universum nichts zu fürchten und nichts zu hoffen gibt, einmal zu leben, ist Wunder genug. Wir traten also bis an die Mauer des anderen heran, aber durchbrachen sie nicht. Auf gewisse Weise stellte dies die Grundlage unserer Freundschaft dar.

Mein Vater, der aus Rotterdam stammte, und meine Mutter, die im friesischen Harlingen geboren wurde, waren Physiker und forschten an der Universität in Zürich. Da beide von Geburt an gehörlos waren, beherrschte ich die Gebärdensprache, eine Form der Kommunikation, die Ugo faszinierte. Er und ich verbrachten einige unterhaltsame, aber fruchtlose Stunden auf der Piazza Navona, während ich zur Verwunderung der Kellner während diverser *cappuccini* versuchte, ihm die Grundlagen beizubringen, aber wie bei vielen Sprachen findet man auch bei der Zeichensprache entweder auf Anhieb Zugang oder gar nicht. Nachdem sich der Chor gegründet hatte, erwiesen sich John May und Delia als gute, einfühlsame Schüler. May betonte gern, dass die Italiener ihre eigenen ausdrucksstarken Gesten haben. «Wenn man denen vors Auto läuft, kriegt man das besonders gut mit.»

Ein so perfektes Italienisch wie bei Ugo kannte ich nur von Muttersprachlern, schwungvoll, gestenreich, lebendig wie die hiesige saftige Umgangssprache (obwohl gemeinsame römische Freunde ihn wegen seiner langweiligen Ausdrucksweise aufzogen). Es bereitete mir große Freude, wenn er das klare, anmutige Englisch des ländlichen Irlands sprach, volltönend, mit subtiler Ausdrucksweise und freundlicher Ernsthaftigkeit.

Als Journalist bemerkt man Ungewöhnliches, das gehört zum Beruf. Manchmal fiel mir ein, dass Ugo relativ spät die Laufbahn eines Priesters eingeschlagen hatte, und zwar zu einer Zeit, als die meisten Seminaristen direkt von der Schule kamen – ein Umstand, der vieles, aber nicht alles erklärt, was in der römisch-katholischen Kirche im Argen liegt. Ich kam ins Grübeln über die Zeit, als er Anfang zwanzig gewesen war, und neigte dazu, sie leicht melodramatisch als *verlorene Jahre* zu bezeichnen. Es war nicht so, dass ich mir einen Einsatz bei der Fremdenlegion ausmalte, aber sein Stillschweigen über diese Phase verstärkte meine Neugier. Ich wusste lediglich, dass er als Lehrer gearbeitet hatte, viel mehr gab er nicht preis. Daher kann ich nicht mehr dazu sagen.

Wie vielleicht alle Freunde waren wir uns einig, dass manche Fragen erst gestellt würden, wenn die Zeit reif wäre, also entweder nie oder in so ferner Zukunft, wenn wir beide andere Menschen wären und diese Fragen keine Rolle mehr spielten. Zweimal brach ich das ungeschriebene Gesetz – möglicherweise war ein Glas Wein zum Mittagessen der Auslöser –, meine Schulmädchenneugier ließ mich eine abscheulich unbeholfen formulierte Frage stellen, die den Zölibat betraf. Hatte er als junger Mann vielleicht eine körperliche Beziehung gehabt?

Er antwortete mit einem frostigen Blick. «Das würde mich nicht einmal ein Polizist fragen.»

Wenn Ugo das Thema wechselte, gab es kein Zurück.

Bis zum heutigen Tag erinnere ich mich an jenen Augenblick, an dem ihm seine Maske verrutschte, und wie überrascht ich von seiner Antwort war, weil sie für ihn wie für mich gleichermaßen unerwartet kam.

An einem hellen, kalten Nachmittag verließen wir den Petersplatz zu dem Zeitpunkt, als die Schule aus war. Ugo war gebeten worden, die Predigt bei einem Begräbnis in St. Monica zu halten, und hatte Contessa Landini und mich um moralischen Beistand ersucht. Mit berechtigter Besorgnis, denn die Predigt war schlecht gewesen. Kurz nach Ende der Messe verabschiedete sich die Contessa zu einem Termin, und Ugo begleitete mich zur Straßenbahn. Am Schultor warteten viele römische Mütter sowie ein, zwei leicht verlegene Väter auf das Erscheinen ihrer kleinen Lieblinge, die sich gegenseitig bissen, schlugen und beleidigten, während ihre unglücklichen Lehrer wie Hirten herumliefen und sie zu bändigen versuchten.

Bei einer Ampel mussten wir stehen bleiben.

Beim Anblick seines Priestergewands nickten manche Eltern in höflicher Ehrerbietung oder bekreuzigten sich, eine gut gemeinte italienische Sitte, die ihm immer etwas unangenehm war. Seit Langem hatte sich in Italien ein gewisses Maß an Antiklerikalismus breitgemacht;

infolgedessen gab es auch die entsprechende Gegenbewegung, eine ungesunde Überbewertung des Klerus. Während wir darauf warteten, dass es Grün wurde, beobachteten wir das kriegerische Treiben auf dem Spielplatz, und er fragte mich, ob ich gern Mutter wäre.

Offenbar ging er davon aus, denn er fragte als nächstes, wann ich heiraten würde. Es sei unklug, zu lange zu warten, fügte er bedeutungsvoll hinzu. Damals war ich vierunddreißig, was ihm wohl nicht aus dem Kopf ging. Ich erwiderte, ich sei nicht fürs Heiraten geeignet, mit meinem Leben als alleinstehende Frau einigermaßen zufrieden und gedächte, beides zu bleiben.

«Sie wollen also kein Kind?»

Ich verschwieg ihm, dass ich im vorigen Jahr abgetrieben hatte.

«Nein», sagte ich.

Er versuchte sich an einem Nicken, das vermutlich beschwichtigend wirken sollte, aber meine Worte, meine Gewissheit hatten ihn erkennbar aus dem Gleichgewicht gebracht. «Ich wäre gern Ehemann und Vater geworden.»

Ich war verblüfft. Nur selten sprach er offen über sich, ohne Ausweichmanöver oder Ironie, die üblichen Verschleierungsmethoden. Dieser Moment veränderte das Bild, das ich von ihm hatte. Bis dahin war er mir wie ein Fels in der Brandung erschienen, unverwundbar in seiner Selbstsicherheit, unangreifbar in seinen Entscheidungen, insbesondere der wichtigsten seines Lebens. Wenn Ugo einen Fehler hatte, und wir alle haben welche, war es vielleicht dieser leise Anflug feudaler Hochmütigkeit, die Überlegenheit des Einsiedlers. In alten Gemälden gefallen uns Heiligenscheine, nicht aber bei unseren Freunden.

Auf einmal war er an diesem Nachmittag einfach ein Mensch ohne Familie, auch wenn er sich in gewisser Weise gebunden hatte. Und ich bemerkte zum ersten Mal, dass ihm im tiefsten Inneren etwas fehlte, es gab eine Leerstelle, die er mit seiner Unerschütterlichkeit kaschierte. Jeden anderen hätte ich vielleicht untergefasst, ihm ein freundliches Wort gesagt. Da er Priester war, fühlte sich das unpassend an. Wahrscheinlich hätte es ihn in Verlegenheit gebracht oder er hätte den Trost abgelehnt, nach dem er sich möglicherweise sehnte. Wenn ich es doch nur getan hätte. Heute täte ich es.

Wir setzten unseren Spaziergang fort. Ich war auf dem Weg zur Straßenbahn. In meiner Wohnung wartete die Rohfassung eines Artikels auf mich, dessen Abgabetermin drängte. Die Zeit schien zu schrumpfen. Wie jedes Mal lüftete er zum Abschied seinen Trilby, wir redeten noch ein, zwei letzte Minuten über belanglose Nichtigkeiten, im Versuch, eine Brücke zurück zu seinem Geständnis zu finden. Doch als wir uns dessen bewusst wurden, gab es keine Brücke mehr. Wir ahnten beide, dass wir nie wieder über dieses Thema reden würden.

In der Straßenbahn stellte ich mir vor, wie er in sein einsames Zimmer zurückkehrte. Er würde Radio hören. In meiner Vorstellung schaltete er nicht das Licht ein.

Meine Eltern hatten sich abgerackert, um Wissenschaftler zu werden. Ich glaube nicht an Geister. Aber nach der Fahrt ging ich in die Kirche, die in der Nähe meiner Wohnung lag, zündete eine Kerze für Ugo an, kniete mich hin und sprach ein Ungläubigengebet. Meine Geschichte würde ich verspätet abgeben. Doch eine andere Geschichte war zum Vorschein gekommen. Zumindest in Ansätzen.

Das war im Herbst 1943. Bald darauf marschierten die Nazis ein. Ich bemerkte, dass Ugo und einige Komplizen gegen diese Plage in kleinem Umfang etwas unternehmen wollten, und beschloss, zu helfen. Einer meiner Beweggründe waren meine Eltern, die von den Nazis bedenkenlos ermordet worden wären.

Zudem hatte ich in meinem Privatleben einen bestimmten Rubikon überschritten, einen Schritt gemacht, zu dem ich mich offen bekennen wollte. Manche Freunde wussten davon, die meisten jedoch nicht. Meine Mutter hatte es wahrscheinlich seit Langem geahnt, es sich aber nicht eingestehen wollen. Vielleicht war mein Entschluss durch die Unterhaltung gereift, die Ugo und ich über das Heiraten geführt hatten, vielleicht durch die Nähe des Todes, die der Krieg mit sich bringt. Jedenfalls wollte ich mir treu sein. Am Morgen, als die Nazis einmarschierten, trafen wir uns auf meine Bitte hin. Ich erklärte, ich müsse ihm etwas sagen; ich hätte Männer gekannt und geliebt, würde auch ihre besondere Schönheit sehen, zöge jedoch seit Langem weibliche Gesellschaft vor.

Wer, der seine fünf Sinne beisammenhabe, nicht, entgegnete er.

Es dauerte kurz, bis der Groschen fiel, wie es so schön heißt. Man konnte beinahe den Aufprall hören.

«O», sagte Ugo.

Bei diesem Vokal in seiner grandiosen Rundheit blieb es. Das Thema wurde von ihm nicht wieder aufgegriffen.

Zu der Zeit lebte Ugo im Collegio Teutonico, unter dem rechten Arm des Petersdoms. Der bald darauf gegründete Chor traf sich zum *Proben* in einem heruntergekommenen, seit Langem ungenutzten Anbau des Kollegs – kein Nebenflügel, sondern ein eigenständiges Gebäude, ein festungsartiger Klotz, der einst als Hospiz für Fieberkranke, in einer anderen Zeit als Herberge für Pilger gedient hatte. In Rom, der Stadt der Gespenstergeschichten, flüsterten viele, in dem schlichten, gotischen Bau spuke ein sechzehnjähriges Mädchen, das von einem Kardinal geschwängert und in das Nonnenkloster verbannt worden sei, das einst an dieser Stelle stand. Die arme Emerenzia, das war ihr Name gewesen, hatte sich zu Tode gehungert und war in einer der Steinmauern bestattet worden.

Oft stellte ich mir vor, was sie sah, während wir probten.

Drei rissige Treppenläufe aus Marmor wanden sich wie die Wirbelsäule eines Dinosauriers durch einen Torso aus verrottenden Treppenabsätzen hinauf. Man gelangte in einen langen, düsteren, fünf Meter breiten Korridor, ähnlich einer Galerie, die Fliesen waren zerbrochen oder abgebröckelt, und viele der Eichendielen fehlten. Enorme Tapisserien aus merkwürdigen Pilzen breiteten sich über die Wandtäfelungen aus. Durch verglaste Schießscharten mit erstaunlich dicken

Spinnwebvorhängen drang etwas, das einmal Licht gewesen war, aber jetzt austernfarbener, rauchiger, bedrückender Dunst war. Man konnte sehen, dass der Durchgang schon lange als Lager für unerwünschte Kirchenstatuen zwangsrekrutiert worden war, die kaputt oder zu unansehnlich waren. Trotzdem brachte niemand es übers Herz, sie zu entsorgen.

Enthauptete Madonnen. Einhändige Christusfiguren. Flügellose, beschädigte Engel. Umgestürzte oder schwankende Propheten. Jünger und Evangelisten mit leeren Augenhöhlen, einem Herz Jesu fehlte der Heiligenschein. Verwachsene Märtyrer aus Gips. Heilige Sebastiane mit abgebrochenen Pfeilen. Ein Johannes der Täufer mit dem Gesicht eines Toilettenmanns. Der Heilige Petrus, der sich in längst verrosteten Ketten wand. Eine rattenzernagte Maria Magdalena, an deren Busen Wespen nisteten.

Lazarus, aus Mexiko entwendet und von den Spuren eines Holzwurms erdrosselt, trug ein Lätzchen aus abblätternder Farbe, das von Ameisen erforscht wurde und sich sanft bewegte. Ein verwundeter Esel aus einer Krippengruppe. Die blutrünstigen Augen eines Jesuskinds.

Am Ende des Gangs stieß man auf eine merkwürdig moderne Tür, ähnlich den dünnen Holztüren eines Mussolini-Schulhauses aus den Dreißigern, die, wenn auch schlecht, geweißt und wie die Vertäfelung mit Pilzen überzogen war. Von da aus ging es in einen alten Versammlungsraum, in dem ein langer Holztisch und ein keuchendes, mit geschnitzten Engeln und Eulen verziertes Harmonium standen.

Sollte Emerenzia uns beobachten, sah sie einen merkwürdigen, vom Lampenlicht beschienenen Zirkel.

Der Chor bestand aus acht Personen, einschließlich unseres Kapellmeisters Ugo, der die Angewohnheit hatte, mit dem Gesicht zur Tür zu sitzen. Delia Kiernan, Enzo Angelucci und ich nahmen meist zu seiner Rechten Platz, D'Arcy Osborne und John May zu seiner Linken. May, ein begabter Musiker, sang mit seiner cellogleichen Bassstimme oder trillerte, sich hin und her wiegend auf seinem Saxophon. Sam Derry mühte sich am Harmonium ab, wahrscheinlich der einzige Mensch in der Geschichte, der dies mit einer gestohlenen 7,63-Millimeter-Mauser-Halbautomatikpistole der deutschen Armee im Gürtel getan hat. Die achte, mit dem Rücken zur Tür, war immer meine liebe Freundin Contessa Giovanna Landini (sie bevorzugte Jo, nach Jo March aus *Little Women*, einem der wenigen Titel, der in italienischer Übersetzung, dem herzigen *Piccole donne*, gewinnt), die mit morbidem Humor scherzte, wenn sie schon von der Gestapo erschossen werden sollte, dann am liebsten von hinten, damit sie bei ihrer Beerdigung einen offenen Sarg haben könne.

Wir bildeten eine seltsame Familie.

Auf der langen Tischplatte aus Eichenholz befand sich ein Archipel aus uralten Tintenflecken und Eingeritztem, einiges davon wahrscheinlich Altgriechisch. Das kaputte Harmonium mit den vergilbten Tasten schnaufte unter einem Dachfenster, das seit Garibaldis Säuglingstagen nicht mehr geputzt worden war. Wenn ein starker Wind um den Dachboden fegte, wie es in römischen Wintern vorkommt, stieß das Harmonium einen schwermütigen Klagelaut aus, wie ein Walross, das mit einem Stock gestupst wird. An einem Oktoberabend zerrte Sam Derry einen bauchigen Ofen in eine Ecke, wo dieser höchst tapfer, aber wenig wirksam tat, als heizte er den Raum. Wann immer er angezündet wurde, schien unser Horst noch kälter. Meistens trugen wir unsere Mäntel.

Alle acht Chormitglieder waren sich einig, dass bis auf Fragen zum Wetter sämtliche Themen tabu waren. Die Besetzung durch die Nazis, der Krieg selbst, die Gräueltaten der Gestapo, die Lebensmittelrationierung, die nichts anderes als kontrollierter Hungertod war, durften niemals angesprochen werden. Bevor wir mit dem Singen begannen, herrschte eine Atmosphäre verhaltener Freundlichkeit wie bei einer Bridge-Party oder einer Feier, bei der sich die Anwesenden nicht besonders gut kennen und das beste Benehmen an den Abend zu legen suchen. Wenn die Unterhaltung in eine Richtung abzugleiten drohte, die Ugo unzuträglich fand, warf er dem Betreffenden einen Blick zu oder fuhr sich mit der Handkante über die Kehle. Neben dem Wetter war Johann Sebastian Bach das einzig erlaubte Thema. Wer von beidem keine Ahnung hatte, machte sich besser schlau. Da die wenigsten unter uns Musikwissenschaftler waren, wurden wir Meteorologen. Das kann jeder werden.

Kaffee gab es damals in Rom wie Wüstensand in der Antarktis, eine Tortur für die Römer, ein äußerst koffeinaffines Völkchen, doch gelegentlich gelang es John May oder Delia, welchen zu ergattern. Ab und zu brachte Jo Landini einen Teller selbst gebackener Cannoli mit. Sir D'Arcy tauchte häufig mit Wein auf, den aber, soweit ich mich erinnere, niemand trank. Ugo stand am Kopfende des Tischs, verteilte die Notenblätter, erklärte Umstände und Hintergründe der Stücke oder gab einen Abriss über die Biografie des Komponisten. Als wäre dies eine richtige Probe. Was es in gewisser Weise auch war.

Denn was geprobt wurde, hätte uns bei Hauptmann den Tod durch Folter eingebracht.

Schließlich rief Ugo die Gruppe zur Ordnung und spielte auf einer Mundharmonika den Grundton. Wenn wir mit Singen begannen, meist zehn, fünfzehn Minuten nachdem der Letzte eingetroffen war, der häufig blass und atemlos die gespenstische Treppe hinaufgekeucht kam, pflegte er systematisch den Tisch zu umkreisen, ging von einem zum anderen, flüsterte oder zeigte Notizen, die auf Toilettenpapier gekritzelt waren, die er, nachdem wir sie auswendig gelernt hatten, zerriss und im Ofen verbrannte. In jenen Monaten war Rom das reinste Spionagenest; Hauptmanns Gestapo hatte fast überall Abhörgeräte installiert. Es war allgemein bekannt, dass sie die Fernsprechvermittlung übernommen hatten und beinahe alle dort SS-Agenten waren, jeder Anruf überwacht, jedes Treffen von mehr als sechs Personen heimlich fotografiert wurde. Ein abhörsicheres Funkgerät im Nazihauptquartier, das im noblen Hotelviertel lag, hatte einen direkten Draht zu Hitlers Refugium, dem Berghof am Ober-salzberg. In den Straßen und Märkten um den Vatikan flüsterte man sich zu, Himmler höchstpersönlich belausche jeden Abend Rom und drehe dabei wahllos am Suchknopf. Hier auf dem vergessenen Dach-boden konnten wir einigermaßen sicher sein, dass uns niemand außer Emerenzia zuhörte. Für den Fall, dass wir uns irrten, sangen wir.

Allegris *Miserere*, Dowland, ein paar Choräle. Frühelisabethani-sche Madrigale und Loblieder. Das übliche Repertoire eines Ama-teuerkammerchors oder Gesangsvereins, wie man sie in englischen Kleinstädten findet, aber manchmal versuchten wir uns am glorreichs-ten des Glorreichen, an Palestrinas *Stabat Mater*. Gelegentlich ein *Tantum ergo*. Eine Motette von Josquin oder ein gregorianischer Gesang, an manchen Wochen ein mittelalterliches Weihnachtslied. Die Hymne von Cornwall, *Trelawny*. Das bezaubernde walisische Lied *Ar Hyd y Nos*. *The Braes of Balquhither*, eine schöne schotti-sche Liebesballade, wenn auch Ugo darauf beharrte, dass es irische Verwandte hätte. Als Absicherungsstück, wenn ich es so nennen darf, trällerten wir ein deutsches Lied, *Hupf, mein Mädel*, doch dann hörte ich eines Abends auf dem Weg zur Probe, wie es eine Nazikolonne schmetterte, während sie im Exerzierschritt auf der Via Flaminia marschierte. Wir sangen das Stück nie wieder.

Nur halb im Scherz war John May gegen Bach, denn der sei ein «Jerry» gewesen. Lieber John. Doch als er *Wenn ich einmal soll schei-den* aus der Matthäus-Passion hörte, die zwei in ihrer Schlichtheit großartigsten Minuten Musik, die je erschaffen wurden, senkte er ehrfürchtig den Blick und summte feierlich mit, wie es einfach jeder beim Zuhören tun muss. Ich glaube nicht an Gott. Nur, wenn ich die-ses Lied höre.

Wir waren kein Coro della Sistina, aber wir waren mit ganzem Herzen dabei. Lottis *Crucifixus*, Byrds *Haec dies*. Ugo, ein versierter Tenor, dirigierte und trällerte mit, war meist ein strenger Chorleiter. Auf unsere Weise nahmen wir die Musik ernst. Wenn das Kirchenlied

Harmonien enthielt, übten wir diese fleißig zu Hause. Er stellte klar, dass unsere Proben nicht dem Üben oder Vergnügen dienten, unsere gemeinsame Zeit sei kostbar und müsse zum Pläneschmieden genutzt werden. Also kam man vorbereitet zur Probe und kannte seinen Part so gut, dass man ihn, ohne nachzudenken, singen konnte, während man an anderes dachte.

Auch wenn das Singen nur Tarnung und keineswegs der eigentliche Zweck war, gestehe ich, dass ich es liebte und geradezu süchtig danach war. Und ich war wohl nicht die Einzige. In diesen dunklen, gewalttätigen Zeiten sehnte ich mich nach unserer wöchentlichen Probe. Ich konnte den Abend kaum abwarten.

Singen in der Gruppe, egal wo und was, ist für den Geist tröstlich und wirkt entspannend. In einem Gotteshaus, auf den Rängen eines Fußballstadions, einem engen, zugigen Dachboden, während am Himmel die Bomber dröhnen. Fast jede Musik ist schön, doch wenn Bariton und Sopran, Bass und Alt, Chor und Solist zusammenkommen, wird daraus mehr als nur etwas erbaulich Schönes. Harmonie ist ein Wunder, das man täglich entstehen lassen kann. Was für eine Vorstellung, dass jemand der Erste war, der den Zusammenklang vorschlug. *Ich* singe das. *Du* singst dies. Daraus erwächst etwas, das größer ist als du oder ich. Und wie jeder, der je gehört hat, wie eine Schulklasse singt, sehr wohl weiß, auch wenn wir keine grandiosen Sänger, ja nicht einmal musikalisch begabt sind, hat Gesang dennoch etwas unendlich berührend Sakrales. Wenn wir singen, sind wir nicht länger Abschaum.

Wir sangen, und Delia Kiernan führte mit ihrem reinen, kräftigen Sopran unseren Chor an. Ich beobachtete sie liebend gern dabei, wie sie mit geschlossenen Augen die Hände öffnete und schloss, die Schultern leicht und fohlenhaft wiegte. Das heitere Lächeln zwischen den Sätzen. Und ungelogen verschwanden beim Singen sämtliche Falten aus ihrem Gesicht, sie war zwanzig Jahre jünger, wurde zu ihrer eigenen Tochter (die manchmal ebenfalls an unseren Zusammenkünften teilnahm). Delia war nicht mehr jemandes Gattin, eine vom Krieg niedergedrückte Frau, sondern ein Mensch mit der ihm mitgegebenen Ausstrahlung. Kein Wunder, dass wir Musik als Gabe bezeichnen. Oftmals wurde mein Make-up ruiniert, wenn ich meiner wunderbaren Delia lauschte. Wie ich meinen Applaus unterdrückte, weiß ich bis heute nicht.

Eines Abends gelang es D'Arcy Osborne nicht. Ugo warf ihm einen bitterbösen Blick zu. «Konnte nicht anders, alter Knabe.» Er tupfte sich mit einem Taschentuch die Augen. «Erinnert einen daran, weshalb man lebt.»

«*Bravissima*», sagte die Contessa leise, die ebenfalls zu Tränen gerührt war. Angelucci und John May blickten anstrengt zu Boden. Derry schüttelte den Kopf in fassungsloser Ehrfurcht. Das Harmonium gab ein gedämpftes, keuchendes Pfeifen von sich.

Im Schutz der Musik ging Ugo unter uns herum und erläuterte Pläne, Routen, falsche Namen, Kontakte, Adressen, die wir auswendig lernen mussten, aber nie aufschreiben durften. Dieser entflohene Sergeant hatte ein Emphysem und musste morgen bei Einbruch der Dunkelheit aus der feuchten Garage verlegt werden, in der er untergebracht war; dieser amerikanische Corporal war «damendösig», ein Lüstling, und musste dringend ermahnt werden, den geheimen Unterschlupf in der Via di San Marcello nicht zu verlassen und keinesfalls eine der Freundinnen zu besuchen, die er unerklärlicherweise, obwohl er sich versteckt hielt, gefunden hatte. Ein südafrikanischer Gefreiter hatte eine eitrige Zahnfleischentzündung und brauchte einen Zahnarzt. Ein anderer hatte Syphilis und würde ohne Penizillin sterben. Jeder von uns wusste etwas, einen Teil des betreffenden Wochenplans. Ugo war der Einzige, der alles wusste.

Anfangs schwankte unsere Zahl, gelegentlich waren wir bis zu sechzehn oder siebzehn Personen, manchmal waren andere Priester dabei, hauptsächlich aber handelte es sich um ganz normale Römer. Dann wurde die Sache für ein bestimmtes Chormitglied zu heiß, vielleicht hatte man bemerkt, dass die Gestapo seine Wohnung von einem höhergelegenen Fenster gegenüber beobachtete oder auf der Arbeitsstelle ihres Mannes oder in der Schule des Kindes Fragen stellte. In diesen Fällen kam es zum vorzeitigen Ruhestand, wie Ugo es nannte. Manchmal stieß er auf Widerspruch, aber der Chor war keine Demokratie. Egal, um welchen Aktivposten es sich handelte, er ging das Risiko nicht ein. Der Kern blieb stets derselbe, das erwähnte Oktett.

Angelucci hatte die Aufgabe, die Zeitungsannoncen zu überprüfen, die Unterkünfte anboten, und durch Rom zu gehen, um Wohnungen ausfindig zu machen, die unter falschem Namen angemietet werden konnten. Sir D'Arcy und Jo Landini wurden beauftragt, von wohlwollenden Spendern Geld zu beschaffen; Sam Derry sammelte das Geld heimlich ein, meist verkleidet, und gab es dem Eigentümer oder Vermieter des geheimen Unterschlupfs, dessen Codename «der Benoît» lautete, der Name des Hausherrn in *La Bohème.* Wenn Benoît eine Frau war, war es aus irgendeinem Grund einfacher. Einfach war es jedoch nie. Auf «Falschvermietung», wie es bei den Nazis hieß, stand die Todesstrafe. Der Mietbetrag musste daher beträchtlich sein.

Dann – diese Arbeit erledigte oft ich – musste ein Dossier über verlassene Häuser und mögliche andere Verstecke zusammengestellt werden. In diesem Herbst bin ich, geschützt durch meinen Schweizer Reisepass und meinen internationalen Presseausweis, tausend Kilometer durch Rom gegangen und habe dabei Trümmergrundstücke notiert, Kanalschächte, Zierbauten in öffentlichen Gärten, verrostete Zisternen, Gullys, Straßenabläufe hinter Wohnblöcken, Ställe, Hühnerhäuser, Viadukte, Lagerräume, nicht mehr genutzte Lastkähne auf dem Tiber, einen verunglückten Eisenbahnwaggon, verfallene Fabriken, den verlassenen Verkehrstunnel auf der Via del Traforo. Die Parks boten einen traurigen Anblick: Alle Bänke waren als Brennholz verwendet worden; vielleicht gab es einen Töpferschuppen oder ein baufälliges Gewächshaus, wo sich Gefangene verstecken konnten.

Rom ist auf einem Labyrinth aus Vulkangestein erbaut, in dem sich unterirdisch zahlreiche uralte Steinbrüche befinden; als ich mich umhörte, erfuhr ich von mehreren Zugangswegen. Unter der Basilika dei Santi Giovanni e Paolo liegt ein Netz antiker römischer Straßen, das noch erhalten ist; auch diese kamen auf meine Liste. Das unsichtbare Aquädukt hinter der Spanischen Treppe. Ein marmorner Abwassertunnel, der vor langer Zeit zu einem Badehaus gehört hatte. Ich machte es mir zur Aufgabe, mich mit dem faschistischen Bauingenieur anzufreunden, der mit der Planung des römischen U-Bahn-Systems beauftragt war, um mir – wollten wir es mal so sagen – seine Zeichnungen auszuleihen.

Fälschungen waren ein weiterer wichtiger Bestandteil unseres Repertoires. Oftmals machte Ugo, während der Herr in einem Choral gelobt wurde, seine Runde um den Tisch – man fürchtete sich ein wenig, wenn er näher kam – und flüsterte, dass wir diese Woche einen Ausweis für Mitarbeiter der Vatikanstadt benötigten, zwei Schweizer Reisepässe auf die Namen Franz und Heinrich Soundso, zehn Hundert-Franken-Scheine und einen Satz faschistischer Parteibücher mit einer Nummer aus den Anfangszeiten. Ob man Vorschläge habe?

Man hatte welche zu haben. Wenn nicht, wurde er griesgrämig.

John May kannte einen Drucker in Trastevere, der bestechlich war und einem, wie er formulierte, «für drei Pfund Sterling eine Gutenberg-Bibel zusammenschustert». May war ein gut aussehender Mann, aber was ihn wirklich attraktiv machte, war seine schwarzhumorige Art, jenes Selbstbewusstsein, das sich bei Männern als Selbstironie maskiert.

Es mangelte ihm selten an weiblicher Gesellschaft, eine Zeit lang trieb er sich mit einer Signorina herum, die als Schreibkraft im Büro des Bürgermeisters arbeitete. Der Bürgermeister liebte gutes Mittagessen und gehörte zu jenen Herren, die das, was ihnen während des Nachmittags zur Unterschrift hingehalten wird, nicht allzu gründlich durchlesen, insbesondere wenn eine Verkörperung römischer *bel-*

lezza die Papiere vorlegt. Eine Anzahl unserer Pässe wurde von diesem armen, ahnungslosen Bürgermeister unterschrieben.

Die nicht enden wollende Nachfrage nach Kleidung und deren unauffällige Verteilung waren anstrengend. Ugo führte die Praxis ein, dass jedes Chormitglied zusätzlich mindestens ein Männerhemd oder eine Männerjacke zur Probe an hatte, Oberteile, wie man sie beispielsweise auf Trödelmärkten fand. Die Beute wurde von May zu einer Wäscherei gebracht, wo sich Färber und Näherinnen an die Arbeit machten. Eine der Näherinnen spielte übrigens eine zentrale Rolle beim Rendimento an Heiligabend. Aber ich greife vor.

Aus offensichtlichen Gründen gibt es in Rom eine Gutzahl männlicher Prostituierter. Etliche dieser Männer unterstützten unter größten Gefahren die Fluchtorganisation, und manche kamen dabei auf schreckliche Weise ums Leben. Was die Frauen dieses Berufsstandes betrifft, kann man wohl ohne Übertreibung sagen, dass ihr Mut und ihre Zähigkeit sowie die unfehlbare Genauigkeit ihrer Informationen Hunderte Leben retteten.

Während jeder Probe nahmen Ugo und ich uns kurz Zeit, um den neuesten Plan durchzugehen. In Rom gibt es Tausende religiöser Einrichtungen – Klöster, Konvente, Pilgerhäuser, Priesterseminare, Generalate, Kollegien, Abteien, Kirchen –, von denen einige kundtaten, dass sie unsere Bemühungen unterstützen würden, aber darauf bedacht seien, ihr Risiko in Grenzen zu halten. Ugo, Derry und die Contessa entwarfen eine Art Zeitplan, ein Ampelsystem für die verfügbaren Gebäude.

Zuerst schwärzten wir das Konvent oder die Kirche anonym bei der Gestapo an, dass an diesem Ort spätnachts Personen eingelassen worden seien. Bei der darauffolgenden Razzia der Deutschen wurden keine Flüchtlinge gefunden. Sieben bis zehn Tage später wiederholte sich die Denunziation, diesmal mit mehr Nachdruck: Ein anonymer Brief bezichtigte die Mönche als Flüchtlingsbeherberger und Schwarzhändler, als Besitzer eines verbotenen Radios oder einer handbetriebenen Druckerpresse. Ein detaillierter Grundriss mitsamt den Verstecken wurde beigelegt; die Tore des Klosters wurden von Hauptmanns Suchtrupp eingetreten. Diesmal fand sich wieder kein einziger Flüchtling, dafür aber auf dem Schreibtisch des Abts ein zerlesenes Exemplar von *Mein Kampf*, mit zustimmenden Anmerkungen in der Handschrift des Abts. Unser Fälscher signierte sechs Dutzend Fotografien des Führers; wir sorgten dafür, dass diese in den Nonnenklöstern, in denen sich angeblich Gefangene versteckten, deutlich sichtbar präsentiert wurden. Der Krieg bringt so manchen seltsamen Anblick mit sich, aber niemand rechnet damit, dass über dem Bett einer Mutter Oberin ein Hitler-Porträt hängt, das einen niederstarrt. Dieses Vergnügen ließen wir einer ganzen Reihe deutscher Soldaten zuteilwerden.

Diese Falschmeldungen wurden bis zu viermal wiederholt, bis wir sicher waren, dass die Deutschen das Interesse verloren hatten. Ab diesem Moment wurde das Kloster von der Krypta bis zum Glockenturm mit Flüchtlingen überschwemmt, und die denunziatorischen Märchen rankten sich um ein anderes Gebäude.

Es existierte eine weitere stille Legion tapferer, meist armer Römer, die daheim keinen Platz hatte, um einen Flüchtling zu verstecken, uns aber dennoch helfen wollte. Derry und Ugo dachten sich etwas aus, womit jeder in der Stadt uns unterstützen konnte. Wer gewillt war, die Unannehmlichkeit einer Gestapo-Razzia in seiner Wohnung zu ertragen, den baten wir, dass er sich anonym selbst denunzierte oder ein Familienmitglied oder einen Nachbarn darum bat. Der Suchtrupp kam, schlug die Tür ein, räumte die Kleiderschränke aus, stieg auf den Dachboden des Gebäudes oder in den Keller hinab, aber es konnte bis zu einer Stunde dauern, bis sie feststellten, dass hier niemand versteckt wurde, die Denunziation unbegründet war. Wer die Zeit des Feindes verschwendete, zehrte dessen Ressourcen auf. Hinaus in die Nacht mit den Deutschen, doch bis dahin hatte Angelucci dafür gesorgt, dass sämtliche Straßenjungen im Viertel die Straße mit

Krähenfüßen übersät hatten – ineinander verschlungene Nägel und verbogene Schrauben –, sodass die Reifen der Jeeps und Motorräder durchlöchert wurden. Die Krähenfüße waren die Idee Sir D'Arcys gewesen, die modernisierte Version eines römischen Sabotagemittels aus der Antike, von dem er zum ersten Mal als Junge in seinem beschämend teuren Internat gelesen und die er später in den Musei Vaticani gesehen hatte.

Es gab schlechte Tage, an denen die Pläne schiefliefen. Fehlübersetzungen. Patzer. Eine falsch abgespeicherte Abfolge. Ein verängstigtes, verstecktes Buch war kurz davor, den Verstand zu verlieren, und musste kurzfristig das Regal wechseln. Manchmal stauchte einer von uns den Mann zusammen, drohte ihm gar mit Kriegsgericht und Hinrichtung, denn seine Mitflüchtlinge auf demselben Dachboden mussten geschützt werden. Die zusammengesperrten Bücher stritten sich, und oft genug kam es zur Prügelei. Keine Privatsphäre, wenig Platz, abgestandene Luft, vielleicht keine Möglichkeit, sich zu waschen. Die natürlichen Triebe junger Menschen, die kein Ventil fanden. Bei der Erinnerung, wie uns Derry eine gravierende Beschwerde übermittelte, steigt mir eine leichte Röte ins Gesicht. Ein Flüchtling war von seinen Mitbewohnern bei einer nicht unbekannten Praktik gesehen worden, die Derry partout nicht beim Namen nennen wollte, er rang sich lediglich die Bemerkung ab, der Mann habe getan, «was Schuljungen tun». Es war Osborne, der für Entspannung sorgte: «Schätzchen, wenn jeder, der sich *das* zuschulden kommen lässt, zwangsgeräumt würde, ständen in Europa sämtliche Wohnungen leer.»

Keine Nachrichten, verdorbene Lebensmittel, wochenlange Funkstille, Kriegsgerüchte. Zehn, zwölf Strohmatratzen auf engstem Raum. Es handelte sich nicht um Berufssoldaten, sondern um Freiwillige oder Wehrpflichtige: Handwerker, Lehrer, Postboten, Bauernsöhne. Auf ein Leben im Untergrund waren sie schlecht vorbereitet; sie hatten die Schrecken der Schlacht oder des Stalags erlebt. In Geschichten für kleine Kinder, die noch nichts von der Welt wissen, wird gern der

Eindruck erweckt, dass Not das Beste im Menschen hervorbringen kann, im Krieg ist dies jedoch selten der Fall. Neid und Missgunst keimen, es gibt Schikane, Langeweile, Wut, Panikattacken, Erschöpfung, man schläft buchstäblich keine Nacht durch, ständiger Hunger, wenn die Ration für einen unter acht Personen aufgeteilt werden muss. Es herrscht Unsicherheit, hinsichtlich der Hierarchie; wer hat das Sagen? Dienstgrade werden nichtig.

Zudem dienten in den alliierten Streitkräften Männer aus zahlreichen Nationen und Kolonien. Doch sobald Rassenvorurteile ihr garstiges Haupt regten, zermalmten wir diese. In dieser Hinsicht war Ugo unerbittlich, keine Entschuldigung fand Gehör. Jeder, der eine derartige Engstirnigkeit äußerte, wurde rausgeworfen. Ein Mann aus Alabama beging den Fehler, eine hässliche Bemerkung zu rechtfertigen, indem er behauptete, «so macht man das in Alabama». Ugo teilte ihm unverblümt und in unmissverständlichen Worten mit, er sei jetzt nicht mehr in Alabama.

Auch andere Verhaltensweisen brachten Ugo und uns andere in Rage, die häufig mit «Spieltrieb» entschuldigt wurden. Flüchtlinge, die geschworen hatten, ihr Versteck geheim zu halten, schleuderten von Balkon zu Balkon einen Baseball hin und her oder schossen mit Schleudern Golfbälle auf gegenüberliegende Fenster. Sie warfen sich in Perücke und Unterwäsche der Hausherrin und drehten auf dem Dach Pirouetten. Sie tanzten Galliarde miteinander. Küssten Besen. Sie leerten Nachttöpfe oder warfen selbst gemachtes Konfetti aus dem Fenster. Wollten sie erwischt werden? Machte Langeweile bösartig? Würden sich diese Männer im Gefängnis freier fühlen?

Was den Chor betraf, so lebten wir in ständiger Angst, dass ein entlaufener Gefangener sterben könnte, angesichts der vielen Verwundeten unter ihnen fast unausweichlich, und wir ihn heimlich auf einem Armenfriedhof begraben müssten. Diese Möglichkeit hing immer wie ein Damoklesschwert über uns. Ich wurde von Barbituraten abhängig, die meine grauenvollen Albträume noch verschlimmerten.

Zudem lebten wir zugegebenermaßen ständig in der Angst, aufzufliegen; dass ein angeblicher Helfer, vielleicht sogar einer aus dem Chor, ein Judas sein könnte. Es ist schon Seltsameres passiert. Wenn wir uns zwischen Geistern und toten Statuen trafen, saß das Misstrauen häufig mit uns an dem langen Eichentisch. Ein Gast, der sich nur schwer vertreiben lässt und freundschaftlich tut.

Es war ein guter Tag, als die Contessa von einem adleräugigen Informanten die Nachricht bekam, dass in einem Wohnhaus nahe der Kaserne in Prati sechzig deutsche Rekruten einquartiert worden waren. Sie hatten die Angewohnheit, abends als Letztes ihre Stiefel zu polieren, und zwar mit einer Politur, die zum Himmel stank – angeblich bestand sie unter anderem aus menschlichem Urin. Der Geruch war derart abscheulich, dass die Männer ihre Stiefel bis zum Weckruf bei Tagesanbruch im Hinterhof stehen ließen. Eines Morgens erwartete sie und ihren Oberstleutnant eine Überraschung. Eine Gruppe Faulenzer war von Angelucci bezahlt worden, die mondbeschienene Wand zu erklimmen, wobei jeder Bergsteiger einen Kissenbezug mitnahm, der beim Aufstieg leer war, aber rund und voll beim Abstieg.

«Ein Berg an Beute», bemerkte Sir D'Arcy, *«ist ein Glück für immer.»* John Keats' Geist gab ein Stöhnen von sich.

Manche sagen, diesen deutschen Soldaten hätte man Schlimmeres antun sollen. Sobald die Menschen, die so etwas von sich geben, jemanden ermordet haben, schenke ich ihnen mein Ohr. Bis dahin sollen sie sich im Spiegel ihrer Selbstgewissheit bewundern, aber darauf achten, woher das Licht kommt.

Wir waren keine Milizionäre. Wir hatten das Ziel, Flüchtlinge vor der Tyrannei zu verstecken. Zweifellos hatten wir Mitglieder, die auch die römischen Partigiani unterstützten, den bewaffneten, weitgehend kommunistischen Widerstand, eine Organisation, die wir ausblendeten. Ob zu Recht oder zu Unrecht, sie gingen uns nichts an, und wir sprachen auch nicht bei den Proben darüber.

Was ich sehe, ist eine Gruppe etwas merkwürdiger Menschen, die auf einem Dachboden singt, Ugo O'Flaherty, der mit ernstem Blick um den Tisch kreist.

Ich sehe den Raum bis ins kleinste Detail vor mir. Mondlicht versilberte den uralten, verschrammten Tisch. Ofenlicht färbte die Tasten des altersschwachen Harmoniums gelb und Jo Landinis Augen violett. Manchmal fasste ich beim Singen ihre Hand, denn ich wusste, dass sie sich dann ihrem verstorbenen Mann nahe fühlte. Draußen auf dem Treppenabsatz ausrangierte Statuen, zerbrochene Kreuze. Ein Ring an Angeluccis Finger. Das Glitzern von D'Arcy Osbornes Brille. An manchen Abenden die Gewissheit, dass Emerenzia mich beobachtete.

Denn ich fühlte mich immer beobachtet.

Bespitzelt.

Überwacht.

Lampenschein auf sieben Gesichtern.

Der Chor.

Gemeinsam, aber schlussendlich war doch jeder auf sich allein gestellt.

Es würde immer ein Solo geben müssen.

15

Heiligabend 1943

17.47 Uhr

Noch 5 Stunden und 13 Minuten bis zum Rendimento

Die Dämmerung bricht herein. Er sitzt allein an einem rostigen Tisch im Gemüsegarten des Refektoriums und trinkt ein Glas heißes Wasser mit Gewürznelken, während Raben krächzend um ihn herumstolzieren. Rauch liegt in der kalten Luft.

Die anderen Priester wenden ihren Blick ab, als sie ihn durchs Fenster sehen, und essen schweigend ihren Eintopf mit Schnauze und Lunge oder spielen Dame. Es ist bekannt, dass Menschen mit dieser Berufung zur Weihnachtszeit nachdenklich sind. Wenn das einzige Zuhause ein mit Linoleum ausgelegtes Zimmer auf einem Treppenabsatz ist, können Feierlichkeiten zur Geduldsprobe werden.

Um sechs Uhr sieht man ihn durch die Vatikanischen Gärten gehen. Kurz darauf schaut er in der Montessori-Schule vorbei, in der die Kinder der Vatikanangestellten unterrichtet werden und wo das übliche Krippenspiel angesetzt ist. Er unterhält sich mit dem Vater des Heiligen Josef, einem Chauffeur, über den AS Rom, segnet Rosenkränze für die Zwillingsbrüder eines Hirten, denen schlecht ist, weil sie zu viele Süßigkeiten gegessen haben, lässt sich mit der Tante des Herbergsvaters fotografieren, einer Schwester, die auf Heimatbesuch aus Afrika ist und als angehende Röntgenassistentin in einem Krankenhaus in Nairobi arbeitet. Er hat bei der Beerdigungsmesse für ihre Mutter letzten April mitgewirkt.

Eine ausgemergelte, Besen schwingende Befana, die wohltätige Hexe der Weihnachtszeit, wird auf einer Kirchensänfte hereingetragen und lässt die schwere Handglocke der Schule läuten. Bambino

Gesù ist eine Mädchenpuppe, der ein Bein fehlt. Als die Nonnen die *limonata* ankündigen, bitten sie «*nostro amico, il Monsignore*», ein paar Worte zu sagen, seinen Segen zu erteilen. Es dauert kurz, bis den Anwesenden auffällt, dass er gegangen ist.

Kurz vor sieben wird er heimlich gefilmt, als er durch den Park Richtung Krankenstation geht. Trotz Regen trägt er keinen Mantel.

In der Eingangshalle spricht ihn eine polnische Oberschwester an, die er seit Langem kennt. Er sehe furchtbar aus, meint sie, besteht darauf, dass er sich kurz setzt, und untersucht ihn. Sein Blutdruck sei 160 zu 90, sein Herz «schlägt wie eine Trommel». Sie rät ihm, in sein Zimmer zu gehen, «alle Sorgen fahren zu lassen», ansonsten könne sein Weihnachtsgeschenk ein Herzinfarkt sein.

Auf der Station betet er am Sterbebett eines älteren Gärtners den Rosenkranz, versichert ihm immer wieder, dass er nicht nach jedem Gesätz die Schlussformel sprechen müsse: «Ich kann das für uns beide machen, Gino, ruh deinen Geist aus.»

Auf dem Nachttisch steht eine Schale aus Apfelholz mit Winterlorbeer darin, daneben ein Steinkrug mit Wasser aus der Quelle, die der Mann vor ungefähr dreißig Jahren mit seinen Söhnen hinter der Basilika entdeckte, als sich in der Morgendämmerung nach einem Gewitter ein Erdloch auftat und sie fröhlich wie texanische Ölarbeiter im sandigen, knirschenden Schiefer buddelten.

Schwestern kommen und gehen, begleitet vom Gestank des Desinfektionsmittels. Der Gärtner nimmt die Hostie entgegen, in seinen Augen blühen seltsame Rosen, betupft mit einer in den Kelch getauchten Serviette seine trockenen, blassen Lippen.

«*Grazie*», keucht er. «Jetzt ist mein Bündel geschnürt.»

«Der Herr will dich noch nicht, Gino. Es zeugt von schlechten Manieren, wenn man zu früh kommt.»

«Ich bin trotzdem schon auf dem Weg.»

«Wir werden wieder gemeinsam zu deiner Quelle gehen, mein Freund.»

«Erinnern Sie sich an den Zeitungsverkäufer, Monsignore? Der auf dem Petersplatz Zeitungen verkaufte?»

«Angelucci?»

«Ist mir letzte Nacht im Traum erschienen. Der Kerl mochte Boxen.»

«Tut er immer noch.»

«Mochte Boxen. Hab seinen Namen vergessen. Ich selber hab nie geboxt.»

«Warum nicht?»

«*Bontà mia,* das Leben ist sowieso ein einziger Kampf. Wozu sich weitere aufhalsen?»

«Zum Spaß.»

«Mochte Boxen, der Kerl auf dem Petersplatz. Zeitungsmann. Hab seinen Namen vergessen.»

«Diese reizende Schwester sagt mir, dass du dich ausruhen musst, Gino. Du willst sie doch nicht enttäuschen.»

«Glaub, ich mach ein Nickerchen.»

«Mach das, mein Freund. Ruh dich aus.»

«Danke, dass Sie gekommen sind. Monsignore. *Buon Natale.* Leben Sie wohl.»

«Ich komme bald wieder.»

«Nein», murmelt der Gärtner. «*Paesano,* du bist verraten worden.» Er fällt in einen Morphiumschlaf.

...

Im Kolleg herrscht immer noch eine Bollenhitze. Die Rohre, die über seine Zimmerdecke verlaufen, geben ihr typisches klickendes Brummen von sich; der Geruch nach verbranntem Staub steigt auf. Weil es so schwül ist, zieht er sich bis auf Unterwäsche und Socken aus und legt sich auf das schmale Bett.

Nur zehn Minuten.
Die Augen ausruhen.
Sich beruhigen.
Die Nacht wird lang.

Wirbelnd durchschneiden Propeller
kühle Londoner Luft
Die Motoren husten
flüchtigen Rauch
und weinen eine ölige Träne.

Er will aus seinem Traum auftauchen. Der Gärtner steht vor Winterlorbeer. Die Kinder aus dem Krippenspiel spielen mit Nazifiguren.

Weit unten schlängelt sich
der Fluss wie ein Satz
vom Juwelier in
Gedankenspiralen geätzt
ein Silberband
auf einem Ballkleid aus Binsen
liegt auf einem Frühlingsfederbett

Hinaus zu Townlands
Fußballfeldern, Gutshöfen
Pfarrhäusern, Viehhöfen
Ziegeleien, Ackerland
das Wunder neuer Forstwälder
schön sprießend im lammblökenden März
wenn, die Sichel in der Hand,
der Bauer hochsieht
von seinen Bienen
im Herbstessturz und alles – ein Schrei

Schaudern, zuckende Handgelenke, Fesseln aus feuchten Laken. Die riesigen Glocken der Basilika schlagen acht, erhalten Antwort von jedem Glockenturm der Stadt.

Die Gewissheit, wie die Erinnerung an einen gebrochenen Knochen mitten im Winter, dass er nicht hierhergehört, nie hierhergehört hat.

Bumm, sagten die Glocken. Grollend, donnernd mit Klöppeln groß wie Anker eines Schlachtschiffs oder zart bimmelnd wie Porzellanfingerhüte. Bimm, bamm. Ein Glockenliedorchester. Tosender Gonggesang braust. Der Klang Roms. Schellen. Scheppern. Dröhnend und grölend schallt es aus Kirchenstühlen, Taubenschlägen, Türmen, das klingende Lied der Glocken, dass man den Schock, den Spott im Steißbein spürt, ernste Oratorien, Bimmelbammel, Klagelieder, schrille *soprani*, Piccolo-Geklingel, das *doloroso* bombastischer Bässe wälzen sich über Märtyrergebein, uraltes Gestein, unsichtbare Eisenkugeln beben, jede Sekunde ein klingender Atlantik.

Die Glocken dröhnen den achten Schlag.

Der Traum steigt wieder in ihm auf.

In den Wolken ein toter Gärtner, der brüllt, auf etwas deutet. Aber vor lauter Glocken hört man ihn nicht.

...

Auf der anderen Seite der Stadt betritt ein Mann ein behelfsmäßiges Büro, das früher die Teeküche des deutschen Kulturinstituts war. Er nimmt die Mütze ab und geht zur Spüle.

Atmosphärisch, diese Glocken.

Er zählt mit.

Acht.

Weihnachtlich natürlich, wie Klang gewordener Zimt. Berlin wird heute Abend entzückend sein, allerdings kalt und neblig-feucht. Mutter und Vater haben die Nachbarn auf ein Schnäpschen eingeladen. Trauriger Tag für manche, der Heiligabend.

Das Grammophon spielt das Klavierkonzert a-Moll op. 16 von Grieg, die Schnabel-Aufnahme, ein wenig altmodisch, aber muskulös und raffiniert. Wasser plätschert auf Metall, das beruhigt die Sinne, überdeckt die Schreie aus den Zellen unten. Er wäscht sich den Metzgereigeruch von den Händen. Da fällt ihm ein, dass er vergessen hat, Elise ein Weihnachtsgeschenk zu kaufen. Er verflucht seine Dummheit, seine Vergesslichkeit. Was sie sich wohl wünscht? Schuhe? Schmuck? Vielleicht ein Haustier? Eine Antiquität? Wenn er sich an ihre Kleidergröße erinnern könnte, vielleicht eine Abendrobe? Oder Strümpfe. Es ist erst acht Uhr, einige der Händler sind noch in ihren Läden.

Als er vor vierzehn Tagen ein Entführungskommando nach Trastevere anführte, fiel ihm zufällig im Schaufenster eines Couturiers ein Ballkleid ins Auge, eng anliegend, mit Rüschen, aus elfenbeinfarbener Seide, Schlitz bis zum Oberschenkel. Eine Frau mit Elises Figur würde in einem solchen Kleidungsstück wie eine Göttin aussehen. Und er könnte ihr damit klarmachen, dass er sie körperlich immer noch attraktiv findet, was sie manchmal bestreitet: «Die Schwangerschaften haben meinen Körper ruiniert.» In solchen Momenten umarmt er sie, bedeckt ihre Hände mit Küssen, bedankt sich für die Festigkeit und Zuneigung, die sie den Kindern entgegenbringt, bedankt sich, dass sie nach Rom gekommen ist, um in dieser schwierigen Zeit bei ihm zu sein. Die Abendrobe wäre gewissermaßen ein Liebeswerben.

Aber wo sollte sie diese tragen? Sie gehen ja nicht aus. Die Oper ist viel zu gefährlich, viel zu öffentlich, hat man ihn gewarnt. Ein Scharfschütze der Partisanen in den Kulissen, ein Bombenleger in der Loge darüber. Die Kommunisten werden verwegen, sie fürchten sich nicht mehr vor Repressalien.

Vielleicht bei einem Ball in der Villa Farnesina anlässlich des Besuchs des Führers im Frühjahr? Er summt den Grieg mit, wäscht sich das nach Eisen riechende Blut von den Knöcheln, ballt die rötlichen

Taschentücher zusammen und wirft sie aus dem Fenster. Dann entdeckt er auf dem geschnitzten Tisch, der jetzt als *Schreibtisch für Dringliches* dient, eine Akte, die seine Aufmerksamkeit erregt, das vervollständigte Dossier über den Priester.

Verflucht sei diese elende Schreibkraft, warum konnte sie an Weihnachten nicht früher nach Hause gehen, wie befohlen?

Jetzt wird er es lesen, und Elises Geschenk warten müssen. Ihm kommt ein Gedanke. Ist die Schreibkraft noch da? Sie hat die gleiche Größe und Statur wie seine Frau, vielleicht kann sie ihn in das Geschäft begleiten und die Robe anprobieren? Er sieht sie dastehen, ganz aufrecht, die Hände in die Hüften gestemmt, ein dunkles, italienisches Lächeln im langen, schmalen Spiegel.

Um Himmels willen, Mann, das wäre respektlos. Eine Frau um so etwas zu bitten, gehört sich nicht. Reiß dich zusammen und werde erwachsen, du bist keine sechzehn mehr. Merkwürdig, welcher Gedanke ihn bei der Lektüre der Akte begleitet.

Glocken und Blut schmecken gleich.

...

GEHEIMDIENSTBERICHT
STRENG GEHEIM

Akte angelegt von: P. Hauptmann, Datum unkenntlich gemacht. Ergänzt von: E. Dollman, 24. Dezember 1943.

Zielperson: Hugh O'Flaherty (Nachname auf Geburtsurkunde lautet «Flaherty»; persönlich von einem Agenten des Reichs im Staatsarchiv Dublin überprüft).

Geburtsdatum: 28. Februar 1898; d. h., Zielperson ist fünfundvierzig.

Geburtsort: Kishkeam, Grafschaft Cork, Irland, aufgewachsen in der Grafschaft Kerry.

Anschrift: Collegio Teutonico del Campo Santo, Via della Sacrestia, Rom. Informant bestätigt, dass sich Zimmer der Zielperson im dritten Stock befindet, elf Schritte von der Treppe entfernt, Tür trägt die Nummer 15; zwei kleine Fenster. Zielperson isst (häufig für sich) im Gemeinschaftsspeisesaal, Erdgeschoss, fünf große Fenster. Geht oft allein im Friedhofsgarten spazieren. Mauer misst zwei Meter, ein Tor führt zu einem Durchgang. Tor ist meist verschlossen. Noch kein Seifenabdruck des Schlüssels. Siehe Kartenskizze und Grundriss von Informant. (Gebäude ist extraterritoriales Eigentum der Vatikanstadt, d. h., gehört rechtlich weder zu Rom noch zu Italien.)

Beruf: Römisch-katholischer Priester, geweiht 1925, jetzt «Scrittore», Beamter/Dozent/Diplomat der Kurie, trägt Ehrentitel Monsignore. Hat zuvor in Haiti, der Dominikanischen Republik, Palästina, der Tschechoslowakei, London gearbeitet. 1934 nach Rom berufen.

Arbeitsplatz: Offizialat für Ehenichtigkeit, Oberste Heilige Kongregation für das Heilige Offizium und die Glaubensverbreitung, Piazza del Sant'Uffizio, Rom, bekannt als «Die Propaganda». Gebäude ist extraterritoriales Eigentum der Vatikanstadt. Ein- und ausgehende Telefonate vom Schreibtisch der Zielperson werden überwacht (seit sieben Wochen), Abschriften innerhalb sechsunddreißig Stunden verfügbar.

Reisepass: Irland. Besitzt wahrscheinlich gefälschte Schweizer Papiere und eine *carta d'i identità* des Staatssekretariats mit falschem Namen, aber echtem Foto.

(Zielperson spricht Italienisch, Spanisch, Französisch, Tschechisch. Beherrscht Latein und Altgriechisch.)

Größe: 1,88 Meter.

Gewicht: Ca. 90 Kilo.

Augen: Blau. (Zielperson ist kurzsichtig, trägt Brille. Foto der letzten Verschreibung anbei.)

Gesichtsfarbe: Rötlich, gesund.

Gesundheitszustand: Aus den ärztlichen Unterlagen (Fotografien anbei) geht hervor, dass Zielperson zu Bluthochdruck neigt, Krampfader im linken Oberschenkel, leidet im Winter unter Bronchitis, ansonsten bei guter Gesundheit. Fähig, einem sehr harten Verhör standzuhalten.

Betätigungen: Liest, geht in Museen und Galerien (hat drei Doktortitel), dirigiert einen Chor. Fährt mit dem Motorrad durch die ländliche Umgegend von Rom. Besucht Boxsportveranstaltungen. Konsumiert keinen Alkohol, raucht nicht. Oper, Bridge, Golf, wodurch er feindliche Sympathisanten kennengelernt und sich mit ihnen verbrüdert hat, darunter Sir Francis D'Arcy Godolphin Osborne (außerordentlicher Gesandter und bevollmächtigter Minister Großbritanniens für den Heiligen Stuhl), Frau Delia Kiernan, geb. Murphy (Sängerin, Ehefrau des diplomatischen «Ministers» von Irland, offizielle Bezeichnung für den Botschafter), Contessa Giovanna Landini und ihr Kreis (Verteidiger des Kommunismus).

Politische Einstellung: Proamerikanisch. Sieht sich häufig amerikanische Kinofilme an. Besuchte offiziell als vatikanischer Vertreter die alliierten Kriegsgefangenen, hob die Moral der Gefangenen, verteilte Bücher, Zigaretten, Blätter mit Liedern, nahm Briefe zur Postaufgabe an, verstieß damit gegen die päpstliche Politik der strikten Neutralität, versuchte, Wachleute zu demoralisieren. Wurde Ende '42 vom Vatikan disziplinarisch bestraft, indem er seiner Rolle als Besucher enthoben und seitdem Vatikanstadt nicht verlassen darf. Soll aber im Schutz der Dunkelheit gegen diese Auflage verstoßen. Informanten haben gehört, wie er Mussolini verspottet. Ist gesehen worden, wie er im Cinema Clodio nicht aufstand, als die faschistische Hymne *Giovinezza* gespielt wurde. Behauptet, 1934 ein vor Ostia liegendes U-Boot der britischen Marine besucht zu haben. Wurde mit einer «Avanti» gesehen, der entarteten sozialistischen Zeitung. Wird seit einiger Zeit verdächtigt, sich daran zu beteiligen, entflohene feindliche Gefangene und Juden zu verstecken, was gegen die Kriegsrechtsverordnung Artikel IV, Paragraf X, verstößt und mit der Todesstrafe geahndet wird.

In den letzten Monaten verstärkte diesbezügliche Aktivitäten.

Aufgrund jüngster Erkenntnis, gewonnen durch Überwachung und andere Methoden, wird davon ausgegangen, dass Zielperson jetzt Dreh- und Angelpunkt besagter, finanziell gut ausgestatteter Fluchtorganisation ist; operative Methoden und Herkunft der Gelder noch unbekannt. Mitverschwörer bezeichnen die Ausbrecher in ihrer Gesamtheit als «Bibliothek», die einzelnen Flüchtlinge als «Bücher», die Verstecke als «Regale». Hauptverantwortlich für dieses Unternehmen ist wohl ein entflohener britischer Offizier, Nachname möglicherweise «Kerry», «Terry» oder «Bury» (wie die Endung englischer Ortsnamen). Mehrere Ersatzleute werden herangezogen, alles Italiener.

Schwachstellen: Noch keine aufgedeckt. Untersuchung läuft. Gilt weder als homosexuell noch als Kinderschänder oder Schürzenjäger. An Geld nicht interessiert.

Vorgeschlagene Maßnahmen: Heute Abend wurde Zielperson am Arbeitsplatz überrascht mit dem Ziel der Einschüchterung. Zielperson sollte drei Wochen lang engmaschig überwacht werden, sofort beginnend nach Erhalt dieser jetzt vollständigen Akte, gefolgt von einer verdeckten nächtlichen Verhaftung mit anschließendem gründlichem Verhör durch die Gestapo.

Dann auf der Flucht erschießen.

16

Heiligabend 1943
20.31 Uhr
Noch 2 Stunden und 29 Minuten bis zum Rendimento

Auf dem Dach des Hotels gegenüber der Via di Porta Cavalleggeri schalten die deutschen Wachposten die Bogenlampe an. Durch die Spalten in seinen Fensterläden fällt grell der Lichtstrahl, wirft ein chemisch-weißes Gitter auf den Marmorboden und über die Vertäfelung. Über dem Herz Jesu die traurigen Augen der heiligen Bernadette Soubirous. In einem Blechrahmen das Hochzeitsfoto seiner Eltern.

Mitte September fing es an. Seitdem jede Nacht. Dieser unverwandte Blick, dem nicht das Lebenslicht auszublasen ist. Sie haben den Scheinwerfer mitgehen lassen, als sie die Filmstudios von Cinecittà plünderten, wie eine Geisel durch die Straßen paradiert, festgebunden auf einem Pritschenwagen, eine Glasgottheit, die Tausend-Watt-Glühlampe eines Leuchtturms. Die Helligkeit verwirrt die Vögel, lässt sie die ganze Nacht hindurch krächzen und flöten, beleuchtet die Fassade des Collegio, das Eingangstor und den Garten, den Friedhof.

Vor nicht allzu langer Zeit war das Hotel eine *pensione* für Pilger, jetzt ist es ein Bordell, eine Trinkerhöhle. («Die Weinkarte soll besser geworden sein», hat Jo Landini grimmig gescherzt.) Von seinem Zimmer aus sieht er die faschistische Polizei an- und abrücken, hört den weinseligen, blutrünstigen Gesang über *Vaterland* und Donner, betrunken gegrölte Volkslieder.

Der Steinway, der einem jüdischen Musikprofessor gestohlen worden war, wurde eines Nachts von Gefangenen, die man mit der Pistole bedrohte, mit einem Flaschenzug in die *pensione* hineinbefördert, worauf ein plattprankiger Klaus ihn malträtierte, ehe er mit Benzin übergossen und zum Spaß angezündet wurde. Aus seinem Fenster auf der anderen Straßenseite sah er zu, wie der tapfere Flügel loderte und inmitten zerschlagener Flaschen Rauch in die Morgendämmerung aufstieg. Seitdem jede Nacht Gesang, Gebrüll. Das Reich wird hochgejubelt, die Kommunisten niedergeschrien. Prostituierte werden hineingeschleppt.

In solchen Nächten tut es gut, wenn er sich die umliegenden, fünfhundert Jahre alten Gebäude vors innere Auge ruft. Die leeren Kirchen und Palazzi. Die zehntausend leeren Zimmer. Während er die italienischsprachigen Nachrichten aus Algerien oder BBC hört, zählt er die Spalten zwischen den Weißblechfliesen der Decke. Auf den Besitz eines Radiogeräts stehen zehn Jahre Gefängnis, aber der Gedanke an ein Leben ohne ist unerträglich. Er tut, als wüsste er nicht, dass etliche der jüngeren Seminaristen ihre Radios eingeschmuggelt oder sich welche gebaut haben. Im verdunkelten Collegio wird leise Jazz gehört, manchmal zu einer Zigarette oder verschämt zu einem Bier. Es ist nicht seine Aufgabe, alles zu wissen.

Durch das zischelnde Heulen des Äthers erzählen Nachrichtensprecher von Schlagkraft und Schlachtschiffen. Zangenangriffe, Kampfflugzeuge, Pontons. Knistern kreuz und quer, seltsames interplanetarisches Rauschen. Die Worte *London calling* sind tröstlich wie ein Vollmond auf See oder der Donner einer freundlichen Kanone. Durch das Zischen tauchen die nassen Straßen Piccadillys auf, sepiagetönt, sirupfarben, ein Aquarell ihrer selbst, manchmal auch Kerry, der Kokosnussgeruch des Ginsters entlang der Moorstraße.

Sein Vater, den Putter in der Hand, beim vierzehnten Grün in Killarney, mit Sonnenbrille und Gamaschen, sonnenverbrannt vom Augustlachen.

Jemand war in einem Dezember zur Hochzeit eines Vetters in Glasgow gewesen und hatte ihm ein Rennauto mit Uhrwerkaufzug mitgebracht, das nun den gesamten Stephanstag um die Stuhlbeine sauste und den Erwachsenen gegen die Schuhe knallte. Nach dem Abendbrot stolperte eine Mummenschanzgruppe herein, mit Strohmasken und Gewändern aus Sackleinen, um die Jagd auf den Zaunkönig aufzuführen – als Junge hatte er das Schauspiel als viel verstörender empfunden, als es gedacht war –, doch das Wunder des surrenden, hartnäckigen Spielzeugs, das die dösende Katze anstupste und das Kaminbesteck rammte, ließ sie wunderstarr stehen bleiben. Einer nach dem anderen wartete brav, bis er mit Aufziehen an der Reihe war, doch dann überdrehte ein Mann namens Mulvey, von dem es hieß, er sei einfältig, den Mechanismus, und das Auto sauste nie wieder herum. Am liebsten hätte er Mulvey geschlagen, ihm in sein komisches Gesicht gebrüllt. Seine Mutter ermahnte ihn, nicht zu weinen, weil der «arme Michael» sonst ganz traurig sei.

Auf der Straßenseite gegenüber sülzen, keifen und morden die Nazis Volkslieder. Manchmal hört er sie mit ihren Pistolen herumknallen und fragt sich, worauf sie schießen – aufeinander? auf die Nacht? auf die Bilder an der Wand? –, denn die Ausgangssperre hat die Straßen leer gefegt. Nur die verzweifeltsten aller Frauen stehen unter den Laternen, ausgemergelt und mit leeren Augen, bieten sich für einen Viertellaib Brot an, aber sie werden von den Eckenstehern der Squadre d'Azione davongeprügelt, der faschistischen Jugend, die darauf brennt, die Deutschen zu beeindrucken.

Um neun Uhr brüllen die Glocken der Basilika wie rachsüchtige Unsterbliche, worauf im Hotel mit Buhrufen und Hohngelächter geantwortet wird. Er beendet einen Brief an einen alten Freud, Moss Trant, der aus der Priesterschaft ausgeschieden ist, um zu heiraten, und mittlerweile als Zahnarzt in Detroit lebt. Dann studiert er ein Blatt mit Notizen, prägt sich die drei Stellen ein, an denen Angelucci Geld deponieren muss, um Flüchtlingen einen sicheren Abzug aus dem Land zu erkaufen – ein Mülleimer in Prati, ein Kohlenschacht in Parioli, eine bislang nicht bekannte Adresse auf der anderen Flussseite in Campo Marzio –, und zerreißt das Papier in Fitzel, die er schluckt. Unterwegs wird an einer Stelle Geld abgeholt. Wie das Deponieren ein gefährlicher Moment.

Er blickt auf seine Armbanduhr, sieht vor innerem Auge Angelucci und Derry.

Die Basilika schließt ihre Pforten.

Was geschehen wird, wird geschehen.

···

Grüß Deine Eltern von mir, Moss, wenn Du Dich das nächste Mal bei ihnen meldest. Ich sende Dir Gedanken an glücklichere Tage und den Segen des Friedensfürsten für Yvette, Dich und die Kinder. Ich weiß nicht, wann Du diesen Brief erhältst, aber möge 1944 Dir und den Deinen alles bringen, was ihr euch wünscht. Bete für mich, lieber Freund, so wie ich für Dich bete.

Dein alter Kamerad

Hugh O'F

PS: Mir ist es ernst mit meiner Bitte, Moss. Sprich an einem Abend einen Rosenkranz für mich. Ich habe das sichere Gefühl, dass ich unmittelbar in Gefahr bin. Wenn etwas passiert, sollst Du wissen, dass ich am Ende an unsere Freundschaft und die schönen Zeiten gedacht habe, die wir hatten, und ich Dich innig liebte wie einen Bruder.

17

Heiligabend 1943
21.17 Uhr

Noch 1 Stunde und 43 Minuten bis zum Rendimento

Er verriegelt die Fensterläden und löscht die Kerze. Im lamellierten Licht der Bogenlampe zerlegt er sein zusammengebasteltes Radio, versteckt die Spule in einer Bettfeder, die Röhre hinter Dostojewskis *Aufzeichnungen aus dem Kellerloch*. Er formt aus dem Seil, das er zu Fluchtzwecken unter dem Kleiderschrank versteckt hat, eine Kugel, legt sie auf das Kopfkissen und bedeckt sie mit einem Laken. Die mit Decken und Tagesdecke überhäufte Nackenrolle bildet den Körper. Wer das Zimmer betritt, wird von diesem Aufbau sicherlich nicht hinters Licht geführt, aber wer nur an der Tür einen Blick hineinwirft, könnte denken, dass jemand im Bett liegt und schläft.

Er schraubt die Shampooflasche auf, versprenkelt Messwein; unvermittelt Stille, in der die Tröpfchen hörbar auf den Boden platschen. Es wäre nicht das erste Zimmer in einem Priesterseminar, in dem sich dieser Geruch ausbreitet. Gut, wenn jeder Beobachter den Schläfer für betrunken hält. Er hebt zwei Bodenbretter an und holt den Rucksack aus Segeltuch heraus.

Bekreuzigt sich.

Verlässt das Zimmer.

Bei jeder Phase des Plans braucht es Glück, dass er nicht entdeckt wird. Schon beim Hinuntergehen der Treppe braucht er Glück. Dank großer Übung vermeidet er die Dielenbretter, die knarzen oder fiepen, tritt im Zickzack nur auf ausgewählte Stellen, hustet nicht. In der Vorhalle wirft er den Brief an Trant in den Hausbriefkasten, der bis obenhin voll mit Weihnachtskarten und Päckchen ist. Sachlich schlägt der Regulator halb zehn. Alle im Haus werden bei ihrem Abendgebet sein.

Er schlüpft in die Nische unter der alten Treppe, wo das Telefon für die Bewohner an der Wand hängt, er zieht den dünnen Vorhang hinter sich zu. Sollte jetzt das Telefon klingeln, ist alles vorbei. In solchen Nächten hat es noch nie geklingelt, aber man kann das Glück auch überstrapazieren. Schwitzend holt er das Federmesser aus seiner Tasche. An der Wand hinter dem Sitz hängen drei Regenmäntel. Er schiebt sie beiseite. Es wird zweieinhalb Minuten dauern, bis die acht Schrauben aus der Täfelung gedreht sind.

Er macht sich an die Arbeit.

In der Mauer rauschen die Rohre. In einem Stockwerk über ihm lacht ein Mann. Er fummelt herum, lässt die dritte Schraube fallen, tastet unter der Bank danach, wobei ihn Magenkrämpfe zerreißen.

Das Telefon schrillt.

Wie eine Glasschale, die in der stillen, dunklen Vorhalle zerschellt.

«Pronto?», sagt er leise.

«Mi chiamo Silvia», sagt eine junge Frauenstimme. «Posso parlare con Maria Elena?»

«Non è qui.»

«Ma –»

«Mi dispiace, lei ha sbagliato numero.»

Ihre Stimme nimmt eine tränenreiche Dringlichkeit an, sie muss unbedingt mit Maria Elena sprechen. Durch einen Spalt in Vorhang beobachtet er die gelbäugige Katze, die hochmütig-herrisch durch den Korridor stolziert. Die Anruferin legt auf. Wind fegt durchs Haus. Er legt den Hörer auf die Gabel, allerdings nicht ganz, damit das Telefon nicht nochmals einen Ton von sich geben kann.

Er entfernt die letzte Schraube, hebt die Platte der Vertäfelung heraus, klettert in die Kriechkeller dahinter, hinein in den Geruch von altem Putz und Feuchtigkeit. Hier ist es so still, dass er das Getrippel von flüchtenden Eichhörnchen hören kann. Er hebt die Platte hinter sich in die Lücke und zündet mit einem Streichholz den Kerzenstummel an, der sich in seiner Tasche befunden hat. Nach vier Metern mündet der Kriechgang in einen abschüssigen, gepflasterten Gang, aus dem das Echo fallender Wassertropfen dringt. In einem Spalt des Mauerwerks liegt seine Taschenlampe. Er schaltet sie ein – die Batterie ist schwach – und geht weiter hinein in die Dunkelheit.

Er klettert die Eisenleiter, die in der Wand eingelassen ist, in den Schacht hinunter und gelangt in ein Kellersystem, das seit siebenhundert Jahren kein Licht mehr gesehen hat. Vor langer Zeit lebten hier zwischen Vorratskammern und Weinkellern, Eiskellern, Bottichen und schiffsgroßen Fässern vatikanische Bedienstete; von diesem Labyrinth existiert keine Karte, zumindest hat er nie eine gesehen. Nicht einmal den Scharen römischer Arbeiter, die nach einem Einsturz vor dreißig Jahren einige Gänge abstützten, gelang es, die unterirdischen Gässchen zu zählen.

Er kommt an einer Grotte vorbei und wirft einen Blick hinein. Drei Männer in zerlumpten Uniformen der roten Armee spielen im Kerzenlicht Karten. Der Sergeant salutiert wortlos; er bedeutet dem Mann, still zu sein, und der Sergeant nickt ernst, kehrt zu seinem Spiel zurück, als wäre der Eindringling lediglich ein Schatten.

Augen hinter Gittern.

Hochgereckte Daumen aus Nischen.

Hängematten und zusammengerollte Decken.

Ein mit Kreide gezeichnetes Sternenbanner auf einer Höhlenwand.

Nischen, aus denen Flüstern dringt.

Bald befindet er sich unter dem gepflasterten Hof, der das Kolleg mit der Basilika verbindet. Über ihm versieht die Schweizergarde ihren Dienst, und die Bogenlampe auf dem Dach des requirierten Hotels hebt das Blau, Rot und Orange ihrer Uniformen hervor. Müdigkeit überkommt ihn, und erneut löst die Angst, die ihn im Griff hat, Magenkrämpfe aus; noch ist es nicht zu spät zur Umkehr. Ein Augenblick des Zögerns. Er geht weiter.

Flechten auf feuchten Steinplatten. Teppiche aus haarig-weißem Unkraut. Hier muss es Ratten geben, doch er hat in all den Monaten keine einzige gesehen; vielleicht hatten sie Angst vor seiner Taschenlampe, weil Licht ihnen fremd ist. Gelb gleitet der Strahl über Putz, uralte Wappen, Totenköpfe mit gekreuzten Knochen, Romulus und Remus auf einem alten Kanaldeckel. Er nähert sich der Eichentür, in die jemand vor Jahrhunderten eine obszöne Zeichnung geritzt hat: Die Völlerei wird vom Teufel zum Saufen gezwungen. Die Scharniere sind zu Staub verrostet; er kämpft die Tür auf. Dahinter erstreckt sich wie in einem Bergwerk ein belüfteter Kriechgang zur kahlen, kalten Krypta, in der vergessene Päpste liegen, deren seltsame Namen in die Marmorsärge graviert sind.

Er durchquert die Gruft, kämpft mit der Taschenlampe, sein Atem dampft wolkig, und er zwängt sich hinter den Sarkophag von Pius II., der Zwischenraum schmerzhaft eng, es gelingt nur, weil er tief ausatmet. Durch die Enge in eine Öffnung, die der Grabkammer eines Ganggrabs ähnelt, von dort durch den Abzugskanal und in eine kleinere, niedrigere Krypta, wo eine Piratenbande entehrter Kardinäle ihre letzte Ruhe gefunden hat. Der vierte Sarg hat einen Deckel aus bemaltem Sperrholz; er schiebt ihn beiseite, klettert hinein, lässt sich an einem Seil langsam durch den Zwischenboden in den daruntergelegenen Gang hinab, in dem Fledermäuse flattern.

Nach zweiunddreißig Metern kommt er an eine Kreuzung.

Dann elf Meter nach Westen.

Er klopft viermal gegen ein kaputtes Rohr.

Es klopft dreimal zurück.

Er klopft einmal.

«Beethoven», sagt er.

«'N Abend, Pater», ertönt das Echo.

Hinter ihm wird der schwarze Vorhang auseinandergeschoben.

Die alten Römer glaubten, Gespenster sähen aus wie echte Menschen, nur erschöpfter. Auf die Gestalt, die den Vorhang auseinanderschiebt, trifft dieses Geisterhafte zu. Im Kerzenlicht ist Sam Derry grau wie altes Porzellan, sieht erschöpft und zerbrechlich aus, wie der ramponierte Held in der Schlussszene einer Militärtragödie. Ohne Hemd, aber mit seiner khakifarbenen Offiziersjacke, bandagiertem Bauch, langen Unterhosen und gestohlenen Wehrmachtsstiefeln.

Vor fünf Monaten war er aus dem fahrenden Gefangenenzug in eine Schlucht gesprungen, das Hinken ist ihm geblieben. Er zuckt zusammen, wie ein Mann, der mit einem Kopfschütteln eine Mücke verscheucht. Seine Shelley-Frisur hängt ihm in nassen Strähnen herunter, die Brille ist mit Draht geflickt. Er ist nicht fromm (eher ein «U-Boot-Christ»), trägt aber eine Christophorus-Medaille um den muskulösen Hals, das Geschenk einer Medizinstudentin aus Genua, die ihm vor vier Nächten den Blinddarm operierte, weil kein Chirurg zu erreichen war, und heute Morgen half, ihn im Zwischenboden des Wäschewagens über die Vatikangrenze zu schmuggeln.

«Major Derry. Wie geht's, wie steht's?»

«Kein Grund zur Klage, Pater. Und selbst?»

«Bin ganz auf dem Damm.»

«So siehst du aber nicht aus.»

«Tu ich nie.»

Sie geben sich die Hand und umarmen sich. «Wir sind vor Sorge fast die Wände hochgegangen, Sam, ich dachte, das war's mit dir.»

«Da siehst du mal, was ich anstellen muss, damit man hier von mir Notiz nimmt.»

Er mag Derrys Ausdrucksweise, seinen schwarzen Humor, seine Ernsthaftigkeit. Man versteht sofort, warum ihn die Männer im Gefangenenlager zu ihrem befehlshabenden Offizier bestimmt haben. Seine Unerschütterlichkeit muss für Wachen entnervend gewesen sein.

«Was machen die Schmerzen, Sam?»

«Nachts sind sie aus irgendeinem Grund schlimmer, daher kann ich vom Schlafen nur träumen. Doch zumindest haben die mir eine Wagenladung Beruhigungsmittel in mein trautes Heim mitgegeben.

Außerdem gibt's Gin. Ich bin also sediert. Apropos könntest du oder der findige May eine Flasche Desinfektionsmittel, ich nehme sogar Bodenreiniger, und Gaze auftreiben? Muss die Wunde sauber halten. Und irgendwann die Naht auftrennen.»

«Natürlich.»

«Schnellstmöglich, Pater, eine Sepsis könnte die Sache verkomplizieren.»

«Tut mir übrigens leid, dass ich mich verspätet habe.»

«Ach, mein Terminkalender ist dieser Tage nicht allzu voll, Pater, keine Sorge.»

«Darum habe ich mir auch keine gemacht.»

«*Molto bene.* Steht's um die Ewige Stadt wie gehabt?»

«Brot und Öl sind mittlerweile nicht mehr zu bekommen. Angeblich gibt es Reis. Ein mutiger Metzger vom Mercato Rionale wäre beinahe gelyncht werden, weil er zugab, dass er ein Kilo Guanciale unter der Theke versteckt. Ach, ich vergaß ganz. Das Weihnachtsfestessen.»

Aus seinen Taschen holt er ein Brötchen, ein Stück Käse, das in eine Seite des gestrigen «Corriere della Sera» gewickelt ist, eine Packung Woodbines und ein Fläschchen Whiskey.

«Üppig», sagt der Engländer. «*Grazie mille,* Pater. Es stört dich hoffentlich nicht, wenn ich mich nicht allzu sehr mit Tischmanieren aufhalte.»

«Hau rein.»

«Vorwärts, Christi Streiter.» Er entkorkt den Whiskey und trinkt einen Schluck.

«Hast du ein bisschen Luft schnappen können, Sam?»

Der Engländer schüttelt den Kopf. «Hab's heute Morgen gegen elf versucht, aber die Gärtner waren da. Durch das Gitter konnte ich sie mit ihren Handsicheln sehen. Fand's besser, wenn ich mich mit meinen Gedanken und der Italo-Grammatik beschäftige.»

«Wie lief's?»

«War ganz unterhaltsam.»

«Dann stell dich doch mal vor. Wenn du dich traust.»

«*Mi chiamo Samuele Derry e sono inglese. Buona sera.*»

«Du musst ein bisschen Körpergefühl reinbringen, Sam, das ist der Grund, weshalb die Italiener mit den Händen sprechen, sie dirigieren sich gewissermaßen.»

Derry lacht schroff auf und knabbert am Brot. «Fürchte, dass ich nie dirigieren werde. Vielleicht mal den Verkehr. Ach, heute Nachmittag habe ich den Marc Aurel ausgelesen, den du mir letzte Woche gebracht hast. Hauptsächlich krudes Zeug. Regt aber auch zum Nachdenken an.»

«Ich mag den guten Aurel.»

«War klar.»

«Warum?»

«Weil ich davon ausgehe, dass er Ire war. Mit einem Namen wie O'Rel.»

«Tu mir einen Gefallen, Sam, schlag nach dem Krieg keine Laufbahn als Komiker ein.»

«Einer seiner Sprüche wär's übrigens wert, dass man ihn in der U-Bahn plakatiert. ‹Stell dir vor, du bist tot. Und jetzt lebe dein Leben richtig.›»

«Wir unterhalten uns ein andermal darüber. Wir haben nicht viel Zeit. Wie macht sich dein Schüler?»

«Komm und schau's dir an.»

Derry führt ihn durch den Felsengang, dann durch eine hohe, geflutete Höhle, die von Kerzenlicht erhellt wird und über die eine Brücke aus zusammengebundenen Brettern gespannt ist. Schließlich eine rutschige Böschung hinauf in eine zellengroße Nische.

Angelucci sitzt rauchend auf dem schmalen Felsvorsprung. Die Zigarettenglut lässt seine Augen rötlich glitzern. Er murmelt etwas zu seinem Schatten, ein Schauspieler, der seinen Text lernt.

Hinter ihm an der Höhlenwand hängen ein Blechschild von Peroni und ein Pin-up-Foto von Jane Russell im engen Pulli. Der verbeulte Eiswürfelbehälter, der zum Aschenbecher umfunktioniert worden ist, quillt über. An einem Stück Kabel hängt eine Glühbirne. Auf dem Gestein sind mehrere feuchte, miefende Kleidungsstücke ausgebreitet, davor ein Haufen weiß glühender, seufzender Kohlen. Ein Teekessel gibt ein unpassendes Pfeifen von sich.

«Enzo.»

«Monsignore.»

«Bereit?»

«Klar doch.»

«Du hast den Ablauf intus?»

«Kann ich im Schlaf.»

«Du siehst aus, als ob du Angst hast.»

Enzo zieht an seiner Zigarette und reißt die Augen auf. «Hab ich nicht.»

«Solltest du aber.»

Er zuckt die Schultern. «Dann hab ich halt Angst.»

«Hast du mit jemandem darüber gesprochen?»

«Nein.»

«Mit deiner Frau?»

«Bist du verrückt?»

«Was glaubt sie denn, wo du bist?»

«Mit den Jungs saufen und Karten spielen.»

«Sie hat nichts dagegen?»

«Ich hab sie nicht gefragt.»

«Enzo –»

«Monsignore, wenn ich Ratschläge zur unbefleckten Empfängnis brauche, klingel ich bei dir, Monsignore. Wenn es um mein Mädchen geht, das überlass ruhig mir, einverstanden?»

Derry lacht, zündet sich im Schutz seiner gewölbten Hand eine Woodbine an und stößt mit einem Ruck des Kinns Rauchringe aus.

Der Wind trägt das Glucksen fließenden Wassers in die Höhle, die

Kerzenflammen flackern und züngeln violettes Licht über die Spalten. Die Miene, die Angelucci aufgesetzt hat, wird selbst von seinen Freunden nicht gern gesehen, ein herausforderndes Lächeln, das jeden Augenblick umschlagen kann.

«Du siehst besorgt aus, Monsignore. Vor allem für einen, der Gott auf seiner Seite hat. Was ist dir denn über Leber gelaufen? Hast du Zweifel?»

«Sag die Route auf, Enzo. Ohne zu stocken.»

Mit ostentativer Eselsgeduld schließt Angelucci die Augen, hebt das Gesicht zum tropfenden Dach und rattert die Route betont monoton herunter, eine Litanei. Er zählt die Straßennamen und finsteren Seitengassen an den Fingern ab, als würden ihm die Seitengassen ausgehen, wenn ihm die Finger ausgehen, starrt jetzt die Ikone der halb liegenden Jane Russell an, als wäre die Aufzählung eine Hommage an sie. Der Weg ist so verschlungen, dass er vier Minuten braucht, um ihn aufzusagen. Er stammelt nicht, er stottert nicht. Es läuft optimal.

«Dann nach Hause.» Er grinst herausfordernd. «Zur Frau.»

«Die Via Orsini ist abgeriegelt», kontert Derry. «Welche Alternative hast du? Schnell.»

«Ich nehme Farnese, dann links. Nichts einfacher als das.»

«Die Jerrys haben die Ponte Cavour gesperrt.»

«Das würden die nie machen.»

«Gehen wir mal davon aus.»

«Ich nehme Hafenkai. Überprüf's. Was ist das hier, ein Wettstreit?»

«Das geht nicht.»

«*Madonna mia,* ich bin Römer, ich kenn mich in meiner Stadt aus. Lasst mich mal verschnaufen, verflucht noch eins. Bei Jesus Christus dem Allmächtigen, ihr zwei seid schlimmer als Gestapo. Glotz mich nicht so an, Monsignore. Beruhigt euch.»

«Ich bin jetzt Hauptmann, der dir in drei Stunden am Lungotevere Michelangelo entgegenkommt. Zeig mir deinen Ausweis. Sag deinen Namen.»

«Wir haben das hundertmal durchgenommen, Derry, was ist los, bist du taub?»

«Sag sofort deinen Namen, Enzo. Oder das war's mit dem Rendimento.»

«Francesco Lynch.»

«Wie weiter?»

«Wie ‹wie weiter›?»

«Ich bin Paul Hauptmann, du unverschämter Sauhund, dein Leben und das deiner Kameraden ist in meiner Hand. Du sprichst mich mit Herr Obersturmbannführer an oder ich lasse mir drei Tage Zeit, bis du zu Tode geblutet bist.»

«Lynch, Obersturmbannführer. Francesco.»

«Beruf?»

«Technischer Mitarbeiter, Herr Obersturmbannführer, bei Radio Vatikan, Herr Obersturmbannführer.»

«Der Mann auf dem Ausweis ist älter als du.»

«*Con rispetto,* das bin ich, Herr Obersturmbannführer.»

«Das glaube ich nicht.»

«O doch.»

«Was hält dich so jung?»

«Deine Frau, die auf meinem Gesicht hockt.»

«Enzo –»

«Ich habe mir seit Foto Bart wachsen lassen. Die Leute sagen, ich sehe damit jünger aus.»

«Das kommt mir seltsam vor.»

«Seltsam, dass ich jünger aussehe, Herr Obersturmbannführer? Oder dass ich mir Bart hab wachsen lassen, Herr Obersturmbannführer?»

«Beides.»

«Wie Sie wissen, Herr Obersturmbannführer, kommt man seit Rationierung nur schwer an Rasierklingen ran.»

«Geburtsdatum?»

«7. Dezember '22.»

«Wo?»

«Bologna, Herr Obersturmbannführer.»

«Ich kenne Bologna gut, ich war dort eine Zeit lang stationiert. Welche Straße?»

«Milazzo.»

«Es gibt keine Via Milazzo in Bologna», sagt der Monsignore. «Du lügst uns an. Warum?»

«Bei allem Respekt, Herr Obersturmbannführer, die gibt es, geht von Via dei Mille ab.»

«Derzeitiger Wohnsitz?»

«Der Wohnblock, in dem ich gewohnt hab, wurde bei einem Angriff zerstört, deshalb wohn ich in Lagerraum des Radiosenders, bis ich wieder auf Beine komme. Mein Vorgesetzter, Padre Rainaldi, ist dort telefonisch zu erreichen. Er hat gute Beziehungen in der Partei.»

«Verheiratet?»

«Ja, Herr Obersturmbannführer.»

«Deine Frau lebt auch in diesem Lagerraum?»

«Sie ist zu ihren Eltern zurück, Herr Obersturmbannführer.»

«Ich habe gehört, deine Frau ist eine Hure», sagt Derry. «Was verlangt sie die Stunde?»

«Sie sind witzig, Herr Obersturmbannführer, sehr lustig, Herr Obersturmbannführer. Vielen Dank.»

«Schätze, sie hätte es gern, wenn sie mal von einem echten Deutschen so richtig rangenommen wird, nicht von einer aufgeblasenen italienischen Schwuchtel.»

«Schätze, Sie haben recht, Herr Obersturmbannführer. Wer hätte das nicht gern?»

«Wo liegt Radio Vatikan von der Petersdomkathedrale aus gesehen?»

«Petersdom ist keine Kathedrale, sondern Basilika, Herr Obersturmbannführer. Die Rundfunkstation liegt fünf Minuten zu Fuß entfernt. In den Vatikanischen Gärten.»

«Staatsangehörigkeit?

«Ich habe vatikanischen Pass, Herr Obersturmbannführer. Ich bin rechtlich gesehen neutral.»

«Warum verstößt du gegen die Ausgangssperre? Kennst du die Vorschriften nicht? Steh gefälligst gerade, wenn ein Offizier des Deutschen Reichs mit dir spricht, du italienisches Arschloch!»

«Bei allem Respekt, Herr Obersturmbannführer, es gibt unter Artikel neun Ausnahmereglung ‹technische Notwendigkeiten›. Wir haben in der Radiostation Geräteausfall, und es fällt in meinen Zuständigkeitsbereich, ihn zu beheben.»

«Um zwei Uhr morgens? Hältst du mich für einen Idioten?»

«Ich brauch lediglich zwei Meter Kabel, Herr Obersturmbannführer, und Stück Kupferdraht. Findet sich auf jeder Baustelle, jedem Bauhof, Herr Obersturmbannführer. Es ist dringend.»

«Bestimmt sind über Weihnachten Baustellen und Bauhöfe geschlossen.»

«Vielleicht nicht alle, es ist meine Pflicht, das zu überprüfen.»

«Du hältst es für so dringend, dass du gegen die Ausgangssperre verstoßen willst?»

«Wir vom Radiosender übertragen morgen Mittag Weihnachtsbotschaft des Heiligen Vaters, wie Sie bestimmt wissen, Herr Obersturmbannführer. Der Duce hat das in seinem Artikel in der Mittwochsausgabe des «Regime Fascista» erwähnt, wie Sie sicher gesehen haben, Herr Obersturmbannführer. Sendung wird weltweit vierzig Millionen Zuhörer haben. Es wäre demütigende Blamage für Italien und den Duce, wenn Übertragung ausfällt.»

«Ich habe am Mittwoch den «Regime Fascista» durchgeblättert und keinen derartigen Artikel gesehen.»

«Ich hab ihn in meiner Tasche, Herr Obersturmbannführer. Wollen Sie ihn sehen, Herr Obersturmbannführer?»

Angelucci zieht aus seiner Tasche den ausgeschnittenen Artikel und reicht ihn mit dem unergründlichen Gesicht eines Pokerspielers weiter, der einen Royal Flush auf den Tisch blättert.

«Hältst du das für klug, Enzo?»

«Wer spricht jetzt? Der Herr Obersturmbannführer? Oder wieder du?»

«Hauptmann hätte dir in dem Augenblick, als du nach deiner Jacke gegriffen hast, eine Kugel durch den Kopf gejagt, Dummkopf. Halte dich ans Drehbuch. *Keine Improvisationen.*»

«Ich wusste, dass du das sagst. Dreh das Blatt um.»

Auf der Rückseite steht in Angeluccis Handschrift: GIB MIR EINE CHANCE.

«Es sind die Superschlauen, die andere in tödliche Gefahr bringen, Enzo. Hab ich dir schon mal erklärt.»

«Dann musst du dir um mich keine Sorgen machen, Monsignore.»

«Sam, was meinst du?»

«Das übersteigt meine Kompetenzen, Padre. Deine Entscheidung.»

«Was sagt dir dein Instinkt als oberster Einsatzleiter? Ist er bereit?»

«Wir sind den Ablauf zwei Dutzend Mal durchgegangen. Ich sage, setz ihn ein.»

«Ladung eingetroffen, oder?»

«Heute Nachmittag kam die letzte Lieferung an. Ich hab sie wie vereinbart expediert. Francesco, erzähl dem heiligen Herrn hier, wo du sie findest.»

«Vierzehnte Nische, Garderobe beim Ausgang der Musei, Postsack aus Segeltuch, Scheine sind zu je fünftausend gebündelt, ich könnte das Ganze *im Schlaf* aufsagen.»

«Dreißigtausend US-Dollar», sagt Derry. «Glaub mir, Pater, ich hatte Zeit nachzuzählen. Die verbleibenden fünfzig sammelt er unterwegs ein.»

«Ich habe das Gefühl, wir sollten die Aktion verschieben, Sam. Es kommt mir viel zu riskant vor.»

«Ideal ist es nicht», stimmt Derry zu. «Aber der Jerry könnte jederzeit den Vatikan stürmen. Dann fällt für unseren kleinen Gesangsverein der Vorhang, und wir sind wahrscheinlich tot. Mitsamt allen entflohenen Gefangenen in Rom.»

«Wir können Aktion nicht verschieben», sagt Angelucci. «Halten wir an unserem Plan fest.»

«Man sollte nie an einem Plan festhalten, bloß weil es ihn gibt», sagt Derry. «Da spricht der Katholik aus dir.»

«Zur Hölle mit dir.»

Im Schatten rührt sich etwas. Die drei Männer verstummen auf der Stelle. Derry greift nach dem Holster und zückt seine Webley.

Ein Star, der sich verirrt hat, taumelt unter Angstzirpen durch die Krypta und fliegt durch ein Gitter.

Derry zündet sich an der Woodbine, die er raucht, gleich die nächste an, und das Licht beleuchtet sein Gesicht, die Narben und abgebrochenen Zähne, die er seinen Häschern im Lager 21 verdankt. Im Zug drohten sie, sie würden ihn einen Tod erleiden lassen, von dem seine Kinder weiße Haare kriegten, wenn sie davon erfahren würden. Allerdings werde nie jemand davon erfahren, versicherte ihm der Oberfolterer. «Was von dir noch übrig ist, kippen wir in den Ausguss.»

Angelucci betrachtet ihn. Auf dem Felsen gluckert Wasser.

«Ich gehe mit», sagt Derry. «Ich schluck ein paar Schmerztabletten.»

«Sam, du kannst ja kaum laufen. Von allen schlechten Ideen ist das die allerschlechteste.»

«Warum?»

«Wenn einer von euch von der Gestapo geschnappt wird, besteht eine winzige Chance, dass er beim Verhör nichts verrät. Bei zwei Personen gar keine.»

«Wir würden deren Chancen halbieren.»

«Eher verdoppeln.»

«Ich bin wie Granit», sagt Angelucci leise. «Ich hasse diese Huren-söhne. Meißel, der mich spaltet, den gibt's nicht. Wenn ihr glaubt, ich lass mich in meiner eigenen Stadt von diesen Nullen schnappen, dann habt ihr keine Ahnung. Die sind Abschaum. Ein Nichts. Wie Rauch werd ich durch ihre Türschlösser gehen.»

«Nimm die», sagt Derry und hält ihm seine Pistole hin.

«Das Kinderspielzeug brauch ich nicht.»

«Vielleicht doch.»

Angelucci schüttelt den Kopf.

«*Buona fortuna*, Enzo», sagt der Engländer. «Egal, was passiert.»

«Ich heiß nicht Enzo. Mein Name ist Francesco Lynch.» Er starrt ihn an. «Hast wohl gedacht, dass du mich kriegst, *inglese?* Da musst du dich schon mehr anstrengen.»

«Viel Glück, Francesco Lynch. Ich seh dich hoffentlich morgen.»

«Nicht, wenn ich dich zuerst sehe. *Andiamo.*»

18

DIE STIMME VON ENZO ANGELUCCI
8. November 1962

Aus einem BBC-Recherche-Interview, Tonband 3,
geführt in Bensonhurst, New York City

Heute Nacht bin ich in Form.

Der Form meines Lebens.

Ich hab zwei Monate ohne Unterbrechung trainiert.

In unserem Wohnblock gibt es direkt vor unserer Haustür ein Treppenhaus, da hab ich ein zwanzig Meter langes Seil vom achten Stock runter zum Eingangsbereich gelassen. Siebzehn Sekunden, mehr hab ich nicht gebraucht. Mein Nachbar Mike Festa hat die Zeit gestoppt, ein Freund meines Alten. Bis zur Weihnachtswoche habe ich bloß noch elf gebraucht.

Kniebeugen. Rumpfbeugen.

Hab vier Kilo verloren. Bekam Kraft. Wenn meine Zeiten schlechter wurden, war ich drei Nächte lang nicht mit meiner Frau intim. Wir waren jung. Meine Zeiten wurden nicht schlechter.

Bin barfuß das Treppenhaus raufgerannt, ohne eine Menschenseele zu wecken. Ich konnte Stufen so raufrennen, dass mich nicht mal 'ne *Fledermaus* gehört hätt. In der Nachbarschaft wohnte ein Typ namens Crivella, guter Weitspringer, der Typ. Trainiert mich ein bisschen.

Schnell? Ich konnte 'ne Fliege mit den Fingern fangen, ohne sie zu zerquetschen. Hat mir mit Kreidestrichen auf die Straße Vorgaben gemacht, wie weit ich springen soll. Er hat nicht gewusst, dass es mir um den Abstand zwischen zwei Dächern ging.

Die bedeutet mir alles, diese Chance.

Ich kann zwei mit Wasser gefüllte Töpfe am ausgestreckten Arm vierzig Minuten lang halten. Ist einfach, meinen Sie? Versuchen Sie's, fünf Minuten lang.

Wir sagen Derry *arrivederci*. Es ist Viertel vor elf, um den Dreh. Ich kann sehen, dass er nicht das volle Vertrauen hat, am liebsten das Rendimento selber durchführen würde. Aber was soll er machen? Hat keine Wahl, aber Loch im Bauch, groß wie 'ne Sonnenuhr und den Kopf zugedröhnt mit Morphium vom Schwarzmarkt.

Mir wummert das Herz im Leib, als der Monsignore und ich in den Tunnel steigen. Er dampft voraus wie 'ne Lokomotive, man muss den Kerl gesehen haben, und treibt mich die ganze Zeit an, zischt mir über die Schulter zu, «schneller, Enzo, schneller, *più veloce, andiamo*», bis wir zu dem Abschnitt kommen, wo wir wie Schlangen durch ein Gewirr aus alten Abwasserrohren kriechen müssen. Ich denk an meine Frau, wie sie daheim sitzt mit dem Kleinen. Wenn mich nicht die Gestapo umbringt, dann sie.

Hier und da Führungsseile, wie bei 'nem Schiff unter Deck. An anderer Stelle nix. Nur Dunkelheit. Wie zur Hölle er weiß, wo er hinkriechen muss, ist mir schleierhaft. Wie 'n Maulwurf, der Kerl. Wie 'n Tunnelarbeiter. Hat wahrscheinlich alles auswendig gelernt und sieht Karte vor sich. Er und Derry kennen die Nekropolis wie ihre Westentasche, in- und auswendig. Wie man sein Spiegelbild kennt. Als hätten sie das verdammte Labyrinth selber *gebuddelt*.

Dauert nicht lang, und ich seh Aufzugschacht, altmodisches Gitterwerk, schwarz. Wir gehen rein und klettern an den Stangen ein Stockwerk hoch. Jetzt sind wir in 'ner Art Keller, Holzkisten und Verschläge. Glühbirnen in Maulkörben. Sagt man so?

Notausgangsschilder an den Wänden, Mülleimer, Putzwagen. Der Anstrich gibt einem das Gefühl, dass man in 'ner Fabrik ist, überall dieser grünblaue Porridge-Glanz, dann noch Feuerlöscher und Löscheimer. Hier riecht's nach Katzenpisse und einsamen alten Knackern. An einer Säule eine Axt im Glaskasten.

Ich hab immer gedacht, ich würde einlaufen wie Sugar Ray im Madison Square Garden. Mein Name in Silber auf dem Rücken, Trikolore auf den Handschuhen, ich trab im Double-Shuffle durch den Tunnel und box in die Luft. Die Menschenmenge, die Blitzlichter, das Geschrei, der Beifall, hier kommt der Held. Ich Vollidiot. Keine Blitzlichter, keine Nummerngirls. Niemand klopft mir auf die Schulter oder massiert mich mit 'nem Handtuch. Bloß der Monsignore als Unterstützung in meiner Ecke. Ich hab Schiss. Das ist kein Abend im Madison.

Er gibt mir Umschlag, und ich bitte ihn um seinen Segen. Obwohl ich Kommunist bin. Wen kümmert's? Es gibt 'ne kostenlose Versicherung? Her damit, Bruder.

Ehrlich gesagt, ich dachte, dann geht's *ihm* besser. Also brabbelt er auf Latein daher und macht Gewese, was er in solchen Fällen immer macht. Ich fühl keinen Unterschied. Aber darum geht's nicht. Wenn einer dir was geben will, nimm's an, soll er doch. Manchmal ist das alles, was solchen Leuten bleibt.

In dem Fall gibt er sein schlechtes Gewissen her, will das Gefühl haben, dass er sein Bestes getan hat. Das ist der Unterschied zwischen uns und den Tieren, man will immer noch eins draufsetzen.

Sagt: «Enzo, bleib genau zwanzig Minuten lang, wo du bist. Dann mach den Umschlag auf. Ein paar Anweisungen auf den letzten Drücker. Und sei tapfer.»

Er umarmt mich ganz fest. Und ich erwider die Umarmung. Klar.

Denn ich hab den Kerl heiß und innig geliebt. Obwohl er einen enorm auf die Palme gebracht hat.

Ich hab mal 'nen Dick-Powell-Film gesehen, da sagt der Bulle über die Gangsterbraut: «Die würde einen Bischof dazu treiben, ein Kirchenfenster einzutreten.» Der Typ, der das geschrieben hat, muss den Monsignore gekannt haben.

Nachdem er weg ist, bleibe ich zehn, fünfzehn Minuten auf dem Fleck stehen, wie er mir's gesagt hat. So langsam ist die Zeit noch nie vergangen. Da hängt diese Uhr an der Kellerwand – ich kann sie immer noch vor mir sehen, als wär's gestern gewesen. Mann, Mann, Mann, Minutenzeiger auf der Uhr bewegt sich, als wär er festgeklebt.

Ich schieb mich rüber zur Feueraxt in dem Glaskasten. Überleg, ob ich das Glas einschlagen soll, könnt ja nützlich sein, so 'ne Axt. Auf dem Stiel ist was draufgedruckt, jetzt weiß ich wenigstens, wo ich bin. *Eigentum der Musei Vaticani.* Ich bin also unterm Museum, direkt neben der Basilika. Mir geht wirres Zeug durch den Kopf, drunter und drüber geht's. Meine Eltern, meine Kleinen. Natürlich meine Frau. *Ihre* Eltern. Konnten mich nie leiden. Beruht auf Gegenseitigkeit.

Und ich überleg, ob ich die Axt 'nem Menschen ins Gesicht donnern könnt. Angelucci oder Francesco oder wie zum Teufel du heißt, könntest du einen Mitmenschen, wenn der Nazi ist, mit dem Beil umbringen? Du harter Kerl, könntest du das? Wen willst du eigentlich verarschen? Deine Großmutter hat dir mal aufgetragen, du sollst dem Huhn da den Hals umdrehen. Weißt du noch, wie dir die Hände gezittert haben? Was zum Teufel ist in dich gefahren, dass du gleich die Verantwortung für'n Rendimento übernehmen willst. Du kannst ja nicht mal Verantwortung für dich selber übernehmen. Du bist schwach. Dieser Hauptmann, wenn der dich erwischt? Der hat so Methoden, dass du lange und langsam stirbst. Du wirst um den Tod flehen. Und der wird dich erst sterben lassen, wenn er fertig ist. Dich wie Koffer ausgeräumt hat.

Wenn ich Angst hab, stell ich mir die ganze Welt vor. Hat mein Alter so gemacht, wenn er Sorgen hatte. Fang hier in Rom an, dann rauf nach Norden, durch ganz Europa, Norwegen, England, dann hoch in die Arktis, dann rüber nach Kanada. Durch die Staaten, Chicago, die Großen Seen, die man vom Schulglobus kennt, über den Ozean, dann Australien, China, Birma, riesige Meere voller Inseln, all die Orte, die ich nie sehen werd, und die Leute dort werden mich nie sehen. Aber wen kratzt das? Da gibt's Leute, die leben in Iglus, in Tipis, Höhlen, Villen in Los Angeles, auf Inseln in Lehmhütten. Die verschwenden keinen Gedanken an dich, *stronzo,* du verschwendest keinen Gedanken an sie. Die haben alle ihre Probleme, du hast deine. Sie streiten, sie scherzen, sie schlagen sich durch. Ich sag zu mir, Angelucci, du bist ein Niemand, ein Fleck auf dem Arsch der Welt, ein Nichts. Und irgendwie geht das schon in Ordnung. Die Welt gibt's schon lange, die bleibt auch noch lange, *vaffanculo,* ihr Nazis, dann schnappen sie dich halt und bringen dich um. Zumindest stirbst du dann im Kampf. Auf geht's.

Schlagt den Gong. Runde eins, Hände zum Schlag erhoben, macht euch auf was gefasst.

Ich war jung und auch dumm. Wollte mitmachen. 'N harter Kerl sein. Neunzehneinhalb Minuten hab ich durchgehalten, bevor ich Umschlag öffne. Da stand's in seiner Handschrift. Mann, ich werd's nie vergessen.

Ich hab geheult. Wie 'n Schlosshund. Der Kerl hat mir das Herz in zehn Stücke gebrochen.

«Enzo, Du bist ein Held. Aber Du bist noch nicht so weit. Ein anderes Mal.

Nimm einen anderen Heimweg.

Meinen Respekt,

GOLF»

19

Heiligabend 1943

23 Uhr

Das Rendimento

Er öffnet die Lüftungsluke, lässt sich in seiner Mönchskutte in die riesige kalte, hallende Stille gleiten und schraubt das Gitter hinter sich zu.

Neunzig Meter entfernt leuchtet an einer Säule, die in der Nähe der Altarstufen steht, die scharlachrote Lampe in ihrer hohen Silberschale.

Der Strahl seiner Taschenlampe gleitet über die rauchgrauen Wandleuchter aus Marmor, während er durch die Basilika geht, durch den Mittelgang hastet. Vorbei an der rosenhölzernen Düsternis der Seitenkapellen, den Beichtstühlen und aufeinandergestapelten Kollektentellern, den plumpen Eisentischen mit den erloschenen Kerzen.

Vorbei an den irren Augen der Märtyrer, den gefalteten Händen der Jungfrauen. Gezückte Schwerter, zermalmte Schlangen, brennende Scheiterhaufen. Die deckenhohe Orgel starrt auf hundert Gräber; zischelnd kommentieren ihre Windkanäle sein unbefugtes Eindringen. Kerzenständer und Kerzenbäume werfen Schatten. Die marmorernste Madonna wiegt ihren gebrochenen Sohn.

Er eilt über von Pilgersandalen glatt geschliffene Steinplatten. Über Grabsteine, deren Namen längst abgetragen sind. Mondlicht lässt die Indigo- und Ockertöne der Glasmalereien, die Violetttöne, das feurige Gold der Kanzel leuchten. Es ist so still, dass er das Rauschen seiner Kutte hören kann. Geister blicken auf das Vorleben hinab.

Es ist geradezu ein Affront gegen die Unermesslichkeit, wenn man das einzige Wesen ist, das in einer Festung von der Größe eines Stadions atmet. Für die Hochmesse morgen sind lange Bänke aufgestellt worden; das große, schwarze Kreuz, die langen, leeren Bänke, die glotzenden, mit dem Finger zeigenden Pharisäer, die von Nägeln durchbohrten Hände. Die Kerzenständer und die römischen Speere der Fresken erinnern ein klein wenig an eine Hinrichtungskammer.

Draußen fegt der Wind. Mammutorgelpfeifen ächzen. Zugluft blättert durch die Seiten Zehntausender Gebetsbücher, die auf den Ablagen der Kirchenbänke liegen. Er sieht sich selbst von oben, ein Sandkörnchen in einem Kolosseum, Angelucci ist gekränkt und wütend, die Contessa im stillen Gebet, Derry geht im Hintergrund rauchend auf und ab. Delia Kiernan trinkt. Marianna tippt. D'Arcy Osborne und May schweigen.

In den Duft von Weihrauch und Kerzenwachs, der in der Luft hängt, mengt sich der Geruch nach kaltem Regen, wie ein Geheimnis, das partout nicht verborgen bleiben will. Hastig und zitternd kniet er vor der roten Lampe nieder, geht die Stufen hoch, hinein in den Schatten der Sakristei, wo sich die an einer Kleiderstange hängenden, schweren Seidengewänder im Zugwind bewegen und das Sherryaroma des Messweins schwer in der Luft liegt. Dunkle Anrichten werfen das Mondlicht zurück. Ein Wecker tickt.

Die beschlagenen Türen des Tabernakels. Ein mittelalterliches Kniekissen. Zwei Schränke wie hochkant stehende Särge.

Er macht den ersten auf, findet nur anklagend klappernde Kleiderbügel, im zweiten einen grauen Straßenanzug, Homburg und Mantel. Schnell zieht er sich um. Auf dem elften Regalbrett bei der Monstranz ist in der vierten Bibel von links ein Schlüssel versteckt, den er herausnimmt. Er öffnet damit die Tür zum Treppenhaus.

Im Treppenhaus oben ist das Tor zur Sixtinischen Kapelle verriegelt; aus der Brusttasche des Jacketts holt er einen nachgemachten Holzschlüssel für das Vorhängeschloss heraus. Der Schlüssel ist lang und flach und muss mit großer Vorsicht gedreht werden, denn sonst bricht er auseinander.

«Stell dir vor, er ist aus Wasser», riet der Schlossknacker May.

Er spricht ein Gebet, während er den Schlüssel dreht, spürt Bewegung, es klickt dumpf, und er hastet in die Sakristei der Basilika. Über ihm in der Dunkelheit der Michelangelo, Gott, der mit ausgestrecktem Zeigefinger Adam zum Leben erweckt. Hinter dem Altar die Hölle, gerötete Dreizacke, Tierhäute, die von Alter und Nacht verschattete Folterkammer.

Zwei Kilometer über dieser Decke dröhnen die schweren Bomber. Unsicher bleibt er stehen und lauscht.

Kehrt die Luftwaffe zum Stützpunkt zurück? Ist es die Rote Armee? Sind es die Amerikaner?

Mitten im Dröhnen fällt ihm sein Zimmer ein, das zusammengeknäulte Seil auf seinem Kissen, die Bogenlampe, die durch die Fensterläden helle Gitter wirft. Er muss sich unbedingt beeilen, der Plan befolgt werden. In sieben Minuten wird das Sicherheitspersonal auf seiner Runde durch die Basilika kommen. Auf sie folgt das Oktett schweigender, älterer Mönche, dessen Pflicht es ist, den Altar für die Christmette vorzubereiten.

Er nimmt das Treppenhaus, das zu den Musei Vaticani führt, geht durch die langen, schmalen Gänge, durch die Sala di Mappa, die Karten aller Ozeane und bekannten Länder der Welt beherbergt, voller Kartuschen, Seeungeheuer, Mottos, er eilt durch den Staub der Sala Rotonda, vorbei an Vitrinen mit Handschriften, rubinbesetzten Reliquiaren, Kelchen.

Meisterwerke sind mit Seilen und Schildern abgesperrt, «BITTE NICHT BERÜHREN». Ein Wandteppich, dessen Christusaugen ihm durch den Gang folgen. Nischen aus Stickerei und Spitze.

Vorbei an dem Alkoven, in dem angeblich Michelangelo sieben Jahre lang lebte, vorbei an verdrehten Marmortorsi, kastrierten griechischen Jägern, armlosen, nackten Göttinnen, Lapislazuli-Urnen, riesig wie Straßenbahnwagen, einem Schwan, der die Königin von Sparta vergewaltigt.

Seine schwache Taschenlampe flackert, droht zu erlöschen. Er schaltet sie aus und verlässt sich auf das Mondlicht, das aus dem Märchenland der Vatikanischen Gärten durch die langen Fenster hereinperlt.

Männer unterhalten sich.

Das Gemurmel und leise Gelächter der Wachleute auf ihrer Runde dringt an sein Ohr, und er schlüpft hinter eine Alabastersäule, als sie näherkommen. Zwei Minuten hat er vergeudet. Er entscheidet sich für eine Abkürzung.

Durch die Seitentür in das Ankleidezimmer der alten päpstlichen Gemächer und hinaus in den Zeremoniengang. Langsam nähert sich, mit gesenkten Köpfen, die Hände in den Kuttenärmeln, das Oktett der barfüßigen Mönche mit verbundenen Augen, vor ihnen drei Nonnen, die im Kerzenschein das Ave-Maria singen, sowie eine Äbtissin, die ein gipsernes Christkind trägt, das halb so groß ist wie sie.

Er weicht zurück in die Dunkelheit und wartet.

Et benedictus fructus ventris
Ventris tui, Iesus ...
Ora pro nobis
Ora pro nobis ...

Er hastet durch das Museo Gregoriano Egizio. Vorbei an Mumien und Totenmasken hundeköpfiger Pharaonen, an Göttern in Menschengestalt, Ibissen, einer anzüglich grinsenden, kahlen Sphinx, ausgebrochenen Tafeln mit rissigen Hieroglyphen. Hinein in die marmorne Eingangshalle, vorbei an Kartenschaltern und Garderoben. Er betritt die öffentliche Damentoilette, überprüft jede einzelne Kabine, bevor er den Putzraum ganz hinten öffnet.

Metalleimer mit Besen.

Overalls, die an Haken hängen.

Die Worte *Uscita di Emergenza* in fluoreszierendem Grün auf einer Tür.

Als er dagegendrückt, schnappt die Tür auf.

Die Nacht versucht sich, kalt und fremd, hereinzudrängen.

Er nimmt aus der Schachtel in seiner Tasche ein Streichholz und positioniert es so, dass die Tür, die selbstständig schließt, einen winzigen Spalt offen bleibt. Er tritt hinaus auf die Straße.

Das Geld!

Er hastet zurück durch die Toiletten und hält Ausschau nach der von Derry erwähnten Nische. Wieder hört er, wie sich das Sicherheitspersonal unterhält, wieder versteckt er sich, diesmal in einem langen, schmalen Vorzimmer, das keine Fenster hat.

Durch die Dunkelheit dringen seltsame Laute – ein Keuchen, ein Stöhnen. Eine junge Frau, ihr Kleid ist offen, lehnt an einem Sarkophag, ein Wachmann kniet vor ihr, drängendes Flüstern, ihre Finger in seinem Haar, sie zittert.

Nicht nur der Anblick allein schockiert ihn, sondern das Wort, das zwischen ihnen hin und her geht.

Sì.

Sì.

Dio.

Sì.

Er hastet vom Vorraum in die Eingangshalle.

Benommen sieht er zwischen zwei Regalen, in denen die Pilger ihre Jacken und Hüte ablegen, den zusammengelegten Rucksack aus Segeltuch.

Minuten später erneut ein Moment größter Gefahr, denn es gibt keine Möglichkeit, auf die Straße zu sehen, zu wissen, was ihn dort draußen erwartet.

Eine Patrouille. Ein Nazi. Ein Kugelhagel.

Er geht durch die Tür.

Die Nacht riecht bitter.

Eine Straßenbahn bimmelt.

Spatzen ahmen eine Maschine nach.

Nicht allzu weit entfernt grölen Jugendliche.

Eine Ratte huscht vom Fuß eines Baumstamms in einen kaputten Gully, der sich unter einem haushohen Wandgemälde des Duce befindet.

Fast wie auf Befehl wird es stumm auf der Straße.

Seine schwachen Beine tragen ihn über die Via dei Bastioni di Michelangelo. Er stellt sich in den Eingang einer Metzgerei, versucht, sich zu beruhigen. Rückwärts zählen, soll den Herzschlag beruhigen, hat Derry einmal gemeint.

Er zählt von hundert rückwärts, zwinkert dabei heftig. Durch die Fenster sieht er Schürzen, Haken und glänzende Hackbeile, den massigen Bronzekoloss der Kasse. Auf der Tafel hinten im Laden, auf die der Metzger mit Kreide seine Preise schreibt, prangt eine anzügliche Zeichnung.

Das Paar im Museo windet sich schimmernd, ihr Beben, ein feuriges *Sì*.

Ein Straßenreinigungswagen rumpelt vorbei, spritzt den Rinnstein aus, der Gestank des Desinfektionsmittels greift seine Augen und seine Kehle an, er schluckt, würgt, hustet in seine Handschuhe und hofft, dass ihn die Männer im Fahrzeug wegen des Motorenlärms nicht gehört haben.

Rüttelnd kommt das Fahrzeug zum Stehen, schwarze Fenster gehen hoch, und der Wagen wackelt, als würde er den Abfall verdauen. In den Spiegeln hinter der Metzgereitheke sind die blutroten Blinker zu sehen. Verwischte Wurstnamen, eine Statue des Prager Jesulein.

Der schwarz vermummte Fahrer klettert aus dem Führerhaus, sein Lehrling, der eine Sturmhaube trägt, steigt hinten vom Trittbrett. Mit langen, dreckigen Besen fegen sie die Pflastersteine, der ältere Mann pfeift ein Volkslied, der andere flucht leise vor sich hin. Mit einem auf einen Stock gesteckten Lappen wischen sie über die Telegrafenmasten und knien sich hin, um Kaugummi von einem Gitter zu kratzen. Der Motor des Lastwagens brummt. Scharlachrote Lampen klicken. Ein alter Müllmann singt vom Meer:

Andiamo a vedere la spiaggia
mentre splende la luna piena

Er beobachtet die Müllmänner, die sich seiner Tür nähern. Jetzt sind sie so nah, dass er ihre Scherze hören kann.

Die Menschen sind Tiere. Schaut euch mal den Dreck an. Jesus, Maria und Josef, der Gestank dieser Mülltonne ist schlimmer als dein Atem. Halt den Schnabel und wisch auf, du Esel.

Über der Metzgerei, im dritten Stock des Wohnblocks, wird ein Fenster aufgerissen, und eine Frau beschimpft die Störenfriede.

«*Deficienti,* es ist Heiligabend, müsst ihr so einen Krawall machen, geht heim in eure Dreckslöcher und lasst anständige Leute in Frieden!»

Der ältere Müllmann bemäntelt seine Verletzung mit Belustigung und brüllt zurück. «Warum hast du denn keinen Mann? Ah, ich glaub, ich kenn die Antwort. Ich erweis dir einen Dienst, Signora. Halt die Klappe.»

Bald wird aus seiner Verunglimpfung eine Vorführung, die zur Unterhaltung seines Lehrlings gedacht ist. *Schwing deinen Hintern morgen in die Messe und bete für ein neues Gesicht, Signora. Das jetzige bringt ja Glocken zum Zerspringen.* Er hat Spaß an dieser selbst gewählten Rolle: der Mann, der kein Blatt vor den Mund nimmt. Doch nach einem gehorsamen Lachanfall erlischt das Interesse des Jungen.

Er hat auf dem Gehweg eine auseinandergebrochene Zigarette gefunden, verschiebt seine Sturmhaube, zündet den Fund mit seinem Zippo an, raucht hingebungsvoll lange, tiefe Züge, starrt hoch zum Mond, tritt die Kippe aus, geht zurück an die Arbeit.

Er fegt träge, aber stetig. Vor der Trattoria, dem Lebensmittelhändler, dem Tabakladen, dessen Fenster eingeschlagen worden sind, weil der Eigentümer Jude war, vor dem Eisenwarengeschäft, wo Lotterielose unter dem Ladentisch verkauft werden, dann vor der Bar, dem mit Brettern zugenagelten Reisebüro, der Geschäftsstelle von American Express. Langsam, stetig, stetig, langsam, beides bedingt einander. Er hält inne, funktioniert den Besen zum Mikrofon eines Schnulzensängers um, flüstert einen Satz aus einem Liebeslied aus Hollywood, greift in die Luft.

Der Sinatra des Gehsteigs, einen Moment lang fühlt er sich wie der Star von Manhattan. Träge geht er auf den Eingang der Metzgerei zu, ein Schlagzeuger mit Besen, schubidubidu, lalalala, er spuckt auf den Gehweg, den er angeblich fegt. Mit jeder Sekunde kommt er näher, bis er vor dem Eingang steht.

Kalte, neugierige Augen in den Löchern der Maske.

Sie blinzeln nicht.

Sie sind ausdruckslos.

Zwei Suchscheinwerfer.

Ein Jahrhundert vergeht.

«Antonello», brüllt der Bursche.

«Was ist los?», will der alte Müllmann wissen.

«Nichts», schreit der Jüngere, der den Blick nicht von dem Mann im Türeingang abwendet. «Lass uns um Himmels willen weiterfahren, wir haben hier schon genug Zeit verschwendet.»

«Ihr seid Faulpelze, ihr Jungen. Wenn es im Bett Arbeit geben würd, würdet ihr auf dem Boden schlafen.»

«Wir müssen zurück ins Depot.»

Der Bursche dreht sich um, geht weg, drischt mit seinem Besen, der ihm als Schläger dient, einen Kiesel quer über die Straße, klettert in das Fahrerhaus und wartet darauf, dass sein vertrottelter Vorgesetzter ebenfalls einsteigt, was der unter einer abschließenden Beschimpfungskanonade gegen die Frau im dritten Stock auch tut.

«*Puttana*», brüllt er.

«*Cornuto*», kreischt sie herunter.

«Schaff dir 'nen Mann an. Halt die Klappe!»

Ratternd und unter Hustenanfällen springt der Lastwagen an. Als sie davonkriechen, drückt der alte Müllmann fies und lang auf die Hupe. Er weiß nicht, dass sie einen blinden Passagier haben, ein Mann auf dem hinteren Trittbrett, der sich fest an die Haltegriffe klammert, durchgerüttelt wird und dessen Gesicht zur Tarnung mit Dreck beschmiert ist.

Der Gestank nach fauligem Abfall. Manchmal dreht sich der Trittbrettfahrer halb um und atmet die Nacht ein. Vorbei an Kirchen und leeren Piazzas, Hakenkreuzfahnen und Wachtposten mit Maschinengewehr.

An der Straßensperre wird der Lastwagen durchgewinkt, die deutschen Wachtposten machen sich über den Gestank lustig. Halten sich die Nase zu, tun so, als müssten sie sich übergeben. Männer mittleren Alters, in deren Augen merkwürdige Erregung liegt. Sechs der sieben werden im März sterben, von einer Partisanenbombe in der Via Rasella zerfetzt. Der Siebte wird Gehör und Augenlicht verlieren.

Vorbei an Palästen, Klöstern, einem dichtgemachten Nachtclub. An Brunnen, die seit dreitausend Jahren sprudeln. Vorbei an einem Frauenkloster, aus dem sie von vierhundert Augen beobachtet werden. Durch eine Gasse, die von der Via Segundo abzweigt.

Ein Abbiegen nach links in einen mit Stacheldraht umzäunten, von Möwen umschwärmten dreckigen Hof, wo ein Dutzend ähnlicher Lastwagen in einer unordentlichen Reihe geparkt steht, der Gestank ist fast greifbar. Die zwei Müllmänner steigen aus, holen ihre durchnässten Mopps und die Eimer heraus und trotten zu der Wellblechhütte, die neben dem schief hängenden hinteren Tor steht.

Es wird still im Hof.

Er schlägt den Mantelkragen hoch und geht.

Durch die üblen Ausdünstungen, das Surren von einer Million Fliegen, durch einen Durchgang zur Via Agazzari.

Erneutes Stöhnen der Bomber, die entweder ausschwärmen oder zurückkehren.

Er überquert die Straße, biegt in ein Gässchen hinter der Via Alessandri ein, durch den mit Kugeln übersäten Innenhof eines verfallenen Hotels. Die halb verfaulte Holztreppe hinauf, durch die verwüsteten Küchen, deren Spülen, Wasserhähne und Kühlschränke von Plünderern hinausgeschleppt worden sind, die Speisekammer wird von Obdachlosen als Latrine benutzt, vorbei an seltsamen, scharlachroten Flechten, die auf versengten Fliesen sprießen, durch das verwüstete runde Foyer und den zertrümmerten, stinkenden Ballsaal, darin ein ausgebrannter Kontrabass und zerschmetterte Kronleuchter, umgeworfene Tische, aufeinandergestapelte Stühle, deren Samtbezug vermodert; vorbei an mehreren Zimmertüren, deren Farbe vom Feuer gefressen worden ist, Türen, vor denen zusammengeschnurrte Gamaschen und geschmolzene Stöckelschuhe noch immer auf den Schuhputzer warten, durch einen Flur, in dem Lerchen nisten und ein Raubtier Fetzen aus der zerschlissenen Seide der Vertäfelungen gekrallt hat, und die wackelnde Feuertreppe hinunter auf die Via Vittoria Aleotti.

Ein schwarzer Mercedes fährt vorbei.

Dann eine leere Straßenbahn.

Er geht fünfzig Meter in südliche Richtung, bevor er sich durch die Lücke zwischen zwei Mietshäusern quetscht, dann über das z-förmige, verwahrloste Brachland dahinter, wo alte Fahrräder und Ketten, Bierfässer und Kinderwagenräder herumliegen. Trommeln mit schmierigen Kabeln, Stapel von Heizungsrohren, das Skelett eines ausgeweideten Fiats. Zwischen verkümmerten Bäumen schläft ein Landstreicher in einer Hängematte.

Durch Gässchen und schmale Durchgänge, über ein leeres Grundstück.

Der Wind frischt auf, als er auf den Vicolo Cozzolani genannten Durchgang zustrebt, der so schmal ist, dass er auf keiner Karte verzeichnet ist. Er überquert die Straße beim Eingang zur Kavallerieakademie, verlangsamt seinen Schritt vor jeder Straßenlaterne, wird schneller, wenn sie hinter ihm liegt, und erinnert sich an Derrys Worte, als ein Rendimento abgebrochen werden musste. *Licht ist der Feind und muss gemieden werden. Immer, wenn du deinen Schatten siehst, bist du in Schwierigkeiten.*

Während er dahinhetzt, beginnt sein Schatten, leise zu reden.

Deine Eitelkeit ist dein Fluch. Was hast du dir dabei gedacht? Wolltest du Gott spielen? Derry ist ein Held, du bist ein Scharlatan, ein Clown. Wenn sie dich kriegen, und das werden sie, wird dich dieser dämliche Kragen nicht retten. Sämtliche der entflohenen Gefangenen werden zu Tode gefoltert. Du auch. Auf dem Altar deines Stolzes geopfert.

Via Stolto. Via Tonto. Via Balordo. Via Morte.

Du taumelst die Straße des Todes entlang. Du Blindgänger.

Die Contessa hatte eine Idee, die du abgeschossen hast. War dir wohl nicht recht, dass jemand anders mit einem sinnvollen Vorschlag aufwartet? Den Bettlern sollten zehn Lire für jede zerschmetterte Straßenlampe gezahlt werden, damit eine Route durch die Stadt ausgearbeitet werden konnte, die völlig im Dunkeln liegt. Aber Monsignore wollte nicht hören. Monsignore weiß ja immer alles besser. Monsignore ist der Chorleiter. Verbeugt euch.

Die Schattenstimme stichelt weiter, will ihn nicht in Ruhe lassen. Er geht in Richtung Fluss, wo es stürmisch weht.

Dieser Abschnitt jetzt ist tödlich, die lange, breite Verkehrsstraße. Elegante Modeschöpfer, Juweliere, Hemdenmacher, vornehme Hotels. In sechzig Metern Entfernung steht an der Kreuzung auf hohen, schwarzen Stelzen ein deutscher Maschinengewehrturm. Er erkennt Soldaten im Geschützturm.

Silhouetten im Mondschein.

Nachtferngläser funkeln.

Er biegt um die Ecke in eine Nebenstraße mit großbürgerlichen Häuserblocks. Glänzende Automobile unter Ulmen. Zahllose Steinlöwen auf Längspfosten.

Die Messingplatten der Türklingeln schimmern. Auf einem Gullydeckel die Buchstaben «SPQR».

Ein Baby greint, beruhigt sich aber, während er vorbeigeht.

Katzen miauen kläglich, Blätter rauschen unruhig. In seinem Magen brodelt es. Er sieht auf seine Armbanduhr. Ein Uhr siebzehn. Beeil dich.

In Kerry sind sie bestimmt schon die drei Meilen von der Kirche heimgegangen, nachdem sie bei der Mitternachtsmesse waren. Auf den Säcken mit Lauge bei der Klöntür liegt Frost. Mutter macht in der Aluminiumkanne, die sie in Limerick gekauft hat, Tee. Der Ahorngeruch des Sees bei den Wasserfeldern im Winter. Raureif auf den Eibenbeeren, doch Vater warnt, dass sie giftig sind.

Siehst du die Bilder? Bleib stehen. Gib auf.

Du erinnerst dich sicher an die Nacht, in der du nicht schlafen konntest, und dich für einen Schluck Milch runtergeschlichen hast.

Gesenkte Köpfe, gemurmelte Worte, Daddy und Mam beteten. Die Votivlampe vor dem Herz-Jesu-Bild ließ die Skala des Radios rot leuchten. Brot war gebacken worden; die Luft über dem Backbrett war wie Gaze. Die Küche roch mehlig wie eine Konditorei. Die Süße dieser Milch, die milde Rüge des Vaters, das Blöken der Kälber, die das Sternenlicht nervös macht. Die Mutter, die euch beiden Milch bringt.

Du und Daddy draußen im Hof, er raucht eine Players. Wie ein junges Mädchen vor dem Tanzlokal nimmt Mammy gelegentlich einen Zug. Er erzählte dir die Geschichte der Sterne, von Orion, vom Großen Wagen. Wolkengrannen ziehen an der leuchtenden Scheibe des Mondes vorbei. Vogelzwitschern und das Wiehern der Pferde. Ihr drei wart eine gute Stunde dort draußen, dachtest du zumindest, aber

Mams Armbanduhr zeigte nur zehn Minuten an. In der indisch-blauen Dunkelheit, der seidigen Schwärze stauntest du über das Trillern eines widerborstigen Amselpaars, das einfach nicht ins Nest zurückkehren wollte.

Das Weihnachtsfest, an dem du vierzehn wurdest.

«Solch schöne Nächte wirst du mit deinen eigenen Kindern auch erleben, so es Gott gefällt», sagte Daddy. Du wolltest es ihm nicht sagen, aber bereits damals hattest du das Gefühl, dass du Priester werden würdest. Es würde keine Kinder, keine Ehefrau, kein Heim geben. Das machte dir Angst, stimmt's? Du konntest mit niemandem darüber reden.

Dieselbe Küche, heute. Zwei alte Menschen beten.

Unser Sohn, ein Priester im Vatikan.

Hör auf mit dem Wahnsinn.

Dreh um.

Geh heim.

Werde erwachsen.

Sie kann wieder dein werden, diese Nacht der Milch.

Ich bin dein Schatten.

Du wirst mich nicht los.

Geh nicht weiter.

DIE STIMME VON JOHN MAY
20. September 1963

Aus einem BBC-Recherche-Interview, geführt in Coldharbour,
Poplar, East London

Wenn man in London Taxifahrer werden will, muss man 'ne Prüfung ablegen. Trennt die Böcke von den Schafen. Man nennt sie den *Atlas des Wissens.*

Drei Jahre Auswendiglernen und Schinderei. Das ganze Tamtam ist gewissermaßen Untermieter bei dir. Man *träumt* von den Straßen, Bahnhöfen, Reihenhäusern. London hat fünfhundert Hotels, und du musst von jedem einzelnen die Adresse kennen. Kinos, Fußballplätze, Theater. Alles. Und alles andere auch. London hat zwanzigtausend Straßen. Ist nich' einfach.

Dein holdes Weib dreht durch, denn mitgefangen, mitgehangen. Stell mir Fangfragen, hab ich gesagt. Überrumple mich. Erwisch mich bei 'ner Wissenslücke.

Dann kommt der Morgen, an dem es sich zeigt, aus welchem Holz du geschnitzt bist. Gewaschen und gekämmt, gestriegelt und gebügelt, trägst du deine Sonntagsklamotten. Kann losgehen.

Du sitzt da vor dem Prüfer, und der hat 'nen Stadtplan von London, der hat die Größe von 'ner Tischplatte. Sämtliche Gässchen, Sträßchen, Hinterhöfe, Wege und Straßen, von denen du noch nie gehört hast, wo nie einer hinfährt. Straßen, die's verdammt noch mal gar nich' gibt. Das Ganze ist sehr förmlich, kein nettes Einstiegsgeplauder, das ist 'n trittsicherer Taxifahrer, der viele Jahre auf dem Buckel hat, 'n Vollprofi. Er fragt dich, wie man vom Piccadilly Circus zur Brickfields Terrace in Maida Vale kommt. Netter Einstieg, einfach. Man ist drin.

Du sagt links, dann rechts, dann um den Park herum, dann rechts, dann links, dann nach Norden, dann nach Westen, dann geradeaus und so weiter und so weiter – über die Queensway geht's allerdings grad nich', ist momentan Einbahnstraße –, also fährt man die Westbourne Gardens runter und ist da.

Man selber hat keinen Stadtplan vor sich, nur den im Kopf. Entweder man kennt den auswendig oder man ist erledigt. Schnellster Weg von Rupert Street zu Craven Hill Mews. Einfach? Jetzt wirft er ganz fiese Bälle. Da heißt's aufpassen.

Ich steh an der U-Bahn-Haltestelle Royal Oak, muss zum Schneider in die Duke Street, St James, dann zu Caulfield Gardens, Earls Court, ziemlich viel los, ich hole meine Frau ab, dann Cropley Street, Shoreditch. Zur Hauptverkehrszeit.

Atlas des Wissens, wie gesagt. Da wird die Konkurrenz ausgesiebt.

Und genauso in- und auswendig kannte der Padre Rom.

Alleen, Gassen, Parks, Straßenbahnlinien. Beinahe tausend Kirchen, und er kannte alle, da würd ich drauf schwören. In Dublin – in ganz Irland – orientieren die sich bei der Wegbeschreibung an Pubs. «Bei John Grogan nach links, nach dem Palace rechts.» So war's beim Padre mit den Kirchen in Rom. «An der Santa Maria vorbei, überquer die Straße hinter Sant'Ivo alla Sapienza.»

Fragen Sie mich nich', wie er sich das reingebimst hat. Hat er aber. Hatte echt Grips. Bei Hughdini gab's kein Vertun.

Außerdem ein Geher vor dem Herrn. Schusters Rappen und so. Gab keinen Pflasterstein in Rom, den der nich' gekannt hat. Leute, die dort geboren worden sind, haben ihn auf dem Petersplatz angehalten und gefragt, wie sie am besten von Trastevere nach Prati kommen. Ich hab immer gesagt: «Wenn du kein Geistlicher wärst, wärst du ein Eins-a-Taxifahrer geworden.» Das hat ihm gefallen. «Vielleicht ist es ja noch nicht zu spät, John.»

Wenn ihm langweilig war oder er nich' hat einschlafen können, lag er wach und ist mit seinem Taxi vom Buckingham Palace runter nach Deptford und zurück gefahren. «Das hilft meistens.» Als er mir das erzählt hat, sind wir angeln gewesen, waren einen Tag auf dem Land, Sir Frank, die Contessa, der Padre und ich. Miss de Vries und Delia kamen später. In Ostia, am Meer. Im Musikpavillon 'n Streichquintett. 'N Karussell mit Pferden. Kinder rannten rum. Delia hat *Danny Boy* gesungen, und die Mädels heulten alle. Der Monsignore gab *Take Me Back to Blighty* zum Besten, in grauenvollem Cockney. *Take me over there, Drop me anywhere, Put me on the train for London town.* Ich mach mich über ihn lustig. Sag zum Spaß «Aitch» zu ihm. Er sagt «Johnjoe» zu mir, wie sie's in Irland tun. War 'n schöner Tag.

Komisch, dass er immer London und nie Rom genommen hat, wenn er nicht hat schlafen können. Wahrscheinlich fand er London tröstlich, wie 'ne Mutter. Ist bei Iren oft so. Da sind sie frei.

Und noch was, er war aufrichtig. Bodenständig. Und auf den Fotos sieht man's nicht, aber der Padre war ein harter Hund. Wie man dort, wo ich herkomm, sagt: Der hatte Mumm in den Knochen. Vorhin ist mir Shackleton eingefallen, die armen Schweine in der Antarktis, ihr Walfänger war aus diesem Holz aus Guayana, aus Grünherz, so hart, da kriegste keinen Nagel rein. So war der Padre. Aus echtem Grünherzholz. Einer von der altmodischen, direkten, peniblen Art. Und so hat er sich auch angezogen. Doch, ist wohl wahr. Auf sämtlichen Fotos trägt er natürlich Priesterklamotten, aber wenn er nich' im Dienst gewesen ist, sondern sich in Zivilkleidung schmiss, war das 'ne ganz andere Nummer: Kamelhaarmantel und schwarzer Trilby. Das volle Programm. Schuhe, da hätt man keinen Spiegel zum Rasieren gebraucht. Elegant. Schneidig.

Alle vierzehn Tage hinten und an den Seiten kurz, mit dem heißen Kamm, bisschen Brylcreem drauf. 'N Malteser, den ich als Stöpsel gekannt hab, hat für'n Bankraub in Mayfair sieben Jahre in Pentonville eingesessen, als er rauskommt, tut er, als wär er der King, sieht aus wie 'n feiner Pinkel. Der Padre war so ähnlich. Hat sich nicht hinter die Fassade schauen lassen.

In Whitechapel würd's heißen, der ist einer von den ganz Ausgebufften. Dem man lieber nicht krumm kommt, weil er bestimmt 'n Messer im Ärmel hat.

Hört sich komisch an, wenn man das über'n Mann mit seinem Beruf sagt, aber er hatte 'nen Gang wie einer, den die Italiener *il capo dei capi* nennen, den Paten.

So kam er rüber. «Ich hab vor nix Angst, vor gar nix.»

Aber in der Nacht, das sag ich Ihnen, da muss er Angst gehabt haben. Mag gar nich' dran denken.

Können wir 'ne Pause machen?

...

Lass die Brücke offen sein, lass die Brücke offen sein, lass die Brücke offen sein, betet er.

Der Ausweis ist geschickt gefälscht, und sein Foto ist echt, aber das wird nicht genügen. Wenn man ihn anhält, muss er sich den Fragen stellen.

Wie heißt Ihr Vater? In welcher Stadt wurde er geboren? Wann wurde Ihr Bruder geboren? Sind Sie verheiratet? Mit wem? Wie schreibt man das? Wie alt ist Ihre Mutter? Wie heißt Ihre Lieblingsfußballmannschaft? Wer ist der Kapitän?

Alle im Chor, die keine Italiener sind, kriegen für Notfälle einen Decknamen. Delia Kiernan ist Mary Lavelle, Sir D'Arcy ist Robert Melmoth. Aus May wird Kenneth Oliver, Kammerdiener eines schwierigen Kardinals. («Ist vielleicht 'n bisschen arg nah an der Wahrheit», sagt er.) Marianna ist Ann Brunner, Schauspielerin und Dramatikerin, eine Kunstfigur, die sie lieber mag als sich selbst.

Morgens arbeiten er und Derry (John Atkinson, Bibliothekar im Vatikan) allein eine Stunde an den Lebensläufen der Pseudonyme.

Um den Geschichten den letzten Schliff zu geben, müssen Einzelheiten her. Das Datum der ersten faschistischen Kundgebung, an der ich teilnahm, die Stadt, der Freund, mit dem ich dort war, wie lang der Duce redete. Die Anzahl der Leibwächter, weshalb ich in die Partei eingetreten bin, die Namen der Läden, die ich niedergefackelt habe, ihre Adressen. Eines Abends wies er die Chormitglieder bei der Probe an, sich vorzustellen, dass ihre Kunstfiguren zusammengekommen seien, und sie mussten singen wie diese. Dann wurde jede Figur von Derry in seiner typisch schroffen Akribie vor allen anderen einer Befragung unterzogen. Die Contessa verließ die Probe. Davor hatte es einen erbitterten, lautstarken Streit gegeben.

«Wir führen keine *Operette* auf, Hugh, was soll diese idiotische Zeitverschwendung?»

«Um Gottes willen, Jo, könntest du dich beruhigen, wir haben zu tun.»

«Komm mir nicht mit Gott. Du redest, als hättest du ihn erfunden.»

Die Erschöpfung, die ständige Angst platzte aus beiden heraus, und was in ihrem Inneren rumort hatte, verschaffte sich Luft.

«Musst du immer die Diva geben?»

«Du weißt *nichts* von mir, Hugh, du kennst mich nicht.»

«Wie kannst du so mit jemandem reden, der sich um dich sorgt?»

«Sich sorgt? Wie, *sich sorgt?* Ich soll in deinem Drama eine Marionette sein, du beraubst mich meines Namens, meiner Bedeutung, bloß weil du das deiner Ansicht nach sinnvoll ist?»

«Dein Name könnte dich *umbringen. Kapierst* du das nicht?»

«Dann soll es so sein.»

«Bitte?»

«Ich heiße Giovanna Landini, und ich trage den Namen meines Mannes.» Ihre leisen, kalten Worte zerschnitten die staubige Luft schier. «Den werde ich tragen, bis ich sterbe, mögen da Nazis, Schläger oder Priester kommen. Den Namen, den ich freiwillig angenommen habe, der mein ist. Hörst du?»

«Neunzig Meilen weit weg hockt einer, der dich nicht hören kann, Frau, warum brüllst du nicht noch ein bisschen lauter.»

«Die Menschen nennen dich Pater, Hugh, das lateinische Wort für Vater. Du bist nicht mein Vater.»

«Gott sei Dank.»

«Wage ja nicht, mich umzutaufen. Krieg das in dein Hirn.»

«Zumindest habe ich eins.»

«Du hättest gern das letzte Wort? Das kannst du haben, Monsignore. Schreib mir nie wieder vor, was oder wer ich bin, nie wieder. Ich entscheide, wer ich bin.»

«Keine Sorge. Ich sehe genau, wer und was du bist.»

«Hugh.» Das war Delia, ganz sanft. «Wir wollen mal einen Gang runterschalten. Wir sind alle müde. Es war nicht böse gemeint. Auf geht's. Zurück an die Arbeit. Jo, Schätzchen, mein Flachmann mit Wasser ist mehr als voll. Wisch dir also die Tränen ab, so ist's brav. *Andiamo.*»

Obwohl sich beide beim anderen entschuldigt und die Probe fortgesetzt hatten, stand das Zerwürfnis zwischen ihnen, wie ein Fremder im Raum. Um Mitternacht gaben sie sich die Hand, umarmten sich unter Tränen.

Lass die Brücke offen sein, lass die Brücke offen sein. Er biegt nach rechts auf die Piazza Corelli und legt seine Kunstfigur an, die ihn wie ein Mantel umhüllt.

Marco Mancuso, Übersetzer beim Staatssekretariat des Heiligen Stuhls, geboren in Glasgow, Schottland, als Kind einer italienischen Einwandererfamilie, kam '33 nach Mailand, Eltern: Gianluca (bedeutet Gottesgeschenk) und Elisabetta. Ein Bruder, Giancarlo, verstorben, zwei Schwestern, Catalina und Elena. Gehört keiner politischen Gruppierung an, aber großer Bewunderer des Faschismus. Unverheiratet, ehemaliger Seminarist, ging einen Monat vor seiner Ordination ab, der Schwager ist ein kleiner Parteifunktionär in Brindisi. Trainer der italienischen Nationalmannschaft bei der Fußballweltmeisterschaft 1934 war Pozzo; Mittelfeldspieler war Berto-lini.

Die letzten, widerrechtlich geöffneten Cafés schließen. Aus einem Zimmer in einem oberen Stockwerk ertönt das brüllende Gebell eines mittelprächtigen Tenors, der *E lucevan le stelle* misshandelt, kontrapunktiert vom bellenden Gebrüll Leidgeprüfter, er solle gefälligst aufhören. Zwei Betrunkene stapfen über den Fußweg, wie Männer, die Wasser treten. Nach der Sperrstunde darf in ganz Rom kein Schanklokal geöffnet haben, aber in Italien, wie fast überall, gibt es stets Ausnahmen. Der Chef hat Beziehungen. Der Magnat bringt seine Geliebte mit. Das Bestechungsgeld war großzügig. Wenn du dich weigerst, jagen wir deinen Laden in die Luft.

Er überquert die Straßenbahnschienen, zögert und hebt zufällig den Blick.

An einem Fenster steht eine Frau, die ihn beobachtet.

Die Glut ihrer Zigarette wird röter, verblasst.

Sie beißt sich in den Daumen, eine Geste der Verachtung, die jemandem hinter ihm auf der *strada* gilt.

Die Besorgnis ist ein fast greifbarer Begleiter. Als er über die Schulter sieht, ist da niemand.

Der Wind frischt auf, weht alte, zusammengefaltete Zeitungen wie seltsame Vögel über die Piazza.

In der Ferne die Musei, die grimmige Kuppel des Petersdoms.

Ein vorbeikriechender StuG verliert Öl.

Marco Mancuso geht weiter.

Auf dem Kai kämpft er gegen den aufziehenden Sturm an und wirft eine mit Dollarscheinen vollgestopfte Lucky-Strike-Schachtel in einen Mülleimer, auf den ein Notenschlüssel geschmiert ist – die erste Deponierung ist gelungen, fast pünktlich. Er kommt an dem mit Vorhängeschlössern gesicherten Tor eines Augustinerkapitels vorbei, wo sich seit einem Monat sieben entflohene Fallschirmjäger verstecken.

Auf der anderen Straßenseite über der Bäckerei: zwei Heckschützen aus Iowa und der Pilot einer B-26 Marauder aus New Orleans, dessen vereiterter Weisheitszahn ihm Höllenqualen bereitet. Man muss etwas für ihn tun. Aber nicht heute Nacht.

Im Weinkeller unter einer Trattoria auf der Via Geminiani, drei; auf dem Lagerdachboden über einem Geschäft, das kirchliche Gewänder und edle Abendmahlkelche verkauft, neun; hinter der falschen Trennwand einer Galerie auf der Via Bellini, einer; im Kohlenbunker eines Tabakladens, zwei.

Siebzehn im Pilgerschlafsaal des Kapuzinerklosters im Borgo Scarlatti; neun in Mönchszellen, vier unter der Küche. Zwei im Hinterzimmer einer Schneiderei zwischen Schneiderpuppen und Stoffballen, sieben im Lagerhaus eines Obsthändlers. Neun auf dem Gelände des Palazzo Leoncavallo, zwei in einer Autowerkstatt hinter der Via Palestrina, drei auf einem halb gesunkenen, alten Ausflugsboot, das auf dem Tiber liegt. Fünfzehn in der Dreizimmerwohnung, in der eine maltesische Witwe und ihre Kinder leben, die jeden Tag für die Männer auf ihr Essen verzichten.

Als Mönche verkleidete Männer schlafen auf Granitsockeln in Glockentürmen. In Biwaks auf Dächern zwischen Schornsteinen und Taubenschlägen. Bajonettklingen in ihren Kutten oder Rebmesser unter ihren Kopfkissen. Männer, die versteckte Pistolen mit einer verbliebenen Kugel bei sich tragen. Die aus Klaviersaiten Garrotten, aus Meißeln Stichwaffen machen. Männer, die unter Brücken schlafen, auf Parkbänken, in Kanalisationsschächten, verrosteten Straßenbahnen, ausgebrannten Kartenhäusern und auf efeuüberwucherten Friedhöfen, auf kaputten Bussen in Nebenstraßen. Die Dachbodentruppen gewissermaßen.

Es kommt ihm vor, als würden sie alle in diesem Augenblick hinter ihm den Corso Paganini entlangparadieren und geradezu um Aufmerksamkeit brüllen.

Im obersten Fenster eines Wohnblocks an der Ecke wird das Aufleuchten einer Taschenlampe von einem Dach mehrere Häuser weiter beantwortet. Drei Blitze, vier. Vier Blitze, drei.

Derry hat dringende Verbote übermitteln lassen; dieses Verhalten bringt alle Flüchtlinge in Rom in Gefahr. Aber die Männer, die es in Gefahr bringt, hören nie lange damit auf.

Aus Fenstern blitzen Morsenachrichten über eine verlassene Piazza, über die breiten Uferbänke, die ganze Nacht über. Wenn ein einziger Nazi deinen Aufenthaltsort herausfindet, sterben hundert deiner Kameraden. Möglicherweise tausend. *Könntest du also bitte.*

Daraufhin hören die Signalzeichen ein paar Nächte lang fast auf. Aber bald kommen sie zurück wie die Gezeiten.

Aufforderungen, den Mut nicht zu verlieren. Obszöne Witze. Bitten um Nachrichten. Sportergebnisse. Anzüglichkeiten. Beleidigungen.

Wie finden sie einander bloß? Er hat keinen Schimmer. In manchen Nächten ist es schlimmer als in anderen – «Herrgott», seufzt John May, «das ist ja wie auf dem Times Square an Silvester» –, aber wenn man die Augen auch nur halbwegs offen hält, sieht man sie jede Nacht, die Sternschnuppen der Verängstigten.

Diese bodenlose Unbesonnenheit hat Derry ein einziges Mal seine Beherrschung verlieren lassen. Eigenartig, den Engländer fluchen zu hören. «Ist diesen Schweinehunden nicht klar, was sie damit anrichten? Wissen die das denn nicht? Verdammte Idioten. Die wollen erschossen werden, diese egoistischen Arschlöcher. Warum machen wir uns überhaupt die Mühe?»

Er hingegen weiß, wenn man ihnen die Taschenlampen wegnimmt, werden sie mit Streichhölzern morsen. Sie werden auf den Dächern, die ihnen Schutz bieten, Feuer entzünden. Er hat sich damit abgefunden und wünscht sich, Derry könnte das auch; dagegen anzugehen, gleicht dem Kampf gegen die Schwerkraft. Ein Schweigegelübde lässt sich, wie die meisten Gelübde, nicht immer befolgen. Er eilt unter den scherzenden Strahlen hindurch weiter.

Auf der Via Boito beobachtet ihn ein Straßenmädchen im Schatten einer Mauer, auf der oben abgebrochene Flaschen stecken. Er geht schneller, mit gesenktem Kopf, als würde er in dieser Haltung weniger Raum einnehmen, und sieht aus, so sagt sie später, «wie ein Mann mit einer Zielscheibe auf dem Rücken».

Wo sind die Alliierten?

Wann kommen sie?

Die kommen nicht, sagt sein Schatten. *Das weißt du.*

Wem willst du eigentlich was vormachen? Deinem schwachen, ermordeten Gott? Derry ist zumindest ein Mann, du bist nicht einmal eine Fußnote. Hast Angst, richtig zu leben. Verschanzt dich wimmernd hinter Gelübden. Bedeutungslos, was du gerade machst, eine Narretei. Zu spät.

Blindlings, verängstigt greift er zu einem Ave-Maria.

Ein Gebet aus dem Unterstand, das ist mir das liebste, nur zu, du verblendeter Narr. Wir sprechen die Worte gemeinsam, sie sind nichts als Mimikry, das Lachen eines Idioten. Dein Gegrunze ist bedeutungslos, Lärm, schlechte Musik. Ein Schimpanse, der Scheiße gegen die Stäbe seines Käfigs schmeißt.

Ich war schon lange vor dir hier. Ich werde noch hier sein, wenn du tot bist.

Gestaltwandler nennt man mich.

Wechselbalg.

Verräter.

Ich bin nicht dein Schatten. Du bist meiner.

Sein Spiegelbild wandert über das Fenster einer Scherenschleiferei. Regentröpfchen auf dem staubverschmierten Glas. Links hinein in die Via Martucci.

Ihm gerinnt das Blut im Magen.

Die Straßensperre reicht von Gehsteig zu Gehsteig. Ein Kohlenbecken rülpst in die winterliche Finsternis. Sepiagolden flackert es über das himmelhohe Mauerwerk und die Seiten eines Lastwagens mit offener Ladefläche.

Aus dem Auspuff strömt stoßweise Rauch. Der Motor eines StuG winselt. Im Lastwagen kann er ein Dutzend verängstigter Gefangener sehen, mit den Handgelenken an eine Querstange gefesselt, die Köpfe gesenkt. Ein Mann, vor ihm ein verhutzelter, angeketteter Rottweiler, zündet sich an dem Kohlenbecken eine Zigarette an. Ein Befehl wird gebrüllt, die Gefangenen sollen sich *hinknien!*, aber manche verstehen ihn nicht oder sind wie versteinert, also knüppeln der Hundeführer und sein Kamerad sie nieder. Der Hund hebt das Bein an einem Reifen.

Es ist zu spät, sich in einen Türeingang zu retten. Soll er fliehen?

Keine Zeit mehr.

Ein dunkelhaariges Weltergewicht mit dem flachen Schädel eines Bullen entdeckt ihn zuerst und winkt ihn lässig zu sich.

Der Hund zerrt an seiner Fessel, versucht, mit geiferndem Maul die Kette durchzubeißen, die dick wie ein Seil ist.

Der Atem des Soldaten riecht nach ranzigem Käse, nach abgestandenem Kaffee.

«Name?»

«Mancuso.»

«Vorname?»

«Marco.»

«Ausweis?»

Er zeigt ihn vor.

Im züngelnden Halbschatten betrachtet der Soldat die Fotografie, murmelt in einem obskuren deutschen Dialekt vor sich hin, betrachtet den nächtlichen Spaziergänger abschätzend und wiederholt den Namen «Mancuso», als würde er ihn auf eine Waage legen. Er brüllt einen jüngeren Kameraden herbei, der das Dokument überprüft. Sie wechseln einen langen Blick. Sie halten den Ausweis ins Mondlicht.

«Sie wissen schon, dass Ausgangssperre ist», sagt das Weltergewicht.

«Ich habe eine Ausnahmegenehmigung. Wie Sie sehen.»

«Wo wollen Sie hin?»

«Ein Medikament abholen.»

«Wie meinen?»

«Sie werden mitbekommen haben, dass Kardinal Hinsley aus Westminster und der päpstliche Gesandte in Nairobi sowie dessen Schwester und Vater dem Vatikan einen privaten Höflichkeitsbesuch abstatten. Der Kardinal ist heute Abend erkrankt, Verdacht auf Malaria. Es war kein Arzt abkömmlich, aber ein Wohltäter in der Stadt hat Chinin. Der Kammerdiener Seiner Eminenz hat mich gebeten, es abzuholen.»

Wenn man lügt, hat man, wie Derry sagt, zwei Möglichkeiten, die funktionieren könnten. Entweder eine einfache oder eine komplizierte Lüge. Bei der man bleibt.

«Wie lange werden Sie noch unterwegs sein, Mancuso?»

«Mindestens zwei Stunden.»

«Sorgen Sie dafür, dass Sie nicht länger brauchen. Gehen Sie weiter.»

«Wer sind diese Gefangenen?»

«Leute, die gegen die Ausgangssperre verstoßen haben. Unerwünschte Personen.»

«Was passiert mit ihnen?»

«Sie machen eine kleine Stadtbesichtigung.»

«Wohin?»

«Dorthin, wo es Sie nichts angeht. Ab mit Ihnen.»

Als er am Heck des Lastwagens vorbeigeht, hört er ein Flüstern. *«Salvami.»*

Er kann nichts tun.

Wenn er stehen bleibt, ist alles verloren.

«Rette mich.»

Sterne funkeln.

Er geht weiter.

Lass die Brücke offen sein, lass die Brücke offen sein, lass die Brücke offen sein, betet er.

21

DIE STIMME VON SAM DERRY
27. September 1963
Aus einem BBC-Recherche-Interview,
geführt in Newark-on-Trent, Nottinghamshire

Sieben Wochen zuvor hat uns ein Informant gesteckt, soweit ich mich erinnere über Miss de Vries, dass von Heiligabend auf den ersten Weihnachtstag zwischen Mitternacht und zwei Uhr morgens bestimmte strategische Stellen in Rom nicht vom Jerry bewacht oder zumindest nur sporadisch Patrouillen vorbeikommen werden.

Sie war Schreibkraft im Nazihauptquartier, die junge Frau, von der ich spreche.

Sie war sich nicht ganz sicher, weil sie nicht jedes Wort von Hauptmanns Befehl mitbekommen hatte, aber bei einer Zigarette im Hof schien einer der jüngeren Gestapo-Offiziere den Inhalt zu bestätigen. An den wichtigen Brücken würde es Straßensperren geben, aber nicht auf der Ponte Sant'Angelo.

Das war Teil unserer Überlegungen gewesen.

Eine nicht gesperrte Brücke kann eine große Chance sein. Allerdings in der klassischen Kriegsführung auch eine Falle.

Gelegentlich hatten sich die Informationen dieser jungen Frau als unzuverlässig erwiesen. Sir D'Arcy hatte sich daher schon gefragt, ob sie ein doppeltes Spiel trieb, Faschistin war. Ich vertraute nur ungern einem Informanten, den ich nicht persönlich kannte, aber es war eindeutig ein Ding der Unmöglichkeit, sie für eine plauschige Teestunde in den Vatikan einzuschleusen, und sie anderswo zu treffen, hätte sie möglicherweise in tödliche Gefahr gebracht. Letztlich konnte man nur seinem Instinkt vertrauen.

Ich erinnere mich, dass der Padre beharrlich sagte: «Sie stellt ein Risiko dar, Sam. Ein sehr reales Risiko.»

Ich sagte: «Wer ist das nicht, verdammt noch mal?»

«Wir können ihr nicht trauen», wiederholte er. So ging es hin und her, der reinste Schlagabtausch. Unsere Meinungsverschiedenheit artete beinahe in Streit und Vorwürfe aus. Schließlich, die Zeit drängte, einigten wir uns darauf, eine Karte zu ziehen. Der Monsignore zog eine drei, ich die Pik-Dame. Der Plan würde entsprechend der Informationen angepasst, die wir von der jungen Frau bekommen hatten.

«Und wenn wir den Tiber nicht überqueren können, Sam?»

«Dann brechen wir ab.»

«Das war's dann?»

«Es ist ein Vabanquespiel, zugegeben.»

«Es ist mehr als das.»

«Das ist mein Problem. Mein Leben steht nämlich auf dem Spiel.»

«Nicht nur deins.»

«Das stimmt wohl.»

«Man kann ihr nicht trauen.»

«Wir werden sehen.»

Letztlich weiß man über Informanten nur eines mit Sicherheit: Sie sind Informanten. Bester Vergleich: Wenn man auf einen notorischen Lügner reinfällt, darf man nicht überrascht sein, wenn er lügt. Das können sie gut, darin haben sie Übung. Und beim nächsten Mal ist es einfacher, weil sie ihr Wort schon einmal gebrochen haben. Die wissen, wie sich das anfühlt und dass es gar nicht so schlimm ist. Die Katze lässt das Mausen nicht. Die alte Geschichte.

Also, da haben wir eine Brücke. Und hier haben wir eine Geschichte.

...

Leise geht es über die Vicolo Sgambati.

Lass die Brücke offen sein.

In seinem Magen brodelt das Adrenalin, er stützt sich in einem Bushäuschen ab, sammelt sich, zählt bis fünf und biegt um die Ecke.

Vor ihm Suchscheinwerfer, ein Trio gepanzerter Wagen mit Hakenkreuzen. Auf der Mauer am gegenüberliegenden Ufer die vergrößerten Silhouetten der Polizeipferde.

Der Informant hat sich geirrt. Oder er hat gelogen.

Zu seiner Rechten macht der Tiber unvermittelt eine scharfe Biegung, und er kann sehen, dass auch die Ponte Vittorio Emanuele II gesperrt ist, ebenso die Ponte Umberto einige Hundert Meter zu seiner Linken.

Die rutschigen, unebenen Stufen zum Flusspfad hinunter, der üble Gestank von nassem, vermoderndem Moos. Eine Reihe Poller in der gurgelnden Dunkelheit, das gezierte Quaken einiger Enten.

Könnte man schwimmen? Hundert Meter? Zweihundert Meter? Oder noch mehr?

Versuch es, feixt sein Schatten. *Ich würde gern sehen, wie du ertrinkst.*

Im schäumenden, schwarzen Wasser vor ihm ist ein Nest aus Stocherkähnen und angeketteten Flößen, die Bugsitze aus Brettern und auseinandergesägten Fischkisten improvisiert. Drei flache Dinghis, die in den Wellen gegeneinander schaukeln.

Die dicken, nassen Seile in seinen kalten, ungeübten Händen. Je heftiger er zieht, desto mehr verheddern sie sich. Die alten Boote wiegen sich höhnisch.

Jetzt sieht er rechts in einiger Entfernung zwei Soldaten die Treppe bei der Brücke hinuntergehen, die Gewehre geschultert, die Kalotten der schwarzen Helme abgeflacht. Hinter ihm in den Felsplatten der uralten Ufermauer eine Spalte, die mannshoch und -breit ist, er schlüpft hinein, wartet ab.

Es nähert sich Gesprächsmurmeln.

Er versucht, nicht zu atmen.

Sie können nicht mehr als zwanzig Schritte entfernt sein, da hört er das Wort *Hurenhaus*, gefolgt von bellendem, herausgehustetem Gelächter. Eine Zigarette wird angezündet, er kann den Schwefelgeruch des Streichholzes riechen. Sie bleiben mit dem Rücken zu ihm stehen. Fangen an, sich zu küssen.

Sie reiben sich aneinander, begrabschen sich, stöhnen künstlich und setzen dann ihre Patrouille fort. Oben auf dem windgepeitschten Kai fährt ein leerer Bus vorbei.

Jetzt sind sie dreißig Meter entfernt und verschwinden in der Dunkelheit. Er steigt in das nächste Dinghi, es ist schmutzig, schwarz, und auf den Bug hat ein Amateur den Namen «Santa Maria» gepinselt. Es schaukelt derart heftig auf und ab, dass er wild mit den Armen rudert.

Kniend nimmt er sich das Seil vor, das sich nicht lockern lässt. Aus seiner Tasche holt er die Taschenlampe, zerschmettert das Glas und beginnt, am Knoten zu sägen, aber das Seil ist dick wie eine Eichenwurzel und verweigert sich.

Am Uferweg unten tauchen die Soldaten wieder auf, die Gewehre geschultert, in langsamem Schritt. Er taumelt, sackt mit angelegten Armen nach vorn, sein Gesicht zwei Zentimeter vom Schmutzwasser entfernt. Zwei ewige Minuten später hört er das dumpfe Geräusch der Stiefel, als die Männer vorübergehen, das Klirren eines Koppels und wie ein Gewehr die Ufermauer streift.

Er späht hoch und sieht sie die unebenen Steinstufen zur Brücke hinaufgehen. Wie viel Zeit bleibt, bevor sie auf ihrer nächsten Runde vorbeikommen?

Ein Platschen. Hart und kalt. Als hätte jemand einen Stein in den Tiber geworfen.

Ein Plitschen, dann eine Spritzersalve. Ein Kieselstein trifft das Boot. Ein weiterer landet hinter ihm. Der Mond segelt hinter einer Kuppel hervor.

Er späht durch ein Astloch in der Bordwand und sieht, wie es stetig vom Ufer her Kieselsteine regnet.

Dann ein Signal mit der Taschenlampe. Dreimal kurz, einmal lang. Die ersten Noten von Beethovens Fünfter.

Das Passwort, das die Chormitglieder an der Tür ihres Probenraums verwenden. Derry hat es ausgewählt, weil jeder den Anfang der Symphonie kennt, das Signal ist unvergesslich.

Wieder das Aufglimmen. Dreimal kurz, einmal lang. Der gelbe Nadelstich zuckt durch die Dunkelheit hinüber zur anderen Uferseite. Undeutlich kann er dort eine Reihe Hütten ausmachen, vielleicht sind es auch halb zerfallene Lagerhallen.

Er kniet sich hin und sieht den schwarzen Bug einer Barke mit energischer Stetigkeit auf sich zukommen, der sich abrackernde, geduckte Ruderer hat ihm den Rücken zugewandt. Ein unheimliches, ächzendes Knirschen, als die Dollen nachgeben und sich drehen. Die Barke gerät in einen Strudel, dreht sich unvermittelt wild im Kreis. Der Ruderer zieht sich eine Sturmhaube übers Gesicht, ehe er weitermacht, heftig pullt und dabei keuchend und hustend den Tiber angrunzt, der bekämpft und besiegt wird.

Ein Trick? Eine Falle?

Der Schatten gibt ein Kichern von sich.

Wer hat dir die Karo-Drei zugeteilt? Ich habe alle Karten in der Hand.

Er wirft einen Blick zur Brücke, wo sich ein Panzerkampfwagen in Position schiebt.

«Padre», zischt es aus dem Boot. «Schau ein bisschen fröhlicher drein. Komm an Bord.»

Ein Flüstern, als die Gestalt heranrudert.

«Ich wünsch dir einen schönen guten Morgen, Aitch», sagt er leise.

22

DIE STIMME VON JOHN MAY
20. September 1963

Aus einem BBC-Recherche-Interview, geführt in Coldharbour,
Poplar, East London

Also, Sie müssen wissen, der Tiber ist kein Fluss, in dem man schwimmen will. Man könnt im Tiber Filme entwickeln. Aber nich' drin schwimmen.

Ich will mich nich' mit der Episode aufhalten. Hatte halt so meine Quellen.

Weiter im Text.

Also, nix Geheimnisvolles, was Privates eben.

Wollen wir so sagen, es gab da 'ne gewisse junge Dame in Rom, und dabei belassen wir's. Sie war in der Bank Kassiererin, wo die Botschaft Konten für uns eingerichtet hatte. Die liefen zwangsläufig unter falschem Namen, was sie gewusst haben muss – das Konto der Fluchtorganisation lief auf Vincento Bianchi e Compagnia –, aber sie hat nie Fragen gestellt, bloß ein Lächelfeuerwerk gezündet. So haben wir uns kennengelernt. Nein, ich verrat ihren Namen nich'. Lieber nich'. Sie lebt, glaub ich, noch.

Hat einen in Grund und Boden lächeln können.

Schätzungsweise dreißig. Nicht dass ich gefragt hätt. Ihr Mann war unpässlich, weil er nämlich zu der Zeit in 'nem Gefangenenlager saß. Not kennt kein Gebot, wie's so schön heißt. Krieg ist Krieg.

Ich hab nie wie 'n Filmheld ausgesehen, aber sie war echt 'ne Schau. Wie Laura Nucci, die Schauspielerin, sie hatte braune Augen, da konnte man drin ertrinken. 'Ne schöne Frau. Ich mag die Italiener.

Bei denen weiß man, woran man ist. Die lieben das Leben. Machen keine halben Sachen. Sind ausgelassen.

Am Nachmittag von Heiligabend hab ich es so eingerichtet, dass wir uns heimlich treffen und 'ne diskrete kleine Feier haben, so ist der Plan. Ich hab so meine Mittel und Wege, mich tagsüber in der Stadt zu bewegen. Falscher Ausweis. Falscher Name. Ist nich' wichtig. Ich bring 'ne Flasche Prickelwasser mit, 'ne nette Schachtel Pralinen und die natürlichen Triebe, die die Weihnachtszeit so mit sich bringt. Wir tanzen also ein bisschen, und wir trinken ein bisschen, und eins führt zum anderen. Wie's halt so ist.

Als wir hinterher im Bett liegen und 'ne Platte hören, erwähnt sie, sie hätt gehört, dass die Teds heut Nacht die Brücke dichtmachen.

«Teds», so haben die Römer die Jerrys genannt.

Chiedo scusa? Was machen die, Liebling?

Die Brücke verbarrikadieren. Hat sie von ihrer Bekannten aufgeschnappt, die Puppe färbt beim Friseur Perücken. Offenbar redet das ganze Viertel darüber. Also, ich darf gern bei ihr pennen, und wir mampfen was und legen 'ne Ella-Platte auf, die sie mag, ich muss mich bloß aus'm Staub gemacht haben, bevor ihre Schwester, der grässliche Schwager und deren grässliche Kinderschar sie zur Kirche abholen, ehe sie Muttern besuchen.

Bist du sicher?

Wegen dem Hierpennen?

Nein, wegen der scheiß Brücke.

Sì, sì, die Puppe, die beim Friseur arbeitet, hat's von ihrem Bruder, und der Bruder hat's von Pierluigi und Pierluigi von Massimo. Die Teds verbarrikadieren heut Nacht diese Brücke, das ist so sicher wie das Amen in der Kirche.

Na, da macht's klick bei mir, Sie verstehen. Mir schwant ziemlich genau, wie der Plan aussieht. Nachdem Derry krank geworden ist, ist klar, dass Angelucci – den ich übrigens sehr mochte – den Einsatz übernimmt.

Man musste kein Hellseher oder so was sein, es ist klar wie Kloß-brühe, dass er irgendwann übern Fluss rübermuss, und genauso klar, dass ihm mittlerweile keine Flügel gewachsen sind.

Ich also da runter und warte. Mit Scherereien rechne ich nich'. Peil einfach mal die Lage.

War dermaßen still, man hätt 'ne Maus auf Baumwolle pissen hören können.

Es wird immer dunkler. Der Himmel ist so schwarz wie meine Stiefel. Mir geht die Pumpe, und ich frier mir den Arsch ab. Es ist so zapfig, dass ich nich' mal mehr meine Finger spür. Ich denk an meinen Helden Shackleton und die armen Schweine in der Antarktis. Ich hab mal 'n Foto von ihrem Schiff gesehen, in 'nem Buch, das Sir Frank gelesen hat. Ihr Schiff im Eis. Stecken geblieben. Bricht einem das Herz. *Bedrängt* hieß das Kapitel.

Und ich denk an *la mia lei* ein paar Straßen entfernt, in der Wohnung, in dem tollen großen Federbett mit mehr Kopfkissen, als je ein Mensch gesehen hat. Im grünen Seidenpyjama, den ich ihr geschenkt hab.

Mannomann. *Madonna mia.* Würd mir nix ausmachen, dort bedrängt zu werden.

Wir hatten Pläne für den Abend. Da wird nix draus. Ich bin auch kurz vorm Verhungern, hab seit dem Mittagessen nix zu beißen gehabt. Und das bestand aus aufgewärmten *bucatini* und Spam, und ich musste so tun, als ob's mir schmeckt, wenn mir mein Leben lieb ist. Sieht also nich' gut aus. Gar nich' gut.

Ich wart und wart.

Auf einmal: Was ist das denn? Heiliges Kanonenrohr. Es ist der Padre.

Da ist er, auf der anderen Seite vom Tiber, und tänzelt auf dem Gehweg rum wie 'n Bekloppter. Und die Teds in Spuckweite auf der Brücke.

Was ist mit Angelucci los? Was ist jetzt der Plan?

Ich schmeiß 'n paar Steine rüber, aber der sieht mich nich', der Blindfisch. Was jetzt? Rüberbrüllen kann ich auch nich'. Ich signalisier wie wild mit der Taschenlampe, aber das sieht er auch nich'. Fuchtel mit den Armen. Hüpf rum. Versuch, ihn mit Willenskraft dazu zu bewegen, dass er mich sieht. Ich tanz den Fandango auf der anderen Seite vom Tiber, aber der guckt und guckt nich' in meine Richtung. Blindfisch.

Jetzt rührt sich was auf der Brücke, ich kann sehen, wie sich Scheinwerfer bewegen, und verkrümel mich die Böschung rauf.

Und was seh ich da? Och, nur zwei Jerrys, die die Treppe runtertraben. Verdammt, jetzt ist er erledigt, gleich rauscht der Vorhang runter, *arrivederci,* aber die laufen an ihm vorbei, und er hüpft in ein Boot.

Jetzt bloß keine bekloppten Aktionen, Aitch. Die Strömung ist viel zu stark.

Der Padre ist 'n Kerl wie 'n Schrank, aber zum Rudern hat er nicht die Kraft. Wo ich her bin, da baut man von klein auf seine Armmuskeln auf. Mit schwachen Händen gewinnst du keinen Kampf.

Zehn Meter entfernt seh ich 'ne kleine Jolle und krieg das Seil los. Aber es fehlen die verdammten Riemen.

Was macht Schlauberger? Ich funktionier die Sitzbank um und ruder damit über den scheiß Tiber. So wahr Sie dort sitzen. Was dann passiert ist?

Die hatten Probleme mit ihrem Panzer, der Turm wollte nich' aufhören, sich zu drehen. Schwierigkeiten mit dem Getriebe, viele davon waren in der Wüste, haben Sand reingekriegt. Alle Augen also darauf, die Jerrys kommen und gehen. Und ich fix über den Tiber rüber. Den Padre eingeladen. Ihn auf die andere Seite chauffiert.

Er war völlig durch den Wind. Hat aber darauf bestanden, weiterzugehen. Ich hab ihn gefragt, wo er hinwill, aber er rückt mit keiner Info raus, je weniger Leute davon wissen, desto besser, dieser Quark.

Er hat sich an einer Glasscherbe in die Hand geschnitten, ich frag, ob er Hilfe braucht, er sagt, dass er sich später «von Lonnie», wenn nötig, 'nen Verband drummachen lässt. Ich hab nicht die leiseste Ahnung, wer das sein soll, und im Chor stellt man keine Fragen. Er hätte keinen Namen nennen dürfen, der ist ihm so rausgerutscht.

Nein, ich werd nich' lügen und sagen, dass ich ihm angeboten hab, mitzugehen, das hab ich nämlich nich'. Und er hätt's auch nicht zugelassen. Er hat sich bestimmt 'n Dutzend Mal bei mir bedankt, und dann zog er allein weiter. Davon hat er sich nich' abbringen lassen. Ich hab ihn angefleht, er soll das bleiben lassen, er war keiner, der sich überreden ließ. Und ich bin retour in die Wohnung.

Nein, als heldenhaft hab ich das nich' empfunden. Überhaupt nich'. Wenn einer deiner Kumpel in der Bredouille ist, dann ist man für ihn da.

Ist ja so, dass die Leute unterschiedliche Gründe hatten, warum sie im Chor waren. Manche hatten religiöse Gründe – das ist kein Witz, in Rom ist so was unvermeidbar –, und bei anderen waren's halt andere. Politische. Patriotische. Oder es waren gefühlsduselige Weltverbesserer.

Bei mir traf nix davon zu. Ich häng mich jetzt aus dem Fenster und behaupte, manche waren Kommunisten, andere Labour, wieder andere Torys. Sir Francis D'Arcy Godolphin Osborne? Der wohnt in keinem Armenviertel. Aber ich frag die Leute nie nach ihrer politischen Einstellung, wenn man genauer hinsieht, unterscheiden die sich verdammt wenig. Für mich gibt's keinen Grund, weshalb man das Heimatland anderer mögen muss. Schauen Sie sich die Waliser an. Die mögen nicht mal ihr eigenes. Was machen die als Erstes, nachdem sie in Australien gelandet sind? Nennen 'nen Teil davon New *South* Wales.

Mir ist's auch völlig schnuppe, in welche Kirche jemand geht oder ob überhaupt. Synagoge, Kirche, Tempel, wie's einem gefällt. Was mich betrifft, ich war aus einem einzigen Grund im Chor.

Ich will nich' lügen, Herzchen. Der Fritz ist nich' mein Fall.

Man soll das ja nich' sagen, aber in meinem Alter hat man 'n bisschen Narrenfreiheit.

Komisch, damals als Jungspund war das anders. Nachdem ich das Jazztrio ins Laufen gebracht hab, hatten wir den einen oder anderen Gig in Deutschland, zwei, drei Abende hintereinander, machten 'ne kleine Tour draus. Bezahlung war in Ordnung, man kriegte sein Geld noch am selben Abend, die haben zugehört, applaudiert, alles bestens. Sehr höfliche Leute, gab nie Ärger. Die anderen Burschen hauten nach Hause ab, sobald es ging, aber ich war frei und ungebunden und hing noch ein, zwei Tage rum. Einmal – wir hatten bei Nat Gonella und The Georgians 'n bisschen mitgemischt – bin ich in Düsseldorf, schlender durch die hübsche Altstadt und in 'n Fischrestaurant rein. Feine *Seezunge mit Mandeln*, Sauerkraut, Essiggurken, Kapern, dunkles Roggenbrot. Mit Liebe gemacht. Das muss man anerkennen. Halbe Flasche Weißburgunder, Schachtel Zigaretten, 'n Artikel über Coleman Hawkins, den ich aufgehoben hatte. Draußen ist es winterlich, und ich hab vor, es mir hier gemütlich zu machen, bis der Zug fährt. Doch dann vorm Fenster Krawall.

'Ne Gruppe Schwachköpfe in Lederhosen, die jeden anbrüllen. Singen *Die Fahne hoch*, haben 'ne riesige Hakenkreuzfahne dabei. Ich fand sie lustig, wie daheim die Morris-Tänzer. Hornochsen. Bisschen lächerlich. Beinah ausgestorben. Aber bald werden die richtig wütend. Spucken alte Männer an, die vorbeigehen. Ich kann kein Deutsch, aber was *Juden* bedeutet, weiß ich.

Ich wend mich an den Kellner, 'n alter Knacker im Anzug, und frag ihn, was los ist. «Das ist die Zukunft, *mein Herr*», sagt der.

Ich bin aus dem Londoner East End. Wenn einer sagt, der Hermann ist 'ne ehrliche Haut, dann hab ich darauf als Antwort zwei Worte.

Es waren nicht die Quäker, die Brandbomben auf Whitechapel abgeworfen haben. Wir wissen alle, wer's war.

Oh, es gibt auch bestimmt gute Deutsche. Vielmehr, gab es. Bevor sie die alle umgebracht haben.

So ist der Jerry, der befolgt bloß Anweisungen.

Dem Feind vergeben, ihm die andere Wange hinhalten. Verzieh dich, Schätzchen. Nich' mit John. Gebranntes Kind schießt mit Feuer, das ist mein Motto.

Ich bin kein Brite, zumindest nich' als Erstes. Auch nich' Engländer. Ich bin Londoner. Wer's auf mich und die Meinen abgesehen hat, dem vergeb' ich mit 'nem Maschinengewehr. Halt meiner Mutter 'n Messer an die Gurgel? Da kannst du bloß hoffen, dass dich 'n Blitz trifft. Denn du kannst deinen Arsch drauf verwetten, dass ich dich eines Nachts erwische.

Heutzutage hat sich der Jerry aufs Lächeln verlegt. Schwafelt von Frieden und Neuanfang. Waschlappen. Der soll abschieben, denn ich kauf's ihm nich' ab.

Manchmal fragen mich meine Enkel, was ich im Krieg gemacht hab. Ich sag ihnen, an jedem Tag, an dem ich 'nen Deutschen wegballern konnte, hab ich genau das gemacht. Und ich sag, sie sollen's genauso halten.

Das ist meine politische Einstellung.

Ich würde keinen Zentimeter von Whitechapel hergeben, und wenn ich dafür das ganze beschissene Deutschland kriege.

So sieht's aus, Ted. Verpiss dich.

So hat sich das abgespielt. Ich zurück in die Wohnung zu *mia bella amore*. Aber bald nagt es an mir, dass er da draußen allein ist unter Teds, Fascisti und weiß Gott wem noch. Es nagt furchtbar an mir. Er ist allein. Und wer ist «Lonnie», von dem oder der er gesprochen hat?

Wenn ich genau nachdenk, hab ich ihn vielleicht das letzte Mal gesehen. Hätt mitgehen oder ihn davon abhalten sollen. Und ich hab's nich' getan.

Es ging alles so schnell. Ich hab nich' richtig nachgedacht. Und jetzt nagt's ganz höllisch an mir. Eine einzige Qual.

Ich hab keine Möglichkeit, mit Derry Kontakt aufzunehmen. Und Angelucci hat kein Telefon. Ich könnt dem Padre hinterher, aber ich hab keinen blassen Schimmer, wo er hin ist, was sein Ziel ist. Und ich könnt mir in den Arsch treten, dass ich ihn nich' gezwungen hab, das ganze Rendimento abzublasen, *komm mit in die Wohnung, tauch unter*.

Aber das ist auch Quatsch. Er ist 'n Sturkopf, der Padre. Hat sich nie einsichtig gezeigt, hat uns alle in den Wahnsinn getrieben. Typisch Paddy. Lebt in seiner eigenen Welt. Bitte Pat drum, das Richtige, Naheliegende zu tun? Kannst genauso gut 'n Loch ins Meer buddeln.

Da trifft's mich wie 'n Schlag, in welches Viertel er abgerauscht ist. Er hat vorhin nicht «Lonnie» gesagt, sondern «Blonnie». «Ich lasse mir von Blonnie einen Verband machen.» Ich sag's Ihnen geradeheraus, mich hat's im Bett hochgerissen wie 'n Vampir auf Methedrin. Blonnie ist Delias Tochter.

Ich frag *carissima* nach 'nem Stadtplan von Rom, doch in ihrer Wohnung hat sie keinen, also kramen wir in 'ner Schublade nach Füller und Notizzettel. Ich erinner mich dran, dass sie keine Tinte hatte, daher gibt sie mir ihren Augenbrauenstift, was anderes hat sie nich'. Ich seh uns zwei immer noch vor mir, wie wir splitterfasernackt dahocken, die Viertel aufmalen und sie mir die Straßennamen sagt.

Jetzt bin ich mir ganz sicher, wo er hinwill.

Ich bitte sie drum, zu telefonieren. Bei 'ner Frauenstimme, obendrein die von 'ner Italienerin, ist der Jerry nich' ganz so misstrauisch. Ich hab zu ihr gesagt, sprich, so schnell du kannst, Liebelein, beim Italienischen kommt man schlecht mit, wenn's schnell gesprochen wird. Es war Wahnsinn, ein plötzlicher Einfall. Die ganze Idee war von vorn bis hinten der reine Wahnsinn. Aber ich hatte keine andere Wahl. Was sein muss, muss sein.

Ich sag ihr die Codewörter. Sie macht den Anruf. Und ich beobachte ihre Finger, wie sie die Wählscheibe dreht, es kommt mir vor wie in Zeitlupe, und ich wart drauf, dass abgenommen wird, und denk mir, das könnte der größte Fehler deines Lebens sein. Lass sie den Anruf machen, und morgen könnten zweihundert Gefangene tot sein.

Die eine Hälfte von mir hat gehofft, dass niemand abnimmt, aber es wurde abgenommen.

Ich schwör, die restliche Nacht hab ich kein Auge zugetan.

Die Ungewissheit war eine einzige Qual.

Ist immer so.

...

Nachdem er aus dem Ruderboot geklettert ist, bedankt er sich wortlos bei May und bedeutet ihm, er soll abhauen, was dieser nach kurzem Protest tut und, die Hände in den Taschen, den Pfad entlangschlendert, hinein in die dunkle Kälte, während der Panzer auf der Brücke einen Meter vorwärtsrasselt.

Mit durchnässten Ärmeln geht er die Treppe hoch, überquert die Uferstraße und biegt in die Gasse neben dem Fischladen ein, einen verwinkelten, schmalen *passaggio*, in dem sich Lagertür an Lagertür reiht.

Neunzehn Minuten hinter Zeitplan.

Er fängt an, zu rennen.

Jemand, der nachts rennt, ist immer verdächtig, sagt Derry. Kein Chormitglied darf bei einem Rendimento je rennen, es sei denn, es steht unter Beschuss.

Zwanzig Minuten hinter Zeitplan ist unter Beschuss.

Seine Schritte klingen für ihn wie Peitschenknallen, während er mit gesenktem Kopf über die Piazza trabt. Vorbei an den verrammelten Souvenirbuden und den mit Planen abgedeckten Zeitungsständen, vorbei an der Statue eines vergessenen Generals, deren Sockel mit Hammer und Sichel beschmiert ist, daneben kichert ein Brunnen über das Schimpfwort, das den Unterleib seiner Putte ziert.

Er kommt ins Schlittern, versucht, sich aufrecht zu halten.

Ghiaccio.

Eis.

Es reißt ihm die Wange auf.

Sternchen im Kopf.

Gleich darauf setzt der Schmerz ein. Entsetzlicher Durst durchfährt ihn, und das Echo seines Aufschreis wird vielfach zurückgeworfen.

Beim Sturz ist er mit dem Kinn auf den Brunnenrand geknallt. Wieder flammt Schmerz auf, schlägt ihm wie ein Knüppel aufs Rückgrat. Schmerz tobt ihm durch Kiefer und Wangenknochen. Winzige, brennende Lichter, vibrierende Augäpfel, die verschwimmende, immer dunkler werdende Piazza, die Schrift des Schimpfworts. Der schimmernde General auf seinem schimmernden Pferd.

Lass mich bitte nicht ohnmächtig werden.

Du wirst gerade ohnmächtig, stichelt sein Schatten.

Durst kämpft gegen Übelkeit. Blut in seinem Mund.

Er stützt sich auf die Ellbogen, erbricht, sein rechtes Hosenbein ist vom Knöchel bis zum Knie aufgerissen, am Schienbein hat er eine dunkle handtellergroße Schramme. Es gelingt ihm, sich aufzurichten. Er spült sich den Mund mit dem bitteren Wasser des Brunnens aus, der ihn zu Boden gestreckt hat. Schmerz packt ihn am Brustkorb, schraubt sich in seine Wirbelsäule, aber er schafft es, über die vom Schneeregen glatte Piazza zu humpeln, an einer Kirche vorbei, deren Namen er kennt, den ihm der Sturz aber aus dem Kopf geknallt hat. Er biegt in den dunklen schmalen Eingang der verabredeten Straße ein, zu beiden Seiten hohe Wohnhäuser, Wäscheleinen von hüben nach drüben.

Drei Sekunden, vier.

Er weiß, dass er beobachtet worden ist.

Auf einer Feuertreppe pfeift ein Junge, wirft einen Kiesel durch die Dunkelheit, der scheppernd in der Nähe der Giebelblume auf dem Dach gegenüber landet.

Da, ein Mädchen lehnt sich über die Traufe, pfeift zurück.

Der Schatten gibt ein Lachen von sich.

Die Nacht schwimmt. Der Geruch nach Kohle.

23

MARIANNA DE VRIES
November 1962
Schriftliche Äußerung anstelle eines Interviews

Die erste Geldübergabe war in Prati. Ich lebte am Rand von Parioli und hatte mich bereit erklärt, die zweite Tranche anzunehmen. Es war gefährlich, ich hatte Angst, und obendrein traf sich der Chor vor einem Rendimento eine Woche lang nicht. Man musste also Vertrauen haben und sich ansonsten auf seinen Instinkt verlassen. Und auf den Plan, den man sich zurechtgelegt hatte.

Ich verließ zur verabredeten Zeit meine Wohnung, ließ die Tür wie besprochen angelehnt und ging über die Dienstbotentreppe in den gemeinschaftlichen Kohlenkeller hinunter, der neben dem Heizungskeller lag.

Um mir die Stunden davor zu vertreiben, hatte ich *Romeo und Julia* gelesen. «Geht zu, geht zu», sagt Capulet, «es ist schon so spät, dass wir's bald früh heißen dürften.» Diese Zeile hatte sich in meinem Kopf festgesetzt.

Mittlerweile war es Viertel vor eins am ersten Weihnachtstag, aber einige meiner Nachbarn ließen immer noch das Radio laufen oder stritten sich. Falls man mich entdeckte, was ich für unwahrscheinlich hielt, würde ich sagen, bei mir sei es unerträglich kalt geworden und ich hätte angenommen, der Heizkessel sei kaputt. Deshalb hatte ich an dem Tag und in der Nacht davor den Heizkörper abgestellt und sogar die Ventile mit einem Schraubenzieher demoliert. In der Wohnung war es tatsächlich so kalt, dass sich an den Fensterscheiben innen Eis bildete, was ich während fünf Wintern in Rom nicht erlebt hatte.

Mit klappernden Zähnen und in eine Decke gehüllt, schlich ich mich durch die Dunkelheit. Ich wusste, dass der Hausmeister, der nicht im Gebäude wohnte, den Schlüssel zum Kohlenkeller oben auf dem Türrahmen aufbewahrte. Ich schloss den Keller auf, ging hinein und wartete.

Es war staubig, entsetzlich kalt, und man konnte kaum atmen. Draußen auf der Straße gingen ein paar Sperrstundenbrecher vorbei, aber von Angelucci keine Spur. Ich hörte den Schritten an, dass alle Passanten Personen waren, die leichter als Enzo waren. Ein StuG rumpelte vorbei, wurde langsamer, als es an unserem Gebäude vorbeifuhr. Bei seinem schrecklichen, gurgelnden Heulen und dem Geschrei seiner deutschen Besatzung wurde mir schlecht vor Angst. Wo war Enzo? Der Plan war bis in die kleinste Einzelheit ausgearbeitet worden, und trotzdem war Angelucci, nach Derry der zuverlässigste Mann im Chor, nicht hier. Manchmal war er ein Hitzkopf, aber das war nur Tarnung. Wenn Angelucci versprach, etwas zu tun, hielt er sein Versprechen. Was war schiefgelaufen? Ich fürchtete allmählich das Schlimmste. Obwohl ich mich in einem Kohlenkeller befand, musste ich zwei Zigaretten rauchen, achtete aber gut darauf, wo ich sie ausmachte.

Endlich, dreißig Minuten nach der vereinbaren Zeit, hörte ich, wie das Rohr an der Decke ein Rasseln von sich gab. Das hieß, dass das Mädchen, das auf dem Dach den Beobachtungsposten bezogen hatte, Angelucci um die Ecke hatte biegen sehen. Mühsam krabbelte ich über den knirschenden Anthrazithügel bis zur Kohlenrutsche in der Wand und hob die Tür ein paar Zentimeter an.

Ich hörte einen Mann näher kommen. Es war eindeutig nicht Enzo. Wie ein böses Fabelwesen griff eine Vorahnung nach mir, sollte ich den Plan befolgen oder nicht? Waren wir verraten worden, war dieses Hinkebein ein Nazi, einer ihrer Spitzel? Gerade wollte ich aus dem Keller fliehen, da hörte ich eine einzige herausgestoßene Silbe.

«*Sol.*»

Mein Deckname.

Ich kam nicht dahinter, wer ihn gesagt hatte, wusste nur, dass es nicht Angelucci gewesen war. Mich überkam das höchst merkwürdige Gefühl, dass es Ugo gewesen war, ausgerechnet, aber mein Verstand war beleidigt und erklärte, das könne nicht sein, er sei im Vatikan, wo er zweifellos unruhig in seinem Zimmer auf und ab ging. Das alles spielte sich binnen Sekunden ab. Ich musste die gefährlichste Entscheidung meines Lebens treffen.

Als der Mann geschätzte zwei Meter entfernt war, wagte ich es und stieß die Tür der Kohlenrutsche so weit auf, wie ich konnte. Wortlos ließ er die Schultasche hineinfallen, und ich wickelte sie in einen Kissenbezug ein, den ich in die Tasche meines Morgenmantels gesteckt hatte. Ich verließ den Keller, verschloss die Tür, legte den Schlüssel wieder an seinen Platz auf dem Rahmen und kroch durch die nächtlichen Geräusche hoch in meine Wohnung.

Mittlerweile war Luigina, das Mädchen vom Dach, in meinem Schlafzimmer, und zwar in Begleitung eines gut aussehenden Burschen, den ich vom Sehen, aber nicht mit Namen kannte. Sie warteten, während ich rasch (kalt) duschte und saubere Kleider anzog, und kamen dann auf mein Zeichen ins Badezimmer.

Der Bursche, den ich auf siebzehn schätzte, trug einen Blaumann. Das Mädchen nannte ihn «Eugenio», ein anderes Mal «Beppe», also muss mindestens einer der Namen ein Deckname gewesen sein. Wortlos kippten wir den Inhalt der rußgeschwärzten Schultasche in die leere Badewanne, teilten die Dollars sorgfältig in Stapel auf, die wir mit Gummibändern bündelten. Ich half Luigina, drei davon in ihrer Unterwäsche zu verstecken, der Bursche nahm vier, packte sie in die großen, losen Taschen, die auf Höhe der Oberschenkel und Waden in seine Hose eingenäht waren. Mit seinem Springmesser zerschnitt er geschickt die Schultasche, die Streifen warf er immer zwei oder drei auf einmal aus dem Fenster, gab dem Mädchen eine Handvoll, und dann machten sie sich, so, wie sie gekommen waren, über das Dach davon. Ich verbarg die verbliebenen Geldbündel im Toilettenspülkasten und warf meine kohleverrußten Kleider weg.

In den nächsten Tagen verteilte ich die Dollars, jeweils ein- oder zweihundert in kleinen Scheinen, an die Kontakte auf der von Derry und Ugo zusammengestellten Liste, die ich in vielen Nächten auswendig gelernt hatte. Es ging darum, einen Umschlag, der an einen falschen Namen adressiert war, dem Mann hinter dem Tresen in dem-und-dem Café in der Nähe des Trevi-Brunnens zu geben, zwei gefaltete Fünfziger in eine Ausgabe von Dantes *Inferno* zu stecken und diese in einem Antiquariat, gelegen in einer Nebenstraße bei der Scala Santa, in eines der hinteren Regale zu stellen. Eine ältere Karmeliterin, die das Kolosseum besuchte, stand dicht neben mir, während wir dem Reiseführer lauschten, der die wohlbekannten Geschichten heraufbeschwor: achtzigtausend johlende Römer, die ihre Fäuste schwangen, die noch warmen Eingeweide verspeisten, die Überflutung der Manege, damit spektakuläre Seeschlachten aufgeführt werden konnten. Die Ordensschwester kehrte um dreihundert Dollar reicher und in Begleitung eines kanadischen Heckschützen, der als Mönch verkleidet war, in ihr Kloster zurück.

An diesem Sonntag besuchte ich sechs Messen, fünf morgens, eine abends, eher ungewöhnlich für eine Atheistin. Wie vereinbart, spendete ich dicke Umschläge, wenn der Kollektenteller herumging, die Küster der jeweiligen Kirchen waren Freunde des Chors und hatten Anweisungen, wie das Geld weiterverteilt werden sollte. Im Prinzip wurde fast alles für Bestechung und gefälschte Papiere verwendet, um die Geflohenen aus Rom in ein Versteck auf dem Land zu schaffen.

Es war ein interessanter Sonntag. Na, das stimmt nicht ganz. Das erschütternde Ausmaß seiner Langeweile war interessant. Ich habe für den Rest meines Lebens genug von Choralgesängen. Zudem hielt jeder der sechs Priester eine Predigt über die Stelle aus dem Evangelium, die für diesen Tag vorgegeben war. Sie unterschieden sich sowohl in den Erläuterungen, teilweise sogar beträchtlich, als auch in der Länge, die dazu nötig war, ein lobenswerter Mann brauchte fünf Minuten, ein anderer eine halbe Stunde. Mir kam der Gedanke, was wohl passieren würde, wenn ein Sünder bei zehn verschiedenen Beichtvätern dieselben Sünden beichtete. Sähe die Buße jeweils anders aus, abhängig vom Zuhörer, dessen Laune, Alter und dem Frühstück, das er zu sich genommen hatte? Wir kennen die Antwort wohl alle. Ich meine, es war Wittgenstein, der einmal ziemlich sarkastisch formulierte: Wovon man nicht sprechen kann, darüber muss man schweigen.

Eines Morgens, als ich auf dem Weg zu einer Kontaktperson war, die ich für meinen nächsten Artikel interviewen wollte, bemerkte ich den Burschen vom Dach; er stand vor einer Bar in der Nachbarschaft, sah aber durch mich hindurch, als wäre ich Luft. Seltsam war, dass er sich inmitten einer Gruppe Jugendlicher befand, die die faschistische Hymne sangen, während sie hin und wieder Dominosteine auf den Tisch knallten. Ich war beunruhigt und fragte mich ein paar Tage, ob wir verraten worden waren.

Jeder Schritt im Treppenhaus ließ mich in meiner Wohnung vor Angst wirr im Kopf werden. Wenn mir auf der Piazza eine Frau einen Blick zuwarf, packte mich der Impuls, wegzulaufen. In der Niederlassung von American Express bat mich eine Schalterangestellte einigermaßen forsch, nochmals meinen Nachnamen zu buchstabieren, den sie anschließend mit einer Liste aus einer Akte abglich; mir brach der Schweiß aus, und ich bekam Kopfschmerzen, Beschwerden, die den ganzen Tag immer wieder auftraten. In Kriegszeiten gedeiht die Panik, besonders wenn man allein lebt, sagen manche. Doch vielleicht ist es für Verheiratete noch schlimmer.

Eines Abends kam ich von einem Spaziergang heim und war davon überzeugt, dass die Schreibmaschine während meiner Abwesenheit verrückt worden war, die Durchschläge auf meinem Schreibtisch durchgesehen worden waren, sich jemand am Inhalt des Badezimmerschränkchens, das Medikamente und persönliche Gegenstände enthielt, zu schaffen gemacht hatte. Ich hatte den Eindruck, dass die Spiegeltür mit Fingerabdrücken übersät war und die ganze Wohnung nach Schweiß und Zigarrenrauch stank. Das Kopfkissen, unter dem ich mein Nachthemd aufbewahrte, lag anders da, dessen war ich mir sicher. Vielleicht wurde ich sogar jetzt beobachtet.

Gab es eine versteckte Kamera, eine Wanze? Ein winziges, durch die Wand gebohrtes Guckloch? Nichts lässt sich mit der Paranoia vergleichen, die uns überkommt, wenn wir um unsere Privatsphäre fürchten. Die Gestapo war zu solchen Schritten sehr wohl imstande, wie Ugo seit Langem warnte. «Die Wände haben Ohren», lautete sein Leitspruch.

Wenn ich zu schlafen versuchte, blitzten vor meinem inneren Auge die Fotos auf, die der Geheimdienst möglicherweise von mir gemacht hatte, und rissen mich ins Wachsein. Eigenartiges Geflüster, anzügliche Blicke geisterten durch meine Schlaflosigkeit. Bald kam mir der Gedanke, ebenfalls unterzutauchen oder Rom ganz zu verlassen, so eiskalt lief mir die Gewissheit das Rückgrat hinunter, dass wir betrogen und verraten worden waren. Ich hätte das Vorhaben in die Tat umgesetzt, hätten wir Chormitglieder uns nicht geschworen, nach dieser Nacht vierzehn Tage lang keinen Kontakt zu haben, und ich wollte meine Freunde nicht in Gefahr bringen oder ohne Nachricht verschwinden, denn das hätte Verdacht erregt.

Diese endlose Woche lang verfolgte mich der Bursche in meinen Albträumen. Ich suchte sogar in der Nachbarschaft nach ihm, wollte ihn zur Rede stellen, was für ein Wahnsinn. Eine erwachsene Frau, die ziellos durch die Straßen irrte, durch Fensterläden spähte wie eine Wahnsinnige aus einem Schauerroman oder eine Spannerin. Ich wusste nicht einmal recht, was ich zu ihm sagen sollte, wenn ich ihn entdecken würde. Ich begegnete ihm auf keinem meiner Spaziergänge.

An Silvester erfuhr ich – ich möchte nicht sagen, auf welchem

Weg –, dass der Bursche ein in die Reihen der Faschisten eingeschleuster Kommunist war. Wir hatten ihm achttausend Dollar gegeben. Ich hoffte sehr, dass mein Informant recht hatte.

Die Kohlenrutsche war die zweite von drei Übergabestellen, die der arme Ugo in dieser Nacht ansteuerte, eine Nacht, in der ich befürchtete, die Morgendämmerung käme nie. Immer, wenn ich daran denke, fällt mir ein, dass das Mädchen eine anerkannte Schauspielerin und der Bursche von der Gestapo im ersten Monat des neuen Jahres gefoltert und getötet wurde, seine Leiche entsorgten sie hinter dem Stadio dei Cipressi, das später in Stadio Olimpico umbenannt wurde. Solange es Luft und Himmel gibt, werden für mich die fünf Ringe des olympischen Symbols eine persönliche Bedeutung haben: dieser Bursche, seine Renitenz, seine Ruhe, sein Mut, seine Liebe zu seinem großartigen Land.

Ich werde wohl nie vergessen, wie kalt meine Wohnung in jenem Jahr Ende Dezember war. Wie sehr mich die Angst und die Ungewissheit drückten.

Diese wenigen Tage veränderten mein Leben. Ich dachte viel nach.

Ich beschloss, sollte ich den Krieg überleben, neue Wege einzuschlagen. Ich würde an die Universität zurückkehren, mein Studium aufnehmen, das ich mit Anfang zwanzig abgebrochen hatte. Ich würde den Barbituraten abschwören, von denen ich, was ich mir selbst kaum eingestehen mochte, abhängig war. Ich würde anders schreiben. Ich würde ein Leben führen, das mir gemäß war.

Man konnte sich vorstellen, dass der Morgen dämmerte, aber es war immer noch Nacht.

Ich hörte von keinem der anderen Chormitglieder.

Dann überkam mich die Angst, dass alle meine Freunde tot waren.

Lebte Ugo?

Lebte überhaupt noch einer von ihnen?

...

Als ein Quintett gepanzerter Naziraupenfahrzeuge am Flussufer vorbeidonnert, duckt er sich hinter eine Reihe Mülltonnen.

Über ihm wie eine Mauerzinne mehrere verdunkelte Gefängniszellen. Hinter ihm der Gestank, der vom Tiber herüber weht.

Unsicher betritt er mit schmerzenden Augen den Campo di Giuliani.

Hoch oben auf einer steinernen Loggia sitzt vor einem langen, mit Efeu bewachsenen Dach ein Flötist, ein älterer, weißbärtiger Moses von Raffael in einem mottenzerfressenen Mantel, darunter trägt er einen Smoking. Neben ihm steht ein Tenor mit abfallenden Schultern und singt mit ausgestreckten Händen, die aus der Luft Tränen quetschen, *Una furtiva lagrima*. Auf der anderen Seite der Piazza ist in einem der oberen Fenster eine junge Frau mit Harlekinmaske zu sehen, die die beiden bei Kerzenschein auf dem Klavier begleitet. Die schillernd klaren Akkorde und lieblichen Arpeggien werden vom alten, kalten Gestein zurückgeworfen.

Die Läden aller anderen Fenster auf der Piazza sind geschlossen. Bestimmt können die Anwohner die Musik hören, doch niemand hört zu, es sei denn unter Laken, im Land der Steppdecken. Vielleicht stört es sie gar nicht, dass sie wach gehalten werden.

Un solo istante i palpiti
Del suo bel cor sentir.
I miei sospir, confondere
Per poco a' suoi sospir!

Die Zerbrechlichkeit der Töne beruhigt ihn, und unter einer Markise stehend sieht er nach oben, gerade als die Arie sich aufschwingt, jeder Vokal messerscharf wird und die Flöte wie eine Taube im Morgengrauen durch das Es des Tenors gurrt. Flirrend windet sie sich zum erlösenden Schluchzer empor, und Pianistin, Flötist und Tenor verbeugen sich steif, erst voreinander, dann zur leeren Piazza hin, ehe sie sich in die Dunkelheit zurückziehen, aus der sie gekommen sind.

Fensterläden klappen zu. Vogelgezwitscher. Stille. Ist das wirklich passiert?

Muss es wohl.

Die Fenster sind leer.

Die Musik hat etwas in ihm berührt, worüber er noch nicht nachdenken will.

Er rutscht über glitschiges Kopfsteinpflaster, stolpert, fängt sich.

In einer Gasse klettert ein Junge über eine Wäscheleine, die im fünften Stockwerk zwischen zwei Häusern gespannt ist.

In einem Hof schneiden zwei Brüder einander bei Kerzenlicht die Haare.

Eine Ratte, die aus einer abgenagten Melone zu einem Kirchturm hochstarrt.

Mondlicht auf Gräbern.

Steinerne Wölfe über einem Türeingang.

Einer Frau, die auf einem Balkon steht, flüstert ihr Geliebter aus dem gegenüberliegenden, drei unendliche Meter entfernten Fenster etwas zu.

24

DIE STIMME VON SIR D'ARCY OSBORNE
14. Dezember 1962
Interview mit BBC-Journalisten, geführt in der Via Giulia 66, Rom

Mit Verlaub, ich weiche Ihren Fragen nicht aus. Die Vertraulichkeits-
vereinbarung zur Wahrung von Staatsgeheimnissen, die man in einer
Position wie der meinen unterschreibt, gilt ein Leben lang. Daher
werden Sie zwangsläufig respektieren müssen, dass es Grenzen dessen
gibt, was man sagen darf – selbst jetzt, nachdem eine nicht unbe-
trächtliche Zeit ins Land gegangen ist –, wenn es um die Frage geht,
wie die Gelder für den Einsatz beschafft wurden, den der Monsignore
in der Nacht des Heiligabends 1943 durchführte. Staatliche Geheim-
haltung hat ihre guten Gründe.

Fraglos hat jeder diesbezüglich seine eigenen Vermutungen. Manches ist derart offensichtlich, dass es des Leugnens nicht wert ist.
Zum Beispiel wäre die Behauptung nicht allzu abwegig, dass die Gelder hauptsächlich, sagen wir mal, über die Büros verschiedener neutraler oder befreundeter Botschafter nach Italien gelangten, anfangs in
recht kleinen Beträgen.

Es ist auch evident, dass Einzelpersonen daran beteiligt waren.
Dieser Teil wurde von mir organisiert. Als Engländer steht es mir frei,
nach Belieben mit jedem zu sprechen, solange kein Gesetz meines Kö-
nigreichs gebrochen wird.

Durch Währungsschwankungen sowie der, nennen wir es einmal
Langfingrigkeit, welcher man in meinem geliebten Italien gelegentlich
begegnet, kam es in letzter Minute zu einem Engpass. Die Contessa
wird es mir nicht verübeln, wenn ich sie hochoffiziell als jene Person
demaskiere, die ritterlich zu Hilfe eilte. Unter anderem spielte wohl

der Verkauf des Schmucks, den der verstorbene Graf der holden Dame schenkte, eine Rolle, aber man wurde aus gutem Grund nicht bis ins letzte Detail eingeweiht. Ich möchte darauf hinweisen, dass dies für meine Freundin, die Contessa, ein äußerst gefährliches Unterfangen war. Die SS überwachte die Konten all jener Personen, die keine Faschisten waren, aufs Penibelste. Auf Kollaboration mit den Alliierten stand der Tod.

Zu dieser Zeit kam mir zu Ohren – wie und durch wen, möchte ich nicht ausführen und muss Sie abermals bitten, mir meinen Schleiertanz nachzusehen –, ganz offensichtlich waren Nachrichtendienste und Spionageabwehr dabei nicht unbeteiligt –, dass Hauptmann mit bemerkenswerter Regelmäßigkeit von Himmler persönlich angerufen wurde. Grund zu beträchtlicher Beunruhigung meinerseits. Der Reichsführer – immerhin der zweitmächtigste Mann im Nazireich – stauchte Hauptmann und seinen widerwärtigen Stellvertreter Dollman lauthals allabendlich zusammen, gelegentlich sogar zweimal, weil der Führer den Eindruck hatte, dass die alliierten Entflohenen nach Belieben in Rom herumtanzten – «wie Huren in einem *Bierkeller*» lautete, soweit ich mich entsinne, die einprägsame Formulierung. Er drohte Hauptmann, wenn das Problem nicht prompt gelöst werde, richte sich des Führers Unmut auf ein ziemlich kleines Ziel, sprich, Hitler hatte Hauptmann ins Visier genommen.

Man wusste seit einiger Zeit, dass Hauptmann hinsichtlich des Monsignore einen, wie es der berühmte Professor Freud wohl formuliert hätte, *Komplex* entwickelt hatte. Wir hatten im Gestapo-Hauptquartier einen Spitzel, eine mutige junge Frau, eine wahre Heldin, deren Namen ich verschweigen werde, ebenso jegliche anderen Informationen, die zu ihrer Identifizierung führen könnten. Weder bestätige noch bestreite ich, dass sie Deutsche war. Ich werde nichts über sie preisgeben, einzig, dass sie uns unter anderem schilderte, wie der Nazi in seinem Büro auf und ab marschierte, brüllend diesen «Scheißpriester» verfluchte und dessen Observierungsfotos anstarrte, ähnlich einem Druiden, der versucht, sie in Flammen aufgehen zu lassen. Ich setzte den Monsignore davon in Kenntnis, aber wie viele seiner Landsleute war er nicht in allen Lebenslagen jemand, der die Tatsachen an sich heranließ, wenn ich das so formulieren darf.

Die keltischen Völker – und man bewundert diese – tun sich als Vertreter der Dichtkunst hervor. Aber als Rationalisten? *Satis dictum.*

Der Monsignore hatte ein äußerst klares Bild von der Gefahr, der er sich am Heiligabend 1943 aussetzte, das steht fest. Jegliche Mutmaßung, dass dem nicht so war, ist, offen gesagt, Bockmist. Damit meine ich, dass derartige Spekulationen völlig unbegründet sind. Er wurde von mir gewarnt und wusste um die Gefahr.

Das ist mein feierlicher Ernst. Mögen klügere Menschen als ich ruhig glauben, was sie wollen. Wie Mr Orwell angeblich gesagt hat (allerdings konnte ich die Quelle des Zitats nie ausfindig machen): «Manche Ideen sind so dämlich, dass nur ein Intellektueller an sie glauben kann.» Mr Orwell war in Eton und ist daher absolut vertrauenswürdig.

Kurz nachdem die wütenden Telefonate Himmlers zur ständigen Einrichtung geworden waren, bekamen die bedauernswerten Juden im Ghetto, die meisten von ihnen arme, arbeitsame Römer, von Hauptmann die Anweisung, eine absurde Menge Gold zusammenzutragen, um der Deportation in die Lager zu entgehen. Mit Müh und Not erfüllten sie die Vorgabe. Wieder habe ich Grund zur Annahme, dass die Contessa beteiligt war, zumindest am Rande. Die Dinge gerieten nun sehr schnell ins Rollen, das war glasklar.

Bis heute habe ich es nie erwähnt – außer dem Monsignore und Derry wusste damals niemand Bescheid: Die Nazis versuchten, mich zu kompromittieren. Es war an einem Nachmittag einige Monate vor besagtem Weihnachtsfest, Mitte Oktober, eventuell auch später. Ich hatte mich in meinem kleinen Lieblingscafé unter den Kolonnaden des Petersplatzes niedergelassen und blätterte bei einem Gin in der

«Times», einer zwei Wochen alten Ausgabe, die mein May irgendwie in die Finger bekommen hatte. Genügsamkeit war angesagt. Zudem muss ein Kreuzworträtsel nicht auf dem neuesten Stand sein. Man hatte die Angewohnheit, eine Zeit lang im Café zu sitzen, ein wenig in der Gegend herumzuschauen und sich so gut wie möglich seines Seins zu erfreuen. Die Italiener sind ein überaus soziales und herzliches Volk. Gesellig zu sein, ist Teil ihrer Kultur, ihrer Identität. Gemeinsame Mahlzeiten sind ihnen wichtig. Sie küssen sich, nehmen einander in den Arm. Männer, Frauen, die Jungen wie die Alten. Sie zeigen ihre Gefühle, ihre Emotionen auf eine Art, wie wir Engländer es gemeinhin nicht tun. Alles Gründe, weshalb ich die italienische Lebensart als höchst attraktiv und erquicklich empfinde. Da saß ich also und nahm das Leben um mich herum auf. Plötzlich kam eine Störung des Weges.

Ein zwielichtiger Patron, den ein Hauch von Zuhälter umwehte, schlenderte heran und fragte, ob *mein Herr* etwas dagegen habe, wenn er sich dazu setze. Da er seine Frage bereits in die Tat umgesetzt hatte, sogar schon die Ellbogen auf das Platzset stützte, konnte man nicht mehr viel machen. Er stellte sich nicht vor, aber ich wusste, wer er war. Dollman, Hauptmanns Stellvertreter.

Seine Zigarette war dünn und schwarz, mit goldfarbenem Filter. Die Manschettenknöpfe hatten die Form kleiner Theatermasken, eine niedergeschlagene Tragödie und ihr grinsender Vetter. Er bestellte sich unverzüglich einen Cappuccino, eine weitere Geschmacksverirrung. Italiener betrachten ihn ausschließlich als Frühstücksgetränk. Kein kultivierter Römer würde jemals nach elf Uhr einen bestellen. Der Kellner teilte ihm mit, dass es aufgrund der Rationierung in der gesamten Stadt keinen Kaffee gebe. Dollman holte aus seiner Tasche ein Arzneifläschchen, das er dem Mann reichte.

«Da drin befinden sich drei Teelöffel reinsten costa-ricanischen Arabicas. Machen Sie mir einen Cappuccino. Und zwar dalli.»

Dann, als wäre ihm eben ein Gedanke gekommen, wandte er seinen trägen Blick in meine Richtung. Ob er mir als Sitznachbar einen Kaffee spendieren dürfe?

«*Nein danke*», erwiderte ich.

«Dann später», sagte er und stellte ein zweites Arzneifläschchen neben meine Untertasse. «Ein kleines Geschenk für Sie, *mein Herr*.»

Er sprach kultiviert mit Kraut-Akzent, der so gar nicht zu seiner ganovenhaften Erscheinung und Haltung passte. Mir fiel auf, dass die Nägel seiner mit vielen Ringen geschmückten Finger ungepflegt und seine teuer aussehenden Gamaschen seit dem Untergang der Weimarer Republik nicht mehr poliert worden waren. Seine Bewegungen waren merkwürdig marionettenhaft, er nickte häufig, als würden Fäden an seinem Kopf ziehen. Ein schwefeliger Gestank wehte herüber, wohl ein Eau de Cologne oder Rasierwasser, das mit einem anderen, weniger markanten Geruch im Clinch lag. Immerhin trug er eine, wenn auch überaus schrille Krawatte, sie sah aus wie ein Fetzen, den man einer Artistin beim Striptease aus ihrem Leibchen gerissen hatte.

Hätten seine gelbbraunen, leicht syphilitischen Augen nicht nachdenklich dreingesehen, hätte er gut zu den Gestalten gehören können, die sich am Hinterausgang von Berliner Nachtclubs herumtrieben, umschwirrt von Mücken und Jazz.

Ob er mir eine Zigarette anbieten könne? Ob die heutige «Times» aus London interessant sei?

Ich winkte nach meiner Rechnung.

«Sagt Ihnen Ihr neues Leben im Vatikan zu, *mein Herr?*»

Eine entlarvende Frage. Er wusste genau, wer ich war.

Ich sagte, mir sei das Leben im Vatikan im Moment durchaus genehm.

«Ja, ihr Engländer mögt Monarchien», erwiderte er.

«Sir, Sie befinden sich innerhalb der Grenzen eines unabhängigen, neutralen Staats», erinnerte ich ihn. «Wenn Sie an den derzeitigen Feindseligkeiten partizipieren oder in irgendeiner Weise für die Achsenmächte tätig sind, ist Ihnen der Aufenthalt hier ohne vorherige schriftliche Genehmigung der vatikanischen Behörden untersagt. Ich muss Sie bitten, nach Rom zurückzukehren. Guten Tag. Ansonsten lasse ich Sie verhaften.»

«Eine Übereinkunft zwischen Männern von Welt, Sir D'Arcy», entgegnete er. «Mehr bezwecke ich nicht. Vielleicht gewähren Sie mir eine Minute.»

Eine fette Schmeißfliege krabbelte müde über das rot karierte Tischtuch, und während mein Eindringling noch auf Antwort wartete, deutete er darauf und hob einen nikotinverfärbten Finger. Er grinste mich mit verstörend porzellanartigen Zähnen an.

«‹Mark but this flea and mark in this, how little that which thou deniest me is.› – Das ist, wenn ich mich nicht irre, ein Couplet Ihres englischen Geistlichen und Dichters Donne. Auf Deutsch heißt es ungefähr, ‹Sieh diesen Floh und sieh zugleich, wie wenig das, was du mir weigerst, heißt›. Aus einem Gedicht, in dem es um Verführung geht. Stimmt das?»

Ich erklärte, ich hätte nicht die Angewohnheit, mich mit Fremden in literarischen Diskussionen zu ergehen (obwohl ich das offen gestanden tue, wenn sich die Gelegenheit ergibt), er solle sagen, was er zu sagen habe, und sich dann auf die Socken machen. Als Diplomat muss man manchmal Menschen erdulden, denen man am liebsten eine Ohrfeige verpassen würde. Deshalb gibt es die Diplomatie. Man verspürte zwar in gewissem Maß Besorgnis, würde ihm aber nicht die Genugtuung geben, diese zu zeigen. Höchstwahrscheinlich trug er unter der Achsel eine Luger, das taten alle von der Gestapo. Aber selbst ein Hunne würde mich wohl kaum auf dem Petersplatz erschießen. Zumindest nicht am helllichten Tag.

«Ich möchte mit Ihnen über einen anderen Geistlichen sprechen», sagte er.

«Davon gibt es viele in Rom», wich ich elegant wie ein Haken schlagender Hase aus, wenn ich mich selbst loben darf.

«Nicht alle von ihnen sind so schwierig, *mein Herr.*»

Ich sagte, ich hätte nicht die leiseste Ahnung, worauf mein unerwünschter Nebensitzer hinauswolle.

Er nickte übertrieben nachsichtig, wie ein schlechter Schauspieler, und murmelte: «Natürlich.» Dann holte er aus seiner Innentasche etwas, das ich für ein Stück Karton hielt. Er schob es über den Tisch, befingerte dann die Spitzen der Zahnstocher, die in einem Sherryglas standen, und betrachtete mit zusammengekniffenen Augen die Speisekarte, die der Kellner ihm zu geben versuchte, als wäre es ein unerklärlich seltsamer Vorgang, in einem Café eine Speisekarte gereicht zu bekommen.

Das Stück Karton stellte sich als Fotografie heraus, auf der, einigermaßen gut zu erkennen, der Monsignore, die Contessa und ich auf dem Putting Green des achtzehnten Lochs in Viterbo standen. Es war aus einiger Entfernung aufgenommen worden, und zwar, wie ich messerscharf schloss, aus einem Fenster des Clubhauses. Der Monsignore hatte sich den Putter gewehrmäßig über die Schulter gelegt; damals war er kräftiger gewesen. Die Rationierung hatte ihn beträchtlich abmagern lassen. Die Contessa hatte den Kopf in den Nacken gelegt und lachte ausgelassen, ein mittlerweile völlig ungewohnter Anblick. Merkwürdig, welche Gedanken einem kommen, wenn man unter Stress steht.

«Wir sind, wie es so schön heißt, *in die Bredouille geraten*», sagte der Kraut und war hochzufrieden, dass er diesen Ausdruck kannte. «Es gibt bekanntlich ein kleines Problem, alter Sportsfreund.»

«Wie das?»

«Es gilt, Gesetze zu beachten. Internationale Konventionen. Deutschland hilft seinen Soldaten, die sich als Kriegsgefangene in Ihrem Land befinden, nicht bei der Flucht.»

«Die werden wohl eher nicht fliehen wollen.»

«Es ist eine Frage des Gleichgewichts. Auch der Wahrnehmung. Was dem einen sein Glück, ist dem anderen sein Problem. Vieles hängt vom Blickwinkel ab. Daher sollte man stets nach Gemeinsamkeiten suchen, da sind Sie doch sicher meiner Meinung?»

«Fahren Sie fort.»

«Es ist völlig offensichtlich, dass im Vatikan eine Fluchtorganisation operiert. Stimmen Sie mir da zu?»

«Ob ich Ihnen zustimme, dass dies offensichtlich ist?»

«Stimmen Sie mir zu, dass eine solche existiert?»

«Ich habe noch von keiner Einrichtung gehört, die einen derart vulgären Namen trägt. Könnten Sie das freundlicherweise näher ausführen?»

«Wir sind der Meinung, dass dieses Foto drei der Anführer zeigt. Man könnte sie die Heilige Dreifaltigkeit nennen.»

«Ich würde eher von einem Trio flüchtiger Bekannter sprechen, das Golf spielt.»

«Guter Mann, das glaube ich nicht.»

«Was Sie glauben, geht mir am Allerwertesten vorbei.»

«Bewundernswert», sagte er mit einer Grimasse, die wohl als Lächeln gedacht war. «Der unabhängige britische Geist, was? Die Ablehnung von Konventionen. Das erstreckt sich, glaube ich, auch auf andere Aspekte Ihres Lebens, *mein Herr*. Insbesondere auf Ihr Nachtleben. Oder irre ich mich da?»

«Sie sind der Experte.»

«Es ist kein Verbrechen, Herren zu mögen. Nun ja, streng genommen schon, *mein Herr. Aus anderem Holz geschnitzt*, wie Sie Engländer sagen. Sie haben homosexuelle Freunde und Mitarbeiter, aber wer hat das nicht?» Er kicherte. «Wir befinden uns schließlich im Vatikan. Eine Bruderstadt.»

«Und das entnehmen Sie alles einer Fotografie, auf der drei Leute Golf spielen? Ein Wunder. Jemals daran gedacht, als Hellseher auf einem Jahrmarkt aufzutreten?»

«Ja, es sind nur Indizienbeweise. Aber es wird sich noch mehr finden. Der Vorschlag, den ich Ihnen jetzt mache, und wenn Sie wollen,

auch Ihren Kameraden, lautet, dass wir einer bestimmten Anzahl alli-
ierter Geflohener erlauben, ihrer Wege zu gehen. Es bedarf keiner
weiteren Worte, sozusagen. Unter der strikten Bedingung, dass uns
wöchentlich fünfzig bis sechzig Personen zur sofortigen Rückkehr
in die Lager überstellt werden. Auf diese Weise ist der Ehre genüge
getan.»

«Was würde mit diesen geschehen?»

«Sie werden exekutiert. Erschossen. Oder gehängt.»

«Sie würden einen solchen Handel als ehrenwert bezeichnen?»

«Krieg ist Krieg, *mein Herr.*»

«Ach ja?»

«Wir schwimmen alle gezwungenermaßen im selben Meer. Kommen Sie, trinken wir einen Kaffee und reden über die Einzelheiten.»

Ich nahm das Arzneifläschchen, schraubte es auf, schüttete mir den
gemahlenen Arabica in die hohle Hand und atmete ein. Vollmundig,
fein geröstet mit Noten von Kirsche und schokoladigem Sandelholz,
eine wirklich exquisite Mischung. Mit einem Puster blies ich ihm den
Kaffee ins Gesicht.

«Lauf heim, Schätzchen», sagte ich. «Dein Lippenstift ist ver-
schmiert.»

Er antwortete mit einer Schimpfwortkaskade, die ich nicht wieder-
holen werde. Ich stand auf und grüßte laut zwei Schweizergardisten,
die zufällig in der Nähe patrouillierten, pittoreske Herren in mittel-
alterlicher Livree, doch es war in Rom wohlbekannt, dass sie unter
ihren Capes Thompson-Maschinenpistolen versteckten, deren Einsatz sie nicht scheuten, wenn der Papst oder sein Land angegriffen
wurden. Als sie näher kamen, mich mit ihrem Faust-zur-Stirn-Salut
grüßten, schob sich der Kraut vom Stuhl und eilte über die Grenzlinie, wo er kurz stehen blieb und mir sein Marionettengrinsen zuwarf, ehe er durch die Baustelle der Via della Conciliazione davon-
schlenderte.

Die Gardisten fragten, ob ich ihn melden wolle, doch ich verneinte, nicht nötig, sich mit einem wie ihm zu beschäftigen. Eines Tages würde ihn sich mit großer Sicherheit ein beleidigter Römer vorknöpfen. Kein besonders diplomatischer Gedanke.

Zurück in meiner Unterkunft im Vatikan, ging ich eine Weile rauchend auf und ab, hegte wütende, rachsüchtige Gedanken. Solche Gedanken sollten in einem Gesandten Seiner Majestät keine Wurzeln schlagen. Aber an diesem Tag wurde die Saat gelegt.

Dennoch hatte mir der widerwärtige Emporkömmling in einer Hinsicht einen Gefallen getan. Ich würde so weit gehen und sagen, dass ich mir nicht sicher bin, ob ich mich ohne seinen Korruptionsversuch besonders für die Fluchtorganisation engagiert hätte. Aber damals dachte ich: Was für eine verdammte Unverschämtheit. Was für eine verdammte Unverschämtheit von diesem Scheißkerl. Sie nagte den ganzen Nachmittag an mir. Machte mich wütend.

Sie würden sämtliche Juden, Zigeuner und Künstler ermorden. Wenn sie je bis nach London kämen, würden sie direkt nach Soho marschieren und etliche meiner engsten Freunde ermorden. Und dann mich.

Sie wissen bestimmt, worauf ich anspiele.

Sie traten alle vor mein inneres Auge, einer nach dem anderen, alte Schulkameraden, Kollegen, Weggefährten.

Anständige, gute Männer, witzig, loyal, tapfer. Manche hatten für ihr Land gekämpft, für unsere hehren Werte, unser parlamentarisches Regierungssystem, für das Fairplay, mit dem wir unseren Gegner behandeln. Für das Bestreben, das uns, die wir alles andere als vollkommen sind, beseelt, immer besser werden zu wollen.

Für die gemeinsamen langen Nächte voller Lachen, die wir in besseren Zeiten erlebt hatten.

Ich sagte *nein*. Du verdammter Verbrecher.

Ich räume das Feld nicht kampflos.

Also ging ich zum Monsignore und erklärte, er könne mit mir rechnen. Natürlich hatte ich von der Fluchtorganisation gewusst, sie hie und da ein wenig unterstützt, offiziell aber weggesehen, damit ich mir eine, sagen wir mal, gewisse Unwissenheit bewahrte. Aber damit war es nun vorbei. Er betete im Garten des Collegio, zumindest interpretierte ich das so. Saß auf einer Bank mit der Bibel auf den Knien.

Wir unterhielten uns über bereits durchgeführte Aktionen, über Gefangenenverstecke in diesem und jenem Kloster, die nächtliche Verlagerung von Flüchtlingen oder die Auslieferung von Medikamenten. Dann sprachen wir von dem bevorstehenden Einsatz. Einem Rendimento.

Nach ungefähr einer Stunde kam ein Mann in Gärtnerkluft über den kleinen Weg heran geschlendert und wurde mir als Major Sam Derry von der Royal Artillery vorstellt, den Gunners, mein ehemaliges Regiment, ein Flüchtling, der sich in den *scavi*, der Ausgrabungsstätte des Vatikans, versteckte.

Mich verblüffte, wie schnell er und der Monsignore mich in alles einweihten. Seit einiger Zeit hatten sie und ein Helfer in der Stadt Geld zusammengetragen. Mittlerweile befanden sich in Rom zu viele untergetauchte Gefangene, sie mussten aufs Land spediert werden, bevor die massive deutsche Truppenverstärkung, mit der Anfang des neuen Jahres gerechnet wurde, anrollte. Das dazu nötige Bargeld sollte in der Nacht von Heiligabend an verschiedenen Orten verteilt werden.

Es würde drei Übergabestellen geben, der kleinste Betrag sollte in Prati deponiert werden, ein mittelgroßer in Parioli und der größte Batzen an einem bisher ungenannten Ort. Die Strecke, die bei der Verteilung zu Fuß zurückgelegt werden musste, betrug vierzehneinhalb Meilen. Eine Verhaftung hätte den Tod durch qualvolle Folter zur Folge.

Derry hatte sich freiwillig zum Einsatz gemeldet.

Dann kamen wir zu einem erschütternden Aspekt, der zur Vorbereitung des Rendimento nötig war. Der Monsignore hatte in der Bibel, die auf seinen Knien lag, viele Namen mit roter Tinte unterstrichen, die sich Derry nun in der italienischen Version einprägen musste. Luca. Paolo.

Marco. Matteo. Giuseppe, Elisabetta. Pietro, Stefano.

«Wozu?», fragte ich.

«Falls ich mich im Club Hauptmann wiederfinde, Sir.»

«Wie meinen?»

«So heißt bei einigen Männern umgangssprachlich das Gestapo-Hauptquartier, Sir», sagte Derry derart nüchtern, dass es mich schier umhaute. «Club Hauptmann oder Dollmans Keller. Wenn sie mich foltern, will ich echte Namen zur Hand haben, damit ich nicht die meiner Freunde verrate. Der Monsignore und ich treffen uns jeden Tag, damit er überprüfen kann, ob ich meine Hausaufgaben brav gemacht habe. Übrigens ist er ein verdammt harter Lehrmeister.»

Wir saßen unter Zypressen, der Monsignore, Sam Derry und ich, und während die Nachtigallen hin und her schwirrten und die römische Sonne strahlte, zählte Derry die Namen auf, und ich fragte ihn nach den Phantasieadressen. Einmal wurde ich von Gefühlen übermannt. Sanft griff der Monsignore nach meiner Hand und murmelte: «Mut, alter Knabe.» Derry sagte: «Nicht unterkriegen lassen, Sir. Wir sind Gunners.»

Mir würden meine Brüder daheim in England fehlen, sagte ich. Doch sie beide würde ich wie Brüder lieben, jetzt und fürderhin. Bis ans Ende meiner Tage. Darüber hinaus, wenn möglich. Das war die Wahrheit.

Sie gaben zu verstehen, dass sie dies durchaus als Trost empfanden, und wir machten weiter. Zählten bei Vogelgezwitscher Namen und Adressen auf.

25

Links von der Via Boccherini schlüpft er durch eine Lücke im Stacheldraht und sucht sich einen Weg über ein Trümmerfeld. Anschläge verkünden, dass das zerstörte Schulhaus jeden Moment einstürzen kann; *Herumlungern* und *Unmoralisches Verhalten* werden mit dem Tod bestraft.

Öliges, mit Unrat übersätes Wasser tritt über den Rand eines Einschlagkraters, überall Inseln aus schimmelbefallenen Karten, kaputte Kisten. Die Bombe hat das Gebäude diagonal zertrümmert, die mittlerweile halb eingestürzte Wendeltreppe des zentralen Stiegenhauses liegt frei, Rost hat die zerbrochenen Waschbecken und Toilettenspülkästen schwarz verfärbt. An einem Fensterrahmen baumelt ein Kindertennisschläger.

Jeder Millimeter der schrapnellgenarbten Wände ist mit Graffiti bedeckt – *Viva l'Italia!, Morte al fascismo, Roma '27, Libertà, sempre!* Sechs der sieben Eichenpfeiler, die den Giebel stützen, sind von Plünderern ihrer gusseisernen Träger beraubt, der siebte ist mit einer Kettensäge attackiert worden. Verstreut liegen Pariser auf den zahllosen Glasscherben wie Quallen, die an Land torpediert wurden.

Eine Geisternonne, die das Alphabet psalmodiert, erhebt sich aus den Trümmern, doch er blinzelt die Erinnerung weg, falls es sich um eine handelt.

«*Hände hoch!*», schnauzt die Stimme hinter ihm. «Dreh dich nicht um.»

Als er seine Arme hebt, sind sie ambossschwer. In seinem Kopf rattert es. Sein Magen zieht sich zusammen. In den Ruinen zwitschert ein Star, und ein Straßenköter wuselt herum. Stiefeltritte knirschen über den Schutt.

«Weiterhin den Rücken zu mir», jetzt auf Italienisch. «Beine auseinander.»

Die einheimische Stimme ist energisch, beängstigend in ihrer Zuversicht. Vorsichtig betastet eine Hand die Gesäßtaschen seiner Hose. Eine Pistole drückt sich in seinen Rücken. Finger packen seine Jacke.

«Drei Schritte nach vorn und hinknien.»

Sein Kiefer kribbelt. Er wappnet sich für die Kugel und macht den Mund auf.

«Mit den drei Schritten bin ich einverstanden, aber knien, nein.»

«Du machst, was man dir sagt.»

«Das nicht.»

«*Mi scusi?*»

«Hab gefälligst Respekt für einen Mann, der doppelt so alt ist wie du, du ungehobelter Nichtsnutz. Oder ich hole nach, was dein Vater hätte tun sollen.»

Eine räudige, dreibeinige Füchsin trottet aus den Trümmern hervor und winselt vor Hunger oder Angst.

Mit einem Donnerknall explodiert sie, Blut spritzt über das Mauerwerk. Der Pistolenschuss hallt nach. Die Stimme seufzt.

«*Allora.* Dann bleib eben stehen. Dreh dich um, langsam. Wenn du versuchst, zu fliehen, blüht dir das Gleiche.»

Als er sich umdreht, sieht er einen schnauzbärtigen, schweinsäugigen Schlägertyp Anfang zwanzig, der eine faschistische Polizeiuniform trägt. Untersetzt, geübt in Raufhändeln, ein menschlicher Hammer auf der Suche nach einem Nagel. Eine gewisse Leere in seinen Augen erinnert ihn an die zerbrochenen Fenster des Trümmerhauses.

«Opa», höhnt der junge Mann, «warum trägst du nicht dein Parteiabzeichen?»

«Ich hatte es beim Anziehen eilig. Falls dich das was angeht.»

«Warum ist dein Hosenbein zerrissen?»

«Ich bin auf dem Eis ausgerutscht.»

«Du bist ausgerutscht?»

«Genau.»

«Du weißt, womit ein Verstoß gegen die Ausgangssperre bestraft wird.»

«Aufgrund meines Berufs unterliege ich ihr nicht.»

«Du sprichst ziemlich gestelzt. Du bist kein Italiener. Wo kommst du her?»

«Diese Information steht auf meinem Ausweis, der mir an einer Schnur um den Hals hängt. Du findest ihn unter meinem Hemd.»

Der Faschist greift danach und liest im Licht der Taschenlampe die Lügenworte.

«Mancuso», sagt er. «Was für ein Name ist das denn?»

«Sag du es mir.»

«Nach unseren Informationen sind heute Nacht Anschläge von Kommunisten zu erwarten. Partisanen, Terroristen, alles Feiglinge, die uns nur im Dunkeln angreifen. Weißt du was darüber, angeblicher Signor Mancuso?»

«Wie sieht ein Kommunist denn aus?»

«Hast du einen Spiegel? Dann siehst du's.»

«Ich bin an Politik nicht interessiert. Ich mache nur meine Arbeit.»

«Hier steht, dass du in Mailand aufgewachsen bist. Stimmt das?»

«So steht es da.»

«Für welchen Fußballverein bist du?»

«Inter.»

«Wie heißt die Kirche in Mailand mit dem *Abendmahl* von da Vinci?»

«Santa Maria delle Grazie.»

«Was für eine gequirlte Scheiße. Dieser Ausweis ist gefälscht.»

«Wie kommst du darauf?»

«Du bist kein Italiener. Das höre ich an deinem Akzent.»

«Das habe ich auch nie behauptet. Kannst du nicht lesen?»

«Du kommst mit zum Polizeipräsidium. *Andiamo.*»

«Heilige Mutter Gottes, auf den Straßen laufen Verbrecher und Gesindel herum. Vor nicht einmal zehn Minuten bin ich auf der Via Peri an einer Prostituierten vorbeigekommen, die offenherzig ihren Körper zur Schau gestellt hat. Halb nackt stand sie in einem Hauseingang. An Heiligabend. Du erzählst mir, dass kommunistische Aufrührer und Mörder auf freiem Fuß sind. Und du möchtest einen Unschuldigen verhaften, der seiner Arbeit nachgeht? *È bene,* ich habe dieses Theater lange genug mitgemacht, wir gehen zur Wache. Wir werden sehen, was deine Vorgesetzten zu dieser Zeitverschwendung sagen.»

«Glaubst wohl, du bist schlauer als ich?»

«*Ich* glaube, ein Sack Steine ist schlauer als du.»

«Du bist ein echt arroganter Pinkel. *Professore Partigiano.*»

«Ich will dir mal was sagen, mein Sohn, bevor du dich noch mehr blamierst. Heute war ich Gast, einer von wenigen ausgewählten, bei einer Hochzeit, die im Petersdom stattfand –»

«Na und.»

«Die Braut war die Tochter von Traetta, jawohl, dem hohen Parteifunktionär. Ein enger Freund von mir, schon zu einer Zeit, als du noch nicht auf der Welt warst. Bring mich auf die Polizeiwache, ich rufe ihn von dort aus an.»

«Ich glaube dir nicht. Wie heißt sie?»

«Meine Patentochter heißt Alicia.»

«Du bist der Patenonkel von Traettas Tochter?»

«Ihr Mann heißt Luca.»

«Das könnte jeder wissen. Du versuchst, mich reinzulegen.»

«In meiner Brusttasche findest du die Gottesdienstordnung. Unterschrieben und mit Datum versehen vom glücklichen Brautpaar. Und Traetta.»

«Hol sie raus. *Langsam.*»

Er kommt der Anweisung nach. Händigt das Blatt aus.

«Da. Hier hast du es schwarz auf weiß. Du hast einen Fehler gemacht. Morgen rufe ich Traetta an und lobe deine Hingabe und deinen Fleiß.»

«Sag ‹Zum Teufel mit den Juden›.»

«Warum sollte ich?»

«Weil ich es dir befehle.»

«Das ist kein Grund. Jemand anders könnte mich auffordern ‹Zum Teufel mit dem Duce› zu sagen.»

«Was?»

«Du hast mich sehr wohl gehört.»

«Nimm das sofort zurück.»

«Was denn?»

«‹Zum Teufel mit dem Duce.›»

«Jetzt hast du es selbst gesagt. Hältst du das für klug? Jemand könnte uns belauschen und dich denunzieren.»

Der Faschist streckt die Hand aus und berührt mit der Fingerspitze den obersten Knopf der Jacke, die sein Gefangener trägt.

«Mancuso, der Schlaukopf. Schlaue Männer fallen tief.»

«Fass mich noch einmal an, mein Sohn, und du wirst übers Fallen besser Bescheid wissen, als dir lieb ist.»

«Drohst du mir, Professor?»

«Ich drohe dir nicht, ich warne dich.»

Er berührt ihn wieder.

Mancuso stürzt sich auf ihn.

Packt den Zeigefinger, biegt ihn zurück, biegt ihn fest Richtung Handgelenk, und der junge Mann stößt schockiert einen gepressten Schmerzensschrei aus, fällt mit fuchtelnden Armen seitlings, findet sein Gleichgewicht wieder und schafft es, seine Pistole aus dem Unterarmholster zu ziehen, aber er bekommt sie nicht entsichert. Mit verdrehten Augen taumelt er, spuckt Beleidigungen und Drohungen, Mancuso schlägt erneut zu, eine heftige Parade gegen die Schläfe, doch der Faschist duckt sich, holt aus, sie liegen im Clinch wie schlechte Ringer. Der Gestank von ungewaschener Wäsche und dreckigem, pomadisiertem Haar umgibt sie, der junge Mann tastet nach dem Griff der Pistole, beißt in Mancusos Ohr, seine gekrümmten Finger greifen nach den Augen des Gegners.

Aus dem Schulhaus taucht eine maskierte Gestalt auf, in den Händen eine Holzlatte. Als sich der Faschist in Richtung der Schritte umdreht, trifft ihn ein harter Schlag gegen die Brust, er taumelt rückwärts in einen Haufen zerbrochener Backsteine und Dachziegel, der Angreifer packt ihn an der Gurgel, rammt ihm das Knie zwischen die Beine, und der Faschist bricht würgend und mit schmerzerfülltem Keuchen zusammen. Die Gestalt versetzt ihm noch einen Tritt gegen den Kopf.

Deutsches Gebrüll aus der Gasse: «*Hände hoch oder wir schießen!*», und die Gestalt rennt los, klettert über die zerbombte Mauer.

Von der Straße nähern sich drei deutsche Soldaten mit einer Sturmlaterne, die Gewehre im Anschlag.

«Was ist da los? Keine Bewegung. Hände hoch.»

«Mein Name ist Mancuso, dieser Polizist wurde verprügelt, ich kam zufällig vorbei und eilte ihm zu Hilfe. Er braucht einen Krankenwagen, er hat eine Gehirnerschütterung. Haben Sie ein Funkgerät dabei? Sein Angreifer ist in diese Richtung geflohen.»

Zwei Soldaten eilen zur Mauer hinüber. Der dritte stößt einen langen Seufzer aus.

«Ihren Ausweis, *bitte*», sagt er.

26

DIE STIMME VON DELIA KIERNAN

7. Januar 1963

Aus einem BBC-Recherche-Interview,

geführt in White City, London

Die römischen Winter machen einem Gebäude ordentlich zu schaffen. Die Botschaft, eine alte Villa ohne Heizungsanlage, dafür mit scheppernden Rohrleitungen so alt wie Ihre Oma, wurde zu der Zeit renoviert, was dringend nötig war.

Überall standen Eimer, die ganzen Flure entlang, so viele Löcher hatten wir im Dach. Im Keller ein geplatztes Hauptwasserrohr. Ratten, auf denen man hätte reiten können. Das Schwimmbad fror ein und wurde zur verdammten Plage, verzeihen Sie meine Ausdrucksweise, denn das Mosaik im Boden bekam Risse, und das *caementicium* ging kaputt.

Mein Mann fand, er sollte vor Ort bleiben, in der Dienstbotenwohnung, in Wahrheit kaum mehr als eine Abstellkammer, es passte gerade ein Feldbett rein, mehr nicht. Unsere Tochter Blon und ich hatten für zehn Wochen in der Stadt ein Haus gemietet. Dort hielten wir uns an Heiligabend auf.

Es war eine Nacht, in der man nicht mal eine Milchflasche rausstellen würde. Schneeregen. Eisige Kälte. Windsbräute, die einen zermalmten. Mein Vater scherzte immer, Regen sei flüssiger Sonnenschein. An diesem Heiligabend war er flüssige Schwermut.

Um halb zwei morgens hämmert es an die Haustür wie eine Armee wütender Teufel. Als ich aufmache, steht da Hugh, ganz allein, und blinzelt mich im Viervierteltakt an wie ein Leuchtturm, als wollte er mir unbedingt was mitteilen.

«Guten Abend, Signor Mancuso», sage ich mit so viel Ruhe, wie ich aufbringen kann, obwohl ich vor Angst ganz wacklig bin. «Ich nehme an, Sie kommen wegen der Flasche Chinin.»

Seinen Gesichtsausdruck hätte man fotografieren sollen.

«Genau, vielen Dank, Mrs Kiernan», sagt er.

«Wollen Sie nicht für ein Sekündchen reinkommen?», frage ich. «Es ist doch arg kalt. Wie wär's mit einem Schlummertrunk, bevor Sie wieder gehen?»

In diesem Moment tauchen die drei Nazis vor der Tür auf. Vielleicht waren es gar keine Nazis, jedenfalls drei deutsche Soldaten, wahrscheinlich Wehrpflichtige.

Einer von rechts, die beiden anderen von links. Sie hatten sich versteckt, sodass ich sie nicht hatte sehen können, aber jedes Wort mitgehört, das Hugh und ich wechselten.

Pistolen in der Hand.

Sagten keinen Ton.

Zwei von ihnen waren unattraktive Burschen, möglicherweise geliebt von Gott und Maria, aber der dritte, ihr Vorgesetzter, war eine absolute Vogelscheuche. Ein flundergesichtiger, klumpschultriger, wurstfingriger Eckensteher, so hässlich, dass ihn nicht mal die Flut rausgetragen hätte. Und dazu eine absolute Leichenbittermiene.

«Guten Abend», sage ich. «Oder vielmehr einen sehr frühen *guten Morgen*. Wie kann ich den Herrschaften dienen?»

Sie sagten kein Wort.

«Ich nehme an, dass Sie Mitarbeiter von Signor Mancuso sind, dem Freund meines Mannes?», sage ich. «Vielen Dank, dass Sie ihm das Geleit gegeben haben, das ist sehr aufmerksam von Ihnen. Derzeit gibt es nachts in Rom furchtbar viele Diebstähle und Verbrechen. Eine Leiche würde sich nicht vor die Tür trauen.»

Sie glotzen meinereine an, dann Hugh, dann einander. Astreine Exemplare des Übermenschen. Die drei Weisen. Aber man ist besser vorsichtig im Umgang mit Dummen. Dummheit ist manchmal bauernschlau, sonst wäre sie schon längst ausgestorben. Dummheit ist wie ein Hai. Sie überlebt.

Die Schwierigkeit bestand darin, Hugh ins Haus zu schaffen, ohne dass sie noch misstrauischer wurden, alles andere als einfach, denn wahrscheinlich war er außer sich vor Angst. Außerdem musste ich schnell reagieren. Weihnachten ist keine leichte Zeit für mich, ich hatte schon ein paar Brandys intus, die mir beim Einschlafen helfen sollten. Das bereute ich jetzt, da mein Kopf alles andere als klar war. In diesem Augenblick fing es an, zu schneien.

Es war eine scheußliche, bitterkalte Nacht, der Schnee so nass, dass er einem die Kleider durchweichte, und die Soldaten waren weiß im Gesicht, so elend ging es ihnen. Dazu der grauenvolle Geruch dreckiger Socken, wenn die Nässe in die Stiefel dringt. Einer fragte mich höchst verlegen in sehr gebrochenem Englisch, ob er kurz reinkommen und die Toilette benutzen darf. Und da kam mir die Lösung.

«Wollen Sie nicht *alle* reinkommen», sage ich und werde rasch nüchtern und ruhig. «Ich habe zu Weihnachten Kaffee bekommen, jeder von Ihnen nimmt sich einfach eine Tasse.»

«Ich glaube nicht, dass das angemessen wäre, Delia.» Hugh hatte das Wort ergriffen. «Diese Männer sind auf Patrouille. Sie müssen ihre Pflicht erfüllen.»

«Aber, aber, Marco, seien Sie nicht so langweilig, es ist doch Heiligabend», sage ich. «Die sollen ruhig reinkommen und sich zehn Minuten vors Feuer stellen, damit sie auftauen, die armen Herzchen.»

Wenn Blicke töten könnten. Aber ich glaubte, zu wissen, was ich tat. So oder so war das Kind schon in den Brunnen gefallen.

Die drei sprechen sich kurz auf Deutsch ab, dann hinein mit allen vieren in die gute Stube. Der Bursche in Nöten verzieht sich in das Kabuff unter dem Treppenabsatz. Blon, die in dem Moment die Treppe runterkam, half mir mit den durchnässten Mänteln der anderen beiden und trug sie nach unten in die Garderobe. Ich zwinkerte ihr beruhigend zu.

«Da ist ein deutscher Herr auf der Toilette, Liebes», sagte ich, denn die Tür dort hatte kein Schloss. «Und darf ich dir Mr Mancuso vorstellen», sprich Hugh, den sie so gut kannte, dass er wie ein Onkel für sie war. Sie nickte und gab ihm die Hand.

Blonnie war damals im Oktober neunzehn geworden und das, was man seinerzeit eine Wucht nannte. Die Italiener haben eine Redewendung, *fare bella figura*, was bedeutet, dass jemand immer und ständig eine wahre Augenweide ist. Zudem war sie selbstbewusst, souverän. Sie hätte einer Mutter Oberin ein Doppelbett verkauft. Das gute Aussehen hatte sie ganz von ihrem Vater geerbt, aber auch ein wenig vom Widerspruchsgeist der Frauen meiner Familie abbekommen. Sie war die reizendste Person, die man sich vorstellen kann. Ihr Vater sagte gern, sie hätte diese Art von Schönheit, die einen Raum niedermäht wie ein Maschinengewehr, ein Spruch, der sie wahnsinnig machte, aber Sie wissen, was er damit meinte, denn Sie haben Blon ja erlebt. Sie hinterließ eine Spur gebrochener Herzen von Bundoran bis Bologna. Braune Augen, in denen man ertrinken konnte, einen kerzengeraden Gang und eine Figur wie Veronica Lake. Beherrschte drei Sprachen fließend und hatte ihren naturwissenschaftlichen Abschluss fast in der Tasche. Charme? Sie konnte dem Regen ausreden, sie nass zu machen.

Man stellte sich rundum vor, und die Besucher verbeugten sich und knallten die Hacken zusammen. Man konnte sehen, dass die armen Schwachköpfe von besagtem Maschinengewehr niedergestreckt worden waren. Einander wegdrängelnd, trotteten sie hinter ihr her, diese Gesellen, ins Wohnzimmer, wo der Kamin engelshell und der Christbaum angezündet war, die Kristallschalen von Waterford quollen über von Süßigkeiten und Äpfeln, und beim Fenster stand Blons Harfe in ihrer Hülle. Ich machte einen Teller mit ordentlichen Sandwiches – um den zu heben, brauchte man das Muskelschmalz eines Gewichthebers –, wärmte die Hammelsuppe auf und holte das Trifle aus dem Kühlschrank.

«*Freunde*», sage ich. «Schlagt euch den Bauch voll.»

Appetit?

Mein guter Mann, die hätten Sie sehen sollen. Die hätten dem Lamm Gottes bei lebendigem Leib die Keulen weggefressen.

Wie damals die meisten in Rom waren sie halb verhungert. Der Hunger grassierte derart, dass man Leute auf der Straße ohnmächtig werden oder sogar sterben sah. Es kam noch schlimmer, im März darauf brach eine Hungersnot aus, und wie bei vielen Hungersnöten davor und danach, waren es die Armen, die hungerten und verhungerten. Es war wohlbekannt, dass die Nazi-Offiziere für sich und ihre Familien sämtliche brauchbaren Lebensmittel zusammenrafften, die unteren Dienstgrade konnten ihnen den Buckel runterrutschen und von den Resten leben. Diese drei gehörten, sagen wir mal so, nicht der Offiziersklasse an.

Bis ich das Grammofon angeworfen hatte, befand sich fast kein Krümelchen mehr auf den Tellern. Die Kerle hätten am liebsten wohl auch die Kissen gefressen. Es war erbarmungswürdig. Als Mädchen hatte ich schon mal hungrige Menschen erlebt, sie spachteln ruhig und schnell, vergeuden keine Zeit mit reden. Als ob ihnen jemand das Essen wegnehmen will. Wie Roboter.

Blon, meine wunderbare Blon schob den Getränkewagen herein, der, wie ich hinzufügen darf, üppig bestückt war. Whiskey, Wodka, Schnaps, Grappa, alles, wonach einem der Durst stand, zudem Portwein, Chartreuse, Bourbon, Genever und die Krönung des Ganzen: drei kleine Fläschchen Powers White Whiskey, die erlesenste Sünde, die man je zu kosten die Gelegenheit hatte. Johnny May hat sie mir auf dem römischen Schwarzmarkt besorgt, wo sie eine Fahnenstange Geld kosteten, fünfundneunzig Dollar die Flasche.

Aber in dieser Nacht machten sie sich bezahlt.

«Trinkt davon ein Tröpfchen, Jungs. Der ist sehr selten», sage ich. «Nur zu und keine Widerrede. Seid keine Memmen. Prost! Traditionell trinkt man ihn auf ex. Und zwar schnell.»

Die erste Flasche hatte bald ein großes Loch, und die Burschen blökten beinahe vor Vergnügen. Kurz darauf putzten wir auch die zweite weg. Die Dolchblicke, die Hugh mir zuwarf, hätten einen Safe geknackt. Blon brachte weitere Fressalien, Schüsseln mit Tiramisu und Panna Cotta, und wurde mit Gezwinker und anzüglichem Lächeln aufgefordert, uns etwas auf der Harfe vorzuspielen.

Blon hat eine klassische Ausbildung und spielte im Orchester der Universität. Das Ende vom Lied war, dass sie sich in dieses grausige moderne Zeug verliebte – wie sagt man, atonal, wie ein Sack voll blinder Katzen bei der Paarung, aber sie tat ihnen den Gefallen und spielte diesen auf die Tränendrüsen drückenden keltischen Quatsch, den Ausländer, vor allem Deutsche, offenbar mögen. Und wenn man noch nie erlebt hat, wie jemand Harfe spielt, beeindruckt einen das schon mächtig, vor allem, wenn man zu diesem Zeitpunkt nicht mehr ganz Herr seiner Sinne ist.

Es ist, als ob man einem Jongleur auf einem Einrad zusieht. Ich selbst habe an diesem Abend nicht gesungen – meine Stimmbänder waren leicht entzündet –, aber Blon sprang in die Bresche, *marvoureen acushla* zuhauf, und ihre Stimme war sanft und lieblich. Bald summten die Burschen mit, Tränenperlen in den Glubschern, als wäre die gute, grauhaarige Mammy in den Liedern, die Blon sang, ihr eigenes Mütterlein daheim in Nürnberg.

Die zweite Flasche war leer, wir öffneten die dritte. Sie wirkten mittlerweile ein wenig, sagen wir mal, beschwipst. Powers White Whiskey ist nichts für schwache Mägen. Man benutzt ihn auch dazu, alte Münzen vom Rost zu befreien.

Eine meiner Tanten pflegte zu sagen, dass Soundso «betrunken wie eine gekochte Eule» ist. Vor dieser Nacht wusste ich nicht, was das heißen sollte. Ich konnte Hugh kurz beiseitenehmen und ihn ins Bild setzen. Zehn Minuten, bevor er und die Teds vor meiner Tür standen, war Jo Landini durch den Garten gekommen, hatte den Hof überquert und an mein Schlafzimmerfenster geklopft, das sich auf der Rückseite des Hauses befand.

Nachdem Johnny May sie angerufen hatte, hatte sie sich umgehend zu Angeluccis Wohnung geschlichen, dann durchkämmten die beiden meine Nachbarschaft auf der Suche nach Hugh, da führte das Geräusch eines Pistolenschusses sie zur Schulruine, die ein paar Straßen entfernt war.

Angelucci befand sich, nachdem er seinen Verfolgern entkommen war, in einem Unterschlupf und war hocherfreut gewesen, dass er noch rasch einen faschistischen Polizisten hatte k.o. schlagen können, bevor er seine Flucht antrat. Wie es einer vom fahrenden Volk formulierte, der gelegentlich auf dem Land meines Vaters sein Lager aufgeschlagen hatte, «er überließ ihn Arzt und Priester». Gewissermaßen sein Trostpreis dafür, dass er den Einsatz nicht hatte durchführen dürfen.

Zwei Wochen lang wollte er sich verstecken, er würde die Stadt verlassen und sich melden, wenn die Luft rein war.

Ich umarmte Jo, die liebe Kleine; sie war durchgefroren und schweigsam. «Delia, deine Arme sind der Frühling», sagte sie, und wir lachten ein wenig. «Wenn das alles vorbei ist, lädst du mich nach Irland ein?», fragte sie, und ich versprach es ihr in die Hand.

«Was gibt's dort zu sehen, Delia?»

«Schlammige Seen. Dürre Kühe.»

«Wirst du einen Iren für mich finden, den ich heiraten kann?»

«Das würde ich dir nie antun.»

«Hast du eine Zigarette, *carissima? I'm gasping for a smoke.*»

Diesen irischen Ausdruck hatte ich ihr unwissentlich beigebracht, sie hat ihn wohl einfach aufgeschnappt, sie war eine sehr aufmerksame Zuhörerin. Ich gab ihr eine Woodbine, und sie hustete beim Anzünden. In diesem Augenblick sah ich sie als junges Mädchen und gleichzeitig als alte Dame. Ich mochte sie so sehr, während der ganzen Geschichte hatte sich eine enge Freundschaft zwischen uns entwickelt. Sie war zäh. Humorvoll. Machte nie einen Rückzieher. Das Leben ist schwierig, wenn man schön ist. Ich habe das bei meiner Tochter erlebt, denn ein schöner Mensch zieht immer Probleme an. Aber Jo hatte mehr Verstand im kleinen Fingernagel als sonst jemand. Ich habe diese Frau tief ins Herz geschlossen. Nie tiefer als in dieser Nacht. Sie ist jetzt oben, erklärte ich Hugh, und versteckt sich in einem Kriechgang im Dachboden. Ich schickte Blon hoch, um ihr zu sagen, dass sie sich entweder weiterhin verstecken oder flüchten soll, denn mittlerweile waren unsere Gäste nicht mehr fähig, die Treppe zu erkennen geschweige denn hochzugehen, von einer gründlichen Suche ganz abgesehen. Doch als Blonnie hochging, war Jo nicht mehr da.

Hugh meinte, er breche jetzt auch auf. Blon holte einen alten Mantel, der ihrem Vater gehörte, einen schweren, an manchen Stellen geflickten Ulster aus flauschiger Wolle.

«Der ist für dich, Onkel.»

«Den brauch ich nicht», meinte er.

«Das ist keine Bitte. Zieh ihn an.»

Ich nickte, er solle sich der Anweisung lieber fügen.

Der Mantel passte nicht besonders gut, war zu groß, erfüllte aber einigermaßen seinen Zweck. Ich sah, wie Hugh allmählich dämmerte, was da lief.

«Ist der geändert worden?», fragte er uns.

Ich bejahte.

«Gute Schneiderarbeit», sagte er.

«Wir arbeiten zu günstigen Preisen.»

Gleich darauf schlüpfte er durch die Speisekammer auf die Gasse hinter dem Haus. Mittlerweile war es nach drei Uhr morgens.

Bald gingen auch unsere anderen Besucher, allerdings durch einen weniger unorthodoxen Ausgang. Hinaus in die Nacht mit einer Fanfare aus verwirrten und verwirrenden Abschiedsgrüßen und abgewiesenen Umarmungsversuchen. Bedauerlicherweise würden sie bei ihrer Rückkehr in die Kaserne eine unangenehme kleine Überraschung erleben, denn Lebensmittelkarten, Reichsmark und Wehrpässe waren ihnen irgendwie aus den Mänteln abhandengekommen, die Blon und ich in der Garderobe unten zum Trocknen aufgehängt hatten.

Gelegenheiten müssen genutzt werden, besonders in Kriegszeiten. Schließlich war der Whiskey recht teuer gewesen.

Im Prinzip wäre das kein Problem gewesen. Aber Sie wissen ja, was als Nächstes passierte. Wie sich herausstellte, war einer der Jungs nicht ganz so betrunken gewesen, wie ich dachte, oder die Nachtkälte hatte ihn schnell ernüchtert.

Im Hauptquartier der Carabinieri in der Via Busoni funkte er die Gestapo an.

Es war Weihnachten, deshalb hatten die meisten der niederen Chargen frei. Die Nachricht ging direkt in die Villa des SS-Kommandanten.

An den gefürchtetsten Mann in Rom.

Paul Hauptmann.

III. AKT

DER JÄGER

27

Am Samstag, den 6. März 1475, schwammen zwei Bauernjungen in einem See, der sieben Leugen südlich von Rom lag, als sie in der Tiefe ein «scharlachrotes Licht» sahen, wie sie es später beschrieben, und versuchten, hinzuschwimmen, um es zu untersuchen.

Es war zu weit weg.

Sie seien Dummköpfe, sagten ihre Eltern.

Im Frühling und Sommer tauchten die Jungen jeden Tag ein bisschen tiefer, sie füllten ihre Lungen wie pralle Weinschläuche und hielten die brennenden Augen im Trüben offen, bis es an einem Nachmittag kurz vor Herbstanfang der Jüngere zum sandig-schlammigen Grund hinunterschaffte und prustend, zitternd und mit glitschigem, merkwürdigem Unkraut bedeckt aus dem Wasser stieg, in der Hand einen Rubin, der die Größe einer Pampelmuse hatte.

Selbst die Dorfweisen konnten den Fund nicht erklären. Rubine in einem See?

Unmöglich.

In ganz Latium gab es keine Rubinmine. Ein längst zu Staub zerfallener Caesar musste ihn beim Wagenfahren auf der Jagd fallen gelassen oder als Opfergabe von sich geschleudert haben, vielleicht für die Göttin Diana, die in den Nächten ihres Unglücks den Mond im Wasser versenkte. Wie bei allen unerklärlichen Funden und Fakten, die sich der Vernunft widersetzen, entzündeten sich am Rubin vom See Geschichten. Die Kinder an diesem Ufer bekamen abends Legenden über das rote Drachenauge zu hören und fielen in wundersame Träume.

Neunzig Jahre später, an einem Morgen nach einem heftigen Sturm, zog ein müder Fischer mit seinem Netz keine Fische, sondern einen

Gegenstand heraus, der sich, nachdem er den Schlamm abgewischt hatte, als goldener, mit Opalen besetzter Kelch entpuppte. Er ruderte in die Mitte des Sees hinaus, blickte in die Tiefe und sah weit unten etwas, das zuvor unsichtbar gewesen war, «den langen, schwarzen Schatten des Drachens».

Erschrocken und unter Ruderplatschen flüchtete er. «Ich habe ihn hinter mir brüllen gehört», schwor er. «Ich hatte zu viel Angst, um mich umzudrehen.» Atemlos eilte er zu den Ältesten. Man gab den Kriegern Harpunen und befahl ihnen, zum Drachen hinabzutauchen, ihn zu vermessen und zu beobachten, und mit einer genauen Beschreibung zurückzukommen. Ein Schreiber sollte die Bestiarien in der antiken Bibliothek des Vatikans konsultieren, um herauszufinden, ob das Seeungeheuer einen Doppelgänger oder einen Namen hatte. Doch als die Taucher nach oben kamen, ihre Netze schwer von Edelsteinen, sagten sie, der Drache sei kein Drache, sondern ein Schiff.

Tagelang drängten die Stadtbewohner in den See und kehrten mit Kristallen zurück, mit Jadekelchen, Terrakottakacheln, dicken Diamanten und Opalen, silbernen Statuetten, die lüsterne, heidnische Gottheiten darstellten, juwelenbesetzten Dolchen, goldenen Servierplatten, auf denen kopulierende Paare abgebildet waren. Eines Morgens berichtete ein dreizehnjähriges Bauernmädchen, das tiefer getaucht war als jeder andere, es habe gesehen, wie der enorme Schiffsrumpf gekippt sei. Er drehte sich auf die Steuerbordseite und zerbrach in drei Teile, eine riesige Wolke aus schwarzen, verrotteten Splittern stob aus dem Schlamm auf. Das Mädchen und sein Vater zerrten einen Eisenbrocken, der Teil des Ankers gewesen war, ins seichte Gewässer. Die Ochsen, die ihn aus dem Schlick zogen, starben alle innerhalb einer Woche. Auf dem Ankerstück war der Name «Caligula» eingeprägt.

1927 befahl der Duce, der sich für die Vergangenheit begeisterte, seinen Archäologen, den Drachensee trockenzulegen. In einem Umkreis von zehn Kilometern wurden die Felder eingedämmt oder über-flutet.

Man fand zwei Prunkschiffe, das größere hatte das Ausmaß eines olympischen Fußballfeldes, das nicht sehr viel kleinere war ein Last-kahn. Man stieß auch auf ein antikes Ruderboot, das bis zu den Dollen mit Steinen gefüllt war. Am Seeufer wurde ein Museum ge-baut; man riss die drei Schiffe aus ihrem langen, ehrwürdigen Schlum-mer, ihrem erholsamen, vorsintflutlichen Schlaf und setzte sie wie ge-fangene Prinzessinnen dem trostlosen, kalten Blick des Tourismus aus.

Obergruppenführer Hauptmann richtete sich in Nemi sein Wo-chenenddomizil ein, in einer hübsch ausgestatteten Villa aus roh behauenem Stein, die 1929 für den Chefkurator des Museo und seine Familie erbaut worden war. Das Schlafzimmer und die Empfangs-räume gingen auf den See hinaus; die kleine Küche lag nach Süden, war sonnengesprenkelt und vom Duft des Kräutergartens und des Zi-tronenhains durchdrungen. Das Haus war kühl und schattig, besaß einen Stromgenerator, gut funktionierende Rohrleitungen und einen eigenen Brunnen. Zudem lag es drei Kilometer vom nächsten Nach-barn entfernt. Hauptmann wurde nicht gern beobachtet.

Hier konnte er ganz er selbst sein, im Hausmantel herumlümmeln, seine geliebten Grammofonplatten so laut abspielen, wie er wollte. Aus unsichtbaren Lautsprechern dröhnten Mozart und Beethoven durch den Wald und erschreckten die Nachtigallen und Wasserratten. In Parteikreisen gab man nicht zu, dass auch Nichtarier ihre Ver-dienste hatten, aber hier am See konnte er seinem dunklen Geheim-nis, Verdi, frönen, diesem Kavaliersdelikt würde niemand auf die Schliche kommen. Höchst bedauerlich, dass Verdi Italiener gewesen war, Angehöriger einer minderwertigen Rasse. Aber niemand ist voll-kommen, erklärte Hauptmann seinen Kindern.

Nur ein einziger Mensch in der Geschichte der Welt war jemals vollkommen gewesen. Dieser Mensch, der unvorstellbar gelitten hatte, ist auferstanden, und wir müssen ihm ohne den geringsten Widerspruch folgen, denn er führt sein Volk in die Zukunft –

«Vati meint damit Jesus», unterbrach ihn seine Frau. «Stimmt's, Schatz?»

«Was? Oh, ja. Unser Herr.»

Er liebte seinen Rückzugsort, eine halbe Autostunde entfernt vom heißen, dreckigen Rom mit seinen Bataillonen nimmermüder Bettler, dem Gestank von Scheiße und Olivenöl. Den unzähligen zerfallenden, staubigen mittelmäßigen Papstpalästen. Den Pechnasen und Schießscharten, dem ewigen Glockenläuten und den endlosen Prozessionen. Eine Erscheinung hier. Die Leber eines Heiligen dort. Berühre diese Statue mit der Stirn, und dir werden tausend Jahre Fegefeuer erlassen. Sprechende Kruzifixe, blutende Friese, vergitterte Fenster, großmäulige Wasserspeier. Und ständig: Gib uns Geld, Geld, an jeder Ecke. Das unaufhörliche Eselsgeschrei und das idiotische Gestikulieren, das als Unterhaltung galt. Die einzige Stadt auf Erden, die auf Aberglauben und Ausbeutung leichtgläubiger alter Frauen beruhte. Rom war die Hauptstadt der Dummheit und Kinderei. Nemi war eine Welt für Männer.

Das Nacktschwimmen im See reinigte vom Geruch des Blutes, von dem Gestank der Zellen und des Folterraums. Der weit aufgerissene Mund eines Gefangenen, wenn man die Elektroden an ihm befestigte, wurde weggespült. Das Raspeln, wenn man die Zähne bis aufs Zahnfleisch abfeilte.

Das kalte Wasser war so erfrischend, dass sich der ganze Kopf neu anfühlte.

Er verbrachte immer mehr Zeit in Nemi, verkleinerte seine Bleibe in der Stadt auf ein einziges Zimmer im obersten Stockwerk des Gestapo-Hauptquartiers, das er nur in äußersten Notfällen nutzte, wenn sich beispielsweise ein Verhör in die Länge zog oder ein Gefangener kurz vor dem Geständnis stand. Seine Männer wussten um diesen Zufluchtsort. Er hatte seine Frau und die Kinder aus Berlin kommen lassen und in der Villa untergebracht. Sie kamen an dem Morgen, als das Telefon angeschlossen wurde, ein Zufall, der ihm gefiel und über den er häufig scherzte.

«Jetzt habe ich alles, was ich brauche.»

«Danke, Vati.»

Oft, wenn er mit seiner Frau durch den Zypressenwald schlenderte, spritzte das Lachen der Kinder übers Wasser; sie spielten Tennis, verkleideten sich oder spielten mit ihrer Gouvernante, einem Mädchen aus dem Ort, Fangen. Dann schien die Welt von Sünden gereinigt, wiederhergestellt. Mit großem finanziellen Aufwand wurde sein Dienst-Mercedes gepanzert, mit kugelsicheren Fenstern und einem Bleiboden ausgestattet sowie mit vergittertem Reifenschutz, einer Vorrichtung, die er selbst entworfen hatte; die Öffnung des Benzintanks wurde in das Armaturenbrett verlegt, damit niemand einen brennenden Lappen hineindrücken konnte. Jetzt war der Wagen allerdings so schwer, dass er für die mit Kiefernnadeln übersäten Feldwege oder die fragile Holzbrücke, die über den Bach führte, nicht geeignet war und daher in einer Garage in der Stadt stehen musste. Mit dem Nebeneffekt, dass er so *ein gesünderes Leben führe*, betonte Elise. An den Wochenenden und Abenden machte er Spaziergänge. Seit Jugendjahren hatte er ein Buch des amerikanischen Schriftstellers Strauss geliebt, *The Huntsman and the Lake – Der Jäger und der See*. Eine Tante aus Plainfield, New Jersey, hatte ihm ein Exemplar mit Widmung zu seinem vierzehnten Geburtstag geschenkt; vielleicht könne sie ja eines Tages besuchen, hatte sie hineingeschrieben. Sie leitete den Turn- und Gesangverein in Plainfield; ihre jungen Leute würden ihn gern kennenlernen, in New Jersey seien die Deutschen gern gesehen. Beim Anblick der amerikanischen Briefmarken, den gestempelten Worten *Liberty and Prosperity*, dem blauen Gekritzel der Zollbeamten auf dem Paket wurde er aufgeregt. Oft dachte er, dass der Titel des Buches der schönste in der gesamten Literatur war. Schlicht und klar wie sein Inhalt.

Der Jäger war als Waise von den Irokesen adoptiert worden, lebte aber nun allein in den Great North Woods. Er sehnte sich danach, zum Miramichi River im Südwesten zurückzukehren, wo seine Eltern einst auf einem Hausboot bei den Ein-Schubs-und-das-war's-Strom-schnellen gelebt hatten, aber das für die Reise notwendige Tauwetter setzte nie ein. Man wollte auch nicht, dass es je einsetzte, denn dann wäre das Buch zu Ende. Leser und Held konnten durchaus unter-schiedliche Wünsche haben, auch wenn man als Leser aufseiten des Helden stand. Bei Tag kämpfte der Jäger mit Bären und Klapper-schlangen, bei Nacht gegen Berglöwen und Kojoten. Sein wahrer Feind aber war der *Weltverbesserer*, ein Lehrer aus der zwanzig Mei-len entfernten Stadt, der ständig versuchte, den Jäger in die Lüge na-mens Zivilisation zurückzulocken. Zurück zu den Lügen der Bank-direktoren, zu Angepasstheit, zu Medikamenten, die man nicht brauchte, zu Käfigen, die Häuser und zu Opiumhöhlen, die Saloons genannt wurden. Es war ein Roman über Fischfang und Fallenstellen, über Landschaft und Wasser, der aber auch anders gelesen werden konnte. Tatsächlich machte der einsame, vaterlose, heranwachsende Junge, den viele Probleme plagten, nur einen Teil der Anziehungs-kraft aus. Zum ersten Mal wurde ihm bewusst, dass ein Buch auf mehr als eine Art gelesen werden kann, es darin oft um eine Art Ge-heimnis geht, das im Titel nicht einmal angedeutet wird. Eine Ge-schichte war wie eine Flasche, eine Möglichkeit, etwas Kostbares auf-zubewahren – was auf dem Etikett stand, verriet nur selten den Wert des Inhalts. Diese Entdeckung war so aufregend, dass sie beinahe ero-tisch war, als verstünde man allmählich, was es mit der befremdlichen Entwicklung, die der eigene Körper durchmachte, auf sich hatte. Das Buch handelte nicht von einem See, sondern davon, wie man ein Mann wurde. Das Leben war eine gewaltige Versuchsanordnung, in der alles Wuchernde einem nach dem Leben trachtete. Jetzt gehörte ihm ein See, der seine eigene Geschichte hatte. Fast so, als besäße er seine eigene Welt.

Aus den Lagern wurden Häftlinge geholt, die eine Saunahütte aus Kiefernstämmen sowie ein kunstvolles Baumhaus bauen mussten, das er für seinen Sohn und seine Tochter entworfen hatte, mit Treppe, herzförmigen Luken, Zinnen, einziehbaren Leitern. Im Garten stemmte er Hanteln, schlug auf einen Boxsack ein. Am Seeufer picknickte er mit seiner Frau, den Kindern und dem Kindermädchen unter wilden Feigen- und Olivenbäumen. Salami, feine Käsesorten, saftige San-Marzano-Tomaten, schimmernde Auberginen, Trauben, *peperoncino, arrosticini.* Die Köchin machte einen *sgroppino,* der selbst einem Stein Wonneseufzer entlocken würde. Trüffel aus dem Piemont. Basilikumpesto aus Ligurien. Wie köstlich war ein großes Stück *ciabatta,* das man in Olivenöl und Salz tupfte und verzückt im Sonnenschein verspeiste, dazu ein Glas mit etwas Spritzigem. Ein korruptes Volk, diese Italiener, aber bei Gott, sie wussten zu leben.

Nach dem Mittagessen paddelten er und die Kinder mit dem Kajak durch die kühlen Untiefen unter den Weiden oder sie schwammen in der Nähe des Stegs aus Zitronenholz. Elise rauchte, schrieb Briefe nach Hause oder las am Ufer, spielte manchmal mit dem Kindermädchen Karten oder redete über Kleider, schenkte ihm Modezeitschriften. An warmen Herbstnachmittagen brachte Hauptmann den Kindern das Angeln bei. Seine Tochter war geschickter als sein Sohn, der rasch die Geduld verlor und bockig wurde. Sie hatte einen guten Blick, war hartnäckig und beobachtete die Oberfläche wie eine Möwe. Er sah für seine Tochter eine große Zukunft in der Partei voraus.

Barsch, Rotauge, Brasse, Döbel. Er sagte seinen Kindern gern die Namen der Seefische auf Italienisch vor, ihm gefiel, wie sie mit einer zappelnden Brasse in der Hand zu ihrer Mutter rannten und schrien: «*Mutti, Mutti, wir haben einen Fisch gefangen!*» Seit Elise in Rom war, trank sie zu viel; manchmal fiel ihm auf, dass sie stolperte und lallte. Eines Abends, als sie eine Meinungsverschiedenheit hatten, bat er sie, den Kindern keine Grimms-Märchen mehr vorzulesen: «Sie brauchen etwas Moderneres, Elise, etwas von heute.» Er gab ihr ein

Jugendbuch, das er aus Berlin hatte kommen lassen, Hiemers *Der Giftpilz*. «So schwer, wie es ist, den tödlichen Pilz vom essbaren zu unterscheiden», las er eine wahllos aufgeschlagene Seite vor, «so kann es anfangs auch schwierig sein, den mörderischen Außenseiter vom Freund zu unterscheiden.» Sie hatte dagegengehalten, dass Grimms Märchen die wichtigste Lektion lehrten, die ein Kind, vor allem ein Mädchen, wissen musste.

«Und das wäre, Elise?»

«Männer sind Bestien.»

Sie ließ den Koch den Fang ausnehmen, und die Kinder grillten ihre Beute später über einem Lagerfeuer. Einer der Motorrad-Vorreiter wurde in die Stadt geschickt, um auf der Piazza Navona, wo sich gegenüber dem Neptunbrunnen die Lieblingseisdiele der Kinder befand, *cioccolato*-Eis und Cannoli zu holen. Oft machte der Mann auf dem Rückweg beim Gestapo-Hauptquartier in der Via Tasso halt, wo er die am Tage erstellten Akten mit Geheimdienstberichten und blutigen Geständnissen abholte und sie bei Einbruch der Nacht in Nemi ablieferte.

Nachtangeln war ein besonderes Vergnügen, der samtige Wald im Dunkeln, die vom Wasser bewegten Binsen, die Glühwürmchen. Keine Luftbläschenwolke auf der Oberfläche stand einem bei. Eine Taschenlampe durfte man nicht benutzen, weil das Licht die Fische vertrieb. Man musste lauschen lernen.

Er hatte ein Gespür dafür. *Einen Instinkt.* Den sein Sohn nie haben würde, hoffentlich aber seine Tochter. Oft spürte er, wann er ohne Köder angeln konnte. Ein wahrer Meister. Er wusste, wo sich die Fische aufhielten, wohin sie sich bewegten und wann, welche Stellen sie mochten, welche Strömungen, welches Mondlicht. Man musste einfach nur warten. Er konnte spüren, dass seine Tochter ebenfalls über dieses Wissen verfügte.

Sie war jetzt dreizehn und, wie Elise es eines Morgens ihm gegenüber ausdrückte, vor Kurzem eine Frau geworden. Man musste an ihrer Kinderzimmertür anklopfen, bevor man hineinging; sie brauchte ein kleines Taschengeld. Es war wichtig, ihr ein wenig Unabhängigkeit zu gewähren, einen Raum, in den sie hineinwachsen konnte. Manchmal verkündete sie, sie werde entweder Bauingenieurin oder Luftwaffenpilotin. Ihre Mutter war beunruhigt. Letzteres sei kein Beruf für ein Mädchen, sagte Elise. Hauptmann war anderer Meinung, warum nicht?

Nachts streifte er mit ihr durch das Museum und erklärte ihr die Schwerter und zerbrochenen Ruder, die sich in den Vitrinen befanden, die Helme, die verbeulten Servierplatten und die antiken Schiffe selbst, mit ihren schwarzen, breiten Balken und langen Rümpfen. Neunzehnhundert Jahre unter Wasser, aber sie hatten durchgehalten, waren nicht verschwunden. Er rauchte und redete, sie hörte zu und nickte. Die Zukunft klopfte ans Fenster. Viele Besuche endeten damit, dass er ihr das Exponat zeigte, das er am meisten schätzte. Eine gesprungene Terrakottakachel ungefähr von der Größe ihres reizenden Gesichts, in die eine Zeile des römischen Dichters Accius eingeritzt war.

Oderint dum metuant.

Mögen sie mich hassen, wenn sie mich nur fürchten.

«Sag es für Vati.»

Sie kam seiner Bitte nach.

Zwölf Polizeibeamte in Zivil, denen er am meisten vertraute, patrouillierten mit Rottweilern, die ständig halb verhungert gehalten wurden, um das mit Stacheldraht gesicherte Gelände herum. In konzentrischen Kreisen bewachte eine Eliteschwadron von Panzergrenadieren Gassen und alte Straßen, Zugangswege durch den Wald, das Labyrinth der Feldwege. Die Anweisung lautete: «Sofort schießen.» An die Lärchen wurden Schilder genagelt, auf denen der Totenkopf zu sehen war. Wilderer wurden ausgepeitscht.

Gräben wurden ausgehoben, die umliegenden Wiesen vermint. Spanische Reiter verbarrikadierten die Gassen, wo die Rebstöcke so außer Rand und Band wuchsen, dass sie sich wie Girlanden um die metallenen Stacheln wanden. Gefangene aus dem Regina Coeli wurden herangekarrt und mussten einen Schutzwall erbauen sowie einen Graben ausheben.

Natürlich ließ er das Museo für die Öffentlichkeit schließen. Die Besiegten sollten nicht auf Ideen kommen. Manchmal ging er spätnachts allein durch dessen mondhelle Gänge und genoss eine letzte Zigarette vor dem Zubettgehen oder ein Glas guten Amaretto mit den Geistern von Caligulas Schiffen.

Die Artefakte begeisterten ihn: kaputte Dolche, kleine, für Kinderhände gemachte Äxte. Ein Parallelogramm aus rauem Terrakotta, trotz der Jahrhunderte im Bodenschlamm noch heil, auf dem das pechschwarze «O» des Auges einer Göttin und ein Teil eines Pfauenschwanzes zu sehen waren. Elise fand das Museo nachts unerträglich gespenstisch, die flackernden Schatten in den Fenstern, die durch das bewegte Seewasser entstanden, der leichte, aber hartnäckige Fäulnisgeruch, das lüsterne Grinsen der Galionsfiguren. Hauptmann fand, der Ort rege die Vorstellungskraft an, das, was seine Frau Seele nannte.

In seiner Phantasie schwammen auf dem nächtlichen See immer noch die riesigen, herkulischen Schiffe, überirdisch Ehrfurcht gebietend, angetrieben von den Rudern Tausender keuchender Sklaven, die Fesseln aus Königinnenknochen trugen. Kein Wunder, dass die Bauern in der Tiefe einen Drachen erspäht hatten. Manchmal hatten sogar Italiener recht.

Eines Tages, bald, würde der Führer nach Rom zurückkehren. Hauptmann würde ihm einen Empfang bereiten, der eines Eroberers würdig war. Hier in Nemi würde eine Tribüne errichtet werden, es würde Feuerwerk, einen Festumzug geben, eine Vorführung der Marine, alles von dieser Riefenstahl gefilmt. *Warum nicht?* «Elise, das ist mein Motto, warum nicht?»

Die Schiffe würden wieder auf dem Wasser treiben. Das Unmögliche würde möglich. Es musste nachts stattfinden. Die dramatische Aufführung.

Eine Blaskapelle, die Marschmusik und Bach spielt. Händels *Zadok der Priester*. Der Führer wird erahnen, was hier in Italien für das Reich geschaffen werden kann. Von Lichtbögen umrahmt wird er auf der Bühne *dem größten unserer deutschen Söhne, Paul Hauptmann,* einen väterlichen Dank entgegenrufen. Elise an Hitlers Seite mit Mann und Kindern, alle vier stehen stramm und grüßen den Führer. *Ein Vorbild für das ganze Vaterland, diese Hauptmanns.*

Mit seiner Karriere wird es aufwärts gehen und die Familie gedeihen, der einzige Rückschlag sind diese verfluchten entflohenen Gefangenen. Nach Weihnachten wird er dieses Problem energischer angehen. Er plant einen Januar, den Rom nie vergessen wird: Razzien im Stundentakt, tausend Verhöre, totaler Krieg gegen die Anführer der Fluchtorganisation. Die Schlange töten, indem man ihr den Kopf abhackt.

Bald wird dieser irische Priester an der Reihe sein, der ihm ständig in die Parade fährt. Wie alle Störenfriede eine wichtigtuerische, kleine Mücke. Sein Dossier reicht aus, um ihn vor ein Erschießungskommando zu stellen, noch bevor ein Verhör den ganzen Umfang seiner Umtriebe zutage fördert. Demnächst wird er sich nachts aus dem Vatikan schleichen, die Eitlen können nicht lange in einem Raum verharren. Er wird nie wieder das Tageslicht sehen.

Nach dem Krieg vielleicht ein Ministerium – er hat diskret bei den entsprechenden Parteigenossen verlauten lassen, dass er am Bildungsressort interessiert ist, er hat sich in das Thema Pädagogik eingearbeitet – oder irgendwo ein Botschafterposten. *Warum nicht?* Elise hatte ihm oft gesagt, dass er ein Mann mit Charme und Willensstärke sei, von Frauen angehimmelt, von Männern beneidet, kein Fußsoldat fürs Grobe, sondern zu Höherem berufen. Er sollte seinen Blick Richtung Zukunft wenden, wenn dieser schreckliche Krieg vorbei und niemand mehr übrig ist zum Abschlachten und Deutschland starke, kluge Anführer braucht. Es werden glücklichere Zeiten sein. Keine furchtbaren Pflichten mehr. Ihre Kinder werden die Hunde des Führers streicheln.

In den frühen Stunden des ersten Weihnachtsfeiertags ist er in seinem Arbeitszimmer am Reißbrett zugange, neben sich ein Glas Whiskey. Bedächtig führt er den Bleistift, schraffiert, füllt aus. Mit dem Rechenschieber bemisst er Entfernungen und berechnet Maßstäbe, zieht mit dem Zirkel Kreise, die künstliche Inseln für die Kameraleute darstellen. Das größere Schiff wird über eine Rampe zu Wasser gelassen, das kleinere, fragilere von drei riesigen Kränen aufs Wasser gesetzt und das ganze Spektakel von einer quer verlaufenden Reihe Pontons, die im See verankert sind, hinreißend beleuchtet sein.

In letzter Zeit hat er oft die irrationale Befürchtung, dass Fliegeralarm ausgelöst wird, sobald der Führer auf der Tribüne Platz nimmt. Die Buge, Poopdecks und Galionsfiguren brennen. Funkentürme spritzen in den Himmel über Nemi. Gelb-schwarze Flammen, Elises weinende Silhouette. Der Gestank antiken Pechs. Er schläft schlecht. Also zeichnet er, die Schlafanzugärmel hochgekrempelt, misst Winkel und nippt an seinem Whiskey. So schlägt er die Zeit tot.

Gestern rief der diensthabende Offizier wie vereinbart gegen Mittag an. Die Stadt sei ungewöhnlich ruhig. Seit zwei Nächten keine Einbrüche, fast keine Betrunkenen oder Verstöße gegen die Ausgangssperre, untypisch für die Weihnachtszeit, keine Frauen, die über Belästigungen berichten, keine Kleindiebstähle oder öffentliche Störungen.

«Man kommt ein wenig ins Grübeln, Herr Obersturmbannführer.»

«Ich weiß, was Sie meinen.»

«Ich habe das Gefühl, es ist was im Gange, Herr Obersturmbannführer. Wir haben hier einen Gefangenen, einen Kommunisten, der ist wahrscheinlich kurz davor, auszupacken. Wie lauten Ihre Anweisungen?»

«Sämtlichen Urlaub streichen, und sperren Sie die Hauptverkehrsstraße. Machen Sie alle Brücken dicht. Ich bin in einer halben Stunde da.»

Er hatte das Verhör persönlich geführt, aber der Student verriet nichts. Die Leiche wurde in einem Postsack fortgeschafft, damit die Nachbarn nichts mitbekamen. Man möchte die Leute zur Weihnachtszeit nicht aus der Fassung bringen.

Der zweite Anruf in die Nemi-Villa erfolgt bereits am ersten Weihnachtstag, der diensthabende Gestapo-Unteroffizier meldet sich in den kalten, durchgraupelten Stunden nach Mitternacht. Ein Soldat auf Streife hat einen ungewöhnlichen Nachtwandler gemeldet, einen Mann mit falschem Ausweis. Aufgrund eines Missverständnisses wurde er nicht verhaftet, er ist auf freiem Fuß. Man nimmt an, dass er auf dem Weg nach Trastevere ist.

Während Hauptmann zuhört, kritzelt er auf dem Reißbrett herum, eine Dreifachspirale. Nach dem Ende des Telefonats betritt er das Wohnzimmer. Drei Uhr dreißig – viel zu spät für die Kinder, um noch auf zu sein –, aber sie können nicht einschlafen, Weihnachten hat sie fest im Griff. Er gibt sich die Schuld, dass sie so aufgedreht sind, denn die Bescherung ist allzu reichlich ausgefallen: Schokoladengeld, aufziehbare Soldaten, eine Puppe mit Echthaar, eine Burg, ein Spielzeugflugzeug, das tatsächlich fliegt. Im Schein des Kaminfeuers liest ihnen Elise *Hänsel und Gretel* vor und teilt sich mit ihrer Tochter eine Tasse heiße Schokolade. Sein Herumalbern bringt sie wie immer zum Lachen – «Oh, Vati macht sich einen Schnurrbart aus Sahne!» Zum Vatersein gehört es, Faxen zu machen, sich nicht zu sehr über die Schwachen zu erheben. Seine Kinder dürfen niemals Angst vor ihm, Vati, haben.

Es duftet nach Zimt und Gewürznelken, nach karamellisiertem braunen Zucker. Foliensterne und scharlachrote Kerzen schmücken die Wohnzimmerfenster, auf dem Sims stehen mehrere Limonadenflaschen. Er hört das Telefon in seinem Arbeitszimmer erneut eifrig klingeln. Elise stolpert den Flur entlang, um abzuheben.

«Seid du und Mutti wieder Freunde?», fragt seine Tochter.

«Wir sind immer Freunde.»

«Zankt ihr euch gleich wieder?»

«Nein.»

«Ich hasse es, wenn ihr euch streitet.»

«Sogar Freunde müssen manchmal streiten.»

«Lasst ihr euch scheiden?»

«Sei nicht albern.»

Er zaust das Blondhaar seiner Tochter. Sie gähnt und rollt sich zusammen. Ihr Bruder, die Augen vor Müdigkeit ganz klein, kichert und drückt die Hand seines Vaters. Ihr Haar riecht nach der Karbolseife, die zu benutzen, Elise sie zwingt. Was für ein Wunder, diese Kinder, die den Charme und die humorvolle Heiterkeit ihrer Mutter geerbt haben. Wenn sie nur nicht so viel trinken würde. Er fragt sich, was dahintersteckt.

Er hört, wie ihr Atem langsamer wird, je näher sie dem Schlaf sind, das gehört zu seinen großen, heilsamen Freuden, die ihm oft vor Beschützerinstinkt Tränen in die Augen treiben. Elise kommt ins Wohnzimmer, ihre Schönheit wirkt fast arrogant, sie trägt über dem puderblauen Schlafanzug den dazugehörenden Morgenmantel und zwei unterschiedliche Pantoletten. «Paul», murmelt sie. «Sie sagen, es ist ein Notfall.»

«Verdammt», antwortet er und löst sich vom Sofa.

«Ich mache Kaffee», sagt sie. «Falls du in die Stadt fahren musst.»

«Ich fahre nirgendwohin.»

Der diensthabende Offizier bittet um Entschuldigung. Es sei noch ein Bericht eingetroffen. Der vorhin observierte Sperrstundenbrecher gleiche im Aussehen offenbar dem Priester, dessen Foto am Anschlagbrett im Büro hänge.

«Dem Priester? Sind Sie sicher?»

«Ziemlich sicher, Herr Obersturmbannführer.»

«Wo ist er jetzt?»

«Nicht ganz sicher, Herr Obersturmbannführer. Wir suchen nach ihm.»

«Ich bin in dreißig Minuten da.»

Er eilt die Treppe hoch in sein Schlafzimmer und zieht sich mit zitternden Händen den Schlafanzug aus. Seine gebügelte Uniform hängt auf der Kleiderstange beim Fenster, rasch schlüpft er hinein. Wind rüttelt an der Scheibe. In den Wänden tippeln Mäuse. Im Wandspiegel rückt er die Totenkopf-Schulterklappen zurecht und poliert den Schirm der schwarzen Mütze mit einem angespuckten Taschentuch.

«Was ist passiert, Paul, dass du so lächelst?», will Elise mit schwerer Stimme wissen.

«Es scheint, dass Weihnachten wirklich gekommen ist. Gib den Kindern einen Gute-Nacht-Kuss von mir.»

28

Der Mond verkriecht sich hinter einem länglichen, dunklen Wolkenhügel.

Im Schein der Taschenlampe führt Blon ihn durch die Dunkelheit des rückwärtigen Gartens bis zum verrosteten, alten Tor, durch das man zur Kutschergasse gelangt, unter ihren Schritten knirscht und knarzt der vereiste Schotter, zwischen Steinen steht Strandhafer, und die ersten Vögel krächzen.

Das Tor klirrt hinter ihm zu, und er kann hören, wie sich der Schlüssel dreht, die alten Riegel vorgeschoben werden, ihre Schritte sich entfernen.

Die Einsamkeit umklammert ihn wie ein Kerkermeister.

Die Gasse ist schmal und von Furchen durchzogen, in denen schmutziges Eis steht. Er geht an den Stalltüren vorbei zur Straße, bei der es sich wohl um die Via Cimarosa handelt, und biegt vorsichtig um die Ecke Richtung Norden.

Er bleibt stehen.

Was ist das für ein Geräusch?

Dort drüben vom Hauseingang her.

Das Klicken einer Pistolensicherung.

Oder ein Flügelschlag?

Die breite Straße ist menschenleer, eine Ampel springt von grün auf gelb.

Er wartet dreißig Sekunden.

Niemand da.

Sein Verstand spielt ihm Streiche. Hustend hastet er voran. Der Stoff des fremden Mantels riecht nach Pfeifenrauch und Schweiß, nach Hecken, Mottenkugeln und Schimmel. *Wer müde ist, spürt die*

Feen, ein altes Sprichwort seiner Großeltern. Bevor er die Kiernans verließ, hat er eine Schüssel Rigatoni verschlungen und bedauert das jetzt, denn er fühlt sich schwer und sehnt sich nach Schlaf.

Erneut ein Klacken. Er dreht sich um.

Sein warmer Atem lässt seine Brillengläser beschlagen. Während er sie mit seinem Taschentuch abwischt, hört er ein *Tscha*, bei dem es sich um ein unterdrücktes Niesen handeln könnte. Fünfzig Meter hinter ihm, bei dem Zeitungsstand vor dem Seitengang zur Kapelle.

Soll er rennen? Stehen bleiben? Könnte er es zurück zu den Kiernans schaffen?

Ein zum Skelett abgemagerter Fuchs hinkt hinter dem Zeitungsstand hervor, eine Möwe im Maul, er uriniert an einen Hydranten und gibt ein dumpf rasselndes Knurren von sich.

Jetzt heulen Bomber hoch über Rom. Männer mit Glotzaugen hinter Fliegerbrillen hocken zehn Meilen über der Stadt in ihren engen Cockpits, außer Reichweite des Flakfeuers, ihre Fingerspitzen auf dem Auslöser. Im Inneren jeder Todesmaschine sechzehn Tonnen Dynamit. Genug, um eine halbe Stadt auszulöschen.

Er erinnert sich an einen Nachtflug von Orly vor siebzehn Jahren. Kurz zuvor war er ordiniert worden, und verbrachte einen Winter an der St. Gabriel in Archway, sprang für einen erkrankten Vikar ein. Er und zwei Glaubensbrüder, einer aus Glasgow und einer aus Südafrika, waren für ein Rugby-Länderspiel nach Paris gegangen, hatten im Collège des Irlandais übernachtet. Auf dem Rückflug nach Beaconsfield tobte ohne Vorwarnung ein Sturm über dem Ärmelkanal; die kleine Airco 16 wurde nur so herumgeworfen. Ihm war schwindelig, übel. Das Geräusch von splitterndem Holz, die Schreie der Passagiere. Er hatte gebetet, hatte gefleht. War sich sicher, dass er sterben würde. Inmitten der Todesangst glomm das Gewissheitsfünkchen, dass er erlöst war, das Leben im Jenseits war so real wie der Sturm. Doch die anderen Priester hatten dieses Gefühl nicht gehabt; der Glasgower war ein Jahr später aus dem Priesteramt geschieden und heiratete. Der Südafrikaner hatte sich dem Alkohol zugewandt.

Er dreht sich um, starrt in die Finsternis einer Seitenstraße und huscht in den Schatten der hohen Kirchenmauer, vorbei am Gitterzaun des Franziskaner-Friedhofs. Trostlose Märtyrerstatuen schmücken die Mausoleen. Abgebrochene Marmorfinger greifen nach Ästen.

Extrem kalt ist es jetzt und still, der Mond taucht wieder auf. Ein verschattetes, starres Auge.

Er geht über eine Piazza, auf der alle Fensterläden zugeklappt sind. Ein seltsames Flattern über ihm.

Zuerst hält er es für Nachtfalter.

Eine Schar weißer Schwalben oder Jungtauben, silbern im cremigen Mondlicht, schraubt sich sanft und traumgleich abwärts. Aus Dutzenden werden Hunderte, Tausende, die kreiseln, gleiten, rauschen. Als die ersten von ihnen in seine Reichweite schweben, sieht er, dass es Blätter aus Papier sind.

Flatternd fallen sie um ihn herum, tanzen, trudeln, Schnee aus schwarz beschmiertem Weiß.

Sie fliegen gegen die Fenster von Wohnblocks und Autos, in Mülleimer und plätschernde Springbrunnen hinein, gegen Parkbänke, Kirchtürme, die Kuppeln Alt-Roms, auf leere Tische, in Palazzi, Parks, den schwappenden, gurgelnden Tiber, in Kasernen und gegen Säulen, auf die Autobahn nach Nemi, die mit Schweigen vollgesogenen Pflastersteine.

Ein Nachtfalter tanzt vor seinen Augen, treibt im Wind hin und her, auf und ab, als würde ihn sein Wunsch, ihn zu fangen, antreiben. Als er ihn endlich erwischt, ist das Papier feucht; beim Lesen schwärzt Tinte seine Finger.

STOLZE RÖMER!

FASST MUT

DAS IST EUER LETZTES WEIHNACHTSFEST

UNTER DER DIKTATUR

DIE BEFREIUNG NAHT

SABOTIERT DEN FEIND WO UND WIE IHR KÖNNT

DIE TAGE DER NAZIFASCHISTISCHEN BESETZUNG

SIND GEZÄHLT

FROHE WEIHNACHTEN EUCH UND EUREN FAMILIEN

VERNICHTET DIE EINDRINGLINGE

LANG LEBE ITALIEN

LANG LEBE ROM

GENERAL CLARK

UNITED STATES ARMY

Durch den Schneeregen und die vom Himmel fallenden, nassen Flugblätter kehrt seine Erinnerung wieder. An den düsteren Oktobernach-
mittag vor zwei Monaten, die Woche, in der die Juden deportiert
wurden. Der junge äthiopische Seminarist hatte ihn in der Bibliothek
aufgespürt, um ihm zu sagen, im Empfangsraum warte eine Besucherin, eine verzweifelt wirkende Dame. Es regnete fürchterlich, die Straßen waren menschenleer. Die Chorprobe war verschoben worden.
Die Gefahr war fast greifbar. Mittlerweile passierten Patrouillen dreimal stündlich das Tor des Collegio. Die faschistische Polizei war gesehen worden, wie sie das Gebäude fotografierte.

Die Dame saß unten in dem großen Raum am Fenster, das man zu
schließen vergessen hatte. Der Regen ließ den Geruch von Erde und
Garten aufsteigen. Ihr Haar war nass und dunkel, hing ihr strähnig
um Kopf und Schultern, sie trug einen Regenmantel, der ihr zu groß
war. Ob sie ein Handtuch wolle, fragte er.

«Bitte», antwortete sie leise. Er läutete nach einem Dienstboten.

Sie warteten schweigend. Er wusste, wer sie war. Sie rauchte, starrte dabei den Aschenbecher an. Er fragte sich, was sie sagen wollte. Der Dienstbote kam herein, hörte sein Anliegen, eilte aus dem Raum, und kam eine Minute später mit einem Handtuch, ehe er wieder verschwand.

Er drehte sich zum leeren Kamin, während die Besucherin ihr Haar trocknete. Der Vorgang kam ihm so intim vor, dass er nicht hinsehen mochte.

Nachdem sie fertig war, fragte sie mit den Augen, ob sie sich eine weitere Zigarette anzünden dürfe. Er nickte und schob ihr über den Tisch den Aschenbecher aus Onyx zu.

«Danke», sagte sie, «dass Sie sich bereit erklärt haben, mich so kurzfristig zu empfangen.»

Er gab keine Antwort. Wahrscheinlich war das eine Falle.

«Wahrscheinlich fragen Sie sich, warum ich hier bin», fuhr sie fort, ihr knappes, förmliches Englisch war schlicht und elegant.

«Dazu hatte ich noch keine Zeit.»

«Ich bin in größter Sorge. Entschuldigen Sie.»

«Frau Hauptmann –»

«Dürfte ich bitte ein Glas Wasser haben?»

Er füllte einen Becher aus dem Steinkrug, der auf dem Tisch stand, und sie leerte ihn in drei Schlucken. Er hätte wohl besser den Dienstboten gebeten, im Raum zu bleiben, oder direkt nach dem Rektor schicken sollen, damit diese Unterhaltung einen Zeugen hatte. Ihr Ehering war ungewöhnlich schmal, wie ein Stück bronzene Schnur. Unausgesprochen war damit auch jener im Raum, der ihn ihr angesteckt hatte.

«Ich möchte etwas mit Ihnen besprechen», sagte sie. «Eine persönliche, eine Familienangelegenheit. Wenn ich Sie um Ihre Unterstützung bitten dürfte.»

«Sind Sie Katholikin?»

«Eine schlechte.»

«Handelt es sich um eine spirituelle Frage?»

«In gewisser Weise.»

«Weiß er, dass Sie hier sind, Frau Hauptmann?»

«Nein. Noch nicht.»

«Ich habe Ihnen nichts zu sagen, Frau Hauptmann, aber ich bin bereit, Ihnen zuzuhören. Zehn Minuten, nicht länger. Sehen Sie die Uhr auf dem Kaminsims? Danach kann ich, wenn Sie wünschen, einen anderen Priester kommen lassen, einen Mitbruder. Was Sie mit ihm besprechen, ist natürlich streng vertraulich.»

«Ich möchte mit Ihnen und nur mit Ihnen reden, Monsignore.»

«Warum?»

«Weil ich nicht mehr weiterweiß und Sie zufällig der einzige Priester in Rom sind, den ich kenne.»

«Mich kennen Sie auch nicht.»

«Ich habe gehört, wie mein Mann von Ihnen gesprochen hat.»

«Bestimmt sehr freundlich.»

«Heftig. Wütend. Aber nicht immer. Es gibt auch andere Momente.»

«Soso.»

«Manchmal sagt er, dass Sie und er unter anderen Umständen vielleicht Freunde geworden wären.»

«Unsinn.»

«In einem anderen Leben.»

«Aber es ist dieses Leben.»

«Leider.»

«Frau Hauptmann –»

«Ich bin gekommen, weil ich Sie um Ihren Schutz bitten möchte.»

«Inwiefern?»

«Ich ersuche als politischer Flüchtling aus Deutschland Asyl im Vatikan. Weil ich mich vom Nationalsozialismus abgewandt habe. Zusammen mit meiner Familie.»

Im Zimmer über ihnen wurde eine Tür zugeschlagen. Die schwere Uhr tickte.

«Ich habe mir die Sache gründlich überlegt», sagte sie, «und bin dazu bereit.»

«Sie erwarten, dass ich Ihnen das glaube?»

«Es stimmt.»

«Mit Ihrer Familie, einschließlich Ihres Mannes? Des Kommandeurs der Gestapo in Rom?»

«Ich glaube, dass auch er diesen Wunsch hat, es sich aber nicht eingestehen will.»

«Was veranlasst Sie zu dieser Annahme?»

«Der Instinkt einer Ehefrau.»

«Haben Sie diese Angelegenheit mit Ihrem Mann besprochen, ja oder nein?»

«Es ist ganz offensichtlich, dass Sie nie verheiratet waren. Und ich sage das voller Respekt.»

«Was soll das heißen?»

«Lediglich, dass es in einer Ehe manchmal ein stillschweigendes Übereinkommen gibt. Ein Ehepaar steht vor einer Entscheidung, über die bisher kein Wort gefallen ist. Aber sie wissen trotzdem darum. Woran man geglaubt hat, existiert nicht mehr. Etwas nicht zu besprechen, ist manchmal auch eine Art, etwas zu besprechen.»

«Ich frage Sie ein letztes Mal. Haben Sie mit Ihrem Mann darüber gesprochen, ja oder nein?»

«Ich habe vor, es heute Nachmittag zu tun.»

«Frau Hauptmann, Sie werden entschuldigen, wenn ich Sie nicht hinausbegleite. Ich habe Dringendes zu erledigen. Guten Abend.»

«Er ist ein liebevoller, fürsorglicher Ehemann. Ein äußerst hingebungsvoller Vater. Das ist sein Wesen, seine wahre Natur. Er unterstützt seine Eltern finanziell, meine ebenfalls, von einem Gehalt, das nicht üppig ist.»

«Erzählen Sie doch keinen Unsinn, Frau Hauptmann. Ich muss darauf bestehen, dass Sie jetzt gehen. Und nehmen Sie Ihre gesammelten Unwahrheiten und Selbsttäuschungen mit.»

«Ich habe keinen Nazi geheiratet.»

«Diese Unterhaltung ist beendet.»

«Wir werden heute Nacht um fünf vor zwölf auf dem Petersplatz stehen. Ich bitte Sie lediglich um eine Chance. Wenden Sie sich nicht von uns ab. Ich bitte Sie. Haben Sie Erbarmen mit meinen Kindern, wenn schon nicht mit mir.»

«Gehen Sie jetzt, Frau Hauptmann. Und kommen Sie nie wieder.»

Wütend verließ er den Raum und kehrte zu seiner Arbeit zurück, aber um Viertel vor zwölf betrat er den Petersplatz und tat, als fotografierte er den Vollmond.

Er schlenderte zwischen den zischenden Brunnen, dem Obelisken und der Treppe hin und her und richtete seine Kamera auf das Himmelsmeer. Aufgrund des Regens und der Ausgangssperre war niemand auf dem riesigen Platz unterwegs, nur drei Straßenkehrer, die sich langsam um die Kolonnade herumarbeiteten, sich gelegentlich Anweisungen zuriefen oder zu ihrem Lastwagen mit dem gewölbten Korpus gingen, um einen Müllsack auszuleeren. Als es Mitternacht wurde, waren auch sie verschwunden.

Der Oktobermond in seinem Objektiv glich einer gelblichen Münze. Die großen Glocken läuteten. Niemand kam.

Die Brunnen versiegten zu einem Tröpfeln. Dann Stille.

Hatte sie nach Informationen gefischt? Er versuchte, sich zu erinnern, was er im Empfangsraum zu ihr gesagt hatte. Er würde es Hauptmann durchaus zutrauen, die eigene Frau als Spionin einzusetzen. Vielleicht sollte er sofort zum Rektor gehen.

Zehn nach. Viertel nach. Ein einsamer Kormoran kreischte.

Ihn überkam eine Vision, wie der Obelisk auf den Platz stürzte, Bomben explodierten, Schrapnelle vom Himmel hagelten. Augustus' Armeen hatten den Pfeiler auf einem gewaltigen, silbernen Kahn aus Ägypten mitgebracht, dem größten Schiff, das die Welt bis dahin gesehen hatte. Seit zwanzig Jahrhunderten war er dem römischen Wetter ausgesetzt. Er konnte jede Nacht umstürzen. Würde er selbst Zeuge davon sein?

Zwanzig nach.

Dreißig nach.

Er machte weitere Fotos vom Mond.

Um Viertel vor eins fegte ein Wind über den Platz, trug Kälte und Splitt mit sich. Als er die Kamera einsteckte und seinen Kragen gegen die Nacht aufstellte, schnurrte der schwarze, kugelsichere Mercedes heran und hielt an der vatikanischen Grenze.

Von der Motorhaube stieg Dampf auf. Die Scheinwerfer gingen aus.

Unvermittelt tauchten die zwei Kinder auf, als hätte jemand sie geschubst, jedes trug einen Pappkoffer. Das Mädchen hielt eine Puppe in der Hand, der Junge einen Teddybären. Dann erschien ihre Mutter, dann Hauptmann in Zivilkleidung.

Alle vier gingen zur Grenze, Elise Hauptmann kämpfte mit den Tränen, die Kinder zerrten ihre Koffer über das Kopfsteinpflaster. Die Frau trug auf dem Rücken einen Wanderrucksack, unter dem Arm einen Regenschirm. Hauptmann winkte nicht, als sie davongingen. Er holte einen Flachmann aus der Tasche, nahm einen großen Schluck, bei dem einiges danebenging, und schleuderte das Fläschchen gegen den Obelisken, doch sie zerschellte am Brunnenrand.

«Bist du glücklich, Priester?», brüllte er. «Dass du mir meine Familie gestohlen hast? Meiner Frau Dummheiten in den Kopf gesetzt hast, um mich in die Falle zu locken? Ich kann dich in der Dunkelheit sehen, du feiges, verschlagenes Arschloch. Komm her, du dreckiger Dieb. Hier ist deine Beute.»

Mit gesenktem Kopf und heftig schluchzend ging Elise Hauptmann weiter, neben ihr die Kinder.

«Ich habe gesagt, wenn du willst, dann geh», schrie ihr Mann, «aber komm bloß nie wieder zurück. Melde dich nie wieder bei mir. Verlass mich, und du bist tot. Du glaubst wohl, du kannst mich ködern, O'Flaherty? Nimm sie. Du hast dein Möglichstes getan, aber ich bin immer noch da. Du hast mich ermordet, Priester. Aber schau genau hin, ich bin immer noch da. Fürchte dich, denn jetzt kannst du mir nichts mehr antun. Du hast deinen letzten Pfeil verschossen. Du Kanaille.»

Hauptmann ging zum Mercedes zurück und stieg ein. Der Motor tuckerte vor sich hin. Die Scheinwerfer leuchteten hell und groß. Er wendete den Wagen sehr langsam, und die gelben Lichtstrahlen glitten über den Platz.

Der Junge brach in Tränen aus, drehte sich um und rannte dem Auto nach, er ließ den Koffer fallen, der aufplatzte, und rief: «*Vati, bitte geh nicht!*» Seine weinende Schwester rannte ihm nach und nun auch ihre Mutter, die den linken Schuh verlor, als sie durch die verstreuten Kleider ihres Sohns lief. Der Junge trommelte gegen die Heckscheibe, während der Mercedes behäbig weiterfuhr, lief immer weiter hinterher, bettelte seinen Vater an, ihn einsteigen zu lassen, dazubleiben. Seine Schwester jammerte herzzerreißend: «*Verlass uns nicht, Vati. Es tut uns leid!*»

Der Mercedes hielt kurz an, damit sie einsteigen konnten.

Dann fuhr er langsam und schwerfällig davon.

Oktober. Vor zwei Monaten. Die im Nebel glimmenden Rücklichter.

Der Scheideweg, nicht genommen.

Die letzte Chance, nicht gewährt.

Jetzt scheint er sich in den frühen Morgenstunden des ersten Weihnachtstags an einen nie gesehenen Anblick zu erinnern, Hauptmann, der am Steuer sitzt. Schweigend fährt.

Zigarettenrauch. Knirschendes Getriebe.

Die schluchzenden Kinder.

Warum hast du ihn nicht aufgehalten?, höhnt der Schatten.

Du hättest mehr tun können.

Er geht weiter Richtung Nebenstraße und hat das Gefühl, dass er verfolgt wird.

Der Beiwagen, in dem Hauptmann sitzt, fühlt sich zerbrechlich an wie ein Ei. Auf der Fahrt von Nemi nach Rom, durch dunkle, feuchte Wiesen, fort vom See und den nach Zimt duftenden Kindern, lädt er seine Luger mit sieben Hochdruckpatronen, sieht nach, ob noch weitere in seinem Uniformrock stecken, bereitet sich auf die kommende Stunde vor.

Er hat Befehle erteilt. Keine Verhaftung, nichts überstürzen.

Der Priester soll aufgespürt, observiert, seine sämtlichen Bewegungen notiert werden. Die Nachricht geht jetzt über Funk raus. Kommandant Hauptmann übernimmt, wenn er in siebenundzwanzig Minuten in der Stadt eintrifft, seine Überwachung. Wecken Sie seinen Chauffeur. Stellen Sie den Mercedes zur Abholung im Gestapo-Hauptquartier bereit. Vergewissern Sie sich, dass Verhörraum Null frei ist.

Der Waldweg schlängelt sich hinunter zur Autobahn nach Rom, und der Beiwagen wackelt bei jedem Stoß, jeder scharfen Kurve, Schrauben und Schweller quietschen, der Motor surrt wie eine Hornisse, aber der Fahrer, ein schwerer Mann, drückt kräftig aufs Gaspedal, und bald darauf jagen sie durch die winterdünnen Bäume auf das bernsteinfarbene Leuchten der *autostrada*-Laternen vor ihnen zu.

«Schneller», ruft Hauptmann. «Nehmen Sie den Fuß von der Bremse.»

In seiner Tasche gibt die Schachtel mit der Munition kurz ein mürrisches Rasseln von sich, als wollte sie ihm beipflichten.

Es geht über Bremsschwellen bis zur Straßensperre am Rand der Lichtung. Als sich der rote Balken nach oben bewegt, heben die Soldaten den Arm zum Hitlergruß, auf ihren Helmen schimmert der orange-lilafarbene Widerschein eines Kohlenbeckens. Er erwidert ihren Gruß mit einem Winken. Tapfere Burschen an Weihnachten, so weit weg vom Elternhaus. Morgen soll ihnen die Köchin eine Gans bringen, einen Stollen und eine Flasche Schnaps. Oder noch besser – *warum nicht?* –, er kommt persönlich mit dem Essen vorbei. Er und Elise besuchen die Soldaten, nehmen vielleicht die Kinder mit. Eine vornehme militärische Tradition, am ersten Weihnachtstag die Rollen zu tauschen. Alle Offiziere sollten nicht vergessen, dass auch sie einmal gewöhnliche Gefreite waren. Sie werden zusammen *Stille Nacht* singen. Hoffentlich lallt Elise nicht.

Kurz vor dem Tor des Anwesens wird der Feldweg zu einem Schotterweg, und das Scheinwerferlicht fällt auf eine junge Frau, die von zwei Soldaten gegen einen Pinienstamm gedrückt wird. Sie wehrt sich so heftig, landet Schläge und Kopfstöße, dass sich ein dritter Soldat, ein Veteran, der ihr Großvater sein könnte, mit einem Knüppel nähert und sie in die Hecke stößt.

Hauptmann bellt seinen Fahrer an, er solle anhalten, und steigt aus dem Beiwagen. Die Luft ist kalt und riecht nach Benzin.

«Was ist hier los?»

«Herr Obersturmbannführer, wir sind vor zwanzig Minuten im Wald auf diesen Eindringling gestoßen. Der da war bei ihr.» Er nickt in Richtung eines mit Handschellen gefesselten jungen Mannes, dessen Gesicht einige Schläge abbekommen hat. «Die behaupten, sie sind ein Liebespaar. Er hat eine Schrotflinte dabei. Und war auf dem Weg zu Ihrem Haus.»

«Das ist eine Lüge», beharrt der junge Mann.

«Halt die Schnauze.»

Als Hauptmann auf die junge Frau zugeht, will sie etwas sagen, senkt aber dann doch lediglich den Kopf. Seine Kinder sind ganz vernarrt in sie, ihre Gouvernante zu bestrafen, ist schwierig.

Aber vielleicht gibt es eine harmlose Erklärung.

«Maria, was hast du in der Verbotszone zu suchen?», fragt er das Kindermädchen. «Und wer ist dieser Mann?»

Sie schweigt.

«Soll ich ihn fragen?», meint Hauptmann. «Willst du mir das sagen?»

Der junge Mann zeigt keine Furcht, sondern steht noch aufrechter da, durch das zerfetzte Hemd ist sein schlanker Oberkörper zu sehen. Es fällt ihm beinahe schwer, ihn unsympathisch zu finden. Eine Kämpfernatur.

«Ich erwarte eine Erklärung», sagt Hauptmann leise. «Und sag mir die Wahrheit.»

«Ich habe Fallen aufgestellt. Ich bin Jäger. Das habe ich denen aber schon gesagt.»

«Wohl eher Wilderer?»

«Ich bin durch Zufall in diesen Wald geraten. Meine Taschenlampe funktioniert nicht, und außerdem gibt es keinen Zaun.»

«Herr Obersturmbannführer, es gibt einen», widerspricht ein Soldat barsch.

«Der ist durchgeschnitten.»

«Weil *du* ihn durchgeschnitten hast.»

«Jeder Bauer im Umkreis von zehn Kilometern kennt den Umfang dieses Grundstücks», sagt Hauptmann. «Du hast meine Männer eindeutig angelogen.»

«Ich bin kein Bauer. Bis vor Kurzem habe ich in der Zementfabrik in Velletri gearbeitet. Bevor sie zerbombt worden ist. Ich habe meine Existenzgrundlage verloren. Und das hier hat nichts mit Maria zu tun, sie ist nur eine Bekannte aus dem Dorf.»

«Was habt ihr hier gemacht?»

«Wir sind spazieren gegangen.»

«Du weißt, dass Wildern ein Kapitalverbrechen ist.»

«Was soll ein Mann tun, wenn seine Kinder hungern?»

«Streck deine Hände aus.»

Der junge Mann gehorcht.

«Ich glaube nicht, dass du in einer Zementfabrik arbeitest. Die sehen ganz weich aus. Wie bei einem Stadtmädchen.» Hauptmanns

Männer lachen, er genießt den Klang. Ein guter Offizier sollte immer von seinen Soldaten bewundert werden. «Du bist Partisan. Kommunist. Du weißt, welches Schicksal dir blüht.»

«Ich bin kein Partisan, auch kein Kommunist. Ich kann mir Politik nicht leisten. Ich bin bloß ein Vater, der verzweifelt versucht, dass seine Kinder an Weihnachten was zu essen kriegen. Sie haben selbst Kinder. Lassen Sie mich um Himmels willen gehen.»

«Woher weißt du, dass ich Kinder habe?»

«Das hat mir jemand erzählt.»

«Wer?»

«Herr Obersturmbannführer, ich … ich weiß es nicht mehr, es ist allgemein bekannt, die Leute reden.»

«Streng dich an. *Was gehen dich meine Kinder an?*»

«Ich habe ganz allgemein gesprochen. Natürlich gehen mich Ihre Kinder nichts an.»

«Wie heißt du?»

«Luca Ricci.»

«Schwörst du bei deiner unsterblichen Seele, dass du kein Partisan bist, Luca Ricci?»

«Ich schwöre.»

«Auch auf die Seelen deiner Kinder?»

«Selbstverständlich.»

«Sehr gut. Du kannst gehen. Nur dieses eine Mal. Frohe Weihnachten. Mach nie wieder den Fehler, dieses Grundstück zu betreten. Verstanden?»

Als Luca Ricci sich zum Gehen wendet, macht Hauptmann einen Schritt vorwärts und schießt ihm in den Nacken. Er geht zu Maria hinüber und schießt ihr in die Stirn.

«Sie haben versucht zu fliehen», instruiert er die Wachen. «Jetzt aber schnell in die Stadt.»

29

Atemlos überquert er die Straßenbahnschienen und eilt durch den Durchgang in die Via Ventinovesimo.

In der Nähe eines Werbeschilds für den «Corriere della Sera» kauern zwei Gestalten. Bei seinem Anblick lässt eine von ihnen eine brennende Zigarette auf den Gehweg fallen, die andere hebt sie auf und wirft sie in einen Steintrog vor einer Garage.

Das Signal.

Ein Reiher schreit. Wind kommt auf. Als er näher tritt, sieht er, dass beide Gestalten geistliche Kleidung tragen.

Ohne ihn eines Blickes zu würdigen, gehen sie eilig, rennen beinahe zum anderen Ende der Piazza, wo sie breiter wird und Statuen stehen. Mit zehn Schritt Abstand folgt er ihnen.

Sie biegen in eine fast unsichtbare Gasse ein. Als er um die Ecke eilt und aufholt, ist eine der Gestalten verschwunden. Die andere entpuppt sich als junge Frau.

«Andiamo», sagt sie und zeigt mit einem kurzen Kopfnicken zu den halb geöffneten Fensterläden des verlassenen Theaters.

Er geht durch das mit Glas übersäte Foyer, in dem ein riesiger, zersprungener Spiegel hängt und der Mond sich in hundert Scherben auf dem Boden spiegelt. Durch den Mittelgang zwischen aufgeplatzten, verbrannten Samtsitzen hindurch, um die Logen tummeln sich angesengte Putti. Die mit Teppich bespannten Stufen hinauf zur Bühne, wo ein Dutzend abgemagerter Katzen um das Wrack eines Pappmachéschiffs schleicht. Pfützen in sich zusammengefallenen Plüschs.

Jetzt geht es durch die Kulissen, das Licht ihrer Taschenlampe trifft auf bloße Bretter voller Astlöcher. Der Gestank von Schimmel, von blaufauligen Orangen. Vorbei an unförmigen, verhangenen Gestalten, Gipsköpfen, die noch Perücken tragen, vorbei an einem hexenhaften Mopp, der umgekehrt in einem Eimer steht. Eine Treppe erzitternder Holzstufen hinunter, durch den Notausgang in einen Hof, der auf eine Gasse führt.

Sie dreht sich um. «Bist du bereit? Es wird schwierig werden.»

«Verstanden.»

Mit einem Nicken holt sie aus ihrer Jacke eine Haube aus Sackleinen, stülpt sie ihm über den Kopf und zieht den Bändel zu.

«Nimm meinen Arm», flüstert sie. «Zwei Stufen nach unten. Dann links.»

Inmitten von Finsternis spürt er, wie er geführt wird, aber er zögert, strauchelt, heiße Schleier vor seinen Augen, die Ungeduld der jungen Frau, die sich in abfälligem Zungenschnalzen äußert. Jemand kommt hinzu, packt ihn am linken Ellbogen, und sie hetzen ihn durch etwas, das sich wie ein Garten oder eine Geländestufe anfühlt, durch den Geruch feuchter Vegetation und übersüßem Winterflieder. Er bittet sie, langsamer zu gehen, aber die Frau lehnt kurz angebunden ab. Die Zeit verrinnt, sie sind spät dran.

Schmerzseile in seinen Oberschenkeln. Ein Feuersturm in seinen Lungen.

Er registriert, dass man ihm über Straßen hilft, und den Wechsel von Asphalt zu Kopfsteinpflaster. Kurz fühlt er die Nähe des Flusses. Nicht das Wasser, aber nasses Riedgras und das Klirren der Flaggleinen. Ihm schießt der Gedanke durch den Kopf, dass Marcus Antonius den strengen Geruch des Rieds gekannt haben muss, der Neros Albträume gerötet hat.

Er möchte nicht in das Auto einsteigen, spürt, wie eine Hand ihm den Kopf nach unten drückt. *Wir legen dich auf die Rückbank, sei still.* Er gehorcht, und eine schwere Decke, die nach nassem Hund riecht, wird über ihn geworfen. Der Wagen rumpelt los; ein schlechter Fahrer? Ein junger? Die Frau flüstert unaufhörlich; der Fahrer zischt zurück und hustet. Nach zehn, zwölf Minuten wird die hintere Tür geöffnet. Man zieht ihn nach draußen, er ist nicht sicher auf den Beinen. Sie überprüft, ob die Haube immer noch fest sitzt.

«Vorsicht», sagt sie leise, «hab keine Angst», während er in ein Gebäude geführt wird, das eine Bombe abbekommen haben muss, so stark stinkt es nach Rauch. Eine Wendeltreppe hinauf, wie in einem mittelalterlichen Schlossturm. Er spürt, wie ihm die Brille herunterrutscht, versucht, sie durch das Sackleinen hindurch wieder aufzusetzen, bittet die beiden, kurz stehen zu bleiben, aber sie hören nicht auf ihn. Ihr Schweißgeruch, der Duft nach gewaschenem Haar. Eine Holztür geht auf. Eine Kette wird klirrend gelöst.

Weiter nach unten, möglicherweise über eine Betonrampe, der Gestank nach Benzin und Schmieröl; Riegel werden zurückgeschoben, ein Metalltor kreischt dumpf. Unvermittelt überkommt ihn greller Durst. Kalte Luft. Er ist im Freien.

«Gut», sagt eine Männerstimme. «Du bist da. Zähl bis zwanzig. Nimm die Haube ja nicht früher ab.»

«Wohin soll ich dann gehen?»

«Zähl bis zwanzig. *Buona fortuna.*»

Bis er sich von der Haube befreit hat, ist niemand mehr in der Straße zu sehen, in der Wohnblock neben Wohnblock steht. Die tausend Fenster hinter ihren geschlossenen Läden sind dunkel.

Nicht allzu weit entfernt heult eine Polizeisirene. Er blinzelt, über seine Netzhaut zucken Nachbilder von Hydranten und Hauseingängen. Hinter ihm befindet sich das verschlossene Tor einer Werkstatt, das «O» in «*AUTO*» auf dem Schild stellt eine Zielscheibe dar.

Er wischt sich mit der Haube die Schweißstreifen von Stirn und Armen und stopft sie in einen Mülleimer.

An der Ecke befindet sich in einer Steinmauer ein kleiner Torbogen, in den ein muschelförmiger Brunnen eingelassen ist. Das Wasser darin ist kalt. Er kühlt sich die Handgelenke und das pochende Gesicht.

Hustend und prustend sieht er auf seine Armbanduhr. Zwanzig vor fünf. Wie still es in Rom vor dem Morgengrauen ist.

Auf einer Mauer steht in Schablonenschrift:

Straßen gesperrt. Bandengebiet.

Ihr Code für Partisanen.

Ganz in seiner Nähe schlägt ein Kiesel auf, er dreht sich um.

Fünfzig Meter entfernt rollt zwischen Straßenbahnschienen der Deckel einer Mülltonne.

Langsam geht er darauf zu.

Er bleibt an einem Tor stehen, durch das er einen Fiat sehen kann, der auf Backsteinen steht, ein Überbleibsel aus den Zwanzigern, die Windschutzscheibe zersprungen, das Verdeck zerfetzt.

Einen Augenblick später das Signal.

Ganz leise, fast unhörbar.

Kratzend spielt ein Grammofon die Mondscheinsonate.

Er betritt den gewölbten Säulengang, geht an Briefkästen und Mülltonnen vorbei und überquert einen aufgeräumten, mit Platten gepflasterten Hof, in dem glasierte Übertöpfe glänzen.

Hinter ihm wird das schwere Tor geschlossen, doch er dreht sich nicht um. Vor ihm öffnet sich die Tür, im schmalen Gang dahinter zwinkert eine Glühbirne. Er tritt ein, geht durch den Flur, hinaus durch die Hintertür, über eine Gasse in den Hof eines viel älteren Hauses.

In einem Fenster raucht eine Frau mittleren Alters, sie trägt einen indigoblauen Morgenmantel und ein Haarnetz, weicht seinem Blick aus und sieht nach oben in die Morgendämmerung. *Sie kennen vom anderen nicht einmal den Namen, so wird es auch bleiben.*

Sie stößt die Tür auf, drückt mit ihrem Pantoffel die Zigarette aus und macht einen Schritt zurück.

Er betritt das Wohnzimmer und geht zum Kamin.

Der Vorhang zum Hof wird von einer barfüßigen Halbwüchsigen zugezogen, sie trägt Jungenhosen und ein Arbeitshemd. Es ist offensichtlich, dass sie und die Frau mittleren Alters Mutter und Tochter sind.

Das Grammofon spielt. An den Wänden gerahmte Blechfotografien. Alte Männer in Uniform, Kinder in Erstkommunionskleidung an einem See. Ein Plakat für eine *Tosca*-Aufführung, darauf in großen roten Lettern «Beniamino Gigli». Unter einem Rokokotisch aus Mahagoni ein Hundekorb. Ein zwölfarmiger Kerzenleuchter.

Eine deckellose Teekanne aus Zinn, vollgestopft mit Bleistiften und Füllern. In der Ecke ein unheimlicher, vom Feuer beschienener Apparat aus Gusseisen, den er erst nach einem Moment als Nähmaschine erkennt.

Sie fragt mit den Augen, ob er bereit ist. Er nickt.

Die Schneiderin zieht aus ihrer Tasche eine Schere heraus und kommt näher. Er zieht den alten Mantel aus und überreicht ihn ihr, sie legt das Kleidungsstück auf ihren Arbeitstisch, trennt die Rückenspange auf und schneidet los. Sie holt die Banknotenbündel heraus, arbeitet sorgfältig, methodisch, in schweigender Konzentration, kreist mit den Händen unablässig über den ausgebreiteten Mantel. Zackig und geschickt klicken die Scherenblätter. Ausgefranste Stoffteile fallen auf den Teppich. Das Mädchen kniet sich hin, fegt alles in eine große Kehrschaufel aus Metall, die es in den lodernden Kamin leert.

Durch eine Türöffnung sieht er eine mit Kerzen erleuchtete Speisekammer, in der eine dritte, viel ältere Frau, die Hausmantel und Zwicker trägt, über einen Tisch gebeugt die Banknotenbündel aufschneidet. Sie verteilt die Scheine in Kuverts, die sie in eine Schuhschachtel legt. Sie blickt auf und bietet ihm wortlos ein Glas Wein aus der Flasche an, die neben ihr steht, und scheint nicht überrascht, als er den Kopf schüttelt.

Ein wenig entfernt stehen auf Marmorplatten drei Obstkuchen, die halbiert und ausgehöhlt sind. Sie wickelt die Geldbündel in Folie, legt sie in die Kuchenhälften, drückt diese zusammen und überzieht das

Ganze mit Marzipan. Das Mädchen betritt die Speisekammer, holt aus einem Schrank eine Schüssel mit Zuckerguss und fängt an, die Kuchen zu glasieren, die alte Frau nickt zustimmend, leitet sie gelegentlich an oder umfasst ihr Handgelenk, um ihr zu zeigen, wie man die Palette am besten handhabt.

Beethoven springt auf Anfang zurück.

Man bringt ihm einen neuen alten Mantel, den er anzieht.

Die Übergabe, die keine hundert Sekunden dauert, findet völlig wortlos statt. Als er geht, taucht die Schneiderin ihre Fingerspitzen in das Weihwasserbecken, das bei der Tür hängt, und berührt damit kurz seine Stirn.

Auf der Straße warten zwei maskierte Jugendliche, er lässt sich von ihnen die Augen verbinden; eine Zeit lang gehen sie zu Fuß, dann steigen sie in ein Auto, anschließend geht es wieder zu Fuß weiter, bis er den Fluss hört. «Zähl bis zehn», sagen sie leise, verabschieden sich mit «viel Glück», und er wartet, bis er ihre Schritte nicht mehr hören kann, um dann die Binde von seinen pochenden Augen zu lösen.

Vor ihm der Tiber. Über den Dächern thront die Kuppel des Petersdoms.

Er hastet am Kai entlang, kämpft gegen starke Windstöße an, vorbei am hohen, verrosteten Tor des Gefängnisses. Die Treppe des Durchgangs hinauf, eine abschüssige Gasse hinunter, die so schmal ist, dass die vorderen Zimmer der Wohnungen sich gegenseitig in die Fenster sehen können. Die Wäscheleinen dazwischen, mit ihren Wimpeln aus Socken und grauen Damenunterhemden, sind so dicht gespannt, dass kaum zu unterscheiden ist, wo eine endet und die andere beginnt.

Ein tapferer Römer hat eine zerfledderte Fahne, deren Rot-Weiß-Grün vom Waschen und Sonnenlicht verblichen ist, über seinen halb eingestürzten Balkon gehängt. Quer über der Flagge stehen wacklig die Worte *Viva l'Italia!*

Ein Fensterladen knallt scheppernd zu. Er bleibt stehen.

Leises Vogelzirpen.

Diese Stille.

Er hört den Fluss, der gegen altes, kaltes Gestein klatscht, das Riedgras, das sich im flachen Uferwasser wiegt, Wasserratten, die unter der Brücke herumschnuppern.

Zwanzig nach fünf. Es ist lebenswichtig, dass er sich beeilt.

Er biegt um die Ecke in die Via Segundo. Regen setzt ein.

Auf Schleichwegen geht er zur Basilika.

Zwei Männer in grauen Regenmänteln schlendern aus dem Schatten gemächlich auf ihn zu, ihre Homburgs tief ins Gesicht gezogen. Er weiß, dass sie ihn gesehen haben, es ist zu spät, um umzudrehen. Sie bleiben unter der einzigen Straßenlaterne stehen, die heil geblieben ist, zünden sich Zigaretten an und unterhalten sich, gestikulieren, nicken, als würden sie etwas besprechen, aber ihre Stimmen sind so leise, dass er nichts versteht.

Sie stehen halb von ihm abgewandt, was keine Beruhigung ist, denn Gestapo-Leute können bekanntlich mit dem Hinterkopf sehen. Bleib nicht stehen, geh zügig weiter. Wenn du wegrennst, erwischen sie dich. Sie sind bewaffnet und halb so alt wie du. Du bist Marco Mancuso.

«*Buongiorno*», murmelt der eine.

«*Buon Natale*», antwortet er.

Sie gehören eindeutig nicht zur SS. Zu entspannt, zu gesprächig. Vom anderen Ende der Straße nähert sich eine ältere Frau mit einem Koffer, wird mit Umarmungen begrüßt, und gemeinsam schlendern die drei Richtung Stadt.

Er hastet um die Ecke.

Hinein in Hauptmanns Luger.

Es ist vollkommen still. Die Augen des Nazis leuchten.

Der Schock ist wie ein Schlag. Ein Hieb in den Magen. Tausend, Millionen Mal hat er sich diese Situation vorgestellt, aber die glühende Hitze, die ihn überkommt, erschüttert ihn, ebenso die körperliche Nähe des anderen, die Adern in dessen Lidern, die Blässe seiner Lippen, die pochende Ader in seiner Schläfe, sein gleichmäßiger Atem, der ihn streift.

Hoch oben das Dröhnen der Bomber, graues Licht am Himmel.

Die Suchscheinwerfer der Kanonenbatterie, die in den Gipfel des Palatinhügels gegraben wurde, springen an, weiße Lichtbalken ziehen kreuz und quer über die Wolken, und die Flak knattert los. Hauptmann dreht sich halb um, seltsam kindlich, als zöge ihn die Musik magisch an.

«Los», sagt er. «Geh vor mir her. Hände hoch.»

Es geht durch eine Gasse, die nach Mülleimern stinkt. An ihrem Ende steht der Mercedes.

Hauptmann öffnet den hinteren Wagenschlag, stößt ihn auf den Sitz und nimmt rasch neben ihm Platz.

«Los!», weist Hauptmann den Fahrer an. «Zum Gestapo-Hauptquartier.»

Das Auto fährt langsam an, steigert seufzend die Gänge, Hauptmann zündet sich eine Zigarette an, starrt das Streichholz an, ehe er es ausbläst. Eine Zeit lang schweigt er, als beruhigte ihn das Motorengeräusch. Der Wagen hält bei Gelb, damit eine frühe Straßenbahn vorbeirumpeln kann.

«Ich kann die Frage beantworten, die dir auf der Zunge brennt», sagt Hauptmann. «Deine Freunde sind so gut wie tot. Bis heute Abend oder morgen früh werde ich dir ihre Namen und Adressen abgerungen haben. Sie werden mit dem Wissen sterben, dass du sie verraten hast.»

Der Empfänger des Handfunkgeräts auf der linken Reversseite des Nazis knistert, dann ein leises, murmelndes Geräusch wie ein entfernter Wasserfall.

«Vielleicht ist es noch nicht zu spät, Monsignore. Bist du zur Vernunft fähig? Ich glaube an Barmherzigkeit.»

«Fahr zur Hölle.»

«Ah, hier ist die Via Tasso, Monsignore. Deine letzte Adresse auf Erden.»

Der Fahrer steigt aus, läuft die drei Stufen hoch und ins Gebäude. In den Fenstern geht das Licht an. Gähnend verlässt auch Hauptmann den Mercedes und geht um das Heck herum.

«Steig langsam aus, Monsignore. Die Hände auf den Kopf.»

Als er dem Befehl nachkommt, mustert Hauptmann ihn.

«Der arrogante Monsignore. Wo ist jetzt dein Chor?»

«Du armer Wicht», sagt O'Flaherty.

«Warum das?»

«Hast du wirklich nicht durchschaut, worum es bei dieser Farce ging?»

«Klär mich auf.»

«Wie viel Uhr ist es, Hauptmann?»

«Dreizehn Minuten nach sechs.»

«Eben.»

«Soll heißen?»

«Vor dreizehn Minuten hat deine Frau mit den Kindern den Vatikan betreten und um Asyl gebeten. Wir brauchten lediglich einen Lockvogel, dem du nicht widerstehen konntest, damit du aus dem Weg warst. Elise hat geschworen, dass du darauf hereinfällst. Ich hätte dich allerdings nicht für so leichtgläubig gehalten.»

Hauptmann lächelt freudlos. «Etwas Besseres hast du nicht auf Lager?»

«In siebzehn Minuten wird die Nachricht, dass sie übergelaufen sind, auf BBC World zu hören sein. In diesem Moment ist der Fotograf des Vatikans mit deiner Frau und den Kindern in der Wohnung des britischen Botschafters. In Ostia wartet ein Wasserflugzeug, das sie nach Dover bringt. Deine Frau will die britische Staatsbürgerschaft beantragen.»

«Monsignore, du weißt schon, dass Lügen eine Sünde ist?»

«Ruf in deiner Villa an. Niemand wird abnehmen.»

«Hältst du mich für schwachsinnig, dass ich das tatsächlich mache?»

«Soeben ist ein Foto deiner Familie mit dem britischen Botschafter nach Berlin gekabelt worden. Außerdem an jede europäische Zeitungsredaktion und an das persönliche Büro des Führers. In einer Erklärung verurteilt deine Frau den Nationalsozialismus und sagt seine baldige Niederlage durch die Alliierten voraus, eine Niederlage, zu der sie mit all den ihr zur Verfügung stehenden Mitteln beizutragen verspricht. Du wüsstest ebenfalls, dass Deutschland den Krieg verloren hat, sagt sie in ihrer Erklärung. Dass du ein Attentat auf Hitler planst.»

«Blödsinn.»

«Hier in meiner Brusttasche habe ich eine unterschriebene Kopie ihrer Erklärung. Möchtest du sie sehen?»

«RÜHR DICH NICHT!»

«Beruhig dich.»

«Sag mir nicht, was ich tun soll.»

«Komm her, nimm die Erklärung aus meiner Brusttasche. Oder soll ich es tun? Wie du willst.»

«Sei still, ich warne dich. Schluss mit den Lügen.»

«Mir ist klar, dass das ein schrecklicher Schlag für dich ist. Der Verlust deiner Familie. Sie nie wiederzusehen, ist ein furchtbares Los, ich weiß. Deine Frau hat mich gebeten, dir auszurichten, dass sie dir einen Abschiedsbrief hinterlassen hat. Auf ihrer Frisierkommode in der Villa. Zusammen mit ihrem Ehering.»

Als Hauptmann nach seinem Funkgerät am Revers greift, schlägt O'Flaherty dem Nazi mit einem Aufwärtshaken die Luger aus der rechten Hand, ein schneller, präziser Schlag, ein eisenharter, heftiger Hieb, das Metall der Waffe schneidet ihm die Knöchel auf, sodass er schmerzerfüllt aufschreit, die Pistole wirbelt gegen eine Mauer, ehe sie in den Rinnstein klappert. Er täuscht an, gibt vor, nach ihr zu greifen, als Hauptmann sie zu packen versucht, doch der nasse Knauf ist rutschig, und die Pistole trudelt in das Wasser des Rinnsteins, und der Priester sitzt im Auto, hinter dem Steuerrad, der Motor heult auf, Blutspritzer auf der kugelsicheren Windschutzscheibe, jetzt bewegt sich der Mercedes.

Hauptmann packt den Türgriff. Der Ruck kugelt ihm die rechte Schulter aus.

Kommt der Schrei aus seinem eigenen Mund? Kreischt das Gummi der Reifen? Schwarzer Rauch, als der Wagen wie ein vom Halfter gelassenes Fohlen davonsprengt. Der Gestank verbrannter Firestones. Das Brüllen des Motors. Rauch quillt aus den Radkästen. Auspuffwolken in seinem Gesicht. Der Knall seiner Luger, der Geruch nach Kordit, nach nassem Blei.

Jetzt rennt er hinter dem Mercedes her, ihm schwindelt vor Schmerz, aber er rennt, *rennt*, schießt in die Dunkelheit, das Auto prallt gegen einen Zeitungskiosk, setzt knirschend zurück, er kniet sich hin wie ein Scharfschütze, er braucht nur einen einzigen, präzisen Schuss, die Kugeln prallen mit silbernen Funken von der Panzerung ab, und der Mercedes schabt quietschend um eine ihm unbekannte Ecke, und seine Luger schreit vor Wut. Aber der Mercedes ist weg, unterwegs in Richtung des regensatten Tibers, in seiner verletzten Schulter tobt ein Blitzkrieg.

Er brüllt nach Hilfe, fluchend kommt der fassungslose SS-Fahrer aus dem Gebäude gerannt, der Priester ist entflohen, Hauptmann taumelt von Tür zu Tür über die Via Tasso, aber niemand öffnet.

Er hämmert, er droht.

«Ich brauche Hilfe.»

Inmitten unerträglicher Schmerzen sieht er vor sich, wie der Mercedes durch Rom rast, Wachen salutieren, Schranken sich heben. Beim Hinterhertaumeln hat er sich in eine verdreckte Seitenstraße verirrt, und Ziegelsteine und Kaminaufsätze hageln von den Dächern auf ihn herab. Kurz darauf, wahnsinnig vor Schmerzen, trifft er auf eine deutsche Patrouille, stammelnd erklärt er, was passiert ist, doch als der Unteroffizier funkt, der Mercedes sei unter allen Umständen anzuhalten, sind die Soldaten, die die Brücke bewachen, misstrauisch, wittern Betrug.

Auf Hauptmanns Auto das Feuer eröffnen? Auf den Gestapo-Kommandanten? Da kann man gleich das eigene Todesurteil unterschreiben.

Der Mercedes hat die Ponte Cavour überquert und nähert sich mit großer Geschwindigkeit dem Innenministerium. Eine Wache in einem Fenster im dritten Stock funkt einen Notruf. «Hauptmann läuft Amok.»

Auf der anderen Seite der Brücke wartet die Contessa am Treffpunkt, dem Vorbau einer verlassenen Bäckerei. Er springt aus dem Mercedes, seine rechte Hand blutet. Sie beugt sich in das Auto, lässt ihre angezündete Zigarette in die Öffnung des Benzintanks fallen, führt ihn durch ein Labyrinth aus Gassen und verschlungenen Fußwegen zum gestohlenen Motorrad, steigt auf, er setzt sich dahinter; sie tritt den Starter, schlingert, flucht über die Schulter, «Kopf runter, Hugh, Kopf runter», schießt über Sträßchen, durch das Labyrinth dunkler Gassen, da dröhnt hinter ihnen die Explosion, dichter Rauch steigt auf, dringt durch die schmalen Seitengassen auf die Piazza del Risorgimento, wo er die Markisen schwärzt.

Im verschatteten Eingang der Musei Vaticani warten Derry und Osborne, winken eifrig, vorsichtige Freude im Gesicht und geleiten ihre Freunde aus dem Regen, der seine Kälte über Rom ergießt, herein. Er taumelt, von Atemnot niedergezwungen, die Schulter der Contessa ist seine Stütze.

«Meine Herren», sagt sie, «darf ich Ihnen den Mann vorstellen, der das Unmögliche möglich gemacht hat.» Umarmungen und Schulterklopfen, Handtücher, ein Flachmann mit Tee – «na ja, nicht direkt Tee», wie Sam Derry es formuliert. «Nicht der Tee, den Sie verdienen, sondern Milch mit Nelken.» – «Na ja, nicht direkt Milch», wie Osborne anmerkt, «sondern aufgelöste Zahnpasta mit Sockengeschmack.» Leise und hastig geht es durch die Gänge des Museums, er taumelt, ringt nach Luft, wie ein Tiefseetaucher, der an die Oberfläche kommt, halb getragen, im ernsten Schweigen seiner Kameraden, denn die Wachleute haben ihren Dienst angetreten, und nicht allen ist zu trauen, die Treppen hinunter, die Treppen hinauf, durch die Cappella Sistina, wo er kurz stehen bleibt, weil ihn die betäubende, weiße Glut des Überlebens durchdringt, eine andächtige Freude, die auch Trauer und Verlust beinhaltet; um seine Eltern am Weihnachtsmorgen, jede nicht geschlossene Freundschaft, die Entflohenen, die jetzt leben werden, und die Tausenden, die sie brauchen, die zahllosen, namenlosen Gefallenen, die gelitten haben und für die nie jemand außer ihren Kameraden kämpfte. Derry, Angelucci, Delia und May, Osborne, Marianna und Giovanna Landini, die neben ihm betet, ihre Hand in seiner. (Die, wenn sie sich an ihre Hatz durch den Vatikan in jener Morgendämmerung zurückerinnert, als der Himmel über Rom die Silhouetten der Statuen violett färbte, ihn hinter sich eine Puccini-Arie singen hört, auch wenn sie weiß, dass das nicht passiert sein kann.) Seine Schwester und seine Brüder, alle Gefangenen, alle, denen Gnade verwehrt oder Lüge als Wahrheit verkauft wird. Aber jetzt müssten sie sich sputen, sagt Derry leise, der ihn unter der Achsel gefasst hat. «Stütz dich auf mich, Padre.»

«Ich glaube, du kannst ruhig Hugh zu ihm sagen», schmunzelt Osborne.

«Ich habe eine bessere Idee», sagt Derry. «Mein Italienisch hat Fortschritte gemacht. Gib mir deinen Arm, *mio fratello.*»

Am Nemi-See schlafen Frau Hauptmann und ihre Kinder am ersten Weihnachtstag lange aus. Es wird noch dauern, bis Vati nach Hause kommt.

Kurz vor fünf Uhr an diesem Abend steigt Hugh O'Flaherty allein auf das Dach des Petersdoms.

Kuppeln und hohe Taubenschläge. Glockentürme. Sieben Hügel. Stattliche, graue Seevögel treiben im Nebel. Schornsteine und Kirchtürme. Das Glitzern der frühen Sterne. Die Abenddämmerung bringt überall in der Stadt Lampen zum Leuchten. Aus Dachbodenfenstern zwinkern Taschenlampen und zeichnen Linien ins Zwielicht. Von Flaminio bis Ponte, von Prati bis Campo Marzio. Brücken. Paläste. Mietshäuser. Eingestürzte Gotteshäuser. Er wartet darauf, dass die großen Glocken das Ende des Tages begrüßen.

Danach diese Stille.

Beinahe Musik.

...

Liebe Mam, lieber Dad,

bloß eine kurze Nachricht aus dem verschneiten Rom.

Heute Morgen, am Tag des Heiligen Stefan, habe ich für Euch die Messe gelesen.

Falls ich es Euch noch nicht gesagt habe: Nie hat jemand liebevollere Eltern gehabt.

Ich danke Euch für mein Leben.

Ein glückliches 1944.

Euer Hugh

30

MARIANNA DE VRIES

November 1962

Schriftliche Äußerung anstelle eines Interviews

Es kommen mehr Menschen beim Abstieg vom Mount Everest ums Leben als beim Aufstieg. Eine bei Soldaten und Bankräubern wohlbekannte Tatsache. Jeder Überfall braucht einen Fluchtwagenfahrer.

Von Anfang an waren sie sich einig gewesen, dass Jo Landini zwei Kilometer von ihrem Haus entfernt denjenigen treffen sollte, der das Rendimento geleitet hatte, und ein Motorrad das beste Transportmittel wäre oder zumindest nicht das schlechteste. Man sollte nie eine Aktion planen, ohne mit fanatischer Gründlichkeit den sichersten Heimweg ins Basislager auszutüfteln. Es war Derry, der Sandhurst-Absolvent, der darauf bestand. Ganz am Schluss einer Aktion kann derjenige, der sie durchführt, nachlässig werden; er ist erschöpft, voll trügerischer Euphorie, es sind die gefährlichsten Minuten. Er braucht Hilfe, um ins Ziel einzulaufen.

Wie erwähnt, war Jo eine ungeheuer mutige Frau. Sie bestand darauf, beim Rendimento an Heiligabend als *Schlusslicht* zu fungieren, wie wir es genannt hatten, eine Rolle, die sie schon bei sieben früheren Aktionen übernommen hatte und bei weiteren fünf Anfang '44 übernehmen würde. Normalerweise stahlen wir ein deutsches Armeemotorrad. Ein gewisser Londoner, dessen Namen ich nicht nennen muss, half dabei. «In der Liebe und im Krieg ist alles erlaubt», lautete seine Devise.

Ich tauchte zehn Tage lang unter, dann floh ich in den Vatikan. Delia Kiernan und ihre Tochter taten das Gleiche. Bis auf weitere Rendimenti, bei denen sie eine zentrale Rolle spielte, verließ Jo Vatikanstadt für die restliche Dauer der deutschen Besatzung nicht. Wir beide kamen in Mays und Sir D'Arcys Quartier unter, zur Belustigung (vielleicht zum Neid, wie sie zu sagen pflegte) gewisser geistlicher Beobachter. Einmal wurde ein angesehener Kardinal dabei ertappt, wie er nicht gerade vor dem Schlüsselloch kniete, aber sich zumindest im Korridor herumtrieb, als wartete er darauf, zu der Orgie eingeladen zu werden, die es nur in seiner Phantasie gab. «Vielleicht lassen wir eines Abends wirklich mal eine steigen, wenn uns langweilig ist», sagte Sir D'Arcy.

«Dazu müsste einem aber schon *sehr* langweilig sein», kommentierte Jo.

Das Quartier, eine Wohnung mit drei Zimmern, war viel zu klein, aber gemütlich. Die kleinen runden Fenster gingen auf den Garten hinaus. Wir spielten Backgammon und Gesellschaftsspiele. Es gab Bücher. Manchmal betrachteten wir in einträchtigem Schweigen den minzig-kirschroten Sonnenuntergang Roms, ein Ereignis, zu dem Sir D'Arcy stets seine Hausjacke mit dem Black-Watch-Muster anzog. Der Höhepunkt der abendlichen Spannung war erreicht, wenn man sich überlegte, in welchen Pantoffeln er erscheinen würde und die horrenden Geschichten über sein Fußleiden ertragen musste, das ihn häufig zu solchem Schuhwerk greifen ließ. («Werte Damen, ich habe Ballenzehen, wenn man denen einen Hut aufsetzte, könnten sie sich glatt zur Unterhauswahl aufstellen lassen.») Lebensmittel waren knapp, und der Kaffee schmeckte wie Spülwasser. Aber wir hatten jede Menge Piper-Heidsieck '33, John May sei Dank. Allabendlich stießen unsere britischen Gastgeber um sechs Uhr respektvoll auf den König an. Es gab Leute, die hatten es Anfang '44 weniger gut.

Als auch Angelucci bei uns Zuflucht suchte, wurden wir zu einem Quintett; seine Frau und die Kinder waren in relativer Sicherheit draußen auf dem Land hinter Viterbo. Sie würde im März bei einem Bombenangriff ums Leben kommen, weil sie kurzfristig nach Rom zurückgekehrt war, um einen kranken Verwandten zu besuchen – diese Tragödie lag noch vor uns, wie so viele weitere.

Angelucci erwies sich als hervorragender Koch – die Kunst des guten Essens ist für die Italiener eine der höchsten Künste. Er konnte mit sehr wenig Köstliches zaubern («wie alle Marxisten», scherzte Sir D'Arcy gelegentlich). Enzo konnte aus Weizenmehl und Wasser Pasta machen (ohne Eier, über diesen Luxus verfügten wir nicht), dazu etwas Pfeffer und, wenn vorhanden, Parmigiano, und man brach in Lobgesänge aus. «Alter Knabe, heutzutage ist in England die *gesamte* Elite kommunistisch», zog Sir D'Arcy ihn boshaft auf, «man kann sich im Speisesaal des Magdalen College kaum bewegen, ohne über einen Genossen, oder wie sie sich nennen, zu stolpern. Sei so lieb und reich den Nero d'Avola rüber.»

Angelucci war ein wunderbarer Mensch, dessen Beitrag nicht hoch genug gewürdigt werden kann. Selbst seine Angewohnheit, mit bloßem Oberkörper herumzulaufen, war entschuldbar. Für manche Menschen ist Essen bedauerlicherweise nur Treibstoff für den Körper. Italiener dagegen wissen, dass es sehr viel mehr ist. Wenn man ihn fragte, ob er an Gott glaube, antwortete Enzo meist, er glaube an *risotto al radicchio e gorgonzola* mit einem aromatischen Gläschen und Freunden. Für ihn gab es in keiner Sprache ein heiligeres Wort als «*mangiamo*».

«Am besten gefolgt von einem stillen Amen», erwiderte Jo Landini einmal, als sie das Essen austeilte.

«Contessa, aus dir machen wir auch noch eine Kommunistin», gab Enzo zurück.

«Liebster Küchenchef, dazu müsstest du dich nicht großartig anstrengen. Jetzt zieh um Himmels willen ein Hemd an, wir essen.»

«Wenn die Revolution kommt», bemerkte Sir D'Arcy, «wird jeder erste Klasse reisen.»

«Ohne mich», sagte John May, «Ich leg mich nicht für die Massen krumm.»

«Krummlegen», spöttelte Sir D'Arcy. «Man könnte meinen, schön sein, wäre Arbeit.»

«Wenn dem so ist», sagte Jo, «arbeitet er schwer.»

«Redet in Anwesenheit meiner Tochter nicht vom Kommunismus», sagte Delia; die Kiernan-Frauen waren an diesem Abend zu Gast. «Sonst meuchelt sie mich noch im Schlaf.»

«Mutter, also wirklich.»

«Gibt es noch ein Tröpfchen Wein? Ich habe einen Durst, der könnte Schiffe auf Grund laufen lassen.»

«Mutter, du hast genug gehabt.»

«Wenn ich nicht sofort was zu trinken kriege, mach *ich* mich oben-rum frei.»

«Gott der Gerechte!»

«Noch jemand Pasta?»

Es gab wenig Platz zum Ausweichen. Wir wurden reizbar. Doch wenn gelegentlich einer aus der Rolle fiel, war niemand nachtragend.

In Wahrheit habe ich diese Zeit nicht als unglückliche in Erinnerung. Major Derry tauchte oft aus der Nekropolis auf, wo er sich in einer Höhle versteckt hielt, Ugo besuchte uns auf ein, zwei Runden Poker oder Lansquenet, Kartenspiele, die er mit unpriesterlicher Leidenschaft spielte. Schließlich wurde er auf unser Drängen Mitbewohner unseres Haushalts, den er «die Bude» nannte. Aus den Geheimdienstberichten ließ sich messerscharf schließen, dass er an jedem anderen Ort in großer Gefahr gewesen wäre. Was uns auch ziemlich deutlich vor Augen geführt wurde.

An einem Februarnachmittag betraten zwei Nazigeheimagenten in Zivilkleidung den Petersdom und wollten ihn aus der Basilika hinaus über die Grenze drängen. Zum Glück hatte Enzo inzwischen Ugos Schutz übernommen. Eine Truppe von vierzehn Ausbrechern, die mit Mönchskutten verkleidet waren – Enzo waren Glasgower Hafenarbeiter und jugoslawische Bergleute am liebsten –, bildete jedes Mal, wenn der Monsignore den öffentlichen Raum betrat, eine unsichtbare Raute um ihn. Die beiden Agenten, denen an diesem Nachmittag aus dem Petersdom, nennen wir es, *geholfen* wurde, stolperten unglücklich auf der Treppe. Mehrmals. Fiese Männer, die auf höchst unsportliche Weise immer wieder mit ihren Gesichtern Enzos Faust attackierten. Durchaus möglich, dass sie sich bis heute gelegentlich an diesen Vorfall erinnern, wenn sie beispielsweise ihren Kiefer bewegen müssen.

Feldbetten und Hängematten – ja, auch die kleinen runden Fenster – machten die Wohnung fast heimelig, man hatte das Gefühl, sich auf einem Schiff zu befinden. Abends, wenn wir unsere Stimmung heben oder uns schlafmüde machen wollten, sangen wir häufig ein altes schottisches Lied, das wir bei unseren Proben gesungen hatten, die Männer die Strophen, die Frauen den Refrain.

Let us go, lassie, go
To the braes of Balquhither,
Where the blueberries grow
'Mong the bonnie Highland heather;
Where flie the deer and rae
Lightly bounding altogether,
Sport the lovelorn summer day
On the braes of Balquhither.
Let us go, lassie, go.
Lassie, go.

Komisch, keiner von uns war je in den schottischen Highlands gewesen; jedes Mal, wenn ich an diese Gegend denke, höre ich dieses Lied, wie unsere kleine *ménage à huit* es kurz vor Kriegsende zwischen Backgammonsteinen und Chiantigläsern sang.

Der Einsatz am Heiligabend war erfolgreich. Hunderte Bücher wurden sicher von Rom aufs Land gebracht. Zwischen diesem Weihnachtsfest und dem Frühsommer 1944 hielten wir viele weitere Ren-

dimenti ab, zwischen fünfzehn und vierundzwanzig, einschließlich
eines Einsatzes, bei dem wir Hauptmanns Falschgeldschatz stehlen
oder zerstören wollten, bei einem anderen wurde ein Chirurg in einen
Unterschlupf geschmuggelt, der keine zwei Minuten vom Gestapo-
Hauptquartier entfernt lag, um bei einem Entflohenen eine lebensret-
tende Operation durchzuführen. Doch das ist jetzt nicht der richtige
Moment, von diesen entsetzlichen Nächten zu erzählen. Es kommen
bestimmt andere Gelegenheiten. Es war eine Zeit großen persönlichen Leids.

Als der Vormarsch der Alliierten auf die Stadt Fortschritte machte,
kam es zu Spannungen im Chor. Ugo wollte deutsche Deserteure
unterstützen, von denen jeder Einzelne in Gefahr schwebte, zu Tode
geprügelt zu werden. Sir D'Arcy sah das anders. Der Monsignore und
er stritten sich.

Die Kluft wurde größer. Fundamente verschoben sich. Harte Worte
brachten Pfeiler zum Einsturz. In der Hitze des Gefechts wurden
Dinge gesagt, die besser unausgesprochen geblieben wären. In den
darauffolgenden Monaten brach der Chor auseinander, alles Gute
hat einmal ein Ende. Ugo und Sir D'Arcy sprachen nicht mehr miteinander. Ugo zog aus.

Beide Seiten waren daran eher unschuldig als schuldig. Der arme
Sir D'Arcy hatte die Sache wohl missverstanden, die ganze Zeit über
nicht begriffen, worauf Monsignore hinauswollte. Kurzfristig kann
man sich einreden, dass man dasselbe Lied singt – was leider nur
selten der Fall ist. Im Prinzip ein wenig wie ein aufs Leben ange-
wandtes Venn-Diagramm. Doch das Leben ist mehr als Geome-
trie. Mein Feind muss nicht zwangsläufig der Feind meines Freundes
sein.

Die Respekt einflößende Delia versuchte, die brennenden Brücken
zu löschen – ich kann mich an ein Mittagessen erinnern, das ange-
dacht war –, aber es kam nie dazu. Mich verstörte der innere Bruch
derart, dass ich schließlich Anfang Juni im kalten, scharlachroten

Morgengrauen in meine alte Wohnung zurückkehrte. Unterwegs sah ich einen einsamen amerikanischen Militärjeep, der auf den Petersplatz zusteuerte, ein gespenstischer und zugleich erstaunlicher Anblick. Die Befreiung hatte Rom erreicht.

Enzo und Jo wurden von der italienischen Regierung mit hohen Auszeichnungen bedacht, ebenso Ugo.

Dollman wurde gelyncht, als er versuchte, das Land zu verlassen. In Rom war man der Ansicht, dass er von Hauptmann mindestens so viel zu befürchten hatte wie von den Römern, denn die beiden hatten sich schwer zerstritten, als Hauptmann seinen Stellvertreter verdächtigte, ihn bei Himmler anzuschwärzen. Gelegentlich habe ich gelesen, die nationalsozialistische Bewegung sei eine Bruderschaft gewesen. In Wirklichkeit handelte es sich um eine von Unfähigen und Psychopathen angeführte Bande, die der Hass zusammengebracht hatte, loyal wie jene giftige Froschart, die ihre eigenen Geschwister verschlingt, nachdem sie alles andere in Fressweite vertilgt hat. Es ist erschütternd, wie viele Menschen sich leiten und verleiten ließen. «Ließen» ist eigentlich kein ausreichend aktives Verb. Voller Enthusiasmus *ließen* sie es zu.

1948 wurde Hauptmann für die Ermordung von dreihundertfünfunddreißig Römern vor Gericht gestellt. Diese waren als Vergeltung für einen Anschlag der Partisanen, bei dem dreiunddreißig deutsche Soldaten ums Leben kamen, an einem einzigen Tag ausgelöscht worden.

Detailliert wurde vor Gericht beschrieben, wie er damals stundenlang inmitten seiner geliebten Akten saß und die Todeslisten zusammenstellte, auf denen Juden standen, alte Männer, Kinder, Insassen von Regina Coeli, etliche Helfer der Fluchtorganisation. Zehn Personen für jeden Deutschen. Sowie fünf weitere, um auf der sicheren Seite zu sein. Sie wurden in die Ardeatinischen Höhlen gebracht und erschossen.

Er saß auf der Anklagebank, ohne Krawatte, sprach leise, blinzelte oft heftig oder sah sich merkwürdig angestrengt im Gerichtssaal um, als hätte ihn etwas erschreckt, was außer ihm niemand sehen konnte.

Während der Mittagspause reichte ich meinen Bericht ein. Schon allein beim Niederschreiben dessen, was geschehen war, musste ich mich übergeben.

Nach der Pause wandte sich der Prozess rasch den Ereignissen in der Höhle zu. Fotos wurden gezeigt, deren Anblick schwer erträglich war. Ein Nazioffizier hatte beim Eingang gewartet, in der Hand auf einem Klemmbrett Hauptmanns Liste. Äußerst methodisch. Die Gefangenen wurden aus den Lastwagen geprügelt, in Fünfergruppen zusammengefesselt, in die Dunkelheit geführt, erschossen, die Leichen blieben liegen, wo sie gefallen waren. Hauptmann leitete die Erschießungen persönlich, um seinen Männern ein Beispiel zu geben, was Führung bedeutet.

Selbst bei einem derartig effizienten Vorgehen dauerten die Erschießungen die ganze Nacht. «Manchmal starb ein Gefangener nicht sofort, und man musste ihm den Rest geben – aber ja», sagte Hauptmann, «wahrscheinlich wurden manche lebendig begraben.» Die Aufgabe war so anstrengend, dass er und seine Schützen sich mit Branntwein betrinken mussten, um sie zu Ende zu bringen. Im Morgengrauen wurde der Höhleneingang gesprengt und mit Beton verschlossen, und die Deutschen fuhren zurück in die Stadt. An den Mauern und Hauswänden Roms hingen inzwischen Tausende von Plakaten, die verkündeten, auf jeden Partisanenangriff würden weitere Repressalien folgen.

Während der Urteilsverkündung herrschte im Gerichtssaal drückendes Schweigen, bis auf das Weinen, das eine Stenografin nicht unterdrücken konnte. Auf der Anklagebank zeigte Hauptmann keinerlei Gefühlsregung, sondern drehte an der Krone seiner Armbanduhr, als wollte er die richtige Uhrzeit einstellen. Andere Nazis, die an den Gräueln dieser Nacht beteiligt waren, konnten nach Argentinien fliehen.

Lebenslänglich ohne Bewährung, lautete das Urteil, die Haftstrafe war im Gefängnis von Modena zu verbüßen.

Bei mühsamen Bergungsarbeiten in den Ardeatinischen Höhlen wurden viele Habseligkeiten der Ermordeten gefunden und zugeordnet. Notizbücher, Kreuze, Kämme, Handschuhe, Liebesbriefe, Taschenbücher, Stifte. Manche wurden im Museum der Befreiung Roms, dem ehemaligen Gestapo-Hauptquartier in der Via Tasso, ausgestellt, einem Ort, den zu besuchen ich nie über mich brachte.

Während der neunmonatigen Besetzung Roms wurden achtzehnhundert römische Juden in Todeslager deportiert. Keine zwanzig kehrten zurück.

CODA

DAS IST IHR LEBEN

31

CONTESSA GIOVANNA LANDINI

Aus ihren unveröffentlichten Lebenserinnerungen,

niedergeschrieben nach dem Krieg, undatiert

Es gibt Städte, in denen wir uns als Teil des Straßenbilds fühlen, nicht als Besucher, sondern als Heimgekehrte aus dem Exil. Aus unerklärlichen Gründen fühlen wir uns so zu Hause, dass ein törichter Gedanke erlaubt ist: Wir müssen hier in einem vorigen Leben gewohnt haben oder sind von einem der Künstler oder Dichter aus dem Pantheon der Metropole ins Dasein gezaubert, aus seinem antiken Stein herausgemeißelt worden.

Als ich jünger war, war das bei mir in London der Fall.

In meinen Zwanzigern besuchte ich jung verheiratet mit Paolo die Stadt viermal. Während unserer Brautzeit waren wir schon einmal dort gewesen.

Nach Rom war das Grau seiner herrschaftlichen Reihenhäuser erholsam. Das Lied des Londoner Regens auf dem Dach einer Galerie weckt Erinnerungen an Vergangenes, ist erhabene Musik. Wenn es einen Frieden gibt, der alles Verstehen übersteigt, dann, im Liebesglück in London bei Regengemurmel aufzuwachen, sich im Bett zu räkeln und dieser Melodie zu lauschen.

Wir sprachen oft davon, ein Stadthaus zu kaufen, vielleicht in Chelsea oder South Kensington, aber unsere Ehe stellte sich als so kurz heraus, dass wir nicht einmal mit der Suche begonnen hatten, und eine Zeit lang war ich nach seinem Tod zu sehr am Boden zerstört, um London zu besuchen, denn ich hätte immer das Gefühl gehabt, gleich böge er um die Ecke zum Sloane Square oder winkte mir von einem der Fenster des Claridge zu. Oder stiege aus einem dieser wunderbaren Busse, deren Rot in der Erinnerung noch röter wird, in den Nebel hinein.

Aber in den Jahren nach dem Krieg zog es mich wieder nach London. Ich spürte, dass ich wieder zum Glauben fand.

Alte Freunde wurden aufgesucht, Konzerte besucht. Zwei kurze Liebesaffären (der Ausdruck ist nicht ganz zutreffend, doch man muss dem Kind einen Namen geben), die ohne Bedauern ein höfliches Ende fanden. Ich war nicht frei, mich zu verlieben, und würde es nie wieder sein. London schenkte mir unter anderem diese Erkenntnis.

Das letzte Mal war ich Anfang 1963 dort. Es war unter ungewöhnlichen und denkwürdigen Umständen. Inzwischen hatte ich eine feste Wohnung im Penthouse des Savoys mit Blick auf Strand und Themse. An dem Tag, von dem ich erzählen will, einem winterlichen Donnerstag Ende Februar, stand ich früh auf, um mit der U-Bahn zum Flughafen zu fahren – die Frau meines Chauffeurs hatte vor Kurzem entbunden, und ich mochte mich nicht um einen Ersatz für ihn kümmern.

An diesem Morgen fingen die Buchen und Ulmen gerade an, ihren Frühlingsstaat anzulegen: gelbe Chiffons, weiße Knospen, aus denen Blüten würden. Doch ich war unruhig. Ich musste Hugh eine Frage stellen, eine Frage, die er vermutlich nicht gern hören würde. Aber ich war entschlossen: Ich würde sie ihm stellen.

Während ich mit meinen Zeitschriften und Zeitungen in einer Ecke der Ankunftshalle wartete, klopfte mein Herz wie das der jungen Unschuld in einem Roman. Ich hatte meinen Freund seit zwei Jahren nicht gesehen. Wie ich aus seinen immer selteneren, aber immer amüsanteren Briefen wusste, stand es um seine Gesundheit nicht gut. Seine Handschrift war fast unleserlich geworden, aber tippen konnte er noch.

Der Ruhestand daheim in Irland tat ihm nicht gut. Er wohnte über einer Eisenwarenhandlung, zusammen mit seiner verwitweten Schwester, von der er liebevoll und leicht nachsichtig berichtete, als wäre sie ein Wesen aus einer fernen Galaxie. (Genau so hätte sie ihn wohl auch beschrieben!) Ihm fehlte Rom.

Als er in die Ankunftshalle kam, sah er gereizt und wachsam aus, sein Gesicht war rötlich wie eh und je. Natürlich saß er in dem Rollstuhl, in den ihn sein letzter Schlaganfall gebracht hatte, ein Gefährt, das er hartnäckig als *la biga Romana* bezeichnete, dem italienischen Ausdruck für Streitwagen. Er hatte Gewicht verloren. Und sein dichter Schopf war Merino-Wollweiß geworden, in meinem ganzen Leben habe ich keine weißeren Haare gesehen. Der Flughafen hatte einen Gepäckträger abgestellt, um den Rollstuhl zu schieben, aber Hugh wollte davon nichts wissen und wedelte ihn ständig fort, wollte «aus eigener Kraft fahren». Als wir uns umarmten, kamen mir die Tränen. Er stieß einen seiner entnervten Seufzer aus, die ich so liebte.

«Himmel, Arsch und Zwirn, soll das jetzt die ganze Zeit so gehen?»

Während wir uns den Weg durch die Ankunftshalle bahnten, unterhielten sich der Gepäckträger und Hugh über, wie mir erst nach einer Weile klar wurde, die Kricketmannschaft der Westindischen Inseln. Ich versuchte zu überspielen, dass für mich selbst die rudimentärsten Regeln dieser Sportart eine tote Sprache waren, an deren Erwerb ich keinerlei Interesse hatte.

Draußen winkte uns der Mann eines dieser grandiosen Londoner Taxis heran. Mein alter Freund und ich stiegen ein in die schwarzlederne Herrlichkeit. Der Rollstuhl wurde in den Kofferraum verfrachtet.

Sein Sprechvermögen war durch die Schlaganfälle stark beeinträchtigt, was er in seinen Briefen zwar erwähnt hatte, doch es zu hören, war noch einmal etwas ganz anderes. Ich würde sein Sprechen nicht als undeutlich bezeichnen, das wäre nicht zutreffend. Vielmehr schien er dem Reden ungewöhnlich abgeneigt, er sprach langsam, überdeutlich, mit unnötigem Nachdruck wie ein Mann, der zu tief ins Weinglas geguckt hat, sich aber mit der schrecklichen Schwiegerfamilie unterhalten muss. Er erlaubte mir, dass ich auf der Fahrt durch London seine Hand hielt.

Er war seit vielen Jahren nicht mehr in der Stadt gewesen. Es war rührend, wie er sie begrüßte. «Ah, da bist du ja, Hammersmith. Ahoi, Shepherd's Bush.» Hughs Lieblingsdichter war immer Louis Mac-Neice gewesen, den er mehr als nur ein wenig verballhornte, als wir uns Hyde Park näherten: «Ihre Augen sahen alle meine Wasserfälle.» Er war begeistert, als er in der Nähe von Paddington ein indisches Restaurant entdeckte; auf solche Wunder stieß man daheim in Cahersiveen, County Kerry, nicht, wo eine Flasche Ketchup als exotisch galt und man als Besitzer einer Knoblauchzehe als Hexe verbrannt wurde. Er verlor sich in Tagträumen über das Essen in seinem geliebten Italien: fette Feigen und *baccalà mantecato*, das Fischangebot auf den mit Laternen beleuchteten Märkten.

Wie war es um diese oder jene Straße in Prati bestellt? Gab es derzeit auf der Piazza Navona bei den Festen Feuerwerk? Ein Nachbar aus Kerry, der kürzlich von einer Pilgerreise zurückgekommen war, hatte erzählt, der Trevibrunnen sei wegen Renovierung abgesperrt, wann sei er wieder zugänglich? Er sprach von der Stadt mit solcher Zuneigung und Kenntnis des Alltags, als hätte er sie gestern verlassen und würde heute Abend zurückkehren, obwohl er in Wahrheit Rom nie wiedersehen würde, nur in seinen Träumen, eine Tatsache, mit der er sich wohl allmählich abfand.

Aber Irland sei auch schön. Er habe an seine Kindheit zurückgedacht, an die Menschen in dem Städtchen, das Februarlicht auf den Seen. Daran, an einem Sommermorgen zum Zwitschern der Buchfinken aufzuwachen, die im Garten seiner Schwester saßen, den Duft ihrer Rosen zu riechen.

«Letztlich stimmt der alte Spruch, zu Hause ist's am schönsten», sagte er.

Welcher Teil Kerrys ihm, dem Heimkehrer, besonders am Herzen liege, fragte ich.

«Oh, ich habe nicht Kerry gemeint, sondern Rom.»

In diesem Moment fuhr unser Taxi am Haus des Heiligen Franziskus vorbei, einer Unterkunft für Männer, die vom Leben gebeutelt waren. Er erwähnte, dass er als junger Dekan dort einen Winter lang Dienst getan und mit den Gästen gelebt hatte. Gewohnt hatte er in einer kargen Zelle, die mittels Sperrholzplatten von ihrem Schlafsaal abgetrennt worden war, wo allnächtlich Drohungen und Korken nur so herumflogen.

«Wie war das?», fragte ich.

«Absolut grauenvoll.»

An einem Novemberabend war ein gestrenger Belfaster Redemptoristenabt aus dem heftigen Regen hereingekommen, um den Bewohnern eine erhebende Ansprache der Kategorie Blut und Donner zu halten, die damals sehr beliebt war. Mein Freund war ein guter Geschichtenerzähler, man hatte die Szene sofort vor Augen. Ich sah den ausgezehrten, schmallippigen Menschenfresser, wie er die wackligen Stufen zur Kanzel hinaufstieg, mit freudlosen Augen auf die Unrasierten hinabfunkelte und seine geisterhaften Fingerknöchelchen das Rednerpult umklammerten.

«Seht euch nur an», legte er los. «Eine nette Ansammlung von Nichtsnutzen.»

Alkohol war böse. Kneipen waren «Satans Wartesaal». Whiskey war «der Schweiß des Teufels». Der Alkohol hatte mehr Nichtsnutze in die Hölle gebracht, als Sterne am Himmel waren. Er führte zu Unzucht, Ungehorsam gegenüber der Obrigkeit, zu ehelicher Zwietracht, unreinen Gedanken, ungesunden Verbindungen zwischen Rassen und Konfessionen, zu haarsträubenden Krankheiten, frühem Tod. Er ruinierte Frauen, entwürdigte Männer, ließ Kleinkinder verhungern und verwaisen. Am Tag des Jüngsten Gerichts würden die Säufer bestraft. So stand es unumstößlich in der Heiligen Schrift. Ein Entkommen war unmöglich. «Siehe, dort wird Heulen und Zähneknirschen sein», drohte der Redemptorist.

Einer der älteren Bewohner, aufgestachelt oder gelangweilt, hatte die Kühnheit, die Hand zu heben. «Bei allem Respekt, Pater», sagte er, «aber ich habe keine Zähne mehr.»

Hugh setzte mit Pokerface zur Pointe des Predigers an, brach dann aber in Lachen aus. «Zähne werden gestellt.»

Er war müde, und nachdem wir auf dem Balkon Sandwiches gegessen hatten, legte er sich zu einem Mittagsschläfchen hin. Seine Reisetasche, die Kleider und Rasierzeug enthielt, war von der British Overseas Airways Corporation verschlampt worden, höchst ärgerlich, denn somit waren auch seine Medikamente nicht greifbar, aber während er sich ausruhte, kümmerte ich mich darum. Das Savoy verfügte über eine eigene Apotheke und diverse Boutiquen, einschließlich eines Schneiders. Mit Hughs Maßen versehen, stattete ihn Anderson & Sheppard (Hauptsitz in der Savile Row) mit einem anthrazitgrauen Straßenanzug und einem leicht gewagten Rollkragenpullover aus – passend für einen schlecht beleumundeten Onkel, dessen Theatertournee durch die Provinz in einem Skandal endete und der nun heimkehrt. Auch für elegante Krawatten und taillierte Hemden wurde gesorgt. Besonders der leicht verruchte Krawattenschal hatte es ihm angetan.

So eingekleidet, fragte er nebenbei, ob ich den Rosenkranz mit ihm beten wolle. Ich habe den Rosenkranz immer geliebt, dieses formelhaft Beschwörende berührt meine Seele, manchmal beruhigend, manchmal bedrückend, doch die stete Wiederholung birgt immer einen seltsamen Trost in sich. Hugh und ich hatten ihn allerdings nie gemeinsam gebetet, was er offenbar vergessen hatte. Aus seinem Notizbuch nahm er eine Postkarte, auf der eine russische Ikone der Muttergottes abgebildet war, und lehnte sie gegen die Kutschenuhr auf dem Kaminsims. Dann bat er mich, ihm beim Niederknien zu helfen.

Ich erdreistete mich zur Aussage, dass die Muttergottes und Ihr Heiliger Sohn Hughs Gebet ebenso akzeptabel fänden, wenn es in einem Rollstuhl gesprochen werde, aber in seiner ruhigen, hartnäckigen Art setzte er sich durch. Wahrscheinlich war dies das einzige Mal, dass in einem Zimmer des Savoys zwei Menschen den Rosenkranz beteten, von denen der eine einen eleganten Straßenanzug trug, die andere, das Haar noch nass vom Bad, einen Morgenmantel, während Verkehrslärm und Polizeisirenengeheul von der Strand durch die offenen, blitzsauberen Fenster drangen.

Jahre später wurde mir klar, dass dies der richtige Moment gewesen war, an dem ich Hugh meine schwierige Frage hätte stellen sollen. Vielleicht hatte ich das schon damals gewusst, war aber zu feige gewesen. Sie blieb also ungestellt, und der Tag verging. Wie alle Tage. Leider.

Damals gab es im englischen Fernsehen die Sendung *Das ist Ihr Leben*, bei der eine bekannte Persönlichkeit überrascht wurde; der arme Mensch wurde zu einem fingierten Termin gelockt, zu dem er sich unschuldig verpflichtet hatte, und in ein Aufnahmestudio geschleppt, wo er sich Jugendfreunden gegenübersah wie weiland die Christen den Löwen.

Wenn es noch eines Beweises bedurft hätte, dass keine gute Tat ungesühnt bleibt: Es war eine Verschwörung angezettelt worden, um Hugh in Anerkennung seiner Führungsrolle, die er bei der Fluchtorganisation gespielt hatte, zum jüngsten Opfer der Sendung zu machen. Man hatte gründlich vorgearbeitet, die Erinnerungen einiger Chormitglieder auf Tonband aufgenommen, uns die Abschriften zur Korrektur vorgelegt, Schriftstücke, Artikel und Ähnliches ausgegraben, die der eine oder andere von uns im Laufe der Jahre veröffentlicht (oder nicht veröffentlicht) hatte. Ein Produktionsassistent reiste für ein ausführliches Interview mit Enzo Angelucci nach New York sowie in den Westen des gerade geteilten Berlins, um Marianna de Vries aufzusuchen, die mittlerweile rechtskräftig ihren Namen geändert hatte und erst Universitätsdozentin, dann eine angesehene Schriftstellerin und Abgeordnete geworden war.

Nachdem Wissen und Erkenntnisse brav zusammengetragen worden waren, siegte schließlich doch noch der Verstand. Gefäßneurologen waren konsultiert worden. Hugh war gesundheitlich nicht in der Lage, die geplante Überraschung und die darauffolgenden sechzig Minuten im Rampenlicht durchzustehen. Stattdessen beschloss man, dass es an Major Derry war, unserem unbeugsamen Chorkollegen, die BBC-Lorbeeren zu ernten, wenn es denn Lorbeeren waren, und Hugh der Überraschungsgast sein sollte, der stets am Schluss vor den Vorhang trat und alle in tränenreiche Ekstase versetzte, während der Abspann anfing. Die Sendung war die Krönung des Vulgären. Die Zuschauer liebten sie.

Wie von mir vorausgesehen, meisterte Hugh das Ereignis auf bewundernswerte Weise, verteilte schüchtern signierte Exemplare von *O Roma Felix*, einem kleinen Reiseführer, den er vor einigen Jahren geschrieben hatte, und verweigerte sich standhaft den Komplimenten seiner Freunde. (Der unverblümte Untertitel, *Praktischer Leitfaden für Spaziergänge durch Rom*, war auf amüsante Weise typisch für ihn und für uns Veteranen der Fluchtorganisation nicht ohne Ironie.) Neben Sam Derry, dessen gutes Aussehen mit zunehmendem Alter noch spektakulärer geworden war, hatten sich viele von uns alten Chormitgliedern eingefunden. Delia Kiernan, ihre Tochter Blon, Enzo Angelucci, der jetzt in Brooklyn lebt, John May aus Whitechapel, elegant wie ein Filmstar, und der unnachahmliche, aber häufig nachgeahmte Sir Francis («nennen Sie mich Frank») D'Arcy Godolphin Osborne, KCMG, der demnächst zum 12. Herzog von Leeds ernannt werden würde. Seine Hoheit unterhielt alle prächtig, vor allem sein meistgeschätztes Publikum, sich selbst, indem er angeblich von der Sendung noch nie gehört hatte und darauf bestand, den Moderator mit Nachnamen anzusprechen. «Andrews, soso. Sind Sie Ire? Sind wir das nicht alle irgendwie? Darauf ein Schlückchen!»

Johnny May im edlen Wollanzug mit Hahnentrittmuster war sonnengebräunt und stattlich, auch wenn die Jahre nicht immer gut zu meinem Herzblatt gewesen waren. «'N Abend, Treacle», zwinkerte er mir zu und machte mich mit seiner Frau Janine bekannt; die beiden hatten sich kennengelernt, als sie für sein Bebop-Quartett vorsang. Aufgrund seines Speiseröhrenkrebses trat er nicht mehr öffentlich auf, sondern arbeitete inzwischen als Taxifahrer in London, «aber daheim musizier ich noch 'n bisschen». Janines Eltern hatten in Loughton, einer Stadt in Essex, einen Laden mit Süß- und Tabakwaren, und Johnny übernahm den wöchentlichen Einkauf beim Großhändler. Er und Enzo begrüßten einander mit Küssen und Schulterklopfen, wobei Enzo immer wieder sagte, «Schau sich einer diesen Mafioso an», worauf Johnny liebevoll kommentierte: «Verpiss dich.»

«Ein Tag, den man rot im Kalender anstreichen muss, Angelucci», sagte Delia. «Du trägst ein Hemd.»

«Sieh mich nicht so an mit deinen schönen Augen oder ich ertrinke», konterte Enzo. «Du erinnerst mich an eine Schönheit, die ich mal gekannt hab, aber das kannst nicht du sein, dazu bist du zu jung.»

Sie knuffte ihn, ehe sie sich umarmten, und knuffte ihn anschließend erneut. Da hob er sie lachend mit seinen zarten römischen Armen hoch und nannte sie «*bellissima* Delia».

«Gott der Gerechte», sagte sie, «ich bin froh, dass mein Mann das nicht sieht. Komm her, Jo, damit wir ein Foto von unserer alten Truppe machen können. Stell dich in die Mitte, so ist's recht.»

Delia, ich, Enzo, hinter uns Johnny May und Frank Osborne, Johnny macht das Siegeszeichen, Frank hebt ein Glas Wein. Vor uns in seinem Rollstuhl, eine Decke über den Beinen, mit ausdruckslosem Gesicht Hugh, in der einen Hand eine Tasse Tee, in der anderen einen Lazio-Wimpel, den ihm die liebe, tapfere Marianna de Vries geschickt hatte, die nicht dabei sein konnte. Neben ihm hockt Sam Derry, ernst, sanftmütig und ritterlich, den Arm um Hughs linke Schulter gelegt.

Abgesehen von einem Bild, das Paolo und mich am Morgen unserer Hochzeit zeigt, ist das die einzige Fotografie, die ich je habe rahmen lassen.

Eine von Johnnys Bemerkungen wurde vor der Ausstrahlung aus der Sendung herausgeschnitten, aber ich habe bei meiner lieben Delia nachgehakt, mit der ich immer noch einmal im Monat Kontakt habe, und sie ist sich ganz sicher, dass meine Erinnerung mich nicht trügt. Johnny erzählte dem freundlichen Moderator von einem lebhaften Streit mit Hugh, weil zweihundert Dollar, die dem Chor zugesagt worden waren, nicht rechtzeitig geliefert wurden.

«Also der Padre, der sagt zu mir, ‹Johnny, wir haben kein Geld. Hörst du eigentlich zu, Bursche? Die Lage ist arg.› Und er buchstabiert's mir vor, falls ich's nicht kapiert haben sollte: Kein G. E. L. D. Kein gottverdammtes Geld.

«Bestimmt hat sich das nicht ganz genau so ereignet», lachte der Moderator leicht schockiert.

«Doch», erwiderte Hugh. «Nur war es noch drastischer.»

Nach der Aufzeichnung war eine kleine Feier in einem Raum über einem Pub organisiert worden, dem George am Portland Place, einem Lokal, das von BBC-Mitarbeitern, ihren verloren dreinblickenden Freundinnen und Manuskriptschreibern in Aran-Pullis heimgesucht wurde, die ihr mehrsilbiges Geschrei vertont haben wollten. Aus irgendeinem Grund war es an diesem Abend fast leer. Ich erinnere mich vage an einen Gewitterregen. Wer immer die Veranstaltung organisiert hatte, war sehr aufmerksam gewesen, aber Hugh war müde, etwas abwesend und wohl auch aus der Fassung gebracht durch die plötzliche Wiederbegegnung mit der Vergangenheit und dem Sturm des unverhüllten Wohlwollens, dem er ausgesetzt war.

Zum Raum musste man eine Treppe hinauf, die einst Dylan Thomas hinuntergefallen war und die Hugh trotz Unterstützung von Blon Kiernan und Frank Osborne nur schlecht hinaufkam. Plötzlich stand ein Reporter vom «Standard» da, der ihn interviewen wollte, und musste vor die Tür gesetzt werden. Die Sandwiches ließen auf sich warten.

Nach einer Weile brachten Johnny May und die unermüdliche Delia eine Unterhaltung ins Rollen. Die Stimmung hellte sich ein wenig auf, oder zumindest taten wir lustig. Irgendwann, vielleicht auf Betreiben des Gastgebers der Sendung, rief man vom Pub-Telefon einen Verwandten in Irland an. Enzo schmetterte etwas von Verdi in den Hörer. Dann meine ich, mich an eine Rede des lieben Franks zu erinnern, die nur so mit Demosthenes- und ähnlichen Zitaten gespickt war – das gehörte zu seinen Angewohnheiten. Es war einfacher, den Sonnenaufgang aufzuhalten. Anders als die meisten Männer wurde Frank attraktiver, wenn er trank, seine goldbraunen Augen glänzten wie Demerarazucker, und seine Gesten wurden italienischer, die Vokale voller, wie ein Mann, der sich selbst persifliert, was er mit an Sicherheit grenzender Wahrscheinlichkeit fast immer tat. Nach einer glänzenden Karriere im Außenministerium setzte er sich in Rom zur Ruhe. Sam Derrys Kinder waren ein einziges Staunen. Beide Hippies, der Junge langhaarig, das Mädchen kurzhaarig, sie begriffen offensichtlich nichts von dem, was er sagte.

Gegen Ende des Abends schlug Frank vor, dass sich alle Chormitglieder aufstellen und um der guten alten Zeiten willen ein letztes Lied anstimmen sollten, *Abide With Me*. («Sie auch, Andrews!») Hugh ließ, sanft, aber bestimmt verlauten, dass er das nicht wollte, und Frank, wie alle aus seiner Berufsgruppe geübt darin, Forderungen zurückzunehmen, trat mit seidiger Geschmeidigkeit den Rückzug an.

«Römer! Mitbürger! Freunde!», sagte er. «Die Erinnerung ist ein Land, das man am besten nur flüchtig besucht. Aber erlaubt mir, ihr Lieben, einen Abschiedsgruß, der von Herzen kommt. Wenn man mich im Laufe der Jahre bat, unsere Fluchtorganisation zu beschreiben, hatte ich stets die gleiche Antwort. Die sich nie andern wird. Sie bestand aus meinem lieben Freund Hugh O'Flaherty und einigen Menschen, die ihn liebten.»

Hugh hatte den Kopf gesenkt. Als er ihn hob, war sein Gesicht tränennass.

Eine Taxifahrt durch das verregnete West End ist nicht die schlechteste Art, einen Abend zu beenden. Ich erinnere mich an einen Wald aus Regenschirmen wie aus einem impressionistischen Gemälde, die silbernen und bernsteinfarbenen Schatten der Oxford Street, junge Menschen, die die Nachtclubs von Soho besuchten. Das London meiner unschuldigen Jugendtage veränderte sich.

Ob ihm der Abend gefallen habe, fragte ich, und er räumte ein, dass es ein, wenn auch schmerzliches, Vergnügen gewesen sei, die alten Freunde wiederzusehen, er seinem Empfinden nach allerdings zu sehr im Rampenlicht gestanden habe und leider nicht die vielen Aktivitäten des Chors. Er zitierte aus seinem Lieblingsstück *Coriolanus* von Shakespeare, er möge es nicht, sein «*Nichts zum Fabelwerk vergrößert hören*».

«Findest du nicht, dass du viel bewegt hast?», fragte ich.

«Nicht genug», antwortete er.

Wieder schwelte in meinem Hinterkopf die ungestellte Frage. Aber bis ich sie formuliert hatte, deutete er entzückt nach draußen. «Ach, schau mal, Berwick Street, wie wär's mit Fisch zum Abendessen für uns, meinst du, dem Fahrer macht das was aus? Ganz viel Essig für mich, aber kein Salz.»

Am nächsten Morgen ließ ich ihn ausschlafen, genauer gesagt, schlief er bis Mittag und kam schließlich blinzelnd wie ein Maulwurf aus dem Schlafzimmer, wie jemand, der nicht recht weiß, wie er hierher geraten ist. Der absurd teure Seidenschlafanzug, den er trug, war von einem mittlerweile in Ungnade gefallenen sozialistischen Kabinettsmitglied bestellt, aber nie bezahlt worden, eine Information, die der Schneider in einem Nebensatz hatte kalkuliert fallen lassen. Mein Bett war das Sofa im Wohnzimmer gewesen, was Hugh offenbar furchtbar fand, aber eigentlich döse ich ganz gern auf einem alten, gut gepolsterten Sofa beim Schein eines Feuers, eine Gespenstergeschichte oder einen Band unverständlicher Gedichte in Griffweite und einen kleinen Whiskey und Wasser auf dem Beistelltisch. Ein gewisses Maß an Schlaflosigkeit bekam mir recht gut.

Wir nahmen auf der Terrasse ein einfaches Frühstück mit Blick auf die Themse zu uns – im Savoy kann man jederzeit von Sonnenaufgang bis Mitternacht frühstücken. Er leide immer noch an Albträumen, erzählte er mir, Träume, in denen Hauptmann und seine Schergen vorkamen, die Höhlen, die Deportationen, «das, was wir noch hätten tun sollen».

Im Sommer davor war in Israel Eichmann hingerichtet worden. Hugh verfolgte den Prozess in den Zeitungen. Einer der israelischen Soldaten, die beauftragt waren, die kremierten Überreste des Nazis ans Meer zu bringen, sechs Meilen hinter Jaffa und daher außerhalb des nationalen Gewässers, meinte in einem Interview, es habe ihn verblüfft, wie wenig ein Mensch hinterlasse, nur eine Handvoll Asche. Hugh hatte in einem Nachrichtenmagazin ein Foto des riesigen Ascheberges in Auschwitz gesehen. «Jeder sollte sich dieses Foto ansehen», sagte er. «Können wir irgendwohin gehen und ein Gebet sprechen?»

«Wir können hier beten», sagte ich.

«Ich wäre gern inmitten einer Gemeinde.»

Damals fand in St. Paul in der Bedford Street, von Londoner Nachtschwärmern liebevoll die Schauspieler-Kirche genannt, nachmittags ein Gottesdienst statt. Wie mir der Vikar einmal anvertraut hatte, *da Schauspieler halt Schauspieler seien, habe es wenig Sinn, ihn morgens abzuhalten.* Die Atmosphäre in der Kirche erinnerte an eine Schauspieldiva aus der zweiten Reihe, die schon bessere Zeiten gesehen hatte. Man bekam das Gefühl, dass nicht alle der Anwesenden der Monogamie huldigten, womöglich auch nicht der Heterosexualität, obwohl es damals niemand so nannte.

Es bedrückte Hugh, dass er die Messe verpasst hatte, daher gingen wir gemeinsam zu St. P. Ich hatte ihn allerdings vorgewarnt, er dürfe keine Vesper wie im Nonnenkloster erwarten.

Die spärliche Gemeinde entzückte ihn, die aus müdäugigen Nachtclubkünstlern und erschöpften Tänzern, aus übernächtigten Jazzmusikern und Blues-Shoutern mit Bartschatten bestand. Unter dem Kirchenportal waberte ein gewisser Duft empor, der womöglich kein Weihrauch war. Hugh trug als Einziger Anzug und Schlips, war überdies einer der relativ wenigen, der kein Rouge aufgelegt hatte.

Nach dem Gottesdienst unterhielt er sich mit einem verwahrlosten Straßenmusiker, der behauptete, früher Mathematikprofessor gewesen zu sein, über dieses dämliche, von beiden hochgeschätzte Schwergewichtboxen. Während der Tortur betrachtete ich die bunten Kirchenfenster und die Grabsteine. Protestantische Grabsteine sind sehr rührend, voller Zärtlichkeit und Anekdoten, ihre Umschreibungen des Todes so hoffnungsfroh. *Mein entschlafener Sohn. Ins Licht zurückgekehrt. Seine geliebte Frau, die zu jenem anderen Ufer aufgebrochen ist. In die Herrlichkeit eingegangen. Heimgerufen.* Das ist eine meiner bleibenden Erinnerungen an Hugh. Wie er sich gut gelaunt mit einer Person, die viele als Landstreicher bezeichnet hätten, im bunten Licht der Kirchenfenster übers Boxen austauscht.

An diesem Abend erfüllte sich ein lang gehegter Wunsch von mir: Ich nahm Hugh mit nach Covent Garden in eine großartige Inszenierung von *Tosca* mit Tito Gobbi und Callas, und er wäre vom zweiten Akt, seinen liebsten vierzig Minuten der Musikgeschichte, hingerissen gewesen, wäre er nicht vor *Vissi d'arte* eingeschlafen. Ich brachte es nicht übers Herz, ihn zu wecken.

Nach der Aufführung gab es einen merkwürdigen Moment, an den ich gelegentlich zurückdenke. Wir befanden uns auf der Wellington Street, Hugh mit einer Decke über den Beinen im Rollstuhl, ich schob, als er meinte, durch ein zerbrochenes, schmutziges Fenster im Erdgeschoss des alten Lyceums ein blasses, halbwüchsiges Mädchen zu sehen, das uns anstarrte. Das Theater war schon seit Langem baufällig. Aber er war überzeugt, dieses Mädchen gesehen zu haben, ein Anblick, der ihn offenbar erschütterte.

Ich hatte den Concierge gebeten, uns bei Montinari einen Tisch fürs Abendessen zu reservieren, denn Hugh, wie alle bewundernswerten und vertrauenswürdigen Menschen, liebte Essen – einmal schenkte er mir zum Geburtstag ein antiquarisches Buch mit Artusis Rezepten, in das er eines seiner Lieblingszitate von Wilde hinein-schrieb, das er übersetzt hatte: «*Dopo una buona cena si può perdo-nare chiunque, persino i propri parenti*» – «Nach einem guten Essen kann man jedem verzeihen, sogar der eigenen Verwandtschaft» –, und ich wollte, dass er diesen großen Ozeandampfer von Restaurant sieht, das so viele Jahre auf der Strand gesegelt war. Signierte Fotos vergessener Schauspieler schmückten sämtliche Wände, häufig ein alarmierendes Zeichen in einem Restaurant, ähnlich wie Fotos der Speisen, doch Monty, auch wenn seine besten Zeiten hinter ihm la-gen, war damals immer noch mit Abstand das beste italienische Res-taurant in London, soll heißen, es war beinahe so gut wie das schlech-teste Bahnhofslokal in Italien. Die berühmten *Penne all'arrabbiata* waren an dem Abend, der unser letzter dort sein sollte, schon längst von der Speisekarte gestrichen, aber der Oberkellner, den ich von frü-her kannte, sorgte für ihre vorübergehende Auferstehung.

Hugh und er unterhielten sich auf Italienisch, ein amüsantes Ge-plauder, Hugh erzählte ihm, wie damals in den 50ern in Rom *Quo Vadis* gefilmt worden war, von der Metro-Goldwyn-Mayerifizierung der Stadt, den eleganten Limousinen und Scharen behelmter Statis-ten, den sich stapelnden Paparazzi, den überwältigenden Kulissen, den bis ins Letzte ausgetüftelten Kampfszenen der Gladiatoren. «Die Löwen stammten aus Deutschland, die Stiere aus Portugal und die vier weißen Pferde aus Irland.» Robert Taylor und Deborah Kerr wa-ren ganz in der Nähe vom Collegio untergebracht gewesen; er hatte sie mit Nero, dem Schauspieler Peter Ustinov, im Park der Villa Do-ria Pamphilj spazieren gehen sehen. Als die Penne serviert wurden, erklärte er sie pflichtgemäß für unübertrefflich, obwohl sie in Wahr-heit bestenfalls mittelmäßig waren. Er lehnte wie immer ein Glas Wein ab und bestand wie immer darauf, dass zumindest ich eins trank. Ich trank zwei, während er an einer ziemlich verstaubt ausse-henden Orangeade nippte, die Wunder über Wunder – den Eingeborenen des ländlichen Kerry ebenfalls unbekannt, die aber ohne offenbar ganz gut zurechtkamen – zerstoßenes Eis enthielt.

Ich erinnere mich an seinen misstrauischen Blick im Schein der Crêpes Suzette, die Luigi Montinari persönlich am Tisch flambierte. Monty war das einzige mir bekannte italienische Restaurant, das auf der Speisekarte *Götterspeise* führte und sogar, wenn man behutsam nachfragte, jene kulinarische Abscheulichkeit, die die jungen Leute mittlerweile als *Pommes* bezeichneten. Man selbst bezeichnete diese Leute mittlerweile als *Teenager* und mit einem verkniffenen Lächeln geheuchelten Verständnisses ihre *Musik* als Musik. Nach dem Krieg geboren, hatten sie buchstäblich von nichts eine Ahnung. Gelegentlich war man froh, kinderlos zu sein.

Der Kaffee wurde aufgetragen. Die Show begann. Ein gut aussehender Tölpel mit großen Ohren in einem ehemals schwarzen Smoking sang Gershwin im fingerschnipsenden, schlafzimmeräugigen Stil, den Schnulzensänger in der weit zurückliegenden Jugend seiner Großeltern gepflegt hatten, häufig grinste er seinen Pianisten süffisant an, einen ausgemergelten, morbid wirkenden Mann mit Kummerbund, der über den Tasten hing, als bezichtigte er sie eines Verbrechens. Oder er warf den wodkagetränkten Witwen, den ehemaligen Flapper-Girls, den kettenrauchenden Spießern und johlenden Altlebemännern Blicke zu, die er wohl für jungenhaft und verführerisch hielt. Dies waren die letzten verbliebenen Stammgäste damals im Monty, Exoten mit der seltsam ergreifenden Schönheit aussterbender Kreaturen.

Hin und wieder wagte sich der Sänger an einen Charleston oder praktizierte einen bei kleinen Kindern sehr beliebten Trick, indem er die Hände auf den Knien überkreuzte, und die alten Leute lachten pflichtschuldig, darunter auch Hugh und ich. Gerade fällt mir ein, dass der Satiriker David Frost mit seiner Mutter hereinkam. Ich hatte in der Zeitung ein Foto mit ihm und diversen Beatles gesehen.

Ich weiß nicht, wie es sich im Restaurant herumgesprochen hatte, wer Hugh war – einige Jahre davor hatte er eine regelmäßige Kolumne im «Sunday Express», *Unser Korrespondent in Rom*, samt einem ziemlich schmeichelhaften Foto, das er nie gemocht hatte –, aber nach und nach wurden Getränke mit Fruchtstücken, winzigen japanischen Schirmchen und Miniaturschwertern darin zu unserem Tisch gebracht. Zu den Horsd'œuvres gab es kollegiales Winken und gelegentlich den Ruf: «Hat er gut gemacht, der Mann.» Zum Glück traute sich niemand, leibhaftig auf ihn zuzugehen; von Hugh schien ein warnendes Kraftfeld auszugehen. Aber es war ein wunderbarer Anblick, wie er mit seiner plötzlichen Berühmtheit umging, er leuchtete geradezu vor Verlegenheit wie ein wütender Tintenfisch. Die Kaffeebohne im Sambuca, den jemand spendiert hatte, brannte weniger aggressiv als mein Freund.

«Du solltest meine Hand halten», neckte ich ihn. «Wir kämen dann am Sonntag in die «News of the World».»

«Danke, kein Bedarf», lehnte er ab.

Mit einem abschließenden Mord an Cole Porter verabschiedete sich der Sänger vom Podium, wobei er dabei über seine Schnürsenkel stolperte. Die Gespräche, über die er hinweggesungen hatte, wurden rasch lebhafter. Kerzen leuchteten in Chianti-Flaschen.

Durch die Pendeltür der Küche kam eine junge Frau, wischte sich die nassen Hände an einem Tuch ab und ging zügig auf unseren Tisch zu, es war offensichtlich, dass sie uns schon eine Weile beobachtet hatte. Schüchtern, geradezu entschuldigend bat sie, kurz mit Hugh sprechen zu dürfen.

Sie kämpfte mit den Tränen.

Ob sie sich setzen wolle, fragte er.

Mit einem Kopfschütteln lehnte sie ab.

Sie wolle ihm danken, erklärte sie, dass er am 20. September 1943 das Leben eines neunzehnjährigen Glasgowers gerettet hatte – Private Michael Robert Connolly, First Battalion, King's Fusiliers. Ob Hugh sich zufällig an ihn erinnere?

Hugh sagte schlicht und ehrlich, leider nicht – es seien so viele Männer gewesen –, und sie nickte, als hätte sie mit dieser Antwort gerechnet.

Er war während eines Zwangsarbeitseinsatzes aus dem Gefangenenlager in Modena geflohen, hatte sich barfuß, erschöpft und halb verhungert ausschließlich nachts auf den Weg nach Rom gemacht, sich in Schuppen und Hecken ausgeruht und war mit letzter Kraft über die vatikanische Grenze auf den Petersplatz getaumelt, wo ihn der Monsignore unter seine Fittiche genommen und in das Kloster Santa Monica geschmuggelt hatte, das in der Nähe des Heiligen Offiziums lag. Er schlief in dem zerstörten Taubenschlag, der einstmals ein römisches *columbarium* gewesen war, und erholte sich von den vielen Wunden, die er sich bei seiner Kletterpartie durch den Stacheldraht zugezogen hatte und mittlerweile brandig waren. Nach dem Krieg lernte Michael Robert Connolly bei seinem Aufenthalt in einem Militärkrankenhaus beim Flugplatz Croydon eine Krankenschwester kennen; sie war ein Jahr älter als er und stammte aus dem New Forest. Einen Monat später heirateten sie; ihr erstgeborenes Kind, eine Tochter, stand jetzt vor uns.

«Ich wäre nicht hier», sagte die junge Frau tränenüberströmt, «wenn Sie nicht getan hätten, was Sie getan haben. Auch meine Kinder würde es nicht geben. Ich danke Ihnen sehr.»

Sie war nach dem Kloster benannt worden, Monika. Ihr sechzehnjähriger Bruder hieß Hugh.

Jedes Jahr am 20. September sprachen sie Dankgebete für die Befreiung ihres Vaters und für den Mann, der sein Leben gerettet hatte.

«Mein liebes Kind», sagte Hugh.

«Gott segne Sie», flüsterte sie.

«Ist dein Vater bei guter Gesundheit?»

«Ja. Es geht ihm bestens.»

«Grüß ihn bitte sehr herzlich von mir. Und deine Mutter auch. Und deine Kinder.»

«Natürlich.»

Dann geschah etwas Herzerwärmendes. Hugh erzählte ihr von seiner Zeit im New Forest, den sechs Monaten, die er als junger Priester in Brockenhurst verbrachte hatte. Mir war das alles neu, ich wusste nicht einmal, wo das lag.

Er sprach von den wilden Ponys und dem Wald im Lauf der Jahreszeiten, den Bräuchen in diesem Teil Englands. Ganz offensichtlich machte es ihm Freude, die Namen der dortigen Städte zu nennen, wie wir immer Vergnügen daran finden, die Orte zu nennen, an denen wir dem flüchtigen Geist namens Glück begegnet sind. Lymington. Beaulieu. Lyndhurst. Hythe. Keyhaven. Barton on Sea.

Die Erinnerung, dass Hugh und ich später an diesem Abend im Penthouse einen großen Streit hatten, schmerzt. Ich hätte ihm schon lange eine bestimmte Frage stellen wollen, sagte ich. Als ich es tat, wurde er laut. Trotzdem blieb ich hartnäckig.

Ich hätte bestimmte Gerüchte gehört, die ich ausführlich darlegte, ob er bestätigen könne, dass an ihnen nichts dran sei. Er werde dazu überhaupt nichts sagen, erwiderte er. «Es geht verdammt noch mal niemanden etwas an, was ich mache.» Der Mond, wenn es einen in dieser Nacht gab, ging über unserem Streit unter. In dieser Nacht wurden im Penthouse Türen zugeknallt.

Am nächsten Morgen verabschiedete ich mich von ihm am Londoner Flughafen. Ein Stapel Opernaufnahmen, ein Geschenk für einen Nachbarn in Kerry, war in Packpapier eingeschlagen, es gab auch ein Mitbringsel für seine Schwester, ein edles Leinentischtuch, das wir in der Hotellobby erstanden hatten. Nach einer Meinungsverschiedenheit tat Hugh stets, als hätte diese nie stattgefunden. So hielten wir es auch diesmal. Ich war froh darüber.

Wir sprachen vom Wetter, wie so oft in Rom damals bei unseren Proben.

Ob ich immer noch Bach hören würde. Nein, antwortete ich.

Ein schöner, milder Tag. Ja, pflichtete ich bei.

Aber in England wisse man nie, sagte er, bis Mittag könne es gewittern.

Er zitterte, als ich ihn umarmte. Ich ebenfalls. Er küsste meine Hand.

Ich sagte leise: «*Grazie mille.*» Er ebenfalls.

Während er den Korridor zum Abflug entlang- und von mir wegrollte, hob er die Faust zum Gruß. Das war das letzte Mal, dass ich ihn sah. Das wussten wir beide.

Mir ging eine alte Ballade durch den Kopf, die wir bei der Probe häufig sangen. Es dauerte lange, bis sein Flugzeug abhob, aber ich wartete bis zum Schluss.

Now the summertime is come
With the laurels richly blooming,
And the wild mountain thyme
All the moorlands all perfuming;
To our own beloved bower, let us journey altogether,
Where the wild lilies bloom
'Mong the braes of Balquhither.
Let us go, lassie, go.
Lassie, go.

...

Cathair Saidhbhín
County Kerry
Oktober 1963

Cara Giovanna, meine Jo,
liebste Lebensfreundin,

ich glaube nicht, dass seit dem Jahr, in dem wir uns kennenlernten, jemals wieder so viel Flieder geblüht hat.

Wenn Du diese Zeilen erhältst, habe ich diesen müden Körper verlassen und bin dorthin gegangen, wohin man geht, wenn man aus ihm vertrieben worden ist. Ich habe die Anweisung hinterlassen, dass dieser Brief drei Tage nach meiner Beerdigung an Dich geschickt wird. Entschuldige bitte, dass ich die Schreibmaschine nicht mehr richtig bedienen kann.

Es ist spät.

Ich war immer jemand, der alles zwanghaft aufschreiben musste. Erst schwarz auf weiß erschienen mir die Dinge real.

In letzter Zeit hat es mich belastet, dass diese schönen Tage in London durch unseren Streit, mein hartnäckiges Schweigen auf Deine Frage für Dich wahrscheinlich überschattet sind. Ich entschuldige mich für meine Sturheit, Du weißt, wie starrköpfig ich immer war. Aber es gab noch andere Gründe, weshalb ich nicht antworten wollte.

Die Wahrheit lautet, ja, ich habe Hauptmann im Gefängnis von Modena besucht. Neun Mal insgesamt – das vereinbarte zehnte Treffen habe ich abgesagt. Die Besuche fanden auf seinen Wunsch hin statt.

Während des ersten sprachen wir kaum. Beim zweiten bemitleidete er sich selbst und war rachedurstig, ging rauchend und tobend in seinem Käfig auf und ab, er habe lediglich Befehle ausgeführt, und stieß Obszönitäten aus, die darauf abzielten, einen zölibatär lebenden Menschen zu schockieren und zu verletzen (Ziel verfehlt). Manche Menschen gewöhnen sich an die Gefängniszelle. Er hasste es.

Ob ich begriffe, dass er verheiratet sei, Verpflichtungen habe, Verantwortung trage? Er dürfe seine Frau und seine Kinder nicht sehen. Das habe doch nichts mit Gerechtigkeit zu tun. «Meiner Tochter, die nichts getan hat, wird der Vater entzogen. Meine Eltern sind alt. Ich soll meine Exkremente in einen Eimer ausscheiden. Alles, weil ich Befehle und Gesetze befolgt habe. Es gibt viele, die waren schlimmer als ich. Wissen Sie, wie es ist, in einem Käfig dahinzuvegetieren?»

Zwei Jahre lang besuchte ich ihn nicht mehr.

Er schrieb mir und bat um ein drittes Treffen. Ich beriet mich mit meinem Rektor. Es wurde entschieden, dass ich gehen sollte, und ich ging. Zu dieser Zeit war noch nicht bekannt, wo viele der verschwundenen Römer verbuddelt worden waren; es gab Gerüchte, Hauptmann werde vielleicht mit Einzelheiten herausrücken, damit die Armen nach kirchlichem Ritus bestattet werden konnten. Ich wusste, er würde nichts dergleichen tun, aber die Hoffnung stirbt zuletzt.

Hauptmann begrüßte mich wie einen lieben Vetter, der nach langem Auslandsaufenthalt heimkehrt – natürlich reine Schau. «Setzen Sie sich. Sollen wir eine Partie Schach spielen?» Er hatte einen Kuchen organisiert und «eine Kanne von Ihrem englischen Tee». Er wollte natürlich von mir hören, dass ich kein Engländer bin. Ich sagte, ich hätte keinen Durst. Eine Schlappe für ihn. Er behauptete, er wisse nichts von den Verschwundenen. Gar nichts. Ob ich ihm die Hand reichen würde? Ich lehnte ab.

Bei der vierten Begegnung kam wieder das Schachbrett auf den Tisch, das hatte er selbst gefertigt, im Gefängnis hatten die Insassen die Möglichkeit, mit Holz zu arbeiten – was ihm die Gelegenheit bot, mit einem italienischen Sprichwort zu prahlen, maßgeschneidert für Psychopathen: «*Alla fin del gioco tanto va nel sacco il re quanto la pedina.*» Anschließend wiederholte er es auf Englisch, als hätte ich mein Italienisch vergessen. «Nach dem Spiel kommen König und Bauer in denselben Sack.»

Ich erklärte, er müsse an seiner Aussprache arbeiten.

Wohl im Glauben, seine Position zu verbessern, spielte er manchmal den Geisteskranken, aber im Grunde war er ein ziemlich langweiliges, zurechnungsfähiges, mittelmäßiges Individuum, ein manipulativer Narzisst, der wie viele dieser Menschen eine bemerkenswerte Anziehungskraft besaß. Manchmal gab es Momente, gestanden einige der Wärter, in denen sie ihn beim besten Willen nicht unsympathisch finden konnten, «unwiderstehlich» nannte einer ihn. Er strahlte eine Verletzlichkeit aus, konnte fast wie die Unschuld vom Lande wirken und hatte eine Art, sich einer Entschuldigung zu entziehen, denn «wir waren ja alle» Opfer, und gerissen zu verallgemeinern. «Wo Gewalt herrscht, wird jeder, der sie erlebt, seelisch zum Krüppel. Eine Beobachtung der Psychiatrie.» Seine Anziehungskraft machte ihn zu einem Menschen, dessen Nähe bedrohlich war. Man konnte spüren, wie die eigenen Grenzen verschwammen.

Eigentlich dürfte es uns nicht überraschen, dass ein Mörder eine Maske trägt. Und dennoch ist es so. Natürlich trägt jeder von uns viele Masken. Vielleicht ist das die Definition des Menschen – ein Säugetier, das sein Gesicht verändern kann. Nur eine einzige Person in der gesamten Geschichte kam komplett ohne Maske aus, war stets er selbst, ob gegenüber Verrätern oder Mördern. Er wurde von der Staatsmacht an ein Kreuz genagelt.

Kurz darauf bemerkte ich, dass sich die Einrichtung von Hauptmanns Zelle veränderte, langsam nur, aber doch merklich und kalkuliert, Postkarten von Heiligen und Märtyrern klebten an den Wänden. Ein Phänomen, dem man in Gefängnissen häufig begegnet. Als ich eines Morgens seine Zelle betrat, widerwillig wie stets, entdeckte ich in ihrer Mitte ein Foto von mir.

«Jetzt sind Sie dort, wo Sie hingehören, Monsignore. Ich bete Sie täglich an.» Er hielt inne. «Entschuldigen Sie mein Englisch, ich wollte sagen, ich bete *für* Sie.»

Dir, Jo, Du Scharfsinnige, wird klar sein, worauf die Sache hinauslief. Bald bestätigte sich meine anfängliche Ahnung. Hauptmann fragte, ob er in den Schoß der katholischen Kirche aufgenommen werden könne. Zweifellos ist die Feststellung zynisch, dass die Entdeckung des Herrn durch Mörder und Lügner mit einer beinahe vorhersehbaren Regelmäßigkeit erfolgt, jedoch erst, sobald der Richter sein Urteil gefällt hat, selten davor. Im Angesicht des Bewährungsausschusses werden dem Mörder Erkenntnisse zuteil, die er durch die Bergpredigt nicht gewonnen hat. Hauptmann insistierte, dass er es ernst meinte, schrieb lange Briefe nach Rom und bestand darauf, ich und nur ich dürfe der Priester sein, der ihn auf die Konvertierung vorbereitete.

Die Entscheidung war eine große Gewissensprüfung für mich. Letztlich willigte ich ein.

Wir erledigten die notwendigen Formalitäten, ich gab ihm einen Katechismus; er studierte ihn höchst eifrig und stellte dazu häufig tiefgründige, sachkundige Fragen, wie es sowohl ein durchtriebener Betrüger, aber auch ein Mensch mit ernsthaftesten Absichten tut.

Der Morgen seiner Taufe kam, die in seiner Zelle stattfand, da die Decke der Gefängniskapelle eingestürzt war. Hauptmann und ich waren allein. Er hatte sich weder gewaschen noch rasiert. Sein Haar war fettig. Er habe eine schlimme Erkältung und fühle sich außerstande, zu duschen, behauptete er, doch für mich spiegelte dieser unangemessene Aufzug seine Verachtung wider. Vielleicht irrte ich mich.

Er schniefte und starrte scheinheilig vor sich hin, versprach sich beim Glaubensbekenntnis. Es kam der Moment, in dem der Priester zwei Personen hinzuruft, welche bezeugen, dass es der betreffenden Person ernst mit ihrem Eintritt in die Kirche ist. Er war davon ausgegangen, dass ich zwei Wachleute für diese Rolle auswählen würde, doch ich hatte ohne sein Wissen eine andere Entscheidung getroffen.

«*Bitte*», rief ich.

Zwei junge Menschen betraten die Zelle. Seine Tochter, mittlerweile zwanzig, und ihr Bruder, siebzehn Jahre alt. Beide versuchten, die Tränen zurückzuhalten. Keiner der beiden konnte ihn ansehen.

«Deine Kinder sollen Zeugen deines feierlichen Schwurs sein», erklärte ich.

Er war verblüfft und begrüßte sie nicht, was ich seltsam fand. Es dauerte ziemlich lange, bis er nickte. Unter ihren Blicken vollzog ich die Taufe.

Vielleicht hat er mich getäuscht. Vielleicht auch nicht. Es ist, wie es ist. Etliche der Lehren meines Erlösers sind mir unverständlich, gar unsympathisch. Halte dich für nichts Besseres, tue jenen Gutes, die dich hassen. Wie viele meiner Geschlechtsgenossen war ich oft der tiefen Überzeugung, dass Gott einen schrecklichen Fehler begangen hat, weil er mich nicht zu Gott machte, dass die Welt ohne Dunkelheit oder Probleme wäre, wenn nur ich sie regierte. Wäre ich der Allmächtige gewesen, hätte ich manches anders geregelt. War ich aber nicht.

Sondern Gott.

Ist er noch.

In dem Augenblick, in dem das Taufritual abgeschlossen war, verließen seine Kinder die Zelle, sein Sohn hatte ihm die Hand gegeben, das Mädchen weigerte sich weiterhin, ihn zu berühren. Er fragte, ob ich ihm seine erste Beichte abnehmen würde. Ich lehnte ab, gab beim Gehen aber seinen Wunsch an einen Mitbruder, den Gefängnispfarrer, weiter. Letztlich, so erzählte mir der Priester später, habe Hauptmann die Beichte verweigert.

Am Tag seiner Taufe habe ich ihn glücklicherweise zum letzten Mal gesehen. Vor einigen Jahren hörte ich, dass seine Frau einen Antrag auf Annullierung der Ehe gestellt hat. Womöglich ist sie in der Zwischenzeit wieder verheiratet, ich weiß es nicht.

Von diesem schmerzhaften Vorfall hätte ich Dir in London erzählen sollen. Ich bin mir nicht sicher, was mich davon abgehalten hat. Vielleicht befürchtete ich, Du wärst böse auf mich, weil ich ihm überhaupt Aufmerksamkeit geschenkt habe. Ich war mir selbst deswegen oft böse. In letzter Zeit ist mir bewusst geworden, dass ich nicht mehr an ihn denken will, was an vielen Tagen auch der Fall ist, wofür ich dem Gott des Schweigens danke. Je näher ich dem Licht komme, desto weniger interessiert mich die Finsternis. Ich habe mich immer vor ihr gefürchtet, und Furcht stellt eine Verbindung her.

Es tut mir leid, dass ich Dich verletzt habe. Wenn ich daran zweifelte, dass das Gute in der Welt existiert, dann habe ich an Dich gedacht, an Deine Güte, Dein Mitgefühl, Deinen Anstand, an die Liebe, die Du einem Freund entgegengebracht hast, der hochmütig und gemein war, an Deine Versöhnungsbereitschaft, Deinen ungestümen Mut und Deine Tapferkeit. Viele haben nie einen Helden kennengelernt. Ich habe Helden kennengelernt. Ich liebte sie.

Arrivederci, meine Freundin, meine Kameradin. Ich habe vieles in meinem Leben falsch gemacht. Aber in meines Vaters Haus sind viele Wohnungen.

Sei gut zu Dir, *bellissima*. Das vergisst Du oft.

Sing dein Lied, trink den Wein.

Mit aller Liebe und großem Respekt,

che Dio ti benedica sempre,

Dein H.

VORBEHALT, BIBLIOGRAFIE, DANKSAGUNG

Obwohl reale Personen und Ereignisse *In meines Vaters Haus* mich inspiriert haben, handelt es sich in erster Linie um einen Roman. Bei Fakten, Charakterisierungen und Chronologie habe ich mir Freiheiten herausgenommen. Ereignisse wurden verdichtet, Figuren verschmolzen, umbenannt, angepasst oder erfunden. Bei den Personen Hugh O'Flaherty, Sam Derry, John May, Delia Kiernan und D'Arcy Osborne, denen man auf diesen Seiten begegnet, handelt es sich um meine Interpretationen dieser Menschen, auf die sich Biografen oder Wissenschaftler nicht stützen dürfen. Dieser Roman ist nicht als Quelle für Studenten gedacht, die sich mit dem Rom der Kriegszeit oder der Besetzung Italiens durch die Nazis beschäftigen. Der als Epigraf wiedergegebene Brief findet sich in Sam Derrys Lebenserinnerungen *The Rome Escape Line* (1960). Der Nachname des Autors ist nicht aufgeführt. Er war ein «Mann aus Glasgow». Alle anderen Passagen in *Meines Vaters Haus,* die wie authentische Dokumente wirken, sind fiktiv. Lesern und Leserinnen, die auf der Suche nach Sachbüchern über Hugh O'Flaherty und seine Fluchtorganisation Rome Escape Line oder Reportagen über das Leben in Rom zur Zeit des Zweiten Weltkriegs sind, empfehle ich die folgenden Werke, die naturgemäß teilweise verschiedene Positionen vertreten, sowie die darin enthaltenen Verweise, Anmerkungen und Bibliografien:

Fergus Butler-Gallie, *Priests de la Resistance!* (2019); Victor Failmezger, *Rome. City in Terror, the Nazi Occupation 1943–44* (2020); JP Gallagher, *Scarlet Pimpernel of the Vatican* (1967), Neuauflage unter dem Titel *The Scarlet and the Black* (2009); Stefan Heid, Johann Ickx, *Der Campo Santo Teutonico, das deutsche Priesterkolleg und die Erzbruderschaft zur Schmerzhaften Mutter Gottes während des Zweiten Weltkriegs,* in: *Orte der Zuflucht* (2015); Robert Katz, *The Pope, the Resistance and the German Occupation of Rome* (2003); Borden W. Painter, *Mussolini's Rome* (2005); William Simpson, *A Vatican Lifeline* (1995); Stephen Walker, *Hide and Seek. The Irish Priest in the Vatican Who Defied the Nazi Command* (2012); M. de Wyss, *Rome Under the Terror* (1945). Diese Auflistung ist alles andere als vollständig.

Ich bedanke mich sehr herzlich bei dem Neffen und Namensvetter des Monsignore, dem ehemaligen Richter am Obersten Gerichtshof Irlands, Hugh O'Flaherty, sowie seiner Großnichte Catherine, einer Filmemacherin, die mir ein Interview und Zugang zu ihrer Sammlung der nichtveröffentlichten Schriften von Monsignore Hugh gewährte, einschließlich seiner Briefe, Tagebücher, Notizen, Telegramme, anderer Schriftstücke und seiner publizistischen Arbeiten (er verfasste mehrere Jahre lang eine Zeitungskolumne), darunter auch Ton- und andere Aufnahmen, auf die sie während der Recherche zu ihrer Dokumentation über den Monsignore gestoßen war (*Pimpernel sa Vatican,* 2008), einschließlich der vollständigen Tonbandaufnahme der Sendung *This is Your Life* [hier: *Das ist Ihr Leben*] über Sam Derry aus dem Jahr 1963, deren fiktionalisierte Version den Romanschluss bildet. Ich bedanke mich bei dem Archivar Mark Ward, durch dessen Geschick ich Zugang zu diesen Materialien bekam. Ich danke Flor MacCarthy, die mich auf einen mir unbekannten Brief des irischen Präsidenten Sean T. O'Kelly an den Monsignore aufmerksam machte und mich an ihrer ererbten Sammlung bemerkenswerter, unveröffentlichter Fotografien von Rom aus den 1930er- und 1940er-Jahren teilhaben ließ. Alle Fehler im Buch gehen auf mein Konto.

Ich danke Liz Foley und Mikaela Pedlow bei Harvill sowie Isobel Dixon, Conrad Williams und ihren Kollegen bei der Blake Friedmann

Literary Agency. Die Drohung im Schlusskapitel, dass am Tag des Jüngsten Gerichts falsche Zähne verteilt werden, ist dem Werk des verstorbenen Dave Allen, diesem Maestro des Geschichtenerzählens, entlehnt. Ich habe sie für meine Zwecke leicht abgewandelt. Besonders beglückend war die herzliche Hilfsbereitschaft der ehemaligen irischen Botschafterin beim Heiligen Stuhl, Emma Madigan, und ihres Mannes, Laurence Simms. Ich danke ihnen und ihrem Sohn Cormac, den ich zum ersten Mal traf, als er ein winziger Römer war, für ihre Freundschaft. Das Arrangement auf Seite 142 stammt von Maestro Brian Byrne, bei dem ich mich herzlich bedanke. Ich danke John Bowman, Bert Wright, Prof. Diarmaid Ferriter, Monsignore Stefan Heid (siehe Auflistung der Nachschlagewerke) und den Bibliothekaren des Collegium Germanicum in Rom, Monsignore John Kennedy in Rom, Kathy Rose O'Brien, Mariachiara Rusca, Anna Loi und meiner Schwester Dr. Éimear O'Connor. Wie immer bedanke ich mich bei meinen Söhnen James und Marcus sowie meiner Frau Anne-Marie Casey. *Vi amo, dal profondo del mio cuore.*

ZITIERTE LITERATUR

Donne, John: Der Floh, in: Englische und amerikanische Dichtung. Band 1: Von Chaucer bis Milton, hrsg. von Friedhelm Kemp und Werner von Koppenfels, C.H.Beck Verlag, München 2000, S. 231, übersetzt von Werner von Koppenfels

Wilde, Oscar: Eine Frau ohne Bedeutung, in: Komödien, Zürcher Ausgabe der Werke in 5 Bänden, Haffmans, Zürich 1999, Bd. 5, S. 175, übersetzt von Bernd Eilert

365 Seiten | Broschiert | 978-3-406-79133-8

«Nirgends wird Geschichte spannender und anschaulicher serviert als im Kriminalroman. So auch bei Stefan von der Lahr.» *Nürnberger Zeitung*

«Verbindet historisch kenntnisreiche Spekulationen mit hoch- aktuellen politischen Debatten.» *Süddeutsche Zeitung*

«Gutmenschen, Kleriker und Geldscheffler verstricken sich in aktuelle, aber auch historische Intrigen – wie bei Dan Brown, nur viel intelligenter.» *Rose-Maria Gropp, faz.net*

C.H.BECK

WWW.CHBECK.DE